Scarlet
스칼렛

Scarlet
스칼렛

수상한
로맨스

1판 1쇄 찍음 2011년 9월 20일
1판 1쇄 펴냄 2011년 9월 26일

지은이 | 양희윤
펴낸이 | 정 필
펴낸곳 | 도서출판 **뿔미디어**

기획총괄 | 이주현
기획 | 손수화
편집장 | 이재권
편집책임 | 이경순
편집 | 심재영, 문정흠, 주종숙, 이진선
관리, 영업 | 김기환, 임순옥

출판등록 | 2002년 9월 11일 (제1081-1-132호)
주소 | 부천시 원미구 상3동 533-3 아트프라자 503호 (우)420-861
전화 | 032)651-6513 / 팩스 032)651-6094
E-mail | BBULMEDIA@paran.com
카페 | http://cafe.daum.net/scarletR

값 9,000원

ISBN 978-89-6639-300-8 03810

※파본은 구입하신 서점에서 교환하여 드립니다.

※이 책은 (도)뿔미디어를 통해 독점 계약되었습니다
서식재산법에 의해 보호를 받는 저작물이므로 무단 전재와 무단 복제를 엄금합니다.

Scarlet
스칼렛

양희윤 장편 소설
SCARLET ROMANCE NOVEL

수상한 로맨스

contents

프롤로그 7
1. 수상한 여자와 이상한 남자 24
2. 악연이거나 인연이거나 47
3. 마음 들여다보기 71
4. 수상한 데이트 96
5. 수상한 친구 사이 ―친구이거나 ―친구가 아니거나― 117
6. 위험한 생일 선물 143
7. 과거의 사람 ―특별하거나 잊었거나― 164
8. 낯선 공간 179
9. 수상한 두통약 하나 210
10. 솔직한 표정을 만나다 241
11. 고백의 타이밍 ―딱 맞거나 좀 늦거나― 259
12. 애인과 취객의 사이 281
13. 로망 속 오렌지 주스 300
14. 사소한(?) 문제 ―참거나 덮치거나― 320
15. 수상한 로맨스 속으로 당신을 초대합니다 345
에필로그 363
작가 후기 382

프롤로그

에헤라디야. 전화를 어서 받아라. 에헤라디야. 전화를 빨리 받아라. 에헤라디야아아아아.

시끄럽게 울리던 벨소리가 점점 잠잠해질 때쯤, 보라는 귀를 덮고 있던 베개를 던져버렸다. 평온한 표정을 되찾고 다시금 잠에 빠지려는데 안타깝게도 다시 휴대폰이 울리기 시작했다.

에헤라디야. 전화를 어서…….

"누구야?"

그녀는 잔뜩 신경질을 내며 머리맡에 놓여 있는 휴대폰을 주섬주섬 챙겨들었다.

"네."

성의 없는 말투에 수화기 너머는 잠시 조용했다. 장난전화인가 싶어 종료버튼을 누르려는데 차분한 목소리가 들려왔다.

―차보라 씨 계신가요?

"전데요."

―유화 고등학교입니다. 창작 반 인원수가 초과돼서 B반도 개설을 했어요. 차보라 씨가 맡아주셨으면 하는데, 혹시 다른 스케줄이 있으신가요?

"네. ……네?"

보라는 이불을 차 버리고 벌떡 일어났다. 혹시 꿈인 건 아닐까 싶어 얼른 휴대폰 액정을 확인했지만 선명하게 새겨져 있는 글씨는 분명 유화 고등학교였다.

'꿈이…… 아니다!'

그녀는 기쁜 마음을 참지 못하고 휴대폰을 부여잡은 채, 밝은 목소리로 외쳤다.

"다른 스케줄 없어요! 제가 맡을 수 있습니다!"

'그럼 그때 뵙겠습니다.' 라는 친절한 목소리를 끝으로 전화는 끊어졌고 그녀는 휴대폰을 던져 버리고 두 손을 번쩍 든 채 방 안을 뛰어다니기 시작했다.

"끼야아!"

드디어 백수 탈출이다! 몇 분 정도 난리법석을 치던 보라는 다시 울리는 벨소리 때문에 침대 위로 던졌던 휴대폰을 찾기 시작했다.

"여보세요!"

―아직 자고 있니?

엄마였다.

"아니. 일어났지. 아! 엄마, 나 취직됐어."

―취직? 아이고, 잘됐네. 근데 어디 취직이 됐어? 학교 면접 본 건 떨어졌다며?

"안 떨어졌어. 떨어지긴 내가 왜 떨어져?"

―그래? 잘됐다. 반찬 좀 해서 가져갈까?

곧 보라의 얼굴에 화색이 돌았다.

"어. 그……."

하지만 곧 말을 멈춘 보라는 책상 위에 놓여 있는 사진 액자에 시선을 주고는 힘겹게 입을 열었다.

"됐어. 언니 출장 갔는데, 뭐."

―연두 말고 네가 먹으면 되지.

"괜찮아."

―그래?

엄마의 목소리에 서운한 기운이 감돌았지만 보라는 다시 한 번 괜찮다고 말하며 전화를 끊었다. 어차피 연두가 좋아하는 반찬들이 대부분일 터였다. 환하게 웃고 있는 연두의 사진에서 시선을 돌린 보라는 핸드폰을 내려다보다가 곧 다시 침대 위로 던져버렸다.

창 앞으로 다가간 그녀는 창문을 벌컥 열어 재꼈다. 풍경은 어느새 싱그러운 느낌을 내고 있었다. 천천히 눈을 감은 보라는 깊게 심호흡을 하고는 눈을 떴다. 가끔 과거의 감정이 올라오려고 할 때면 늘 하는 방법이었다. 그 덕분에 이젠 어느 정도 감정을 컨트롤할 수 있게 되었다. 그녀의 눈동자에 서운함은 사라지고 어느새 취직이 됐다는 기쁜 감정만이 담겨 있었다.

보라는 창밖을 바라보며 파란만장했던 지난 2년을 떠올렸다.

방송국 막내작가로 1개월, 레스토랑 웨이트리스로 1개월, 꽃집, 서점, 커피숍 아르바이트로 2개월, 그나마 학원 강사로 일한 게 4개월 반으로 인내심을 갖고 제일 오래 일한 기간이었다. 나머지 기간 동안은 줄곧 빈둥빈둥 놀며 지내왔다. 그러다가 작년, 철없던 지난날을 반성하며 마음을 다잡고 일 좀 해보려는데 무슨 경력을 그렇게 따지시는지. 처음엔 화색을 띠며 맞이하다가도 얼마 없는 경력을 말하면 면접관들의 표정이 굳어지곤 했다.

보라는 그동안의 서러움을 만회하리라, 굳게 결심을 하며 주먹을 쥐어 보였다.

"근데…… 기분이."

꼭 무언가를 두고 온 것처럼 영 시원치가 않았다. 하지만 그녀는 일찌감치 불안함은 버려버리고 침대 위에 벌렁 드러누웠다.

* * *

토요일 아침, 비몽사몽 일어난 그녀는 간신히 버스를 잡아타고 학교로 향했다. 오랜만의 이른 기상에 정신이 쉽사리 돌아오고 있지 않았다. 버스 안에 가득 차 있는 사람들을 구경하던 그녀는 마침내 기둥을 잡고 졸기까지 했다. 그런 그녀가 안쓰러웠던지 할아버지 한 분이 버스에서 내리며 자리를 내어주었다. 비틀비틀 자리에 앉은 그녀는 스르르 눈을 감았다.

꾸벅, 자신도 모르게 90도로 인사를 하다가 번쩍 고개를 들고는 얼른 창밖을 살폈다. 아직 한참을 더 가야 했기에 그녀는 눈을 비비며 버스 안을 둘러봤다. 그때 눈에 들어온 건 앞좌석 앞에 서 있는 남자였다. 정확히 말하면 남자가 입고 있는 검정색 슈트였다. 멍하니 보고 있던 그녀의 눈동자가 순식간에 재생되는 기억에 커다랗게 떠졌다.

'왜 그걸 잊고 있었을까?'

그 사건이 일어난 건 결코 오래전 일이 아닌 불과 일주일 전의 일이었다.

그날도 보라는 시끄럽게 울리는 휴대폰 벨소리를 참지 못해 침대를 박차고 일어나 신경질적으로 전화를 받았다.

"네."

―너 아직 놀지?

두 명이 아닌 한 명이라 정말 다행이라고 여기는 자신의 언니였다.

"노는 게 아니고 인생 공부."

―웃기고 앉아 있네. 헛소리 집어치우고 면접 하나 봐.

"면접?"

―너 자격증 있지? 학원 강사로 반년 동안 일도 했으니까 그거 경력으로 치면 너도 가능성이 있어.

"뭔 소리야?"

―유화 고등학교 교장 선생님하고 좀 친분이 있거든, 내가.

"근데?"

―요번에 계발활동 외부강사를 뽑는다고 하더라고.

"계발활동? 그게 뭔데?"

―특별활동! 왜 우리 학교 다닐 때 금요일 마지막 시간에 하던 거 있잖아. 수업하는 것도 아닌 것이 노는 것도 아닌 독서부, 체육부 뭐 그런 거.

"아, 그거."

―창작부 외부강사를 뽑아야 한다기에 내가 널 강력히 추천했지.

원래는 계발활동 담당하는 회사에서 강사를 초청한다는데 내가 네 자랑을 하고 또 했더니 한번 보고 싶은가 봐. 면접 보러 오래.

"언제?"

―오늘.

"뭐? 오늘? 그걸 이제 얘기하면 어떡해?"

―야! 어제고 그저께고 전화 안 받은 건 너잖아! 대체 뭐하느라 전화를 안 받아? 그리고 부재중이 찍히면 전화를 해야 할 것 아냐? 내가 너 그거 고치라고 했어, 안 했어?

"아. 알았어, 알았어. 몇 신데?"

―동생.

"왜?"

―서둘러!

언니의 한마디에 허겁지겁 준비를 하면서도 대체 자신이 왜 이래야 하는지 심각하게 고민하던 그녀는 깔끔한 걸 좋아하신다는 교장 선생님의 취향에 따라 하얀색 재킷과 스커트를 차려입었다. 그리고는 자신의 이력서가 가득 든 서류철을 급하게 챙겨들고 서둘러 학교로 향했다.

너무 급하게 온 탓에 처음엔 긴장이 되지 않았지만 점점 가까워지는 교문을 보니 침이 마르고 심장이 빠르게 뛰기 시작했다. 교문 앞에 잠시 멈춰 선 보라는 크게 심호흡을 하고는 옷매무새를 정리했다. 그리곤 주위를 둘러보다가 아무도 없다는 걸 확인하고는 손을 배꼽 위에 올려놓았다. 곧이어 그녀의 머리가 꾸벅 숙여졌다.

"안녕하세요. 저는……."

고개를 숙였다가 올리는 동시에 교문은 미끄러지듯이 빠져나온 자동차가 그녀의 앞으로 휭하니 지나갔다. 촤아악, 바퀴가 굴러가면서 웅덩이에 고여 있던 흙탕물이 튀어 올라 하얗다 못해 눈부셨던 그녀의 재킷에 그대로 뿌려졌다. 그저 멀뚱멀뚱 눈만 깜박이던 그녀가 입을 연 건 그로부터 5초 뒤였다.

"뭐야, 이게."

너무 놀라면 비명도 안 나온다는 말이 사실이었던 모양이다. 보라는 조용히 고개를 숙여 엉망이 된 옷을 내려다보다가 천천히 고개를 돌렸다. 잠시 신호 때문에 횡단보도 앞에 멈춰 있는 잿빛 자동차가 보였다.

06조 4772

자동차의 주인은 보이지 않았지만 뒤꽁무니에 달려 있는 번호판은 확실히 볼 수 있었다. 4772. 그녀가 번호를 외웠을 때쯤 차는 곧 부웅, 소리를 내며 다시 출발해 버렸다. 망연자실해 있는 머릿속 위로 아까 언니한테 들었던 한마디가 문득 떠올랐다.

"깔끔한 거 좋아하시니까 최대한 단정하게 차려입어."

"이런, 젠장."

재킷을 내려다본 그녀는 자동차의 주인과 동시에 자신을 원망했다. 왜 하필 흰색 재킷을 입은 걸까?

"조짐이 안 좋아."

하지만 면접은 봐야 했기에 심란한 기분을 안고 터덜터덜 교문 안으로 들어섰다.

"차보라 씨 되시죠? 그런데 옷이……."

"아까 교문 앞에서 어떤 자동차가……."

보라는 아까의 기억이 떠올라 흥분을 하며 입을 열었지만 이내 말하려던 걸 멈추고는 입을 다물었다. 어찌되었든 변명을 하며 남 탓을 하는 건 옳지 못한 방법이라고 엄마가 누누이 말씀하셨던 것이 생각났다. 하지만 차라리 변명을 하는 편이 효과적일 때도 있는 법이다. 불행히도 지금 상황이 그 중 하나인 모양이었다. 젠장.

착 가라앉는 기분만큼 떨어뜨렸던 시선을 들어 올리는데 위아래로 훑어보던 면접관 겸 담당 선생은 이력서를 대충 넘기며 자리를 뜨려했다.

"그럼 내일 중으로 연락드리겠습니다."

그리고 다음 날, 아무리 기다려도 연락은 오지 않았다. 대신, 하루가 지난 다음날 휴대폰이 요란스레 울렸다. 보라는 〈유화 고등학교〉라고 떠 있는 액정을 다시 한 번 확인하고는 흠흠, 목소리까지 가다듬고 수화기를 귀에 갖다 대었다.

"네, 여보세요."

너무도 상냥한 목소리에 수화기 너머 사람은 약간 당황한 듯했다. 하지만 곧 조금 미안해하는 목소리가 들려왔다.

─차보라 씨 되시죠?

"네. 제가 차보라인데요."

─아, 그게…… 이번엔 원래 예정되었던 강사님으로 하기로 했어요. 다음에 꼭 와주세요. 다음엔 꼭 차보라 씨한테 부탁드릴게요.

'지금 그거 알려주려고 전화하신 거예요?'라고 차마 물어볼 수는 없었기에 그녀는 착잡한 기분으로 입을 열었다.

"아 예. 그럼 다음에……."

─잠시만요! 파일 가방을 놓고 가셔서요. 차보라 씨 이력서가 들어 있던데.

맙소사. 똑같은 이력서가 뭉텅이로 들어 있었을 텐데. 왜 안 하던 실수를 하필 그날 그곳에서……. 정말이지 최악이로구나.

"찾으러 가겠습니다."

보라는 그 자리에 서서 끊어진 휴대폰을 멍하니 내려다보았다.

'망했다.'

다음날, 그녀는 파일 가방을 찾으러 서둘러 학교로 향했다. 두 번째 방문이었지만 교문에 들어서니 학교건물이며 운동장이며 온통 낯설어 보였다.

"빨리 갖고 가자."

보라는 체념한 얼굴로 교무실로 들어섰다. 선생인 듯한 젊은 여자가 미안한 듯 파일가방을 내밀었다. 그리고 김이 모락모락 나는 종이컵 하나도 같이 내밀고 있었다.

"드세요."

진한 갈색인 걸 보니 종이컵에 든 액체는 커피인 모양이었다.

"감사합니다."

"다음엔 꼭 부탁드릴게요."

"네. 수고하세요."

보라는 괜히 민망해져 커피는 마시지도 못한 채 서둘러 발길을 돌렸다. 현관 앞까지 나와서야 손에 들려 있는 커피를 한 모금 마시던 그녀는…… 그대로 뿜어버렸다.

"푸웁! 뭐야? 블랙커피잖아! 아니, 취향이 다른 건데 자기가 블랙 마신다고 다른 사람들도 다 블랙 마시나? 취향을 모르면 그냥 커피를 줘야 할 거 아냐? 설탕 둘, 프림 둘. 어? 다방 커피 몰라?"

열심히 투덜대던 그녀는 흘끔흘끔 쳐다보며 지나가는 학생들의 시선을 느끼고는 터덜터덜 걸음을 옮겼다. 그러다가 눈에 들어온 것이 있었다. 보라는 상체를 쭉 빼고는 몇 걸음 떨어져 있는 곳에 있는 자동차 한 대를 유심히 바라보았다.

06조 4772

차종과 색깔, 그리고 결정적으로 번호판에 적혀 있는 숫자까지 모두 그날의 자동차와 같았다. 이게 다 저 자동차 때문이다. 옷이 조금만 더 깔끔했더라면, 흙탕물 따위 튀기지 않았다면, 면접에 붙을 승산이 더 높아졌을 것이다. 원수는 외나무다리에서 만난다더니. 번호판을 뚫어져라 노려보는데 이윽고 운전석의 문이 열리고 멀끔하게 슈트를 차려입은 남자가 모습을 드러냈다.

"못된 놈."

이를 가는 보라와는 달리 남자는 뭘 두고 나온 건지 담담한 얼굴로 운전석 쪽으로 되돌아가고 있었다. 번뜩이던 그녀의 눈동자가 자신이 들고 있던 종이컵으로 내려간 건 그때였다. 커피를 내려다보는 눈동자에 살짝 망설임의 기색이 스쳤다.

네가 그때 그놈이지? 소리를 지르며 얼굴에 커피를 확 뿌리고 싶은 마음이 굴뚝같았지만 일부러 그런 짓을 할 수는 없었다. 실수라면 몰라도.

"실수?"

순간 그녀의 입술이 음흉하게 미소를 띠었다. 뭐, 실수면 어쩔 수 없는 것 아닌가? 면접도 떨어졌겠다, 어차피 여기 다시 올 것도 아닌데. 휙휙, 주위를 둘러보던 보라는 종이컵을 든 손을 쭈욱 내밀고는 그대로 앞으로 돌진했다.

"어이쿠!"

힘찬 목소리가 터져 나오는 동시에 깔끔하던 슈트에 얼룩이 지기 시작했다. 순식간에 봉변을 당한 남자는 자신의 가슴께에 커피를 쏟고 바닥에 뒹굴고 있는 종이컵을 바라보았다.

"죄송해요."

분명 말은 죄송하다고 하고 있는데 보라의 표정이며 말투는 어쩐지 고소하다는 느낌을 가득 담고 있었다.

"이거 죄송해서 어쩌죠? 옷이…… 어머나! 비싼 것 같은데 이걸 어쩌나."

보라의 손이 이미 얼룩져 있는 슈트에 살짝 닿았고 호들갑은 계속되었다. 그 순간, 남자의 눈이 가늘어졌다. 그녀는 여전히 호들갑을 떨고 있었지만 입은 내내 웃고 있는 채였다. 하지만 얼마 지나지 않아 즐기고 있던 그녀의 표정이 순식간에 굳었다. 이대로 있다간 세탁비를 물어줘야 할지도 모른다는 걱정이 들었기 때문이었다. 보라는 남자의 입이 열리기 전 먼저 선수를 쳤다.

"그럼 이만."

나름대로 정중하게 고개를 숙이고는 종종 걸음으로 서둘러 자리를 떴다. 돌아보지 않는데도 남자의 표정이 어느 정도 예상이 되었다.

"흐흐. 복수했다."

음흉하게 웃다가 이크, 하며 소리를 낸 그녀는 최대한 빠르게 발을 움직였다.

안 그래도 커다란 그녀의 눈이 더 커다래졌다. 자신이 저질렀던 일을 까맣게 잊고 있었던 것이다.

"설마. ……에이, 선생님은 아닐 거야. 저렇게 젊은 선생이 어딨어?"

보라는 초조한지 이리저리 눈동자를 굴리며 예전 학창시절의 기억을 떠올렸다. 기억속의 선생님들은 온통 40대가 훌쩍 넘은 선생님들과 할아버지 선생님들밖에 없었다.

"그래. 나랑 나이도 비슷해 보이는데 선생일 리가 없어. 그럼 계발활동 강사가? 아니야, 아니지. 목요일이었으니까 강사는 아닌데. 그러면…… 그래! 잠깐 들른 잡상인, 그런 사람일 거야."

말도 안 되는 억지라는 걸 알면서도 꼭 그래야만 한다는 듯 그녀의 주먹이 불끈 쥐어졌다.

"준비는 많이 했어요?"

인자하게 웃는 할아버지 선생님을 따라 보라는 수줍게 웃으며 창작반 학생들이 기다리고 있는 교실로 향했다. 급하게 개설되는 바람에 담당 선생님 또한 급하게 맡아진 모양이었다. 계발활동의 담당 선생은 대부분 자신이 관심 있는 분야를 맡기 마련이었는데 앞에 계신 선생님은 창작에는 도무지 관심이 없어 보이셨다. 담당 선생도 수업에 관심이 있으면 같이 수업을 들을 수 있는 혜택이 있었지만 그런 부담은 덜어질 것 같아 그나마 다행이었다.

"선생님, 몇 살이세요?"

"예뻐요!"

"남자 친구 있으세요?"

"어디 살아요?"

예쁘장한 외부강사의 외모에 남학생들은 물론 여학생들이 질문 또

한 쏟아졌다. 워낙 호기심이 많은 친구들이라 이것저것 질문을 하는 바람에 모두 대답을 해주느라 보라는 결국 진이 빠져버렸다. 수업이 끝나고 창가에 기대서서 밖을 내다보던 보라는 살짝 미소를 지었다. 짓궂은 친구들의 질문에는 간혹 곤란하기도 했지만 기운이 펄펄 넘치는 학생들 틈에 있다 보니 어느새 자신도 어려진 것 같아 기분이 좋았다.

"그래. 좋은 게 좋은 거지."

하지만 얼마 지나지 않아 활짝 올라가 있던 입꼬리가 스르르 내려갔다. 믿을 수 없는 광경에 그녀는 고개를 쭉 내밀었다가 상체까지 창밖으로 쑤욱 내밀었다. 남학생 하나가 그 우스운 모습을 시큰둥하게 구경하며 지나가다가 그녀에게 팔이 잡혀 멈춰 섰다.

"학생! 저기 저 잿빛 차. 혹시 여기 선생님 차니?"

"잿빛이 뭔데요?"

"얘가, 얘가! 잿빛도 몰라? 저기 있는 회색 차 말이야."

"저 차……"

두 손을 모아 주먹까지 꼭 쥔 채, 간절한 눈빛으로 자신을 올려다보는 보라를 시큰둥하게 보던 남학생은 잠시 뜸을 들었다가 대답했다.

"미술 쌤 자동찬데."

보라의 입이 떡하니 벌어졌다.

'말도 안 돼. 거짓말일 거야.'

경악스러운 표정, 초조한 표정, 그 다음엔 울먹이기까지 하는 보라를 남학생은 뚱하게 지켜보다가 지나쳐갔다. 한참 뒤, 정신을 차린 그녀는 서둘러 계단으로 내려가 기어이 자동차 번호판을 확인했다.

하지만 결과는 절망적이었다.

06조 4772

자신이 기억하고 있는 번호였다. 잿빛 자동차 앞에서 커다란 눈이 그저 몇 번 깜박거렸다.

"젠……장."

나지막하게 중얼거리던 그녀는 곧 고개를 세차게 저었다.

"호랑이 굴에 잡혀가도 정신만 차리면. 아니, 그게 아니지. 하여튼 마주치지만 않으면 돼. 마주치지만 않으면."

보라는 다시 주먹을 불끈 쥐어보이곤 서둘러 자리를 떴다. 행여 자동차의 주인과 마주치면 안 되므로.

* * *

두런두런 대화를 나누던 정 선생과 구 선생이 차분히 책상정리를 하고 있는 시오를 돌아봤다.

"김 선생."

"네."

"김 선생은 미술 하니까 예술 쪽에 관심이 많지?"

"아무래도 그렇죠. 근데 그건 왜 물으세요?"

"창작 같은 거에도 관심이 있나?"

"창작이요? 무슨 창작이요?"

"이를테면 글을 쓰는 거라든가. 아! 김 선생 글씨 잘 쓰잖아. 글도 잘 쓰겠네."

"선생님은. 글씨 잘 쓴다고 글도 잘 쓰나요? 그거랑 그건 별개죠."

"그런가?"

"뭐 부탁하실 거 있으세요?"

활짝 웃는 남자의 얼굴이 눈부셔서 이제 정년퇴임이 얼마 안 남은 구 선생은 눈을 몇 번 깜박거렸다. 학교에 젊은 선생이 김 선생만 있는 건 아니었지만 유독 자신의 앞에 있는 이 젊은 총각 선생이 돋보이는 건 사실이었다.

미술을 담당하고 있어 그런지 세심한 성격에 눈치도 빨라 대부분의 선생님들이 좋아하는 건 물론이고 큰 키에 외모까지 준수해서 학교 내에서 인기도 많았다. 가끔 가다 한 번씩 웃을 테면 여학생들은 꺅꺅거리며 기절이라도 할 태세였다. 거기에다가 친절하기까지.

사실 김 선생의 첫인상이 그리 좋았던 것은 아니었다. 자신들과는 거리가 먼 사람인 듯 보이기도 했고 처음에 무뚝뚝하고 차가워 보이기까지 했다. 하지만 역시 첫인상으로 사람을 판단할 순 없는 모양이었다. 거기까지 생각하던 구 선생은 흠흠 헛기침을 하며 말을 꺼낸 이유에 대해 본격적으로 설명했다.

"계발활동 같은 걸 맡아본 적이 있어야 말이지. 그것도 손이 한두 번 가는 게 아니더라고. 그렇다고 내가 귀찮아서 그러는 건 아니고 김 선생이 관심이 있으면 담당도 하면서 같이 수업도 듣고. 그럼 일석이조니까…… 그건 또 아닌가?"

구 선생은 민망해하며 허허 너털웃음을 지었다. 시오는 자신보다 한참 연배가 높은 어른이 민망해하니 왠지 죄송스럽기도 하면서 그 모습이 귀여워 보이기도 했다. 그는 살짝 웃으며 얼른 대답을 했다.

"지금은 맡은 일이 마무리가 안 됐는데 어쩌죠? 대신 이주일 후에 제가 맡을게요."

"진짜 김 선생이 맡게? 구 선생님은 그저 농담 삼아 말한 건데. 선생님 땡 잡으셨네요."

조용히 대화를 듣고 있던 정 선생이 잘됐다는 듯 구 선생을 돌아봤다. 구 선생은 손사래를 쳤다.

"김 선생 번거로우면 안 그래도 돼."

"아니에요. 저도 계발활동 담당하면서 같이 수업도 듣고 싶었어요. 창작 B반 맡으셨죠?"

"응. B반. 고마워. 내가 또 김 선생한테 한턱 거하게 쏴야겠네."

"이미 여러 번 쏘셨잖아요. 매번 커피도 사주시는데."

시오는 활짝 웃으며 의자에 걸쳐 있던 재킷을 집어 들었다. 이제 퇴근을 할 참이었다. 그러다 문득 주머니에 동전이 있다는 걸 깨닫고는 책상 위에 있던 종이컵에 동전을 넣어두었다. 구 선생님을 비롯한 선배 선생들이 간혹 커피를 뽑아다주곤 했는데 그게 미안해 여분이 되는 동전은 언제나 빈 종이컵에 넣어두곤 했다.

그는 돌아서다가 문득 떠오르는 기억에 종이컵을 다시 바라보았다. 그건 얼마 전 자신의 재킷에 커피를 쏟고 그대로 바닥으로 떨어진 종이컵이었다. 그때 여자는 연신 미안하다며 사과를 했지만 분명 느낄 수 있었다. 마치 고소하다는 듯이 여자의 눈과 입은 내내 웃고 있었다. 드라이를 해서 이제는 말끔해진 슈트를 볼 때면 종종 꿈이었나 생각하며 고개를 갸웃하곤 했다.

분명 처음 보는 여자였다. 예전에는 까칠한 성격 때문에 주위 사람들에게 간혹 못되게 굴기는 했으나 교직으로 들어선 이후엔 그런 일은 전혀 없었다고 맹세할 수 있었다.

'그럼 예전에 알던 사람인가?'

그는 픽 웃으며 돌아섰다. 예전에 알던 사람이 복수를 하기 위해 자신을 수소문해 학교로 찾아와서 커피를 뿌리고 돌아갔다? 말도 안 되는 생각이었다. 자신을 수소문할 만큼 누군가에게 나쁜 짓을 한 적도 없고 그렇게까지 했다면 커피만 뿌리고 돌아가지는 않았을 것이다. 그 후로 여자는 보이지 않았다.

그러고 보면 웃긴 일이었다. 여자는 그대로 사라졌고 자신은 화를 내지도 않고 멍하니 뒷모습만 지켜보다가 나중에는 바닥에서 먼지들과 뒤엉켜 구르고 있는 종이컵을 주워들고 오기까지 했다. 그리곤 깨끗하게 씻어서 책상 위에 올려놓은 것이다. 동전을 넣고 있는 저장고로 유용하게 쓰이고 있기는 했으나 그걸 굳이 주워올 필요는 없었다. 그래도 그나마 지금 동전들이 들어 있는 그 종이컵이 그때 일이 꿈이 아니었다는 걸 증명해주고 있었다. 설마, 다시 만나고 싶은 건가? 그런 예의도 없고 경우도 없는 이상하기만 한 여자를?

그는 살짝 입가를 올리며 자신의 차가 있는 운동장 쪽으로 향했다. 곧 〈06조 4772〉 번호판을 단 잿빛 자동차가 부우웅, 소리를 내며 멀어졌다.

1.
수상한 여자와 이상한 남자

그 후로 일주일이 지났고, 보라는 만반의 준비를 한 채 학교로 향했다. 잠깐 마주친 게 다였지만 남자가 자신을 알아보지 못하게끔 머리 모양도 바꾸고 옷도 최대한 그때와는 다른 스타일로 입었다. 거기에다 잘 쓰지도 않는 안경까지 가방 안에 준비해뒀다.

'완벽해!'

그녀의 입꼬리가 음흉하게 올라갔다. 곧 웃음을 멈추고 주위를 휙휙 두리번거린 그녀는 최대한 몸을 낮추어 빠르게 걸음을 옮겼다. 하지만 그녀만 모르고 있는 게 있었으니, 학생들은 물론이고 학교 안에 있는 모든 사람들의 시선이 수상한 몸짓으로 걷고 있는 그녀에게 집중되고 있었던 것이다.

"헉!"

만반의 준비를 했다고는 하지만 갑작스레 닥친 상황에 당황하지 않을 수는 없었다. 차에서 내려 유유히 걷고 있는 검정 슈트의 남자를 발견한 보라는 지나가고 있는 덩치 좋은 남학생을 잡아 그 뒤로 몸을 숨겼다.

평소와 같이 학교를 가다가 웬 낯선 여자에게 잡혀 꼼짝도 하지 못하게 된 남학생은 눈을 깜박이며 잠시 동안 얼어 있었다. 남학생의 사정을 전혀 모르는 그녀는 잽싸게 가방에서 안경을 꺼내 끼고는 슬그머니 고개를 내밀어 건물 쪽으로 향하는 남자를 염탐했다.

"저, 저기 누님."

가늘게 뜬 눈으로 한참 남자의 뒷모습을 보고 있는데 위에서 굉장히 낮은 저음의 목소리가 들려왔다. 빠끔히 눈동자를 치켜떠 올려다보는 보라의 모습에 남학생은 결국 딸꾹질까지 하며 얼굴을 붉게 물들였다. 그제야 남학생에게 피해를 입혔다는 사실을 깨달은 보라는 억지로 웃어 보이며 꼭 붙잡고 있던 남학생의 교복 재킷과 손을 놔주었다.

"미안. 공부 열심히 해."

보라가 예쁘게 웃어보이자, 남학생은 얼굴을 더 시뻘겋게 붉히다가 쌩하고 달려 나가기 시작했다. 그 모습을 멍하게 보던 그녀는 고개를 갸웃하며 아까 남자가 들어간 입구 쪽을 유심히 살펴보았다. 벌써 들어간 건지 남자는 이미 보이지 않았다. 보라는 그제야 숨을 크게 내쉬고는 창작반이 있는 교실로 향했다.

1교시를 마친 보라는 가방에서 서류를 꺼내 교실을 나섰다.

"교무실에 계시려나?"

구 선생에게 제출할 서류를 들고 계단을 내려가다가 무언가 잊고 있다는 생각에 잠시 교무실 문 앞에 멈춰 섰다. 고개를 갸웃거리다가 이내 대수롭지 않게 여기고 교무실 문을 열려던 그녀는 이내 동작을 멈추고 유리창을 물끄러미 바라보았다. 위쪽 유리 너머로 비치던 인영이 점점 가까워져오고 있었다. 순간 그녀의 눈이 휘둥그레 떠졌다.

"이런······."

빠르게 걸음을 옮겨 교무실로 진입하기 전, 모퉁이 벽에 딱 붙어선 그녀는 제발 그가 이쪽으로 오지 않기를 기도했다. 다행히 그의 모습은 보이지 않았지만 벽과 거의 한 몸이 된 그녀를 지나가는 학생들은 영 수상쩍은 시선으로 힐끔거리고 있었다.

"하. 하하."

싱겁게 웃어 보인 보라는 서둘러 계단을 올라가기 시작했다. 하지만 허둥지둥 뛰어가는 그 모습을 누군가가 지켜보고 있다는 걸 그녀는 미처 알지 못했다.

그렇게 시간이 지나고, 보라는 어느새 옆 반 강사와 친해져 커피까지 함께 마시는 사이가 되었다. 일주일 동안 준비한 수업은 어느 정도 만족스럽게 진행이 되었고 오랜만에 학교 안에서 맞이하는 싱그러운 바람은 기분까지 설레게 만들었다. 하지만 그 탓에 잠시 잊고 있던 게 있었으니 그녀의 등 뒤에서 자판기 앞으로 다가오는 두 명의 젊은 선생들을 보지 못한 것이었다.

"여, 안녕하세요. 강사 선생님들이시죠?"

보라는 우렁찬 목소리에 잠시 주춤했다. 낯선 목소리였지만 등 뒤쪽에서 느껴지는 느낌은 마냥 낯선 것만은 아니었다. 저절로 움츠러드는 어깨를 느끼며 돌아가지 않는 고개를 억지로 돌렸다. 시원시원한 인상의 남자가 웃으며 다가오고 있었다. 살짝 눈동자를 굴리자, 그 옆엔 그녀와 분명 안면이 있는 사람이 동행하고 있었다. 그 남자였다. 보라의 눈이 커다랗게 커졌고 그녀는 자신도 모르게 다시 고개를 홱 돌려버렸다.

'이런 젠장.'

왜 항상 이런 식인 걸까? 자신이 조심성이 없는 걸까? 아니면, 하늘이 무심한 걸까? 그렇게 피해 다녔는데 하필 여기에서 이렇게 마주치다니. 망연자실한 보라와는 달리 옆에 있던 강사는 시원한 인상의 남자와 벌써 인사까지 하고 있었다. 계속 피할 수는 없었기에 그녀는 망설이던 걸 멈추고는 남자 쪽으로 돌아섰다. 어차피 이판사판이었다. 이젠 피할 방도가 없었다.

하지만 겁 없이 돌아선 그녀는 잠시 움찔했다. 내내 자신에게 눈길을 주고 있었던 것 같은 남자와 눈이 딱 마주쳐버린 것이다. 근데 남자 또한 적잖이 놀란 눈치였다.

"체육을 담당하고 있는 한도건이라고 합니다."

보라와 남자 사이에 얼굴 하나가 불쑥 끼어들었다.

"네, 안녕하세요. 차보라예요."

도건과 얼떨결에 악수까지 한 보라는 아무렇지 않은 듯 손을 종이컵으로 가져갔다. 하지만 안 그러려고 해도 시선은 자꾸 그 남자 쪽으로 향했다. 가만히 지켜보던 남자는 간단하게 자신을 밝혔다.

"김시오입니다."

"네."

호탕하게 웃으며 몇 번 질문을 건네던 도건은 시오와 함께 자리를 떠났다.

"젊은 선생님들도 계시네요."

왠지 설레어 하는 옆 반 강사의 말에 보라는 어색하게 웃으며 고개를 끄덕였다. 무슨 대화를 나누는 건지 간간히 웃음소리를 내며 멀어지는 남자의 뒷모습을 지켜보던 그녀는 눈을 가늘게 뜨며 생각에 잠겼다. 화를 내지도 않고 그렇다고 책임을 묻지도 않는다. 아무 일도 없었다는 듯 행동하는 남자가 오히려 더 불안했다. 화를 내야 하는 것 아닌가? 혹시, 자신을 알아보지 못하는 건가? 하지만 그렇다고 하기엔 아까 놀란 듯 보이던 얼굴이 마음에 걸렸다.

"에이."

'신경 쓰지 말자.'

하지만 보라는 그 후로 꽤 여러 번 시오와 마주쳤다. 학생들에게 끌려 매점에 갔을 때도, 담당 선생인 구 선생님에게 질문을 하러 갔을 때도, 복도 창가에 기대 잠시 휴식을 취할 때도, 심지어 화장실 앞에서까지 마주쳤다. 사실, 그건 같은 건물에 있으니 그리 대수로운 일은 아니었다. 오히려 그동안 마주치지 않은 게 용한 것이었다. 하지만 문제는 따로 있었으니, 마주칠 때마다 정중하게 고개를 숙이며 인사를 하는 남자의 행동이었다. 지레 찔리는 건지 아니면 아무렇지 않게 행동하는 게 거슬리는 건지 그녀의 마음이 점점 더 불편해지고 있었다. 결국 보라는 다섯 번째 마주쳤을 땐 참지 못하고 먼저 남자에게로 다가갔다. 마음에 무언가가 걸린 것 같은 불편한 마음을 계속 담고 있긴 싫었다. 그리고 잘못한 건 사과를 해야 했다.

"저기요!"

자동차 트렁크에서 자료를 꺼내던 시오가 고개를 돌렸고 그렇게 삼 주일째 되던 날, 그들은 처음 만났던 장소에서 다시 대면하게 되었다. 햇빛을 등지고 빤히 자신을 바라보는 얼굴이 새삼 잘생겨 보여 보라는 약간 움찔했다. 하지만 곧 거침없이 가까이 다가섰다.

"나 기억 안 나요?"

따지듯이 묻는 질문을 가만히 듣던 시오가 살짝 입꼬리를 올렸다. 정말 종잡을 수 없는 여자다. 어느 순간 나타나 커피를 쏟고 사라지더니 갑자기 나타나 자신이 더 곤란한 얼굴을 하지를 않나, 민망해할까봐 기껏 피해줬더니 대뜸 다가와 기억 안 나냐고 묻는다. 그리고 자판기 앞에서 마주치기 전, 자신을 어설프게 피해 다녔던 여자는 아무래도 이 여자가 맞는 모양이었다.

며칠 전부터 느낌이 이상했다. 꼭 누군가의 시선 안에 잡혀 있는 것 같은데 돌아보면 그 곳엔 아무도 없었다. 그 느낌이 오싹하거나 불쾌해야 마땅한 것이었지만 이상하게도 그게 싫지만은 않았다. 예전에 알던 사람이 아닌 건 확실했다. 이런 사람을 기억 못 할 리가 없었다. 재밌기도 하고 신기하기도 한. 하지만 빙긋 웃는 그의 얼굴에 보라는 약이 올랐다. 그래서 더 버럭버럭 소리를 질렀다.

"그래요! 제가 잘못했어요. 커피 쏟은 것도, 세탁비 안 물어주고 그냥 도망간 것도 내가 잘못한 건데. 근데! 잘못은 그쪽이 먼저 했잖아요!"

"내가요?"

"네! 전 그쪽 때문에 면접도 다 망쳤다고요. 뭐, 결국은 취직이 되긴 했지만."

하지만 남자는 무슨 말을 하는지 모르겠다는 표정이었다. 결국 보라는 한숨을 흘리며 그날 일을 설명했다.

"흙탕물 튀기고 그냥 가셨잖아요. 그날 저 면접 봐야 되는데 옷 완전 엉망 됐었다고요. 여기 교장 선생님 깔끔한 거 좋아하신다면서요? 면접 본 게 교장 선생님은 아니지만 그래도 그것 때문에 마이너스 된 건 확실해요. 그쪽, 아니 그러니까 뭐냐. 아! 선생님도 그날 저 세탁비 안 주시고 그냥 가셨잖아요. 세탁비는커녕, 미안하다는 말도 없이 가셨잖아요. 뭐, 꼭 미안하다는 말을 바라는 건 아니에요. 세탁비는 선생님 옷이 좋아서 더 많이 들었겠지만 그래도 저도 억울하다고요."

횡설수설하는 말을 가만히 듣던 시오는 요점만 파악해서는 자신이 궁금한 것을 질문했다.

"흙탕물을 튀겨요?"

여전히 모르겠다는 얼굴에 보라는 기운이 빠져버렸다. 정작 상대는 아무렇지 않은데 자신만 흥분모드로 돌입한 것이 여간 분한 게 아니었다. 그녀는 쓱 손가락을 들어 잿빛 자동차를 가리켰다.

"이거 선생님 차 맞죠?"

시오가 잠시 뜸을 들이자, 그녀는 초조해졌다. 설마 자동차의 주인이 아닌 건가? 그럼, 자신은 어떻게 되는 거지? 괜히 엄한 사람한테 분풀이를 한 게 되는 것 아닌가? 하지만 그녀가 눈을 몇 번 깜박거리는 사이, 시오는 고개를 끄덕였다.

"네."

보라는 역시 자신이 맞았다는 듯 다시 기고만장해하며 어깨를 으쓱했다.

"그때가 목요일이었으니까 10일! 10일에요, 3시경쯤 차 타고 교문 지나가셨잖아요!"

"10일……."

시오는 그날을 떠올리는 듯 교문을 돌아봤다. 하지만 자신은 누군가에게 흙탕물을 튀기고 간 기억이 없었다. 더군다나 교문 앞에서라면 더욱이 그런 일은 없었을 것이다.

"10일."

그때 그의 머릿속에 어떤 기억 하나가 스쳐지나갔다. 곧 낮게 중얼거리던 입꼬리가 슬쩍 올라갔다.

"제 기억으론 저는 그날 학교에 안 나왔는데요."

"네? 말도 안 돼. 그날 공휴일도 아니었고, 주말도 아니었잖아요."

"아니었죠. 전 예비군훈련 받으러 가느라 안 나왔어요."

몇 초 동안 정적이 흘렀고 멍하던 보라의 얼굴에 당황스러운 표정이 고스란히 드러났다. 그녀는 당혹감을 감추지 못하고 다시 한 번 차를 가리켜보였다.

"아닌데. 그때 분명 이 차였는데. 06조 4772. 번호도 기억하고 있다고요."

그제야 시오는 이해가 갔다. 그녀가 커피를 쏟았던 날도 자신이 자동차 앞에 서 있던 날이었다. 아무래도 앞에 있는 이 여자는 착각을 해도 아주 크게 한 모양이었다. 때마침 체육 선생, 도건이 저 멀리에서 다가오며 시오를 불렀다.

"어이! 김 선생. 차 좀 빌려주라! 저번처럼 험하게 안 다룰게!"

시오는 도건에게 차키를 던져주고는 보라를 향해 어깨를 으쓱였다. 그녀의 얼굴이 새파랗게 질리기 시작했다.

망연자실하는 머릿속에 그동안 저질렀던 만행들이 고스란히 떠오르고 있었다. 일부러 커피를 쏟고, 어색한 연기를 하며 당황해하는 남자를 두고 그대로 줄행랑을 쳤다. 그리고 조금 전엔 다짜고짜 남자에게 따지기까지 했다. 더군다나 보라는 적어도 이 학교에서 반년 간을 일해야 했다. 그 중 가장 큰 문제는 저 남자가 이곳의 선생이라는 점이었다.

'제발 저 좀 구해주세요. 이 자리에서 저를 좀 빼내주세요. 제발!'

간절하게 바라면 이뤄진다더니 순 뻥인 모양이었다. 보라는 하늘을 올려다보며 울먹이는 것을 멈추고 천천히 눈동자를 굴려 남자를 바라봤다. 남자의 눈동자가 희미하게 미소를 띠우는 순간, 그녀는 인정해야 했다.

"죄송합니다."

보라가 눈물을 머금고 사과를 하고 있을 때 체육 선생이라는 남자는 그들 바로 앞까지 다가와 있었다.

"어? 차 강사님이시죠? 김 선생이랑 뭐해요? 설마…… 데이트?"

데이트 같은 소리하고 자빠져 있네. 흙탕물의 범인이자 이런 사태를 만든 원흉을 조용하게 흘기며 속으로 칼날을 갈던 보라에게 별안간 낮은 목소리가 들려왔다.

"너 10일에 차 선생님한테 흙탕물 튀기고 도망갔다며?"

"에? 내가?"

"교문 앞에서."

"교문?"

"3시경에."

보라는 자신이 한 말을 그대로 말하는 남자를 물끄러미 바라보다가 음, 하며 앓는 소리를 내는 체육 선생을 홱 하고 돌아봤다. 체육 선생이라는 남자는 영 기억이 안 나는 눈치였다.

"10일 3시경, 이 차 탄 거 너 맞지?"

"그렇지."

"험하게 운전했다고 네 입으로 실토했어, 너."

체육 선생은 곰곰이 생각하는 표정으로 몇 번 고개를 끄덕였다. 저 사람도 자신 못지않게 꽤 단순한 모양이라고 보라는 생각했다. 미술 선생이라는 그의 몇 마디에 이렇게 금방 수긍하는 걸 보면.

"그때 교문 앞에서 봉변당하는 바람에 면접 망치셨대."

그저 감흥 없이 말하는 말투였지만 보라는 어쩐지 자신을 달래고 있는 느낌을 받았다. 역시 선생님이란 직업의 특성 때문인 건가? 몇 번 더 대화를 주고받던 남자들과 동떨어져 가만히 생각을 하고 있는 보라에게 갑자기 호탕한 목소리가 들려왔다.

"미안해서 어쩌죠? 제가 실수했네요. 죄송해요. 이거 어떻게 해드려야 하나? 아, 세탁비 물어드려야 하는 건가? 죄송해요, 진짜. 너무 죄송합니다."

갈수록 진지해지고 심각해지는 사과에 당황한 건 보라 쪽이었다. 건장한 남자가 연신 고개를 숙여가며 미안하다고 사과하는 것도 당혹스러웠지만 더 문제인 건 지켜보고 있는 미술 선생이었다. 이 남자가 이렇게 사과를 하면 자신은 저 미술 선생한테 얼마나 더 크게 사과를 해야 하는 것일까? 이 남자는 모르고 저지른 일이니 실수였다고 치지만 자신은 일부러 커피를 쏟았었다. 그리고 왜인지는 모르겠지만 저 미술 선생은 자신이 한 행각을 왠지 다 알고 있는 것만 같이 느껴졌다. 보라의 표정이 심상치 않게 변해가자, 지켜보고 있던 시오의 얼굴에 미소가 번졌다.

울먹이며 괜찮다고 말하는 그녀에게 체육 선생은 다음에 꼭 한 턱 쏘겠다고 하고는 급한 일이 있어서 이만 가보겠다는 인사를 남긴 채 잿빛 자동차를 타고 그대로 떠나버렸다.

그리하여 보라는 미술 선생과 단둘이 남게 되는 실로 민망하고도 뻘쭘한 상황에 봉착해버렸다. 괜히 애꿎은 운동장을 쭉 둘러보던 그녀는 아직도 자신을 보고 있는 미술 선생에게 결국 90도로 고개를 숙였다.

"죄송합니다. 일부러…… 그러긴 했지만, 그땐 화가 머리끝까지 나는 바람에. 정말이지 맹세코 그런 일은 처음 했어요. 그 상대가 선생님이라는 게 유감스럽지만, 저 원래 그렇게 경우 없는 사람은 아니거든요. 죗값은 제가 평생……은 안 되고, 어쨌든 세탁비는 꼭 물어드릴게요."

아, 자신이 생각해도 너무 구질구질했다. 저 남자가 '그래서요?'라고 시니컬한 얼굴로 반문해도 할 말이 없을 것 같았다. 왜인지는 모르겠지만 시니컬한 표정이 굉장히 잘 어울릴 것 같은 남자를 피해 그녀는 고개를 숙였다.

"그래요. 들어가죠."

'응?'

너무도 선뜻 나온 대답에 보라는 바로 고개를 올려 남자를 바라보았다. 남자는 정말로 신경 쓰지 않는다는 듯 초연한 얼굴이었다. 그녀는 맥이 탁 풀려 자신도 모르게 묻고 말았다.

"그게 다예요?"

잠시 멍해지는 것 같던 남자의 얼굴에 살짝 미소가 번졌다.

"왜요? 아쉬워요?"

"아뇨! 아쉽긴요. 들어갈까요?"

그녀가 어설프게 미소를 짓자, 남자는 고개를 몇 번 끄덕이며 뚜벅뚜벅 구두소리를 냈다. 멍하니 남자를 보다가 보라도 얼른 교실로 향했다. 정말이지 이제 두 번 다시는 마주치고 싶지 않다는 생각을 하며.

웅성거리던 교실 안이 점점 경건한 분위기를 찾아가고 있었다. 보라는 학생들에게 글쓰기 연습을 시키고는 잠시 창문 앞으로 다가갔다. 얼굴을 향해 불어오는 바람이 퍽 기분 좋게 느껴져 창가 앞을 쉽사리 떠나지 못하고 있는데 여학생의 목소리가 들려왔다.

"쌤!"

"응?"

"여기 이 문장에서요. 가엽다, 가 맞죠?"

"아니거든. 선생님, 가엾다, 가 맞잖아요. 그죠?"

'가엽다, 가 맞아', '웃기시네! 가엾다, 가 맞거든!' 하며 티격태격 싸우는 학생들을 보던 보라가 연습장으로 고개를 숙였다.

~~그의 너머로 어렴풋이 보이는 소녀의 모습이 가엽다.~~ (엾)

'엽'이라는 단어 위에 줄이 죽 그어져 있고 그 위에 '엾'이라고 적혀 있었다. 아마 옆의 학생 소행인 듯했다. 그 모습을 귀엽게 보던 보라의 표정이 돌연 어두워졌다.

'뭐가 맞았더라? 가엽다, 가 맞는데. 아니지. 가엾다, 도 맞는데.'

분명 기억 속엔 가엽다, 가 맞는 단어였다. 하지만 그렇다고 가엾다, 도 틀린 단어가 아니었다. 순간 그녀의 머릿속이 미술 선생과 둘만 남았을 때처럼 새하얗게 변하기 시작했다. 눈만 끔뻑거리는 보라의 앞에서 학생들은 답을 내려주길 조용히 기다리고 있었다.

그제야 그녀는 정신이 번쩍 들었다. 자신은 여기에 놀러온 게 아니라 학생들을 가르치러 왔다는 게 새삼 머릿속에 깊숙이 박혀왔다.

"아, 그러니까……."

마침 수업을 마친다는 종소리가 들렸고, 보라는 끝내 정답을 알려주지 않은 채 부리나케 문 쪽으로 달려갔다.

"선생님 화장실 다녀와서 알려줄게!"

우선, 혼자 있을 만한 곳이 필요했다. 하지만 화장실은 사람이 너무 많았고 교실은 물론 복도에도 학생들이 나와 있었다. 보라는 주머니 속에 있는 핸드폰을 꽉 쥔 채 서둘러 걸음을 옮겼다. 그녀의 머릿속은 온통 한 가지 생각뿐이었다.

사람이 아무도 없는 곳을 찾아야 한다. 맞춤법도 제대로 모른 채 학생들을 가르치러 왔다니. 더군다나 인터넷의 도움을 받아 문제를 해결하는 모습 따윈 그 누구에게도 들키기 싫었다. 왜 그게 갑자기 생각이 안 나는 걸까? 맞춤법에 대해선 어느 정도 자신 있다고 자부하고 있었는데. 불안한 마음이 그녀의 걸음을 점점 더 빠르게 만들고 있었다.

하지만 보라는 얼마 지나지 않아 우뚝 멈춰서야 했다. 화단 앞에서 햇빛을 받으며 두런두런 대화를 나누고 있는 여선생들과 마주쳤기 때문이었다. 화기애애한 분위기가 어쩐지 부럽게 느껴져 보라는 다가서며 인사를 했다.

"안녕하세요."

맞춤법을 찾는 게 급하긴 했지만 그래도 인사를 해야 하는 게 예의였다. 하지만 여선생들은 그녀와는 생각이 달랐던 모양이었다. '뭐야, 저건' 이라는 표정으로 대충 고개를 숙이며 다시 저희들끼리만 대화를 하는 모습에 보라는 의아해하며 발길을 돌렸다. 그러던 중 그녀의 고개가 살짝 갸우뚱해졌다. 저들에게 무슨 실수를 했던가? 혹시 텃세부리는 건가? 보라는 곧 고개를 살짝 저었다. 지금 그거 걱정하고 있을 때가 아니다. 다시 걸음이 빨라지고 있었다.

 몇몇 남학생들이 공을 차는 운동장을 가로질러 여기저기 둘러보는 보라의 눈에 커다란 나무 앞에 홀로 세워져 있는 벤치 하나가 보였다. 한적하고 아늑해 보이기까지 하는 그곳엔 예상외로 아무도 없었다. 보라는 우두커니 벤치를 바라보다가 재빨리 주변의 눈치를 살피고 벤치 앞으로 다가갔다. 온통 초록빛으로 물들어 있는 그곳은 싱그럽다 못해 신비한 느낌까지 주고 있었다.

 "흠. 왠지 괜찮은데."

 하지만 지금 풍경 감상할 때가 아니었다. 퍼뜩 정신을 차린 그녀는 벤치에 앉아 핸드폰을 끄집어내고는 꾹욱꾹욱 버튼을 눌렀다. 곧 액정에 인터넷 창이 떴고 그녀의 손가락이 재빨리 '가엽다'를 검색했다. 이윽고 결과 화면이 떴다. 그곳을 멍하니 응시하던 보라의 입에선 허탈한 한숨소리가 새어나왔다.

 "그러니까 가엽다, 도 맞고 가엾다, 도 맞다 이거지?"

 너무도 허무해져 더 이상 다른 말도 나오지 않았다. 보라는 그저 벤치에 등을 기대 나뭇잎들 사이로 보이는 하늘을 올려다봤다.

 "내가 대체 뭘 한 거야?"

 나지막한 중얼거림이 터져 나오는 동시에 벤치 뒤의 있던 나뭇잎이 바람결에 살짝 흔들렸다. 보라는 새파란 하늘에서 떨어져 내리는 것 같은 나뭇잎을 바라보다가 살짝 눈을 감았다. 긴장이 풀리니 단단하게 쥐고 있던 마음까지 풀리는 느낌이었다. 순탄하지 않은 하루가 너무 버겁게 느껴졌다. 순간 그녀의 머릿속으로 아까 곱지 않은 시선으로 자신을 보던 여선생들이 떠올랐다. 그리고 미술 선생에게 90도로 고개를 숙여 인사를 하던 모습, 학생들 앞에서 당황해하던 모습까지도 연이어 기억났다. 낯선 곳, 낯선 사람들, 낯선 기분. 온통 낯설 기만 한…….

"그래. 여기엔 내 편이 아무도 없다 이거지?"

보라는 옆에 놓여 있던 핸드폰을 비장하게 들고는 특정버튼을 꾸욱 눌렀다. 그리고 귓가에 대는데 연결음만 들려올 뿐 듣고 싶었던 목소리는 들려오지 않았다. 다른 버튼을 눌러보았지만 결과는 마찬가지였다.

"이 죽일 놈의 타이밍."

그녀의 입에서 깊은 한숨이 절로 나왔다. 언제나 이런 식이었다. 마음이 울적할 때나 버거울 때 주위 사람들에게 전화를 하면 받지 않는다. 하지만 그걸 그들의 탓으로 돌릴 수도 없었다. 그들이 울적할 때나 버거울 때 자신이 위로가 되었던 적이 있던가?

보라는 마음이 더 무거워지는 걸 느끼며 핸드폰을 조용히 내려놓았다. 하지만 이대로 기죽기도 싫었다. 주먹을 꽉 쥔 그녀는 등을 꼿꼿이 세우고는 앞을 똑바로 응시했다.

'그래, 뭐. 나중에 타이밍 엄청 잘 맞는 남자를 만나면 되지. 가만있자, 지금은 그 대타가 필요하니까.'

보라는 여기저기 둘러보다가 바로 보이는 나무를 척억 가리켰다.

"이제부터 네가 내 편이다! 음하하하하!"

이내 호탕하던 웃음소리가 뚝 그쳤다. 아무리 그래도 말도 못하는 나무한테 내 편, 네 편하고 있다니. 이건 또 뭐하는 짓인가 싶다. 그녀는 다시 벤치에 기대며 하늘을 올려다봤다. 청아한 하늘에 떠 있는 우스꽝스러운 모양의 구름이 그나마 위로가 되고 있었다.

"……!"

갑작스런 발자국 소리에 보라는 얼른 몸을 일으켜 소리가 난 쪽을 바라보았다. 멍하게 보는 그녀의 눈동자에 비친 건 역시 멍하게 그녀를 보며 서 있는 미술 선생이라는 그 남자였다. 컵을 하나 든 채 우두커니 서 있던 남자는 이내 정신을 차린 듯 그녀 쪽으로 다가왔다.

"여기서 만나네요."

"……네."

뒤늦게 대답을 한 보라는 힐끔 눈동자를 들어 그의 눈치를 살폈다. 안 그래도 기운 빠져 죽겠는데 제일 어색한 사람이 나타나다니. 이건 또 무슨 상황인가 싶었다. 남자는 가야 하나 있어야 하나, 잠시 머뭇거리는 듯했다. 그런 그를 지켜보며 보라는 속으로 열심히 외쳐댔다.

'가! 가! 제발 가주세요.'

하지만 애석하게도 남자는 그녀의 옆에 자리를 잡았다. 한 뼘 정도 틈을 두고 앉은 두 남녀 사이로 잠시 적막한 정적이 흘러지나갔다. 어색했던지 먼저 말을 꺼낸 건 예상외로 그였다.

"여긴 어떻게 알았어요?"

낮은 목소리가 듣기 좋았다. 잠시 말없이 눈을 깜박이던 보라는 서둘러 대답을 했다.

"아……. 운동장 따라오니까 보이던데요. 너무 예뻐서요."

"그죠? 나도 그래서 자주 오는데 다른 사람들은 모르더라고요."

"네? 여길 몰라요?"

"네. 좀 이상하죠. 관심이 없는 건지, 아니면 자주 가는 곳에만 다들 가는 건지. 여기 발령받고 나서 쭉 이곳에 왔는데 이제껏 아무도 못 마주쳤어요."

"아…… 그렇구나."

"차 선생님이 처음이에요."

그는 신기하다는 듯 피식 웃고는 습관적으로 들고 있던 컵을 입에 가져가려 했다.

보라는 남자가 들고 있는 컵으로 시선을 옮겼다. 자세히 보니 텀블러였다. 남자가 종이컵을 안 쓰고 텀블러라니. 환경을 끔찍하게 생각하는 환경애호가이거나 어지간히 깔끔한 걸 좋아하는 성격인가 보다. 슬쩍 텀블러의 디자인을 내려다보는데 입 바로 앞에서 잠시 멈칫한 남자도 가만히 제 컵을 내려다보았다.

'왜 저러지? 속으로 뒤땅 까는 거 들켰나?'

보라는 블랙 컬러의 깔끔한 텀블러를 바라보다가 그를 살피기 위해 슬쩍 눈동자를 움직였다. 이윽고 두 사람의 눈이 마주쳤고 그는 살짝 웃으며 텀블러를 그녀에게 내밀었다.

"마실래요?"

보라는 물끄러미 컵을 내려다봤다.

'저 말 하려고 고민한 건가?'

익숙한 향기와 연한 갈색이 컵 안의 액체가 커피라는 걸 알려주고 있었다. 사실, 커피가 무척이나 당기긴 했지만 보라는 살짝 고개를 저으며 거절의 의사를 밝혔다.

"괜찮아요."

하지만 그녀의 표정을 어렴풋이 알아낸 그는 다시 한 번 조심스레 권했다.

"마셔요. 나 아직 한 번도 안 마셨어요."

"그치만 선생님 마시려고 가져온 거잖아요."

"난 교무실 가서 마시면 돼요."

더 이상 거절하면 실례일 것 같아 보라는 조용히 컵을 받아들었다. 하지만 컵 안을 물끄러미 바라봐야만 했다. 무슨 의미가 있는 건 아니었다. 다만, 이 학교 안에서 커피를 뽑은 전적이 있었기에 블랙커피인지 확인해 본 것이었다. 다시 커피를 뽑고 싶은 마음은 없었다. 그것도 더 이상은 실수하고 싶지 않은 이 남자 앞에서.

하지만 남자는 그녀의 행동을 다르게 해석한 모양이었다.

"컵 깨끗이 씻었어요."

눈을 마주치며 피식 웃는 남자의 얼굴에 보라는 그런 게 아니라는 듯 재빨리 컵을 입에 갖다 댔다.

'그런 뜻이 아니었는데.'

하지만 변명을 하는 것도 웃길 것 같아 그녀는 그저 커피를 한 모금 홀짝였다. 시간이 지나자 굳어 있던 보라의 입꼬리가 서서히 풀어졌다. 비록 이 안에 자신의 편은 없는 것처럼 느껴졌지만, 그리고 다신 마주치고 싶지 않은 남자와 어색한 시간을 보내고 있지만 어쩐지 마음이 한결 가벼워지고 있었다.

생각보다 맛있는 커피, 생각만큼 멋있는 하늘, 그리고 생각지도 못했던 사람의 배려.

두 손으로 텀블러를 잡은 채 커피를 홀짝이던 보라는 벤치 위에서 드르륵 진동하는 핸드폰을 집어 올렸다.

[나 회의 중.]

자신의 언니였다. 그리고 곧바로 연이어 문자 메시지가 하나 더 왔다.

[왜 주눅 들고 그래? 너 잘났어. 그 안에서 네가 제일 잘났어. 누구 동생인데.]

역시 언니였다. 둘이 아니라 하나뿐이어서 정말 다행이라고 생각하는 언니였지만 또한 곁에 있어줘서 무척 다행이라는 생각이 드는 언니였다. 어느새 그녀의 입꼬리가 활짝 올라갔다. 말을 하지 않았지만 동생의 마음을 헤아리고 파이팅을 외쳐주고 있는 언니, 역시 자신은 혼자가 아니었다. 비록 바로 눈앞에 보이진 않지만 주변에서 자신을 위해주고 아껴주는 자신의 편이 존재하고 있었다. 그만큼 자신을 생각해주는 사람이 있다는 게 다시 그녀의 마음을 둥글둥글하게 만들고 있었다. 그래서였는지도 모른다. 무턱대고 이런 질문을 해버린 건.

"선생님은 언제 혼자라는 생각이 드세요?"

뜬금없는 질문에 그는 잠시 당황해 하며 보라를 돌아봤다. 도대체 뭘 보고 있는 건지 핸드폰을 내려다보며 씨익 웃고 있는 여자의 모습에 그는 천천히 눈을 깜박이다가 이내 무언가를 생각하는 것처럼 앞을 응시했다. 이윽고 그가 입을 열었다.

"글쎄요. 어떤 이야기를 듣거나 어떤 걸 봤을 때, 나는 안 좋은 기억이 떠올라서 웃을 수가 없는데 내 주위 사람들은 그걸 전혀 모를 때?"

"음. 심오하네요. 그럼 그 사연을 주위 사람들한테 말하면 되잖아요."

그는 앞을 바라보며 조용히 웃고만 있었다. 그런데 그 웃음이 어쩐지 쓸쓸해 보여 보라는 괜히 그런 질문을 꺼낸 건 아닌가 하고 후회해버렸다.

"말하기 싫은 거구나?"

"그럴 수도."

그는 앞을 응시하다가 고개를 돌려 보라를 바라봤다.

"차 선생님은 언제 그런 생각이 드는데요?"

"저는요. 이따금씩 누군가와 함께 있는 내가 그리울 때요."

"이를테면?"

"혼자 거실에 앉아 있는데 문득 그런 게 떠오를 때가 있어요. 누군가와 같이 도란도란 얘기도 나누고 장난도 치면서 산책하는 모습. 그럼 마음이 설레는 동시에 왠지 허무한 생각이 들거든요."

"그 누군가가 누군데요?"

"몰라요."

"몰라요?"

"언젠간 나타날 내 반쪽?"

"아! 우연, 인연, 뭐 그런 거 믿는 거죠?"

"그렇진 않은데, 간혹 생각하죠. 운명을 믿는 그 생각이 맞았으면 좋겠다고."

운명. 그런 걸 믿는 건 아니지만, 가끔 바라본다. 만약 정해져 있는 누군가가 있다면 서로 지치기 전에 자신의 곁으로 무사히 와주었으면 좋겠다고.

보라는 커피를 홀짝이다가 시선을 느끼고는 고개를 돌렸다. 그가 가늠할 수 없는 표정으로 그녀를 물끄러미 바라보고 있었다.

"왜요?"

직접적인 보라의 질문에도 그는 당황하는 기색 없이 고개를 젓고는 다시 앞을 응시했다.

"아니요. 아니에요."

퇴근 후 시오는 구 선생님을 비롯한 선생님들께 기분 좋게 인사를 하며 차에 올라탔다.

"그럼 월요일에 뵐게요."

아직은 학교 주변이라 그런지 그는 천천히 차를 몰고 있었다. 교문을 지날 무렵, 문득 떠오른 한 여자 때문에 픽 웃음을 흘린 그는 더욱 조심스럽게 차를 몰았다.

붉은 신호등에 의해 횡단보도 앞에서 차를 세운 뒤, 무심결에 돌린 그의 시선에 한 여자가 들어왔다. 차보라. 그 여자였다. 뭘 찾고 있는 건지 커다란 가방을 뒤적거리다가 결국은 자리에 쪼그려 앉아 가방을 들여다보고 있었다. 아무래도 저 여자, 가방 안의 내용물을 다 뒤엎을 심산인가 보다.

그러나 찾는 게 영 잡히지가 않는지 여자는 이내 콧김을 내뿜으며 가방을 짤짤짤 흔들기까지 했다. 멀리 있는데도 여자의 표정이나 생각이 확연히 느껴졌다. 순간, 여자의 얼굴에 만족스런 미소가 내비쳤다. 그는 자신도 모르게 그녀의 표정에 집중하며 대체 찾는 게 뭐였나 확인하기 위해 계속해서 주시했다.

하지만 그때, 뒤에서 빵빵대는 클랙슨 소리가 들려왔다. 시오는 신호가 바뀌었다는 걸 확인하고는 차를 출발시켰다. 하지만 그의 시선은 아직 여자를 비추고 있는 백미러로 자꾸만 향하고 있었다.

"아무래도 공부를 더 해야겠어."

오늘 수업은 무사히 마쳤지만 학생들을 가르치기 위해선 더 노력해야 했다. 보라는 굳은 의지의 의미로 주먹을 꽉 쥐어보이곤 걸음을 더 빠르게 했다.

빵.

갑자기 들리는 클랙슨 소리에 옆을 돌아보는데 익숙한 차 한 대가 서서히 멈추고 있었다.

"탈래요?"

잿빛 자동차의 주인은 내려가고 있는 창문 사이로 그녀에게 묻고 있었다.

"괜찮아요."

"타요. 어차피 나도 같은 방향으로 가는 길이에요."

데려다 준다니 타긴 했지만 뭔가 좀 찜찜했다. 보라는 고개를 돌려 운전하고 있는 남자를 살폈다. 깔끔한 얼굴에 깔끔한 슈트차림, 깔끔한 표정으로 깔끔하게 운전을 하고 있는 남자.

'온통 깔끔뿐이군.'

하지만 어쩐지 그게 더 의심스러웠다. 보라는 경계를 풀지 않고 운전을 하고 있는 그에게 조심스럽게 질문을 던졌다.

"선생님은 원래 그렇게 착하세요?"

정면을 보고 운전을 하던 시오의 얼굴이 잠시 보라를 향했다가 원 상태로 돌아갔다. 그녀가 언뜻 본 남자의 얼굴엔 당황스러움이 잔뜩 묻어 있었다. 하긴, 잘 알지도 못하는 여자가 뜬금없이 착하냐고 묻는데 당황 안 하는 게 더 이상하겠구나. 보라는 괜히 무안해져 창밖으로 시선을 돌렸다. 그 순간, 시오의 입에서 작게 웃음이 터졌다.

"왜 그렇게 생각하는데요?"

"그렇잖아요. 내가 커피도 쏟았는데, 선생님은 화내기는커녕 괜찮다고 하고, 커피 주고, 차 태워 주고. 보통은 안 그러지 않나? 나 같아도 괘씸해서 안 그러겠다."

"그러니까 결론은 내가 착한 거다?"

"학교에 온 지 얼마 되진 않았지만 하는 얘기들 들어보면 선생님 평판도 좋은 것 같고요."

"그건 거기가 내 직장이니까요. 다른 선생님들은 나보다 다 경력

많고 연세도 많으신 분들이고, 학생들한테는 본보기가 돼야 하니까."

"그럼 혹시 착한 척?"

시오는 작게 웃으며 말을 이었다.

"척까진 아니고 노력하는 거죠."

"그럼 나한테도 노력하는 거예요?"

눈을 동그랗게 뜨며 질문을 던지는 보라를 힐끔 바라본 그의 입에 살짝 미소가 번졌다.

"아니요."

"네? 아니에요?"

'그럼 뭐지?'라는 표정이 그녀의 얼굴에 단박에 떠올랐다. 그는 재미있다는 듯 입가를 살짝 올렸다.

"그냥 그렇게 해주고 싶어서 그러는 건데. 노력하는 게 아니라. 괜찮다고 말하고 싶고, 커피 주고 싶고, 데려다 주고 싶으니까."

"왜요?"

보라가 순진무구한 얼굴로 묻자, 그는 능숙하게 핸들을 돌리며 느긋하게 대답했다.

"글쎄요. 보통 좋아하는 사람들한테는 잘해주고 싶지 않나?"

"네."

맞는 말이다. 열심히 고개를 끄덕이던 보라는 잠시 움직임을 멈췄다. 뭔가 이상했다. 그가 했던 말을 곱씹던 그녀의 눈에 순간, 놀람이 스쳤다.

2.
악연이거나 인연이거나

"네?"

지금 이 남자가 무슨 소리를 하는 거야? 고개를 돌린 보라의 눈동자에 여유롭게 운전을 하고 있는 남자가 비쳤다. 방금 전 잘못 들었나 싶을 정도로 그는 아무렇지 않은 표정이었다. 보라는 무언가를 말하려는 듯 입을 달싹이다가 곧 다물었다. 괜히 어색한 분위기를 만들고 싶지 않았고 사실, 무슨 말을 해야 할지도 몰랐다.

"그냥 지하철역에서 내려주셔도 괜찮았는데. 감사합니다."

"다음 주에 봐요."

잿빛 자동차가 이내 멀어져갔다. 보라는 남자가 내려준 그 자리에 그대로 서서 잿빛 자동차를 꽤 오랫동안 바라보았다.

"대체 무슨 속셈이야?"

그리고 다음 주에 봐요? 다음 주에 또 보자는 거야?

보라는 이제는 희미하게 보이는 자동차를 외면하고는 홱 뒤돌아섰다.

"난 이제 그만 보고 싶거든요."

 한참동안 그 자리에 서서 잿빛 차를 멍하게 바라보는 보라의 모습이 백미러를 통해 보였다. 그 모습을 물끄러미 바라보던 시오는 결국 웃음을 터뜨렸다. 당황해하는 그녀의 표정이 확연하게 느껴졌다.
 "보통 좋아하는 사람들한테는 잘해주고 싶지 않나?"
 하지만 얼마 있지 않아 아까 자신이 한 말을 떠올린 그의 입꼬리가 살짝 굳었다. 자신도 모르게 나온 말이었다. 좋아하는…….
 "좋아하는, 이라……."
 분명 그녀를 대하는 자신의 태도는 다른 사람을 대하는 것과 달랐다. 예의와 필요에 따라 웃는 것이 아닌 진짜 웃음이 나와서 웃었다. 더군다나 답지 않게 착하다는 소리까지 들어버렸다.
 "하!"
 헛웃음을 흘린 그는 살짝 고개를 저으며 곧 운전에 집중했다. 하지만 자꾸 그의 입꼬리엔 희미하게 웃음이 매달리고 있었다.

 현관에 들어서서 신고 있던 구두를 벗어던지자 새하얀 발이 모습을 드러냈다. 슬리퍼를 신으려던 그녀는 잠시 동안 자신의 발을 물끄러미 내려다보았다. 그제야 편하게 왔다는 생각이 새삼 들었다. 아까 미술 선생이 했던 말이 그녀의 머릿속에 다시금 떠오르고 있었다.
 "보통 좋아하는 사람들한테는 잘해주고 싶지 않나?"
 다시 생각해도 이상한 말이었다. 그건 자신을 좋아해서 잘해준다는 말인 걸까?
 "나를 언제 봤다고."

그러면 놀리는 건가? 문득 자신을 놀리는 재미가 쏠쏠하다는 언니와 친구들의 말이 생각났다. 하지만 그 미술 선생이라는 남자가 왜 자신을 놀린단 말인가? 지난 일을 쭈욱 돌이켜보던 보라는 이내 고개를 저었다. 어차피 다시는 마주치지 않을 사람이었다. 그래야만 했고.

하지만 이상하게도 계속해서 남자의 목소리가 따라다녔다.

"마실래요?"

커피를 건네주는 모습도.

"탈래요?"

난폭운전을 일삼는 언니와는 달리 느긋하게 운전을 하는 모습도.

계속해서 보라의 머리 위로 둥둥 떠올랐다.

"이러면 안 돼. 이러면 안 되는 거야, 차보라. 정신줄을 놓으면 안 돼."

뒤늦은 저녁식사를 하고 침대에 누운 보라는 베고 있던 베개를 집어던지고는 돌아누우면서 이불에 얼굴을 묻었다. 자신이야말로 이상한 것 아닌가? 그 남자를 언제 봤다고 계속해서 떠올리고 있는 걸까? 안 그래도 복잡한 그녀의 머릿속이 더욱더 복잡해지고 있었다.

"그래. 그 남자가 이상한 거야."

잘못을 한 자신에게 화도 내지 않고 오히려 잘해준 그 남자가, 괜히 이상한 말로 사람 마음을 뒤숭숭하게 만든 그 남자가 이상한 것이다. 그렇게 결론을 내린 보라는 더 이상의 쓸데없는 생각을 막기 위해 핸드폰을 집어 들었다.

"언니! 어디야?"

—……나. ……집.

웅얼거리는 목소리를 듣던 보라의 눈동자가 천천히 위로 향했다.

"무슨 소리야? 내가 집인데. 본가 내려갔어?"

―내 방에서 자고 있거든. 할 말 있음 방으로 와.

보라는 끊겨버린 전화를 멍하니 내려다보다가 거실로 나가 '연두님 방'이라는 팻말이 붙은 문을 벌컥 열어젖혔다. 침대 위에서 꿈틀거리는 물체를 유심히 살펴보니 정말로 언니가 있었다.

"뭐야? 언제 왔어? 오면 온다고 말을 해야 할 거 아냐?"

"음냐. 졸려. 피곤해. 흔들지 마!"

보라의 손길에 맥없이 흔들리던 연두가 꽥 소리를 지르며 벌떡 일어났다. 꽤 오랫동안 출장을 가 있던 언니가 언제 들어와 이렇게 잠까지 자고 있었나, 보라는 신기할 따름이었다.

"나 술 사줘."

"뭐?"

대뜸 술을 사달라는 자신의 동생을 무표정으로 바라보던 연두는 다시 자리에 누우며 이불을 끌어당겼다.

"술, 술 사줘."

보라가 이불을 잡고 매달리자, 연두는 귀찮은 듯 몇 번 손을 털어내고는 머리 위까지 이불을 덮어버렸다. 하지만 보라는 굴하지 않고 끈질기게 매달렸다. 이런 적이 한두 번이었던가?

"졸리단 말이야!"

연두가 버럭 소리를 지르자, 보라는 불쌍한 표정을 지어 보이고는 힘없이 침대에서 일어났다. 잔뜩 찌푸려져 있는 얼굴을 슬쩍 보던 보라는 마지막 카드를 꺼내들었다.

"푹 쉬어."

작게 중얼거리던 입술이 꽉 다물어졌고, 보라는 천천히 뒤돌아있다. 방문을 닫을 때 반짝거리는 눈으로 언니를 살짝 바라봐주는 것도 잊지 않았다.

그리곤 방문을 닫자마자 언제 풀이 죽었냐는 듯 곧바로 뚱한 표정을 지으며 거실에 벌렁 드러누웠다. 이쯤 되면 반응이 있어야 되는데. 문을 힐끔 바라보던 눈동자가 서서히 천장으로 향했다. 얼마 지나지 않아 방문이 벌컥 열리더니 스카프로 목 주변과 입술 주위를 칭칭 둘러 감고 모자를 쓴 연두가 모습을 드러냈다.

"빨리 가."

보라는 쿵쾅대며 현관문으로 향하는 연두를 말없이 보다가 실실 웃고는 곧 몸을 일으켰다.

어느새 단골이 되어버린 밥집 겸 술집은 오늘 역시도 한산했다. 앞에 놓여 있는 술잔에 투명한 액체를 따르던 연두는 맞은편에서 연방 포크질을 하고 있는 동생을 바라보았다.

"또 무슨 고민이 있으실까."

연두는 돌려 말하는 법 없이 언제나 직설적이었다. 보라는 그게 언니의 장점이라고 생각하며 앞에 놓인 잔을 물끄러미 바라보다가 입을 열었다.

"내 친구가 말이야."

"그래, 그래. 또 네 친구가."

그럴 줄 알았다는 듯 대충 고개를 끄덕인 연두는 '졸리단 말야!'를 외쳤던 사람인지 모를 정도로 활기차게 술을 들이켜고 있었다.

"어떤 남자한테 커피를 쏟았거든. 실수인 척하면서 일부러. 괜히 그런 건 아니고 이유가 있었는데 알고 보니 그 남자가 범인이 아니었던 거지. 그래서 급하게 사과를 했는데 그 남자는 괜찮대. 그리고 커피도 주고 차로 집에 바래다주기도 했어."

"그래?"

"응. 그랬어."

"그래서?"

"그 남자 왜 그러는 걸까?"

한참 동안 언니에게서 대답이 없자, 보라는 힐끔 눈동자를 올렸다. 연두가 자신을 빤히 바라보고 있었다.

"왜?"

"뭐, 둘 중 하나겠지."

"뭔데?"

"원래 화 낼 줄 모르고 남 잘 도와주는 성격이거나……."

"성격이거나."

들떠 있는 것 같은 목소리에 술잔을 내려다보던 연두가 고개를 들었다. 무슨 일인지 자신의 동생이 눈을 반짝이며 대답을 기다리고 있었다. 연두는 일부러 뜸을 들였다. 보라를 힐끗 쳐다본 그녀는 파를 썰고 있는 아주머니에게 '이모, 어묵 국물 좀 더 주세요!' 라고 외친 후 다시 무심한 표정으로 보라와 눈을 마주쳤다.

"미친놈이거나."

보라의 얼굴이 단번에 찡그려졌다. 예상했던 말과는 너무도 동떨어진 대답이었다. 보라의 표정을 지켜보던 연두는 깔깔깔 웃어대더니 젓가락으로 계란말이 하나를 집어 들었다.

"무슨 대답을 바란 거냐?"

"누가 뭘 바랬대?"

"그 남자가 누군데?"

"몰라. 내 친구 얘기라니까."

"그래. 네 친구 얘기야. 그래서 그 남자가 누군데?"

"모른다니까!"

보라가 씩씩거리며 술잔을 들자, 연두는 동생이 재미있는지 손가락으로 볼을 푸욱 찌르기까지 했다.

"아! 왜 이래?"

"괜히 사고치지 마."

"뭐?"

"안 그래도 얼마 못 버티고 금방 일 그만두면서 이번에도 그러고 싶어? 괜히 직장 내에서 얽혀서 좋을 건 없어. 더군다나 거긴 네 편보다는 그 남자 편이 더 많을 거 아냐. 안 그래도 네 편 내 편 잘 나누잖아, 너."

"나 아니라니까!"

보라는 잔에 있던 투명한 액체를 입 안에 머금고는 자리에서 벌떡 일어났다. 지금 이렇게 심통이 나는 이유는 아마도 언니의 말이 다 맞는 말이기 때문일 것이다. 인내심이 없다, 끈기가 없다, 곧잘 듣는 말이었기에 이번엔 그 직장에서 끝까지 버티리라 다짐했었다. 그런데 괜히 잘 알지도 모르는 남자 때문에 망칠 수는 없는 노릇이다.

씩씩거리며 문을 박차고 나가는 보라를 가늘게 뜬 눈으로 응시하던 연두가 곧 입꼬리를 올렸다.

"흐음. 누가 내 귀여운 동생 마음을 흔들고 계시나?"

그러던 연두의 얼굴이 살짝 구겨졌다. 화도 안 내고, 커피도 주고 차로 데려다주기까지 했다고? 그 놈은 진짜 왜 그러는 거야?

"진짜 미친놈 아냐?"

인상을 구기던 연두는 잔에 있던 술을 얼른 마셔 버리고는 주머니에서 지폐를 꺼내 테이블에 올려놓았다. 그리곤 홀로 걷고 있을 동생에게로 뛰어나갔다.

"미친놈 아니면 좋은 놈이겠지."

라고 중얼거리며.

한편, 졸지에 미친놈 아니면 좋은 놈이 되어버린 시오는 차키를 테이블에 던지며 소파에 기대앉았다. 편안하게 머리를 기대며 눈을 감았던 그는 천천히 눈을 떠 천장을 올려다보았다.

"선생님은 원래 그렇게 착하세요?"

그녀의 목소리가 불쑥 그를 깨웠다. 문득 며칠 전 허둥지둥 계단을 오르던 한 여자의 뒷모습이 떠올랐다. 더불어 교문 앞에서 어설프게 남학생 뒤에 숨어 있던 여자의 스커트 자락도 생각났다. 참, 어설프기도 하지. 천장을 바라보며 픽 웃은 그는 웃음을 머금은 채로 살며시 눈을 감았다. 다시 생각해도 참 재밌는 여자였다.

❈ ❈ ❈

일주일 후, 출근을 한 보라는 앞에 있는 두 사람을 멀뚱멀뚱 바라볼 수밖에 없었다. 아마 세상은 생각한 대로만 되지는 않는 법인가 보다. 아니면, 누군가가 그녀에게 짓궂은 장난을 계속해서 치고 있거나.

"차 강사, 미안해. 진즉에 얘기해줬어야 하는데 내가 나이가 들어서 그런지 자꾸 깜박깜박해. 오늘부턴 여기 김 선생이 B반 담당할 거야."

이제 어느 정도 친해진 구 선생이 보라에게 자신의 옆에 있는 남자를 소개하며 인자하게 웃어 보였다. 구 선생을 보며 어색하게 웃던 보라는 옆에 있는 미술 선생을 힐끗 돌아보고는 고개를 푹 숙였다.

"이쪽은 미술 담당하고 있는 김시오 선생이고, 이쪽은 아까 얘기한 차보라 강사. 둘 다 젊으니까 얘기도 많이 하고 도와가면서 잘해봐."

구 선생은 이내 가벼운 걸음 거리로 교실을 홀연히 떠나버렸다.

"자자, 조용히 해."

출석부로 교탁을 서너 번 친 시오는 교단 위에 오르며 능숙하게 출석을 부르기 시작했다.

"쌤, 쌤이 저희 반 맡으신 거예요?"

"그래."

"오예!"

"완전 대박!"

학생들의 환호소리에 피식 웃은 그는 교단에서 내려와 보라에게로 시선을 돌렸다. 망연자실한 표정으로 남자를 보던 보라는 뒤늦게 정신을 차리곤 걸음을 옮겼다. 수업을 시작할 시간이었다.

"저번 시간에 나눠준 프린트 가져왔지?"

"네."

보라는 프린트를 집으며 학생들을 향해 말을 건네다가 잠시 멈칫했다. 그녀의 시선이 다시 미술 선생에게로 향했다. 웬일인지 그는 나가지 않고 교실의 맨 뒷자리에 조심스레 앉고 있었다. 보라는 학생들이 의아한 눈빛으로 바라보고 있다는 사실도 인지하지 못한 채 남자를 물끄러미 바라보았다. '지금 뭐하는 짓이에요?' 라고 묻는 듯한 눈빛이었다.

하지만 시오는 별다른 대답 없이 살짝 어깨를 으쓱해 보였다. 무슨 문제가 있냐는 듯.

그녀의 머릿속에 얼마 전 한 선생님에게 들었던 말이 스쳐지나갔다.

'설마……'

하지만 설마가 아닌 모양이었다. 그는 담당교사이니 학생들과 같이 계발활동의 수업을 들을 혜택이 있었던 것이다. 보라는 떨어지지 않는 입을 열어 그에게 말했다.

"선생님. 바쁘시면 다른 일 하셔도 괜찮은데요."

"저, 안 바쁜데요."

바로 나오는 여유 있는 대답에 그녀의 얼굴이 그대로 굳어버렸다. 보라는 칠판으로 재빨리 몸을 돌리며 눈을 질끈 감아버렸다. 자신에게 왜 자꾸 이런 상황만 생기는 건지 누군가에게 따지고 싶은 마음뿐이었다. 하지만 저 남자한테 나가라고 강요할 수도 없는 노릇이었다.

'저 남자는 지금 이 교실에 없다, 없다. 없는 거다.'

주문을 외운 그녀는 다시 학생들 쪽으로 몸을 돌렸다. 그리곤 미술 선생을 애써 외면하며 수업을 하기 시작했다. 하지만 미술 선생의 시선은 계속해서 그녀를 따라다녔다. 여전히 웃음을 담은 채로.

쉬는 시간을 알리는 종소리가 끝날 때쯤 보라는 프린트에서 슬쩍 시선을 올려 그가 앉아 있던 뒷자리를 바라보았다. 다행히 미술 선생은 보이지 않았다. 그녀는 긴장이 풀리는 걸 느끼며 교탁을 짚고 비스듬하게 선 채 숨을 내뱉었다. 수업을 어떻게 했는지도 모르겠다. 왜 자꾸 저 남자와 엮이는 걸까? 곰곰이 생각을 하던 그녀는 발길을 돌렸다.

쉬는 시간. 그야말로 쉴 공간이 필요했다.

교무실을 지나치던 그녀는 천천히 뒷걸음질을 쳐 창문 안을 살펴보았다. 미술 선생이라는 남자가 무언가를 하고 있는 게 보였다. 그렇다는 건, 그 벤치엔 아무도 없다는 뜻이었다. 보라는 재빠르게 걸음을 옮겨 벤치가 있는 곳으로 향했다.

"아, 이제야 살 것 같네."

벤치에 기대 하늘을 올려다보니 새파란 하늘이 둥둥 떠다니고 있었다. 문득 떠오르는 커피 생각에 보라는 조금 후회를 해버렸다.

"하나 뽑아올 걸 그랬나."

괜히 미술 선생이 건넸던 커피가 생각이 나 아쉬운 마음에 입맛을 다시며 살짝 눈을 감았다. 그러고 보면 참 이상했다. 커피 사건에 이어 담당교사까지.

"악연?"

그녀가 피식 웃음을 터뜨리는데 불쑥 목소리 하나가 들려왔다.

"나 말하는 건 아니죠?"

보라는 기대고 있던 몸을 순식간에 일으켜 앞을 쳐다봤다. 너무 놀라 커다랗게 떠진 눈동자엔 두 손에 컵을 든 채 살짝 웃고 있는 미술 선생이 비춰졌다.

"난 그보단 좋게 생각했는데."

그가 서운하다는 듯 어깨를 으쓱이며 벤치 앞으로 다가왔다. 이윽고 자리에 걸터앉는 소리가 들렸고, 그는 아직도 커다랗게 떠진 눈으로 자신을 바라보는 보라에게 종이컵 하나를 내밀었다. 놀란 그녀의 얼굴이 귀여웠다. 그는 살짝 웃음을 머금으며 종이컵을 더 가깝게 내밀었다.

"마셔요."

보라의 눈동자가 남자가 들고 있는 컵으로 서서히 내려갔다. 커피였다.

"왠지 여기 있을 것 같았어요."

왠지 여기 있을 것 같았다는 말은, 여기 있을 것 같아서 왔다는 말일까? 아니면, 여기 있을 것 같아서 오는 김에 커피를 하나 더 가져왔다는 말일까? 보라는 자신의 앞으로 내밀어진 컵을 받아들며 천천히 눈동자를 올려 남자를 바라봤다. 앞의 풍경을 응시하며 커피를 마시는 그의 모습이 여유롭게 느껴졌다.

대체 의도가 뭘까, 이 남자는.

오랫동안 그에게 시선을 두던 보라는 얼른 고개를 돌려 같은 곳을 응시했다. 커피를 한 모금 마시던 그녀는 다시 한 번 그를 힐끔거렸다. 남자는 자신과는 달리 편안해 보이는 얼굴이었다.

"선생님."

"네."

"창작 B반 강사가 저인 거 알고 담당하신 거예요?"

보라를 마주보던 그는 뭔가를 생각하는 듯하더니 이내 고개를 저었다.

"아니요."

"아……."

알면서 맡았을 리가 없지. 보라의 얼굴에 약간 실망하는 기색이 스쳤다. 그렇구나, 중얼거리며 컵을 입에 갖다 대는데 그의 목소리가 이어졌다.

"구 선생님이 부탁하시는데 거절은 못 하겠더라구요. 제가 구 선생님을 좀 좋아하거든요."

장난스럽게 말한 시오는 기분 좋게 숨을 내쉬었다. 구 선생이 맡고 있었던 반이 보라의 반이라는 걸 뒤늦게 안 그의 얼굴엔 반가움과 설렘의 기색이 떠올랐었다. 이렇게 다시 그녀를 보게 될 줄은 생각도 못했기에 기쁨이 배로 컸었다. 그때부터 내내 기분이 좋았던 그였지만 정작 본인은 왜 기분이 좋은 건지 깨닫지 못하고 있었다. 그는 여전히 올라가 있는 입술에 컵을 갖다 대었다.

하지만 그런 사실을 알 리 없는 보라는 그저 고개를 끄덕이다가 컵 안에 있는 커피를 물끄러미 내려다보기만 했다.

"보통 좋아하는 사람들한테는 잘해주고 싶지 않나?"

그럼 그때 그 말이 이런 의미였던 건가? 이성적으로 좋아한다, 가 아닌 그저 호의를 갖는다는 것. 그러고 보니 좋아하는 '사람'이 아닌 '사람들'이었다. 보라는 느릿하게 눈을 깜빡이다가 컵을 들어 입에 갖다 대었다.

'그럼 그렇지.'

대체 자신은 무슨 오해를 했던 걸까? 괜히 억울한 마음이 들어 옆에 있는 남자를 살짝 흘겨보았다. 그럼 이 남자에겐 좋아하는 사람들이 몇 명인 걸까? 아마, 이래서 어장관리라는 말이 생긴 모양이었다. 이건 또 무슨 마음인지 모르겠다. 얼마 전까지 악연 운운하다가 남자의 말 한마디에 마음이 푹 가라앉아 버렸다. 대체 자신은 무슨 기대를 하고 있었던 걸까?

잠시 후, 교실로 향하던 그들에게 익숙한 무리가 보였다.

"벌써 친해진 거야?"

시오와 나란히 걸어가던 보라는 화단 앞에서 말을 건네 오는 어느 정도 나이가 있어 보이는 여선생의 목소리에 걸음을 멈췄다.

"김 선생. 계발활동 안 맡는다더니 나 좀 속상해."

"구 선생님이 부탁하셔서요. 저도 마침 창작반 수업 듣고 싶기도 했고요."

"구 선생님만 너무 좋아하는 거 아니야, 김 선생?"

보라는 그들의 대화를 듣다가 살짝 미소 짓는 남자를 돌아보았다. 학생들한테도 인기가 많더니 선생님들한테도 그런 모양이다, 이 남자는.

손목을 들어 시간을 확인한 시오는 보라를 돌아보고는 여선생들에게 고개를 숙였다. 수업시간에 늦지 않게 하려는 배려였다.

"그럼 들어가 볼게요."

보라가 같이 고개를 숙이며 들어가려는데 불쑥 그녀를 잡는 목소리가 있었다.

"김 선생 먼저 들어갈래? 여자들끼리만 할 얘기가 있어서."

보라가 의아한 눈빛으로 돌아보자, 왠지 누군가를 의식해 일부러 웃는 듯한 여선생들이 보였다. 이상했던 건 보라뿐만이 아니었던 건지 시오도 여선생들을 의아하게 바라보고 있었다. 하지만 곧 그는 고개를 끄덕이며 대답했다.

"그래요. 빨리 들어와요."

보라를 향해 살짝 미소 지은 시오는 어쩐지 무거워 보이는 걸음으로 건물 안으로 향했다.

"차 강사님."

보라가 그를 보던 시선을 거두고 여선생들을 보자 적대감이 드러나는 눈동자들이 그녀에게 향해 있었다.

'이건 뭐야, 대체.'

시오는 교실에 들어가지 못하고 복도 창가에 기대선 채 그녀를 기다렸다. 손목에 있던 시계를 확인하니 쉬는 시간이 거의 끝나가고 있었다. 여선생들이 무슨 말을 할지는 어느 정도 예상이 되었다. 이미 알고 있던 것 중에 하나였으니까. 하지만 그동안 신경 쓰지 않았던 그게 웬일인지 달갑지 않았다. 그 여자에게 그 말을 하는 것도, 그 여자가 그 말을 듣는 것도 썩 기분이 좋지 않았다.

"*악연?*"

아까 그녀의 입에서 흘러나온 단어가 문득 기억이 났다. 그녀가 자신을 피하고 있다는 건 어렴풋하게 눈치채고 있었다. 그건 처음이 좋지 않으니 그럴 수도 있겠다, 치겠지만······.

또각또각 가까워져 오는 구두소리에 시오는 생각을 멈추고 고개를 돌렸다. 놀란 듯한 보라의 얼굴이 보였다.

"왔어요?"

"또 제 수업 들으시게요?"

"네. 차 선생님 수업 꽤 재밌던데요."

또 싫다는 내색을 온몸으로 풍길 줄 알았는데 웬일인지 그녀는 체념하는 얼굴이었다. 시오는 그게 이상해서 더 빤히 그녀의 얼굴을 지켜봤다. 왠지 힘이 빠진 것 같았다. 기운도 없어 보이고, 풀이 죽은 모습이었다. 흙탕물을 튀긴 범인이 자신이 아니라 도건이라는 걸 안 그때처럼.

사실, 그때 그녀가 더 길길이 날뛸 줄 알았다. 첫인상이 그래서였는지도 몰라도 더 뻔뻔하게 안하무인으로 행동할 거라 생각했었다.

하지만 그녀는 정말로 미안해서 어쩔 줄 모르겠다는 얼굴로 사과를 했다. 그 순간, 맥이 탁 풀려버렸다. 화를 낼 수가 없었다. 미안하다는 사람한테, 얼굴 온통 미안하다는 빛을 가득 담은 사람한테 어떻게 화를 낼 수가 있을까? 아마 예전의 자신이라면 콧방귀를 끼며 '그래서?'라고 시니컬하게 말했을 수도 있었을 것이다. 하지만 그러기가 싫었다. 정말 이 여자 말대로 자신이 착하게 변한 걸까? 아니면…… 다른 이유가 있는 걸까?

뒷문으로 들어선 시오는 수업을 시작하는 보라를 지켜보았다. 한참을 보다가 어떤 시선이 느껴져 고개를 돌린 그의 눈에 뒷문 바로 앞에 앉아 자신을 뚱하게 보고 있는 남학생의 보였다.

"왜 인마. 수업 들어."

그의 예상은 빗나가지 않았다. 그 후로도 줄곧 보라는 시오를 철저하게 피하고 있었다. 그나마 담당교사인 덕분에 그녀의 얼굴을 볼 수는 있었지만 보라는 그 후로 벤치에 나타나지도 않았고, 대화를 걸을라치면 간단하게만 대꾸할 뿐 그를 피하듯 거리를 두려 했다. 적당히 예의를 지키고 있는 그녀였지만 거기엔 암묵적인 메시지도 포함되어 있었다. 딱 여기까지만, 이라는.

사회생활을 시작하면서 사람과의 관계가 그리 쉽지 않다는 걸 깨닫는 상황이 종종 일어나곤 했다. 좋아하지 않으면서 적당히 예의를 갖춰야 하고, 좋아하면서도 놓아주거나 밀어내야 하는 상황이 수도 없이 일어났다. 아는 사람이라고 다 내 편이 아니었고, 내 편이라고 해서 다 내 곁에 있을 수는 없었다. 적당히 예의를 지키다가 안녕, 하는 상황은 이젠 그리 대수롭지 않은 것이었다.

하지만 그녀가 선을 긋고 있다는 생각이 점점 확실해지자, 시오는 슬슬 화가 나기 시작했다. 그렇다고 해서 그녀에게 화를 낼 수도 없었다. 그녀는 자신이 지켜야 할 예의를 알고 해야 할 건 확실하게 하고 있었으니, 왜 나한테 살갑게 굴지 않느냐며 따질 수도 없는 노릇이었다. 자신이 뭐라고 그 여자가 살갑게 굴어야 한단 말인가? 담당 교사라서?

시오는 픽 웃다가 조금 전 벤치 위에 올려놓았던 종이컵을 내려보았다. 오지 않을 걸 알면서도 보라를 위해 일부러 준비해온 커피였다. 아직 김이 모락모락 나는 걸 보면 식지 않은 모양이었다.

문득 그녀와 여기에서 만났던 그 날이 떠올랐다. 이 학교에서 떠나기 전까지 이곳에서 아무도 못 만날 거라 생각했는데 그 예상은 보기 좋게 빗나가버렸다. 놀란 듯 커다랗게 떠졌던 눈동자가 꽤 귀엽게 느껴졌었다. 뜬금없는 질문을 던져 적잖이 당황시키기도 했다. 그러고 보면 자신을 당황시키는 사람은 그리 많지 않았다. 눈치가 빨라 대부분 먼저 파악을 하는 것도 있었지만 기본적으로 자신의 일이 아닌 것엔 관심을 두지 않는 게 사실이었다. 그러니 무슨 일이 일어나도 어떤 질문을 던져도 당황을 할 리가 없었다.

하지만 이상하게도 그녀에겐 그게 되지 않았다. 그리고 자신도 모르는 사이, 자꾸 그녀가 떠올랐다. 시오는 다시 한 번 종이컵을 돌아보았다. 커피가 식기 전에 그녀가 와주길 바란다면 그건 너무 큰 기대일까? 그의 입에서 작은 한숨이 흘러나왔다.

하늘을 올려다보며 컵을 입에 가져다댄 그는 더 이상 달콤한 맛이 느껴지지 않자, 텀블러 안을 살폈다. 어느새 커피를 다 마신 모양이었다. 서운한 표정을 애써 감춘 그는 벤치 위에 있는 종이컵을 외면한 채 천천히 일어났다. 그녀가 피한다면 자신도 무시하면 그만이었다. 굳이 속상해하며 의식할 필요가 없었다. 어차피 그녀와 자신은 아무 사이도 아니었으니까.

종이컵을 쓰레기통에 던지고 건물로 들어가려던 시오는 잠시 멈칫하며 걸음을 멈추었다. 수돗가와 가까운 벤치에 앉아 있는 누군가가 눈에 들어왔다. 그녀였다. 공을 차는 학생들을 멍하니 구경하던 그녀는 아이스크림을 든 여학생들이 다가오자 곧 웃음을 머금었다. 학생들에게 둘러싸여 아이스크림 봉지를 벗겨내는 모습에 그냥 지나치려던 시오가 다시 걸음을 멈추고 말았다.

보라는 주머니에서 진동하는 핸드폰을 느끼며 아이스크림을 입에 물고는 핸드폰을 꺼내 들었다.

[혼자만 먹는 거예요?]

이름 없이 달랑 번호만 적혀 있는 메시지를 보던 보라는 고개를 갸웃했다. 아무리 봐도 모르는 번호였다. 그러다가 내용을 확인하고는 얼른 고개를 들어 주변을 둘러봤다. 보고 있으니 아이스크림을 먹고 있는지 알겠지.

휙휙 고개를 돌리다가 위를 올려다본 보라의 눈에 익숙한 남자 하나가 보였다. 미술선생이었다. 설마 저 남자가 보낸 건가? 보라가 빤히 바라보자, 그는 곧 어깨를 으쓱였다. 아무래도 그가 보낸 게 맞는 모양이었다. 그런데 번호는 어떻게 알았을까? 가르쳐준 적이 있던가? 생각을 하느라 고개를 갸웃하던 그녀는 이내 고개를 끄덕였다. 담당교사이니 당연히 강사의 전화번호도 알고 있을 것이다.

"별것도 아닌 일에 또 의미 부여한다."

보라가 자책을 하며 작게 중얼거리자, 학생들은 '쌤, 뭐가요?' 라며 해맑은 얼굴로 물어왔다. 그녀는 살짝 웃으며 고개를 젓고는 다시 공을 차는 남학생들을 구경했다. 마치 '난 이 문자를 누가 보낸 줄 모르겠어요' 라는 얼굴을 하고는.

하지만 시선이 자꾸 그에게로 향하려고 했다. 이러면 안 되는데 계속해서 그를 확인하고 싶었다. 이곳에 출근할 때면 그와 대화를 나눴던 벤치에 어김없이 가고 싶은 걸 억지로 참으며 다른 곳으로 시선을 돌려야 했다. 그의 낮은 목소리를 더 듣고 싶고 살짝 웃는 모습을 더 보고 싶었지만 그러면 안 되었다. 아직은 무엇인지 확인되지 않은 감정이었지만 어찌됐든 더 자라기 전에 덮어둬야 했다.

그의 입에서 헛웃음이 터져 나왔다. 이제 그만 외면하고 사이좋게 지내자는 일종의 신호였다. 결국은 그녀를 무시하지 못했다. 그래서 장난을 치면서 먼저 수그리며 한발 다가선 것이다. 그런데도 그녀는 계속해서 무시하고 있었다.

사실, 이상한 건 그녀가 아니라 자신이었다. 왜 이런 우스운 짓을 하고 있단 말인가? 그리고 그녀의 반응에 화가 난다는 것도 혼란스러웠다. 자신은 이런 일로 왈가왈부하는 스타일이 전혀 아니었다. 오히려 무시하는 쪽이면 몰라도. 그런데 도대체 왜 이러는 걸까? 저 여자와 자신이 무슨 관계이던가?

남.

그저 반년 동안 보게 될 담당교사와 외부강사의 사이였다. 적당히 예의 갖추고 선을 지키면 되는 여러 사람들 중에 한 명이었다.

그는 작게 한숨을 내쉬고는 자신이 있어야 할 자리로 향했다.

교실을 나선 보라는 조금 전 마주친 여학생들이 준 초콜릿을 입에 넣으며 교문으로 향했다.

"음, 이건 너무 달다."

행여 다른 선생들과 마주치기 싫었던 그녀는 교실 창가에서 게으름을 피우다가 늦은 퇴근을 하고 있었다. 하지만 교문을 다 벗어나지 못하고 멈칫하며 멈춰서야 했다. 교문에 기대어 있던 남자가 느릿하게 몸을 일으켰다. 빤히 바라보는 시선에 버티지 못한 보라는 고개를 숙여 인사를 하고는 서둘러 걸음을 떼었다.

"언제까지 기다려야 돼요, 나?"

결국 한 발자국도 나아가지 못하고 다시 멈춰서 버렸다. 보라의 눈동자가 흐릿해지며 초점을 잃었다. 저 남자도 자신을 의식하고 있던 걸까? 그저 무시하려니 생각했었는데 아니었던 모양이다. 왠지 그의 목소리가 서글픈 빛을 담은 것처럼 느껴져 보라는 자신도 모르게 한숨을 내쉬었다.

"꼭 벌 받고 있는 기분이에요."

"……"

"벌을 주려면 거기에 대한 타당한 이유가 있어야 되는 거 아닌가? 이유 없이 그러는 거라면…… 그저 교칙 위반이에요."

교칙 위반. 그저 이유 없이……. 그의 말을 곱씹던 그녀가 홱 고개를 돌렸다. 깔끔한 얼굴에 살짝 띠어 있던 미소가 지금은 사라져 있었다. 하지만 어쩐 일인지 그 모습에 더 화가 났다. 그저 이유 없이? 과연 자신이 그저 이유 없이 이러는 걸까?

그날 여선생들에게 붙잡혀 어떤 얘기를 들었는지 알게 된다면 그때도 과연 그저 이유 없이 라는 말을 할 수 있을까?

"김 선생하고 여기 임 선생 관계가 좀 남다르거든요. 그러니까 차 강사님이 좀 신경 써 주셨으면 해요. 외부 강사 들어올 때마다 꼭 이 난리를 치르곤 하는데 김 선생이 워낙 사람이 바르고 착해서 그러는 거니까 괜히 오해 말고, 김 선생하고 임 선생 관계 틀어지지 않게 처신 잘하고, 신경 좀 써주세요."

이상하게도 기분이 상했다. 아니, 누가 들어도 기분이 상할 것이다. 무시하고 있다는 생각이 고스란히 말투에 배여 있었다. 자기들과는 달리 이 학교에 소속되지 않은 외부강사라서 무시하는 걸까? 아니면, 그 남자 때문에 자신을 적으로 두고 있는 걸까? 이유야 어찌됐든 왜 이런 말을 들어야 하며 이런 취급을 당해야 하는지 기가 막힐 뿐이었다. 역시 이 남자와는 악연인 게 분명했다. 괜히 이상한 말로 마음을 어지럽히고 이런 소리나 듣게 하고 있다. 그리고 자신은 언니의 말대로 무사히 이곳에서 버텨내야 했다.

보라는 똑바로 눈을 마주치며 그를 향해 말했다.

"뭔가 착각하시는 모양이네요. 전 선생님 학생도 아니고 이 학교 소속도 아니라서요."

앞에 있는 이 남자가 미웠다. 자꾸 불쑥불쑥 튀어나오는 이 남자가. 자꾸만 생각나는 이 남자가 신경 쓰여 미칠 지경이었지만 그건 자신에게만 해당되는 것뿐이었다. 이 남자에게 자신은 그저 구 선생님처럼 좋은 사람 중 한 명에 포함될 뿐이었다. 그런데 잘해주지 않는다고 도리어 칭얼대고 있다. 정말 속상하고 답답한 게 누군데.

날이 서 있는 말투에 그는 답답하다는 듯 한숨을 내쉬었다.

"그럼 계속 이런 식으로 지내겠다는 거예요?"

"지금이 어때서요? 혹시 제가 거슬리게 행동한 거 있어요? 아니면, 우리가 지금보다 더 가깝게 지내야 될 이유 있나요?"

보라를 날카롭게 바라보던 시오는 살짝 고개를 끄덕이며 낮게 말했다.

"그래요. 없어요. 그럼 하나만 물읍시다."

"……."

"갑자기 무시하는 이유가 뭔데요?"

"……무시한 적 없어요."

"그럼 질문을 다시 하죠. 갑자기 태도가 달라진 이유가 뭐예요?"

보라는 할 말을 찾지 못한 듯 잠시 망설이다가 다시 눈을 똑바로 마주쳤다. 억울했다. 자신이 대체 뭘 잘못했단 말인가? 억울한 마음에 일부러 손톱을 세워 그의 마음을 할퀴어버렸다.

"좋아하는 사람들한테 잘해주고 싶다고 하셨죠? 그럼 좋아하지 않는 사람들한테 잘해주고 싶지 않은 게 당연한 거 아닌가요? 그게 이유예요."

화가 난 건지 그의 입 끝이 굳어갔다. 이를 꽉 물고 있는 듯한 시오의 모습에 보라는 재빨리 걸음을 옮겼다. 상처받은 듯한 그의 얼굴에 봉인한 것처럼 억지로 덮어놨던 마음이 움직이려 하고 있었다. 그러니 어서 이 자리를 벗어나야 했다.

시오는 자신을 지나쳐가는 보라를 돌아보지 않은 채 억지로 말을 꺼냈다. 아무리 생각해도 자신의 행동이 이해가 가지 않았지만 이렇게 지내고 싶지 않았다. 이 여자와는 남인 듯 적당히 예의 갖추고 선을 그으며 지내고 싶지 않은 게 이유였다. 그런데 그녀는 자꾸 선을 그으려 한다. 그래서 더 화가 났다. 지금 잡지 않고 이 정도의 관계를 유지한다면 평생 후회가 될 것 같았다. 그래서 꺼내고 싶지 않았던,

어쩌면 누군가에게 흠이 될 만한 말을 꺼내고 말았다.

"임 선생님 때문에 그래요?"

잠시 멈칫한 보라는 그를 돌아보았다. 그가 알리라곤 생각지도 못했다. 그녀의 눈동자에 놀라운 기색이 역력했다. 시오는 그녀를 돌아보며 말을 이었다.

"여선생님들이 무슨 말 했어요? 그것 때문에 그러는 거예요? 누군가가 하는 말에 이리저리 휘둘릴 만큼 그렇게 형편없는 사람이었어요?"

그녀의 눈빛이 순식간에 사나워졌다. 기가 막혔다. 안 그래도 기분 좋은 일이 아니었건만 왜 그까지 나서서 자신한테 형편없는 사람이니 뭐니 운운하는 걸까?

"제가 선생님한테 그런 말 들을 만큼 뭘 잘못했던가요?"

"잘못했죠. 아까 내 얘기 못 들었어요? 벌 받고 있는 기분이라고 했어요. 그게 어떤 마음인지 알아요?"

"그럼 어떡해요? 그 여자하고 선생님 관계가 남다르다는데! 방해 말고 꺼지라는데! 제가 어떻게 해요?"

"그래서 그렇게 피했어요? 다른 선생님 말들은 그렇게 잘 들으면서 왜 내 말은 안 듣는데요?"

"무……."

울컥해져 같이 화를 내려던 보라는 말을 멈추고 시오를 빤히 바라보았다. 그들이 나누고 있는 대화가 그저 남인 사람들이 나누고 있는 대화와는 거리가 멀게 느껴졌다. 그리고 정말로 화가 난 것 같은 그의 얼굴에 잠시 의아해졌다. 화를 내야 할 상황엔 화도 내지 않던 사람이 왜 지금 자신에게 이렇게 화를 내고 있는 걸까? 보라의 눈동자가 서서히 흔들렸다.

화를 삭이려는 듯 숨을 내쉰 시오는 보라를 마주보며 나지막하게 말했다.

"임 선생님하고 나 그런 사이 아니에요. 선생님들이 멋대로 떠드는 거 신경 쓰지 않았으면 좋겠어요. 자기들 멋대로 엮는 모양인데…… 난 관심 없어요."

흔들림 없는 눈동자를 빤히 바라보던 보라가 조용히 그에게 물었다. 아까부터 묻고 싶었던 것을.

"그걸 왜 저한테 말씀하세요?"

보라는 남자의 표정이 살짝 흔들리는 걸 보았다. 자신만큼 그도 혼란스러워 하는 것처럼 느껴졌다. 마치 이런 적은 처음인 것처럼. 지금까지 했던 행동을 자신조차 의식하지 못했다는 듯 그의 얼굴이 혼란으로 뒤덮였다.

생각을 하는 듯 그의 시선이 잠시 다른 곳으로 향했다. 하지만 이내 흔들림 없는 눈동자가 그녀를 똑바로 응시했다. 약간 삐뚤어진 웃음이 그의 입가에 번진다고 느낄 때쯤, 그의 입에서 나지막한 목소리가 흘러나왔다.

"전에 말하지 않았나?"

"……"

"좋아하는 사람들한테 이런다고."

"……"

"다시 한 번 말해줘요?"

3.
마음 들여다보기

 보라의 눈이 느릿하게 깜박였다. 어딘지 모르게 전과는 표정이 달라진 남자가 자신을 보고 있었다. 그는 눈 한 번 깜박이지 않은 채, 뚫어질 듯 응시하고 있었다. 운동장에서부터 시작된 모래 섞인 바람이 그들 사이로 지나갔고, 어색한 침묵을 깬 건 보라였다.

"언제 그렇게 말했어요?"

시오는 계속 말해보라는 듯이 말없이 그녀를 응시했다.

"좋아하는 사람한테는 잘해준다면서요?"

"그거나 이거나."

"……네?"

 잔뜩 심통이 묻어나는 목소리에 뒤늦게 대답을 한 보라는 갑자기 자신의 손목을 잡아 끌어당기는 남자의 뒷모습을 커진 눈으로 바라봐야 했다.

"갑시다."

이윽고 들려온 그의 무덤덤한 목소리에 보라는 잡힌 손목과 그의 뒤통수를 번갈아보며 다급하게 물었다.

"어딜요? 이거 놔요!"

"배고파요. 하루 종일 신경 쓰고 있었더니 속까지 쓰려."

"그럼 혼자 드시면 되잖아요. 이거 안 놔요?"

"세탁비."

무심한 목소리가 귓가에 스치자 꽥 소리를 지르던 그녀가 갑자기 입을 다물었다.

"네?"

시오가 휙 돌아섰다. 잡힌 손목 때문에 그의 얼굴이 꽤 가까워져 있었다. 놀란 보라가 뒤로 한 발자국 물러나자, 손목을 잡고, 잡힌 그들의 힘이 팽팽해졌다. 보라의 눈동자를 가만히 들여다보던 시오는 천천히 시선을 내렸다. 그의 눈동자가 잡힌 손목에 오래도록 눈길을 주자, 보라는 마른침을 꿀꺽 삼켰다. 어쩐지, 불길했다.

"세탁비 안 줬잖아."

바, 반말? 보라의 눈이 커다랗게 떠졌다. 이젠 막 나가겠다, 이건가?

"대신 밥 사요."

보라를 물끄러미 바라보던 시오는 대답도 듣지 않고 다시 뒤돌아 잡고 있는 얇은 손목을 끌어당겼다. 현저한 힘 차이 때문에 그대로 끌려가던 보라는 발끝에 힘을 줘 버티려고 애를 쓰며 재빨리 대답했다.

"괜찮다고 하셨잖아요."

"괜찮다고 했지, 세탁비 안 받는다고 말한 기억은 없어서."

보라의 얼굴이 기가 막힌다는 표정으로 변했다. 원래 이런 사람이었나?

"미안하지만 난 안 착하거든. 그거 일깨워준 게 차 선생님이니까 책임지셔야죠."

그랬다. 보라의 차가운 행동이 그것과 더불어 오히려 그의 마음을 일깨워주었던 것이다. 자꾸 생각이 나는 여자, 귀엽다고 생각되는 여자, 더 알고 싶은 여자. 그건 일반적인 보통 마음과는 다른 것이었다.

하지만 알아들을 수 없는 말에 보라는 신경질이 났다. 잔뜩 날을 세워 그의 뒷모습을 노려보던 그녀의 눈동자가 어느 순간 한곳에서 멈췄다. 차분히 정리된 검정 머리칼과 말끔하게 접힌 와이셔츠 사이로 드러난 깔끔한 목덜미가 그녀의 시선을 오래도록 잡아끌고 있었다. 멍청하게 바라보던 그녀의 얼굴에 별안간 당혹감이 스쳤다. 세차게 고개를 저은 보라는 정신을 차리기 위해 부러 그의 뒷모습을 다시 노려보기 시작했다. 하지만 놓지 않을 것처럼 자신의 손목을 꽉 쥐고 덤덤하게 걸어가고 있는 그의 뒷모습에 이미 설레어 버린 마음은 제자리를 찾아가지 못하고 있었다.

시오는 바로 보이는 식당으로 보라를 데려갔다. 두 사람은 한동안 말없이 식사에만 열중했다.

"선생님들이 뭐라고 그랬어요?"

갖가지 봄나물이 가득한 테이블 위에서 젓가락질을 하던 그녀의 손이 멈췄다. 보라는 눈동자를 올려 그를 바라봤다. 여전히 그의 눈길은 그녀에게 닿아 있었다.

"꺼지라고 그럽디다."

별안간 터져 나오는 험악한 말에 시오의 한쪽 눈썹이 올라갔다.

"진짜?"

보라는 한숨을 내쉬며 젓가락을 내려놓았다.

"뭐라고 하긴요. 방해하지 말고 신경 좀 써달라고 부탁하셨어요."

"그래서 방해 안 하려고 그런 겁니까?"

왠지 비아냥거리는 느낌이 섞여 있는 것 같아 보라는 일부러 무뚝뚝하게 대답을 던졌다.

"방해하지 말아달라고 부탁하시는데 거절할 수가 있어야죠. 전 착하거든요."

하, 시오의 짧은 웃음소리가 이어졌다. 기가 찬 한숨을 내뱉은 그는 꽤 오랫동안 테이블에 시선을 두었다. 차분하게 내려가 있는 눈매가 매력적이라 보라는 화가 났다는 것도 잊은 채 물끄러미 그를 바라보았다. 그가 눈동자를 올려 바라보자, 보라는 잽싸게 딴 곳으로 눈동자를 굴렸다.

"안 물어봐요?"

"……뭘요?"

"임 선생님하고 무슨 관계인지."

멈칫하던 보라는 애써 태연한 얼굴을 하며 컵을 집어 들었다.

"내가 왜요? 안 궁금해요."

퉁명스런 대답에 시오는 작게 한숨을 내쉬었다. 이건 또 어떻게 풀어가야 하는 걸까? 당연히 기분이 좋을 리가 없었다. 여선생들의 성격을 모르는 것도 아니었고, 아까 엉겁결에 외쳤던 그녀의 대답에서 이미 그녀들이 했던 말을 대충 알아차렸다. 그가 눈동자를 올리자, 삐쭉대고 있는 그녀의 입술이 보였다. 귀엽게 느껴져 픽, 작게 웃은 그는 툭툭 테이블을 치던 손가락을 멈췄다.

"그럼 내가 말할게요. 난 대답하고 싶으니까."

"……."

"아무 관계 아니에요."

"아니에요?"

보라의 얼굴에 아차, 하는 표정이 스쳤다. '그걸 왜 나한테 말해요?'라고 맞받아쳤어야 하는데 자신도 모르게 확인해버리고 만 것이다. 질끈 눈을 감은 그녀가 고개를 푹 숙였다.

"아니에요."

하지만 그의 대답은 단호했다. 고개를 든 그녀는 진지한 눈동자를 바라보다가 전부터 묻고 싶은 걸 질문했다. 이미 물은 엎질러졌으니 궁금한 거나 속 시원히 해결하자는 심산이었다.

"그럼요?"

"동료예요. 말 그대로 직장동료."

직장동료를 힘주어 말한 그는 어깨를 살짝 으쓱였다. 아무래도 그게 그의 버릇인 듯했다.

"그럼 그 선생님들은 나한테 왜 그런 건데요?"

"나라고 알까. 내가 그 사람들이 아닌데."

여전히 마음은 풀어지지 않고 있었다. 보라는 복잡한 표정을 거두고 자리에서 일어나려 했다.

"후회……."

하지만 이어지는 대답에 동작을 멈추고는 그를 바라보았다. 생각을 하는 건지 망설이는 건지 잠시 텀을 둔 그는 다시 눈을 마주쳤다. 흔들림 없이 직접적으로 마주쳐오는 진한 갈색의 눈동자가 예쁘게 느껴졌다. 그래서 그녀는 좀 더 그 자리에 있기로 결정을 내렸다.

"하는 중이에요. 전엔 어떤 얘기를 하든 상관없다고 생각하면서 지냈는데. 전에도 그랬고, 앞으로도 나한테 직접적으로 피해주는 건 없을 거라고 생각했어요. 그래서 알면서도 모르는 척 그렇게 넘겼는데. 내 생각이 틀렸어요. 누구 말대로 너무 착한 척한 모양이야, 그동안."

"……그래도 그 임 선생님은 선생님한테 마음 있는 거 아니에요?"

그는 난처한 얼굴로 앞에 있는 컵을 집었다. 하지만 이내 컵을 내려놓고는 답답한 듯 한숨을 내쉬었다.

"몰라요. 직접 듣지도 보지도 못했으니까, 난 모르는 거예요."

"고백한 적은 없어요?"

그는 그렇다는 의미로 살짝 어깨를 으쓱였다.

"직접 말이라도 하면 미안하다, 거절이라도 하겠는데 이건 뭐 여선생님들 뒤에만 숨어 있으니. 직접은커녕 돌려서도 말 안 하는 사람한테 나 좋아하지 말아라, 따질 수도 없는 일이잖아요."

"……"

"그래도 그럴 걸 그랬나?"

마지막 말에 보라의 눈동자가 살며시 흔들렸다. 자신 때문에 마지막 말을 꺼냈다는 걸 알고 있었다.

"그럼 선생님 마음은……"

"없어요, 전혀. 그러니까 이제껏 모른 척했겠지. 아니면…… 지금처럼 잡았겠죠. 내가 먼저."

그의 고백 비슷한 말에 보라는 얼굴로 열이 몰리는 것 같아 서둘러 가방을 챙겼다.

"고백도 안 할 거면서, 왜 다른 사람 마음은 가지도 못하게 막고 있대? 매순간 설레고 떨리고 두근거리면서. 힘들지도 않나?"

그저 혼잣말처럼 중얼거린 보라는 가방 속에서 지갑을 꺼내들었다. 그저 무의식적으로 나온 말이었다. 그녀가 하는 말을 가만히 듣고 있던 그는 그녀가 일어나기 전, 먼저 자리에서 일어나 성큼성큼 카운터 앞으로 향했다.

"어?"

시오가 먼저 가버리자 카드를 꺼내던 그녀는 서둘러 카운터로 향했다. 하지만 이미 그가 계산을 끝낸 후였다.

"내가 내기로 했잖아요."

"다음에 사요."

툭 말을 던진 그가 유리문을 밀다가 그녀를 돌아봤다.

"안 가요?"

지갑과 카드를 양손에 든 그녀의 얼굴이 얼떨떨했다. 밥 사라고 끌고 오더니 자기가 계산하는 건 또 뭐야? 황당하다는 그녀의 시선에 시오는 안 나갈 거냐는 듯, 눈으로 문을 가리켜보였다.

"안녕히 계세요."

식당 주인에게 정중히 인사를 한 보라는 고개를 갸웃하며 그가 밀고 있는 문 사이로 빠져나갔다. 덤덤한 얼굴로 보라가 나가는 걸 지켜보던 그는 희미하게 입꼬리를 올리며 밖으로 나섰다.

"그럼, 안녕히 가세요."

"가긴 어딜 가요?"

인사를 하는 보라의 손목을 다시 낚아 챈 시오가 발길을 돌렸다.

"왜요? 밥 먹었잖아요."

"데려다 줄게요."

"왜······."

"미안해서요."

"······."

"그러니까 데려다 줄게요."

보라는 사과를 하는 시오를 물끄러미 바라보았다.

"선생님이 왜 미안해요?"

"나 때문에 안 좋은 소리 들었잖아요."

그들은 어느새 잿빛 자동차 앞에 다가와 있었다. 조수석 문이 열리자, 보라는 잠시 망설였다. 하지만 끈질기게 쳐다보는 그의 시선 때문에 한숨을 내쉬며 차에 탔다. 도망가면 잡으러 올 것 같았다. 앞의 이 남자는.

보라는 능숙하게 운전을 하는 그의 옆에 어두운 얼굴로 앉아 있었다.

'이래도 되는 건가?'

그는 자신이 좋다고 말했다. 아직까지도 얼떨떨하지만 그의 말과 행동이 어떤 의미인지는 파악되었다. 하지만 너무 성급한 게 아닌가, 라는 생각도 들고 있었다. 자신을 얼마나 봤다고 좋다고 하는 걸까? 자신 역시도 그에게 끌리고 있었지만 불안한 마음이 계속해서 그녀를 잡고 있었다. 더군다나 여선생들의 시선까지 걱정을 해야 하는 입장이었다.

"안 그래도 얼마 못 버티고 금방 일 그만두면서 이번에도 그러고 싶어? 괜히 직장 내에서 얽혀서 좋을 건 없어. 더군다나 거긴 네 편

보다는 그 남자 편이 더 많을 거 아냐. 안 그래도 네 편 내 편 잘 나누잖아, 너."

언니의 목소리가 머리 위로 둥둥 떠올라 걱정을 가중시켰다. 왜 자신에겐 시작이 어려운 사랑만 찾아오는 걸까? 그동안 시작도 못 해보고 끝낸 사람들이 어렴풋이 떠올랐다. 우울해진 그녀의 눈동자가 점점 아래로 향하는데 언젠가 듣기 좋다고 느꼈던 목소리가 귓가에 스쳤다.

"차 선생님은 그런 적 없어요?"

보라의 눈동자가 핸들을 잡은 채 앞을 응시하고 있는 시오에게 닿았다. 그녀에게서 반응이 없자, 그가 살짝 고개를 돌려 그녀를 확인했다. 보라가 물끄러미 바라보고만 있자, 그는 천천히 말을 이었다.

"나 보면서."

"……"

"설레고 떨리고 두근거린 적……"

보라의 눈이 커다랗게 떠졌다. 그는 아까 그녀가 스치듯 중얼거렸던 말을 상기하며 묻고 있었다.

"고백도 안 할 거면서, 왜 다른 사람 마음은 가지도 못하게 막고 있대? 매순간 설레고 떨리고 두근거리면서. 힘들지도 않나?"

사실, 운전을 하는 내내 궁금했다. 이 여자는 사랑을 하면 매순간 설레고 떨리고 두근거릴까? 그게 궁금해서 결국은 이렇게 묻고 말았다.

"없어요?"

보라의 눈동자가 이리저리 흔들렸다. 난처했다. 너무도 난처했다. 이 남자가 자신의 마음을 알고 이렇게 물어오는 걸까? 살짝 눈동자를 굴려 시오를 보니 그는 이젠 완전히 얼굴을 돌려 그녀를 응시하고 있었다. 보라는 너무도 당황한 나머지 조수석 창문 쪽으로 고개를 홱 돌려버렸다.

"어, 없어요."

없긴. 지금도 이렇게 떨고 있는 걸. 그녀는 망연자실한 표정으로 입술을 깨물며 눈을 감았다. 당황한 마음에 그런 적 없다는 부정의 말이 먼저 튀어나가 버렸다. 내내 떠올리던 걱정이 무의식적으로 그런 대답을 하게 만든 이유이기도 했다.

잠시 그에게서 말이 없었다.

'있었다고 말할까? 사실, 나도 좋아한다고 할까?'

입술을 깨문 채 고민하고 있는 그녀에게 다시 낮은 목소리가 들렸다.

"한순간도?"

보라는 천천히 고개를 돌렸다. 그는 다시 앞을 바라보며 운전을 하고 있었다. 넓게 펼쳐진 도로에 살짝 눈길을 주던 보라는 우물쭈물 망설이다가 결심한 듯 시오에게 되물었다.

"선생님은요?"

시오는 고개를 돌려 그녀를 잠시 바라보다가 다시 앞을 바라보았다. 끼어드는 앞의 자동차가 신경이 쓰인 모양이었다.

"네?"

뒤늦은 대답에 보라는 다시 한 번 용기를 내었다.

"선생님은…… 그런 적 있으시냐구요. 저 때문에."

뒷말이 너무 흐려지는 바람에 마지막 말은 제대로 듣지 못했다. 하지만 어느 정도 뜻을 알아챈 시오가 핸들을 돌리며 잠시 망설이다

"모르겠어요."

반짝반짝하던 그녀의 눈동자에 실망의 기색이 드리워졌다. 보라는 잘못 들은 게 아닐까, 얼굴을 찡그리며 그에게 되물었다.

"네?"

"솔직히 말하면, 그건 아직 모르겠어요."

시오가 느릿하게 대답하자, 보라는 앞으로 고개를 돌리며 입술을 깨물었다. 어쩐지 비참한 기분이었다. 그러면서 좋아한다고 한 건가? 대체 뭘 하자는 건지 모르겠다. 뭘 기대하고 있었던가, 자신은.

"나……."

"없어요, 나도. 한순간도."

보라는 그의 말을 자르며 아까 물었던 질문에 서둘러 대답했다. 마지막 말에 힘을 주어 말한 그녀는 자신의 동네에 다다르자, 굳은 얼굴로 내릴 채비를 했다.

"안녕히 가세요."

쾅, 소리를 내며 조수석 문이 닫혔고 그녀는 재빠르게 걸음을 옮겼다. 대답을 한 뒤로 그녀는 한마디도 하지 않았고 내내 화가 난 기색이 역력했다. 물끄러미 지켜보던 시오가 안전벨트를 급히 풀고는 차에서 내려 그녀에게로 다가갔다.

"화났어요?"

"안 났어요."

"났잖아요."

"내……."

그녀는 소리 지르려던 걸 멈추고는 입술을 꽉 깨물었다.

"선생님이 대체 나한테 왜 그런 말 했었는지는 잘 모르겠지만, 그냥 덮어둘게요. 학교에서 얽히는 것도 싫고 여선생님들 눈치 보기도 싫어요. 기분 나쁜 말 다시 듣고 싶은 생각은 더더욱 없고요."

돌아서려는 보라를 시오가 다시 잡아 멈추게 했다.

"화났어, 나 때문에. 그죠?"

"……이보세요. 나랑 뭐하자는 건데요, 지금?"

그를 노려보던 보라는 손가락을 들어 그의 가슴께를 콕콕 찔렀다.

"여기 좀 제대로 들여다보고 말하세요. 좋아하는 게 아니라 그저 호기심일 수도 있고, 선생님 마음대로 안 되니까 괜히 승부욕 생겨서 그런 걸 수도 있지 않겠어요? 사람 마음 괜히 들쑤시지 말고 또, 우습게 만들지 말고 제대로 확인 좀 하시라구요."

"보면 기분 좋고, 계속 대화도 나누고 싶어요. 차 선생님 보면 그래요. 나 피하니까 솔직히 화가 났고 잡아야겠다는 생각도 들었어요. 그냥 그렇고 그런 사이로 유지하다가 다른 사람들처럼 안녕, 하고 싶은 생각은 더더욱 없었어요."

"……"

"아까 한 말 때문에 그래요? 설레고 떨리고 두근거리지 않는다고 해서?"

보라는 더 까칠한 눈빛으로 그를 노려봤다.

"그런 감정 뒤늦게 찾아올 수도 있는 거 아닌가? 어느 순간 당신 보면서 미치도록 설레고 떨리고 두근거릴 수 있는 거 아니야?"

"그럼 그때 다시 말씀해주시던가요. 지금 나한테 이런 말 할 자격 있어요?"

보라는 그의 손을 쳐내고 단단하게 얽혀드는 그의 눈빛을 외면한 후 돌아섰다. 하지만 얼마 못가 다시 그의 손에 잡혀 멈춰야 했다.

'이 남자가! 남의 손목 잡아채는 게 취미인가?'

노려보는 보라의 눈동자에 역시 화가 난 듯한 그의 얼굴이 비춰졌다.

"그래. 내 마음 들여다보죠. 그런데, 그때도 당신 잡고 싶은 지금과 마찬가지라면 그땐 각오해야 할 거예요."

화가 난 표정과는 달리 그의 입에서 흘러나온 목소리는 낮고 단호했다. 그의 손에서 점점 힘이 풀리자, 손을 쳐낸 그녀는 다시 뒤돌아 걸었다. 그 순간에도 그의 말을 믿어야 하는 건지 이대로 돌아서길 잘했다며 단념해야 하는 건지 마음이 어지러웠다.

"뭐가 이렇게 어려워."

작게 중얼거리던 그녀는 아직까지 느껴지는 그의 시선을 애써 무시하며 걸음을 재촉했다.

한참이나 그녀의 모습을 보고 서 있던 그는 무거운 한숨을 내쉬며 차로 돌아가 운전석 문을 열었다. 하지만 그의 시선은 그녀가 사라진 곳으로 다시 돌아갔다. 화가 난 표정으로 뒤돌아서던 모습이 지워지지 않았다. 망설이던 그는 차에 타며 피곤한 얼굴로 운전석 등받이에 머리를 기댔다. 왜 하필 그게 궁금했던 건지 또 뭐가 이렇게 엇갈리는 건지 도무지 모르겠다.

"미치겠네."

다시 사랑을 하게 된다면 편하게 사랑을 하겠다고 다짐했었다. 하지만 9년 내내 생각해왔던 다짐이 무색할 정도로 머리가 혼란스럽고 가슴이 답답해져왔다.

곧, 그는 몸을 일으켜 시동을 걸었다. 그렇다고 거짓말을 할 수도 없는 노릇 아닌가? 그는 자신을 위로하며 핸들을 잡은 손에 힘을 주고는 액셀러레이터를 서서히 밟았다. 하지만 이미 혼잡스럽게 번진 마음은 고요해질 줄을 몰랐다.

집에 도착하여 현관으로 들어선 시오는 차키를 테이블에 아무렇게나 던져놓고는 소파에 털썩 앉아 머리를 기댔다. 재킷 주머니에서 느껴지는 진동에 핸드폰을 꺼낸 그는 발신자를 확인하지도 않고 전화를 받았다.

"네."

—놀러와. 딸기 사들고.

"매형한테 사달라고 해."

—아버님이랑 등산 갔단 말이야.

"그럼 오는 길에 사갖고 오라고 해."

—와서 혜원이도 보고. 응?

"바빠."

—뭐하는데 바빠? 수업 끝났을 것 아냐. 집 아니야?

"집이야."

—근데?

"내 마음 들여다봐야 돼."

—……뭐?

"끊는다."

전화를 끊은 그는 테이블에 핸드폰을 내려놓았다. 다른 날 같았다면 조카 혜원이를 보기 위해 한달음에 누나의 집으로 갔겠지만 오늘은 그러기가 싫었다. 답답한 마음을 이기지 못해 힌숨을 내쉰 그는 옷을 갈아입으러 방으로 들어갔다.

늦은 저녁 식사를 한 후 양치질을 하고 편한 차림을 한 채 아무 생각 없이 거실로 걸음을 옮기던 그는 별안간 자리에 서서 한 발자국도 내딛지 않았다. 그 자리에 굳은 것처럼. 이내 덤덤하던 그의 눈동자에 굳은 결의가 떠올랐다. 마음을 들여다봐? 자신의 마음은 누구보다도 자신이 제일 잘 알고 있었다. 어렵겠지만, 무던히도 노력을 해야 하겠지만, 이대로 놓고 싶은 마음은 추호도 없었다. 이처럼 고민하는 것만으로 마음은 확실한 거 아닌가? 그저 그런 마음이었다면 그런 모진 소리 듣지 않고 애초부터 그냥 놔버렸겠지. 예전처럼, 이젠 희미해져버린 그 9년 전처럼 시작도 못한 채 속수무책으로 놓고 싶지는 않았다. 그의 머릿속엔 화를 내던 보라의 모습이 한시도 떠나지 않고 있었다.

※ ※ ※

학교에 도착한 보라는 어지러운 머리를 손으로 짚으며 다른 손으로 잡고 있는 프린트를 내려다보았다. 자꾸 손에 힘이 빠지고 있었다. 아침부터 열이 났다. 자는 도중, 그리고 샤워를 하는 사이에 토악질이 올라와 결국 2번이나 구토를 해야 했다. 아무래도 뭘 잘못 먹은 모양이었다. 하지만 변기 물에 섞여 내려가는 건 위액들뿐이었다. 보라는 고개를 갸웃하며 걸음을 옮겼다. 그래도 약을 먹고 출근했으니 시간이 지나면 괜찮아 질 것이다.

"일찍 왔네요."

고개를 돌리니 미술 선생이라는 남자의 얼굴이 보였다. 그는 아무

일도 없었다는 듯 무덤덤한 얼굴이었다. 그게 더 얄미웠다. 일주일 동안 내내 머릿속에서 괴롭히더니 이젠 바로 앞에서 괴롭히고 있다. 가뜩이나 몸도 안 좋은데.

그녀는 살짝 고개를 숙여 대충 인사하곤 곧바로 그를 무시했다.

"오늘 수업은 뭡니까?"

"글쎄요."

시오는 대충 대답을 하는 시큰둥한 얼굴을 힐끗 쳐다봤다. 안 그래도 하얀 얼굴이 오늘따라 더 하얘 보였다. 그 때문인지 그의 시선을 더 잡아끌었다. 한참을 바라보던 그가 묘한 기분에 얼른 고개를 돌렸다. 곧 그는 한숨을 내쉬며 천천히 걸음을 늦췄다.

일주일 동안 연락을 하고 싶은 걸 간신히 참았다. 연락을 해봐야 그녀의 반응은 예상한 대로일 것이다. 무시하기. 그래서 매번 한숨을 내쉬며 핸드폰을 내려놔야 했다. 그걸 아는지 모르는지 그녀는 더욱더 시큰둥해진 얼굴로 그를 대하고 있었다. 시오는 어떻게 해야 하나, 고민하는 얼굴로 천천히 그녀의 뒤를 따랐다.

얼마 걷지도 않았는데 숨이 차는 것 같아 보라는 크게 숨을 내쉬었다. 내뱉어지는 숨결이 뜨거웠다. 그러던 보라의 눈동자가 뒤에서 따라오는 그를 의식하고는 살짝 움직였다. 신경 쓰인다. 안 그래도 머리가 아파 죽겠는데 그까지 머리를 아프게 만들고 있었다. 그래서 자신도 모르게 신경질을 내버렸다.

"왜 따라와요?"

휙 몸을 돌린 보라가 험악한 눈초리로 물어오자, 생각에 잠겼던 시오가 멈칫하며 걸음을 멈췄다. 신경질이 잔뜩 난 얼굴에 그는 어이없다는 듯 픽 웃으며 들고 있던 무언가를 들어 보였다.

"출석 부르러."

보라의 눈동자가 그가 들고 있는 출석부로 향했다. 곧 그녀의 표정에 망연함이 떠올랐다. 오늘따라 출석부가 너무도 거대해 보였다. 실소를 흘린 그는 그녀를 앞질러 교실로 가기 시작했다. 보라는 커다랗게 떠진 눈을 서서히 감았다. 잊고 있었다. 저 남자가 자신의 반 담당 교사라는 사실을. 이 학교에 있는 내내 저 남자의 얼굴을 꼬박꼬박 봐야 한다는 그 너무나도 중요하고 확연한 사실을.

그녀는 말없이 뒤돌아, 벌써 저만치 가고 있는 그를 뒤따랐다. 일부러 그러는 건지 그는 뒷짐을 진 채 출석부를 들고 있었다. '출석부'라고 적힌 물체가 그의 등 뒤에서 까닥거리자 그녀의 눈이 사납게 그의 뒤통수에 꽂혔다.

'얄미워.'

출석을 부른 그는 오늘도 어김없이 뒷자리로 향했다. 우두커니 그 모습을 지켜보던 보라는 체념을 하고는 수업을 시작했다.

"미술 쌤. 오늘도 수업 들으세요?"

"그래."

"쌤. 보라 쌤한테 작업 거시는 거죠? 에이."

"너무 대놓고 그러신다. 그럼 안 되죠."

"왜 안 돼, 인마."

바로 나오는 대답에 짓궂게 장난치던 학생들의 표정이 잠시 멍해졌다. 그저 눈만 깜박거리며 저희들끼리 눈을 맞추던 학생들이 이내 야유 소리를 보냈다.

"와우!"

"이야."

"쌤. 완전."

피식 웃은 그는 '수업 들어'라고 지시하며 느긋하게 턱을 괴어 그녀를 바라봤다. 프린트를 보며 설명을 해주던 그녀는 간간이 손을 올려 이마를 짚고 있었다. 빤히 바라보던 그의 눈동자에 의아함이 묻어났다. 수업이 진행될수록 그녀의 얼굴은 더욱더 창백해지고 있었다. 꼭 아픈 사람처럼.

'긴장한 건가?'

그의 눈동자가 그녀에게서 떨어질 줄을 모르고 계속해서 좇자 간혹 뒤를 돌아보던 학생들이 흥미로운 가십거리를 찾은 양 저희들끼리 신나게 속삭여댔다.

"다음 시간엔 본격적으로 글쓰기에 들어갈 거야."

쉬는 시간을 알리는 종이 울렸다. 교실 안은 순식간에 시끌벅적거리는 소리로 가득 찼다. 매점에 가자, 네가 쏴라, 축구 멤버! 를 외치는 제각각의 학생들을 보며 보라는 작게 웃음을 지었다. 저렇게 좋을까? 프린트를 가지런히 모아 교탁에 올려놓은 그녀는 숨을 내뱉으며 교실을 빠져나왔다. 어쩐지 더 어지러워진 느낌이었다. 작게 숨을 내뱉던 그녀는 불쑥 손목을 잡아당기는 힘에 눈을 커다랗게 떴다. 바로 보이는 뒷모습이 익숙했다.

"뭐하시는 거예요?"

"커피 사요. 내가 두 번이나 샀잖아."

인상을 잔뜩 구기던 그녀는 별안간 걸음을 멈춘 그의 모습에 다시 인상을 펴곤 그를 빤히 바라봤다. 그의 머리가 살짝 기울어진다고 느꼈을 때, 그는 몸을 돌려 그녀에게로 한 발자국 다가왔다. 그의 시선이 곧 자신이 잡고 있는 그녀의 손목으로 내려갔다.

"왜, 왜요?"

좀 더 손을 올려 팔을 만지는 손길에 그녀가 화들짝 놀라며 몸을 뒤로 뺐다. 하지만 시오는 팔을 잡아당겨 가까이 서게 한 다음, 그녀의 이마에 손을 댔다. 화를 내며 손을 뿌리치려던 보라는 심각해진 그의 얼굴에 결국 아무 말도 내뱉지 못했다.

"열나잖아요."

그의 얼굴이 굳어 있었다. 그를 올려다보던 보라는 작게 숨을 내쉬며 천천히 고개를 끄덕였다.

"체한 것 같아요."

"체해?"

"네. 약도 먹었는데 이상하네."

무언가를 생각하는 듯 그의 눈동자가 살짝 흔들렸다. 얹히면 간혹 열이 오른다는 걸 알고는 있지만 이렇게까지 심하게 열이 오르던가? 그는 손을 올려 셔츠 깃 사이로 드러난 그녀의 목덜미를 살짝 감쌌다. 커다란 손이 느껴지자 보라가 움찔하며 뒤로 물러났다.

"뭐……."

그녀는 그의 표정을 발견하곤 하려던 말을 멈추고 입을 다물었다. 마치 걱정된다, 고 말하는 듯 심각하고 진지한 얼굴에 마음이 또다시 제멋대로 움직이고 있었다. 목덜미를 감싼 커다란 손이 그리 나쁘지 않았던 것 또한 이유라면 이유였다. 그는 여전히 심각한 표정을 한 채 그녀의 손목을 잡아끌었다. 아까와는 반대 방향이었다.

"이번엔 어디 가는데요?"

잠시 후,

"감기예요."

딱 떨어지는 분명한 말투에 보라의 입이 살짝 벌어졌다. 감기? 그녀의 눈동자가 살며시 위로 올라갔다. 그럼 그 토악질은 뭐였단 말인가?

"열이 심하면 간혹 구토증상이 있기도 하거든요."

그녀의 입이 더 벌어졌다. 감기……. 어제 얇은 이불로 바꾸었던 게 문제가 된 건가? 잠결에 춥다는 걸 느끼고 웅크려 자긴 했는데. 그저 체한 걸로만 생각했었다. 그녀의 머릿속에 위액만 나왔다는 게 다시 상기되고 있었다.

'맙소사.'

"쯧."

소리가 난 쪽으로 고개를 돌리자, 양호 선생의 책상을 차지하고 자신이 주인 행세를 하고 있는 미술 선생이 보였다. 그는 턱까지 괸 채로 그녀를 한심하게 보고 있었다.

"감기인 줄도 모르고 다른 약을 먹었으니 열이 떨어지나?"

보라의 눈동자가 매섭게 그에게 꽂혔다. 양호 선생은 그를 나무라는 듯 살짝 흘겨보더니 보라에게 알약 두 개와 물이 든 컵을 건네주었다.

"아침은 먹고 오셨죠?"

"네."

"약 먹으면 졸리겠지만 그래도 드세요. 열 떨어뜨리는 게 급선무니까."

"졸면 내가 깨우지, 뭐."

갑자기 툭 내던져진 말에 양호 선생이 눈동자가 의아하냐는 기색을 담으며 그에게 닿았다. 다른 사람의 개인적인 일엔 신경을 쓰지 않던 그였다. 그걸 알고 있는 양호 선생의 표정을 읽은 그는 살짝 어깨를 으쓱할 뿐이었다. 시오를 노려보며 약을 입에 털어놓고 물을 삼킨 보라가 그와 마주보고 있는 양호 선생을 돌아보았다.

'친한가?'

보라는 벽에 걸려 있는 시계를 보고는 자리에서 일어났다.

"벌써 가시게요?"

"네. 수업 준비 해야죠."

"꼼꼼하시다."

양호 선생은 가운 주머니에 손을 넣으며 그녀를 배웅하기 위해 걸음을 옮겼다. 시오도 자리에서 슬슬 일어나고 있었다. 보라가 문을 나서고 시오가 따라 나가려고 하자, 양호 선생이 얼른 그의 슈트 자락을 잡아당겼다. 왜냐고 묻는 듯한 그의 눈동자가 양호 선생을 향했다.

"학교 안에선 연애 안 한다며?"

양호 선생을 빤히 바라보던 그는 귀찮다는 얼굴로 입을 열었다.

"놔."

"흐음."

"빨리 안 놔?"

까칠한 그의 말투에 그녀가 재빨리 손을 들어 올리며 항복 태세를 취했다. 문을 나가려던 시오는 다시 돌아보며 그녀에게 재차 물었다.

"감기 확실하지?"

"내가 돌팔인 줄 알아?"

"간다."

그녀는 가운 주머니에 손을 넣은 채로 얼굴만 쑥 빼내 성큼성큼 보라를 따라잡는 시오의 뒷모습을 바라보았다.

"저 까칠이가 본색을 드러내는 걸 보면 뭔가 있긴 한데."

가식을 떨며 선생님들과 학생들에게 자상하게 웃어주던 그의 모습을 떠올린 하운은 부르르 몸을 떨었다.

"가식 덩어리."

학교 안에서 연애를 하든 말든 뭐, 내 알 바 아니고. 그저 중얼거리던 그녀는 떠오르는 생각에 눈썹을 까딱였다.

"임 선생. 고거 쌤통이다. 얌전한 척, 이쁜 척은 혼자 다 하더니. 내가 그럴 줄 알았어."

하운은 곰곰이 생각을 하다가 씨익 불량한 미소를 지으며 가운 주머니에 있던 핸드폰을 꺼내들었다.

"감기 증상도 모르나?"

"네. 제가 그렇죠."

놀리는 게 확연히 드러나는 그의 말투에 보라는 힘이 빠진 듯 대충 고개를 끄덕거렸다.

"옷을 그렇게 입고 다니니까 감기에 걸리지."

"아니거든요. 이불이 다 안 말라서 여름 이불 덮고 자서 그렇거든요."

'왜 옷까지 간섭이야? 담당교사면 다야?'

홱 고개를 돌려 이를 꽉 깨물고 반응하는 모습에 시오는 멈춰 서 멀뚱하게 그녀를 바라봤다. 이윽고 눈에 힘을 준 그녀가 다시 홱 돌아서 성큼성큼 걷기 시작했다. 곧, 그의 입가에 살며시 웃음이 걸렸다. 정말이지, 자신을 참 많이 당황시키는 여자다.

드르르륵.

재킷 안주머니에서 진동하는 핸드폰을 꺼낸 시오의 눈에 메시지 하나가 보였다.

[따뜻하게 해줘야 빨리 나아. 정 방법 없음 확 안아 버리든지.]

시오의 미간이 순식간에 구겨졌다. 하운의 문자였다. 생각하는 거 하곤. 잠시 망설이던 시오는 심통이 난 듯 걸어가는 보라의 뒷모습을 보다가 몸을 돌렸다.

교실로 향하던 보라는 기척이 느껴지지 않자 뒤를 돌아봤다. 따라오던 그가 다른 곳으로 향하고 있었다.

"뭐야. 또 수업 들을 것처럼 굴더니."

보라는 자신도 모르게 아쉬운 표정을 짓고는 터벅터벅 걸음을 내딛었다. 그러다가 손을 올려 이마를 만져보았다. 아까 닿았던 그의 손길이 느껴지는 것 같았다. 걱정하는 듯한 눈동자가 떠올라 잠시 숨을 길게 내쉰 그녀는 걸음을 재촉했다.

잔뜩 집중한 표정으로 글쓰기에 몰두한 학생들을 지켜보던 보라의 얼굴에 살짝 미소가 감돌았다. 그러던 그녀의 눈동자가 치마 아래로 보이는 스타킹으로 내려갔다.

"옷을 그렇게 입고 다니니까 감기에 걸리지."

아까 툭 던지듯 내뱉었던 그의 말이 떠올랐다. 좀 추운 것 같기도 하고. 두 팔로 어깨를 감싸며 창가로 다가선 그녀는 천천히 창문을 닫았다. 돌아서는 그녀의 눈동자에 뒷문으로 막 들어오고 있는 시오가 보였다. 그녀와 눈이 마주치자, 조용히 하라는 듯 손가락을 입술에 댄 그가 살짝 입꼬리를 올렸다.

'뭐하는 거야, 저건.'

뚱한 표정을 지은 보라는 홱 고개를 돌려 교단 앞에 있는 의자에 살짝 걸터앉아 학생들을 지켜봤다.

조심스럽게 뒷자리에 앉은 시오는 보라와 같이 학생들을 둘러보다가 들고 왔던 무언가를 무릎 아래에 내려놓았다. 아직 찬바람이 묻어 있는 그것을 내려다보던 그의 얼굴에 망설임이 떠올랐다. 조심스럽게 재킷을 벗어 그것을 감싼 그는 턱을 괴고는 다시 그녀에게로 눈길을 주었다.

학생들을 둘러보던 보라가 무심코 고개를 돌리자, 느긋하게 눈길을 주던 그가 살짝 입꼬리를 올렸다. 보라의 표정이 험악해지는 것도 아랑곳 않고, 그는 손가락을 까닥해서 보라를 부르기까지 했다. 뭐예요, 라고 묻는 듯한 그녀의 눈동자에 그는 천천히 손가락을 까닥일 뿐이었다. 보라는 어처구니없다는 표정을 지으며 학생들에게 들키기 전에 얼른 시선을 거뒀다. 여전히 시선이 느껴졌지만 일부러 고개를 돌리지 않았다.

하지만 한 번 의식하자 끈질긴 그의 시선을 당해낼 재간이 없었다. 애써 무시하던 그녀는 더 이상 참지 못하고 그에게로 다가갔다.

시오는 교무실 자신의 책상 맨 아래 서랍 속에 고이 모셔두다가 챙겨온 담요를 그녀에게 건넸다. 다행히 재킷 안에 체온이 묻어 있었던 덕에 담요에 묻어 있던 찬바람이 사라지고 온기로 따스해져 있었다.

"뭐예요?"

보라가 작게 중얼거리자, 그는 어깨를 살짝 으쓱여보였다. 곧 그의 얼굴에 장난스런 미소가 번졌다. 그녀의 눈동자가 알 수 없는 빛을 담으며 오래도록 담요에 머물러 있자, 시오는 미소를 거두고는 그녀를 지그시 바라보았다.

'지금 떠오르는 이 감정은 뭘까? 걱정? 안도? 그것도 아니면······.'

보라는 자신의 손에 살짝 스치는 그의 손가락에 움찔하며 그를 내려다봤다. 그는 학생들 쪽으로 눈짓을 하며 담요를 더 내밀어보였다. 들키기 전에 받으라는 그의 눈빛에 보라는 담요를 받아들었다. 몸을 돌려 교단 쪽으로 걸어가려던 그녀는 고개를 돌려 그를 향해 입을 벙긋거렸다.

"고마워요."

그녀의 말을 알아들은 시오는 씨익 웃으며 턱을 괸 채, 그녀에게로 눈길을 주었다. 마치, 수업 따윈 관심 없다는 듯 오로지 그녀에게만 시선을 주고 있었다. 그 불량한 웃음에 덜컥, 심장이 내려앉은 그녀는 재빨리 고개를 돌렸다. 정말 대책 없게 만드는 남자다.

4.
수상한 데이트

"고마웠어요."

보라가 수업시간 내내 덮고 있었던 담요를 그에게 내밀었다. 담요를 빤히 내려다보던 그가 이내 불량한 미소를 지으며 느긋하게 답했다.

"고마우면 보답을 해야죠."

"네?"

잘해주고 욕먹는 상황이란 게 이럴 걸 두고 하는 소리 아닌가? 보라의 미간이 구겨지자, 시오는 작게 웃음을 터트리며 앞서 걷기 시작했다.

"가요."

"어딜요?"

보라는 아직 자신의 손에 있는 담요를 얼떨떨하게 내려다보다가 그의 뒤를 따랐다.

"어디 가는데요?"

"아직 나 밥도 안 사줬고, 보답도 해야 되잖아요."

"그거야 제가 사려고 했는데 선생님이 먼저 계산을 하셨고, 담요도 선생님이 먼저 주신 거잖아요."

"이 여자 보게. 여태껏 따뜻하게 덮고 있었으면서 네가 줬으니 난 그저 덮어준 거다, 영광으로 생각해라, 뭐 그런 건가?"

"그게 아니라……."

"또 보네요, 차 강사님."

갑작스레 들리는 목소리에 보라와 시오의 고개가 동시에 돌아갔다. 여선생들이 식사를 하기 위해 교문을 막 지나고 있던 참이었다.

"안녕하세요."

자신도 모르게 담요를 꽉 쥔 보라는 살짝 고개를 숙여 인사했다. 여선생들에게로 향해 있던 시오의 시선이 보라에게로 돌아갔다.

"우리 밥 먹으러 가는데 차 강사님도 같이 가실래요?"

"네? 아니, 저는……."

"왜요? 같이 가요. 마침 할 얘기도 있고."

여선생이 보라의 팔을 잡아끌자, 그녀의 얼굴이 곧 사색이 되었다. 그다지 식사를 같이 하고픈 마음도 없었고, 대화를 나누고 싶은 마음은 더더욱 없었다.

"전 괜찮은데……."

거절을 하던 보라의 얼굴에 체념의 빛이 어렸을 때, 그녀의 다른 쪽 손목을 잡아 세우는 손길이 있었다. 보라가 고개를 들자, 살짝 미소를 띤 시오의 얼굴이 보였다. 그는 보라의 손목을 잡은 채로 여선생들을 마주했다.

"차 선생님은 저랑 선약이 돼 있는데, 어쩌죠?"

자신의 손목을 잡는 그의 손길이 이렇게 반가웠던 적이 없었다. 보라는 응원의 눈빛을 그에게 마구 쏴대었다.

"김 선생은 다음에도 기회가 있잖아. 오늘은 우리랑 좀 먹자."

"저희 둘이 중요하게 할 얘기가 있어서요."

"그래? 무슨 얘기를 하려고?"

"다음 주에 뵐게요."

정중하게 인사를 하는 그의 눈동자는 단호했다. 언제나 사람 좋게 웃었기에 지금 역시도 물러설 줄 알았지만 잘못 생각했던 모양이었다. 여선생들은 서로 눈을 마주치며 의아하다는 기색을 내비쳤고, 그는 미련 없다는 듯 보라의 손목을 잡아끌었다. 그가 고개를 돌릴 때, 임 선생에게 보낸 시선은 너무 냉정했기에 여선생들은 잠시 얼음이 된 채 그와 임 선생을 번갈아보기만 할 뿐이었다.

"거절 못 해요?"

"저게 거절해서 통할 상황이었어요?"

여선생들 몰래 작은 소리로 대화를 주고받던 그들은 어느 새 잿빛 자동차 앞에까지 와 있었다. 시오는 조수석 문을 열어주며 보라에게 타라는 듯한 눈짓을 해보였다.

"타요."

그녀가 난처한 표정으로 우물쭈물하자, 시오는 아직 교문 앞에 서 있는 여선생들을 의식한 채 나지막하게 물었다.

"저 사람들한테 끌려갈래요? 아니면, 차 타고 편하게 갈래요?"

보라가 살짝 눈동자를 올리자, 시오가 무표정하게 내려다보고 있었다. 안 타면 여선생들한테 다시 넘긴다는 협박의 눈빛에 여선생들을 힐끗 보던 보라는 얼른 차 안으로 들어갔다.

"탈 거예요."

문을 닫아주고 운전석으로 돌아가 문을 열던 시오는 잠시 멈춰 서 아직까지 그들을 바라보고 있는 여선생들에게로 시선을 돌렸다.

"차 선생님한테 할 얘기 있으면 앞으론 저한테 해주시겠어요? 어차피 제가 담당교사니까 저한테 말씀해주시면 문제될 건 없을 거 같은데. ……그럼 식사 맛있게 하세요."

살짝 미소를 띠고 있는 입은 웃고 있었지만 눈은 웃고 있지 않았다. 거기에다 저 말투는 적당히 예의를 차리고는 있지만, 속마음만 보자면 내가 담당교사고 너희들은 상관없는 사람들이니 앞으론 이래라 저래라 하지 말고 가서 밥이나 먹어라, 로 해석할 수 있었다. 여선생들의 얼굴에 불쾌한 기색이 드러났고, 마침내 입가에서도 미소를 거둔 그는 차갑게 시선을 외면하며 차에 올랐다. 곧, 차 문이 닫히는 소리가 들렸고, 그는 여선생들을 그대로 지나쳐 교문을 빠져나갔다.

보라는 담요를 잡고 있던 손에 힘을 주며 그의 눈치를 보았다. 차에 탈 때부터 아니, 어쩌면 그 전부터 화가 나 있었던 것 같은 그의 얼굴에 보라는 입술을 삐쭉이다가 창밖으로 눈길을 던졌다.

"다른 선생님 말은 안 들어도 돼요. 할 얘기 있다고 해도 듣지 말아요. 따라가지도 말고."

보라가 슬쩍 곁눈질로 보자, 그는 여전히 앞만 응시한 채 운전을 하고 있었다.

"담당교사는 난데, 다른 선생님들 말은 들어서 뭐하려고? 나한테만 잘 보이면 돼요."

보라는 어이없다는 듯 작게 웃음을 터뜨리고는 완전히 고개를 돌

수상한 데이트

려 그를 바라봤다.

"처음엔 구 선생님이 담당교사였잖아요. 또 바뀌면 어쩌려고 딴 선생님들 말을 안 들어요? 그럼 나만 손해인데."

"차 선생님이 창작 B반 맡고 있는 한 담당교사 바뀔 일은 없어요."

"그걸 어떻게 장담해요?"

"혹시라도 바꾸라고 하면 교장실 앞에서 몇 박 며칠 시위라도 할 거니까 걱정 말아요."

교장실 앞에서 넥타이로 머리를 싸맨 채 무릎을 꿇고 시위를 하고 있는 미술 선생의 모습이 머리 위로 떠오르자, 보라는 그만 웃음을 터트렸다. 시오는 미간을 구긴 채 그녀를 돌아봤다.

"웃겨요?"

"그럼 안 웃겨요? 선생님이 교장실 앞에서 시위하면 진짜 웃기겠다."

"참나."

시오는 기가 막힌다는 듯 작게 웃고는 다시 운전에 집중했다.

"아까 그 말, 나한테는 잘 보여야 한다는 뜻이에요."

나지막하게 들려오는 목소리에 보라의 눈동자가 다시 시오에게로 닿았다. 여전히 깔끔한 얼굴로 능숙하게 운전을 하고 있는 그의 모습에 보라는 느릿하게 눈을 깜박였다. 오늘따라 블랙 컬러의 슈트가 그와 너무도 잘 어울려 보였다. 시오의 눈동자가 잠깐 핸들에 닿았다가 다시 창밖으로 보이는 차들로 향했다.

"나, 마음 들여다보고 있는 중이니까 차 선생님도 너무 뒷걸음치지 말았으면 좋겠어요."

이미 자신의 마음은 확실히 알았지만, 성급히 다가갔다간 이 여자가 또 어떤 변명을 하며 밀어낼지 몰랐기에 지금은 잠시 속도를 늦추기로 했다. 의도한 바는 아니었지만 성급하게 군 건 사실이었으니까.

"내가 너무 성급하게 굴었다면, 그건 사과할게요."

"……."

"미안해요."

"나도, 미안해요. 그때 말 함부로 했던 거 내내 마음에 걸렸어요."

"말이라면 나도 함부로 했지. 워낙에 성격이 못돼놔서 화나면 거르지도 않고 그냥 쏟아져 나오니까."

"자랑이에요?"

"뭐, 그럴 수도 있고."

보라가 치, 소리를 내며 작게 웃자, 그도 핸들을 느긋하게 돌리며 입가를 올렸다.

"기다려요."

잠시 차를 세운 그가 기다리라는 말만 남겨놓고 자리를 비웠다. 무릎에 올려 있는 담요를 물끄러미 내려다보던 보라는 담요를 개어 뒷좌석에 사뿐히 올려놓았다.

이윽고 그가 차로 돌아왔고 시동을 걸며 운전을 시작하려던 그는 보라에게 작은 봉투를 건넸다.

"뭐예요?"

"또 무슨 약을 먹을지 몰라서 말이죠."

"네?"

"감기약이에요. 괜히 다른 약 먹고 더 탈나지 말고 그거 먹어요."

"……."

"식후에."

"……."

"두 알씩."

봉투 안을 들여다보던 그녀의 눈동자가 살며시 흔들렸다. 말은 툭툭 내뱉지만, 나는 지금 널 걱정하고 있다, 라는 걸 보여주고 있는 이 남자를 어떻게 해야 할지 대책이 안 섰다. 어쩐지 울컥할 것 같아 보라는 얼른 창밖으로 시선을 던졌다.

"이 여자 보게."

"……."

"안 고마워요?"

"네?"

"쪼잔해 보일 거 같아서 이런 말까진 안 하려고 했는데."

"……."

"누구 약 사다준 거 처음이거든요."

"자랑이세요?"

"자랑 아니니까 이번 기회에 칭찬 좀 들어보려고."

뻔뻔한 그의 목소리에 보라가 어이없다는 듯 웃음을 내뱉었다. 하지만 곧 그를 바라보며 차분하게 감사의 의사를 표현했다.

"고마워요."

"별말씀을."

시오가 장난스럽게 어깨를 으쓱하자, 보라는 밉지 않게 그를 흘겨봤다. 잠시 후, 그의 시선이 창밖 어느 한곳에서 멈췄다.

"저것도 사줄까요?"

얼결에 그의 시선이 가 있는 곳으로 고개를 돌린 보라의 눈동자에 '극세사 차렵이불 세트'라고 문구가 써져 있는 가게가 보였다. 아마도 아까 보라가 한 말을 잊지 않은 모양이었다.

"아니거든요. 이불이 다 안 말라서 여름 이불 덮고 자서 그렇거든요."

정말이지, 기억력이 대단한 남자인가 보다. 그때 식당에서 중얼거린 말도 그렇고, 아무렇게나 던지는 말 한마디도 잊지 않고 기억하는 걸 보면.

"선생님."

"왜요? 사줘요?"

"기억력이 진짜 좋으시네요."

"……"

잠시 말이 없던 그가 그녀에게로 고개를 돌리며 되물었다.

"내가요?"

"네. 그냥 아무렇게나 흘리는 말도 다 기억하시잖아요."

"그랬나? 차 선생님은 안 그래요?"

자신은 기억력이 형편없다고 말을 하려던 보라는 다시 눈동자를 굴려 그를 바라봤다. 그러고 보면 그는 언제나 차 선생님이라고 불렀다. 다른 선생님들은 모두 차 강사님이라고 부르는데 반해, 그는 강사님이 아닌 선생님이라는 호칭으로 불러주었던 것이다.

"선생님은 왜 저한테 차 선생님이라고 부르세요?"

"……"

잠시 돌아보는 그의 얼굴에 당혹감이 스쳤다.

"그럼 뭐라고 불러요?"

"뭐……"

"아! 혹시 이름 불러주길 바라나?"

"네?"

"원한다면 뭐 불러주고. 차……."

"됐거든요!"

획 고개를 돌린 보라가 창밖 너머로 눈길을 던지자, 시오는 귀엽다는 듯이 그녀의 뒤통수를 바라봤다.

입술을 삐쭉대던 보라의 눈에 등산복을 입고 걷고 있는 노년의 부부 한 쌍이 들어왔다.

"와. 등산 갔다 오시나 봐요."

보라의 입에서 저도 모르게 감탄사가 나오자, 시오의 눈동자가 그녀에게로 향했다. 창가에 붙어서 밖의 풍경에 넋을 놓고 있었다. 픽 웃은 그는 창밖으로 시선을 던져 그녀가 말한 노년의 부부를 힐끗 바라봤다.

"등산이 포인트인 거예요, 저 두 분이 포인트인 거예요?"

"네?"

"뭐가 당신, 그렇게 즐겁게 만든 건데?"

운전을 하는 시오를 빤히 바라보던 보라가 볼을 빵빵하게 부풀리며 생각에 잠겼다.

"정답게 걷는 두 분이 좋아 보이는 것도 있고, 또……."

"또?"

"언니가 그러는데 산 정상에 딱 오르면 마음이 확 뚫린대요. 머릿속, 마음 속, 손 안에 쥐고 있던 걱정까지 온통 시원해져서 눈물까지 난다고 하더라구요."

정상에 오른 걸 상상이라도 한 건지 보라의 얼굴이 순식간에 한채졌다. 그런 그녀를 물끄러미 바라보던 그가 다시 앞을 돌아봤다.

"한 번도 안 가봤어요?"

망설이던 보라는 이내 고개를 끄덕였다.

"네. 산에 갈 기회도 없었고, 자신도 없었고."

"그럼 나랑 갈래요?"

보라의 차분한 눈동자가 오랫동안 그에게 머물렀다. 덤덤하게 말한 시오는 정체되는 차량들에 의해 차를 세우고는 고개를 돌려 보라와 눈을 마주쳤다. 따스하게 부딪쳐오는 시선에 보라는 입술을 꽉 깨물었다. 마음이 온통 그의 빛으로 물들고 있었다.

"난 많이 다녀봤으니까 나랑 가요. 많이 갔던 사람하고 같이 가는 게 더 수월한 거 알죠?"

"……."

"무슨 걱정이 그렇게 많아서 머릿속, 마음 속, 손 안에까지 쥐고 있는지는 모르겠지만."

"……."

"온통 시원해져서 눈물까지 나도록 만들어줄 테니까."

씨익 웃어 보이는 그의 얼굴이 너무 매력적이어서 보라는 오래도록 눈을 떼지 못했다. 시오는 고개를 돌려 앞에서 주춤거리는 자동차들을 바라봤다. 이제 어느 정도 막히던 도로가 뚫릴 기세를 보이고 있었다. 그에게로 오랫동안 눈길을 주던 보라가 이젠 제법 멀어진 노년의 부부를 돌아봤다.

"약 먹고 자요."

밥을 사라던 남자는, 담요에 대한 보답을 하라며 끌고 왔던 남자는, 두 번 정도 와본 적 있는 집 앞에서 그녀를 내려주며 당부의 말을 잊지 않았다.

"조심히 가세요."

"목요일이 공휴일이니까 그때 등산하면 되겠네. 데리러 올 테니까 8시에 준비하고 나와 있어요."

"네?"

"그때까지 확실히 감기 나아야 하니까, 이불 잘 덮고 자고."

피식 웃은 그는 그녀가 대답을 하기 전, 재빠르게 차를 몰아 사라져버렸다.

"뭐, 저런……."

이젠 희미해져버린 자동차를 보던 보라는 한손에 쥐고 있던 약 봉투를 내려다보다가 발길을 돌렸다.

'등산이라…….'

어느새 시간은 흘러 그와 약속 아닌 약속을 했던 목요일이 되었다.

"우웅. 어디 가?"

슬금슬금 현관으로 향하다가 발목이 잡혀버린 보라는 화들짝 놀라며 아래를 내려다봤다. 꿈틀거리던 연두가 필사적으로 보라의 발목을 잡으며 늘어지고 있었다. 자신의 언니가 왜 거실 바닥에서 자고 있는지, 도무지 이유를 알 수가 없다.

"왜 여기서 자고 있어? 감기 걸리지 말고 들어가서 자."

"남자 만나러 가지?"

흠칫 한 보라는 어색하게 웃어 보이며 고개를 저었다.

"아니야."

하지만 연두는 믿지 않는 눈치였다. 눈을 가늘게 뜨고 보라를 올려다보던 그녀는 마침내 보라가 이실직고 하려던 순간, 눈을 감으며 그대로 툭 쓰러졌다.

"언니!"

쪼그려 앉은 보라는 그제야 언니가 왜 거실 바닥에서 자고 있는지 알 수 있었다.

"술 냄새."

술에 취해 방까지 들어가지 못하고 거실에서 쓰러진 모양이었다.

"인간 진짜."

방에 들어가 이불을 끌고 나온 보라의 눈에 거실 바닥에 있는 어떤 물건이 들어왔다. 곧 시선을 거둔 보라는 연두에게 이불을 덮어주고는 물건을 지나쳐 현관으로 향했다. 하지만 다시 멈춰서 바닥을 내려다보았다. 쪼그려 앉은 보라의 손에 들린 건 다름 아닌 사진첩이었다. 한 장 한 장 넘길수록 조금씩 커져가는 자신의 어린 시절 모습들이 보였다. 하지만 모두 독사진뿐이었다. 어린 시절, 사진 찍기를 좋아했던 그녀였지만 어느 순간 사진을 찍는 게 꺼려졌다. 아무리 예쁜 표정을 짓고 멋진 옷을 입으면 뭐하랴, 어차피 사진 속에 있는 건 자신 하나뿐인데.

사진첩을 넘기던 보라의 손이 어느 순간 멈췄다. 혼자 찍었던 사진과는 다른 한 장이 눈앞에 드러났다. 어린 시절 부모님과 연두, 세 사람이 환하게 웃고 있는 사진이었다. 언젠가 학교에서 돌아와 이 사진을 보고는 책가방을 내려놓지도 못한 채 바닥에 주저앉아 펑펑 운 적이 있었다. 너무 서러웠다. 이 세상 사람 전부가 미워질 만큼.

그나저나 자신도 잊고 있을 만큼 서랍 깊숙이 넣어뒀던 이 사진첩을 도대체 어떻게 꺼낸 걸까? 자신의 언니를 돌아본 보라는 고개를 저으며 자리에서 일어났다. 바닥에 엎드려 속 편하게 자고 있는 언니를 복잡한 눈빛으로 바라보던 그녀는 바닥에 놓았던 사진첩을 다시 집어 들었다. 언니와 이렇게 둘이 살게 될 줄은 전혀 생각지도 못한 일이었다. 하지만 벌써 4년이 다 되어가고 있었다. 그 당시, 연두와 자신의 성격이 정반대인 게 참 다행이라고 생각했다. 까칠한 듯하면서도 먼저 말도 걸어주고 은근히 챙겨주는 언니였던지라 처음엔 그리 친하지 못한 자매사이였지만 지금은 이렇게 티격태격하면서도 잘 지내고 있었다. 아니, 겉으로만 그렇게 지내고 있는 건가? 사정이야 어찌되었든 지금은 함께 살고 있는 상태였다. 그리고 현재로는 유일하게 기댈 수 있는 사람이기도 했다.

알 수 없는 눈빛으로 연두를 가만히 내려다보던 보라는 현관으로 향하며 들고 있던 사진첩을 그대로 쓰레기통에 넣어버렸다.

집 앞으로 나온 보라는 천천히 눈을 감아 복잡함이 가득한 눈빛을 숨겼다. 다시 떠진 그녀의 눈동자엔 아무런 감정도 묻어 있지 않았다. 그녀는 곧 깊게 숨을 내쉬며 휙휙 주위를 둘러보았다. 8시가 다 되어 가는데 잿빛 자동차는 모습을 드러내지 않고 있었다.

"저녁 8시였나?"

저녁 8시에 등산하는 사람들도 있나? 헛웃음을 내뱉은 보라는 고개를 가로저으며 그를 기다렸다. 데이트라면 데이트인데 첫 데이트가 등산이라니. 좀 우습게 여겨져 그녀는 피식 웃으며 벽에 등을 기댄 채 운동화로 땅을 툭툭 찼다.

빠앙.

그때 클랙슨 소리에 들렸다. 고개를 들자, 이젠 익숙해진 잿빛 자동차 안에서 그가 나오는 게 보였다. 평소 보던 슈트 차림이 아닌 편안한 등산복 차림이었다.

"많이 기다렸어요? 김밥 집이 문을 늦게 열더라구요."

'아, 식사!'

생각지도 못했다. 그와 등산을 간다는 생각에만 몰두해 있어 미처 다른 건 생각하지도 못했던 것이다.

'가방 안에 티슈, 손수건, 생수. 또 뭐가 있더라?'

텅 비어 있는 두 손을 멍하니 내려다보던 그녀는 자신을 부르는 목소리에 비로소 정신을 차렸다.

"타요."

"헉헉."

그의 차에서 내리자 신선한 공기가 폐부 속으로 깊숙이 빨려 들어왔었다. 신선한 공기, 달달하게 느껴지는 바람이 반가워 신난 걸음으로 산에 올랐었다. 하지만 가벼운 숨소리가 거칠어지기 시작한 건 딱 10분이 지나고서였다.

"선생님, 천천히 가요."

보라가 속도를 내지 못하는 까닭에 벌써 뒤늦게 오던 다른 무리들에게 선두를 뺏긴 지 오래였다. 뒤를 돌아 보라를 내려다보던 그는 삐딱하게 선 채, 한마디를 툭 던졌다.

"그런 속도로 가면 오늘 안에 못 내려가요, 우리."

"너무 힘들단 말이에요."

울먹이는 보라를 물끄러미 바라보던 그는 그녀에게로 다가가 가방을 뺏어들었다. 사실, 힘든 게 당연했다. 등산을 하던 사람도 아니고 초행이니 당연히 힘들 수밖에.

"많이 힘들어요?"

"네. 조금."

"조금만 올라가면 돼요."

"그 얘기 2분 전에도 하셨거든요."

큭큭 대며 웃던 그는 손을 내밀었다. 자신 앞에 내밀어진 손을 바라보던 보라의 눈이 휘둥그레졌다.

"잡아요. 힘들잖아."

"……"

"끌어줄게요."

"……"

"그냥 나 먼저 가요?"

시오의 말에 보라는 잽싸게 그의 손을 잡았다. 곧 커다란 그의 손이 보라의 작고 보드라운 손을 살며시 감쌌다. 시오는 말없이 그녀를 끌기 시작했고, 곧 그의 입가에 어렴풋이 미소가 번지기 시작했다. 보라는 전보다는 수월하게 산에 오를 수 있었지만 그녀의 심장은 아까보다 훨씬 빠른 속도로 뛰어 숨쉬기가 벅찰 정도였다. 그에게 잡혀 있는 자신의 손을 조용히 지켜보던 보라는 마른침을 꿀꺽 삼키며 그의 뒷모습에서 시선을 떼지 못했다.

"우와아."

"……"

"하늘이 닿을 것 같아."

"……"

"저기 봐요. 하늘이 바로 위에 있어요."

뭐가 그리 좋은지 정상에 오른 순간부터 종알종알 보라의 입이 쉬질 않는다. 한시도 그녀에게서 눈을 떼지 못하던 시오는 결국 고개를 숙이며 웃음을 터뜨려 버렸다. 누가 저 여자를 학생들을 가르치는 선생으로 알까? 교복을 입혀 놓으면 딱 학생으로 보일 것 같았다. 그런 그녀를 귀엽다는 듯이 쳐다보던 그는 천천히 걸음을 떼어 담 앞으로 다가갔다. 땀이 맺힌 이마에 시원한 바람이 선물을 주듯 스치고 지나가자, 그의 얼굴엔 기분 좋은 미소가 스며들었다.

"하늘 진짜 파랗다. 구름 좀 봐."

고개를 든 채 쉴 새 없이 중얼거리던 보라는 이젠 고개를 숙여 넓게 펼쳐진 풍경을 내려다봤다.

"와아. 시원······."

활짝 웃으며 몸을 돌린 그녀는 맞은편 담에 기대 있던 그와 눈이 딱 마주쳐 버렸다. 그는 전부터 그녀를 계속 지켜보고 있던 듯했다. 살짝 미소를 짓고 있는 얼굴이 흐뭇해 보이기도 했고, 즐거워 보이기도 했다.

슈트 차림은 아니었지만 오늘도 역시 멋스러워 보이긴 마찬가지였다. 학교에서 벗어나서였을까? 남자는 단정하고 틀이 잡혀 있던 학교에서보다 훨씬 더 자유로워보였고 어려 보였다. 담에 기대어 삐딱하게 선 채 자신을 향해 미소 짓고 있는 그의 얼굴에 다시금 심장이 두근거리고 있었다.

'몇 살일까, 저 남자는?'

왜 자꾸 저 남자한테 궁금한 게 생기는 건지 모르겠다.

"배 안 고파요?"

이윽고 이어지는 목소리에 보라는 자신의 배를 내려다봤다. 너무 들떠 있었던 모양이다. 배가 고프다는 사실도 잊고 있었던 걸 보면.

"고파요."

"이리 와요."

'꼬마야, 사탕 줄 테니 이리 오렴' 하고 어른이 내뱉는 유혹처럼 그는 위험해 보이기도 했고, 달콤해 보이기도 했다. 위험을 감수하고 달콤함 속으로 빠질 것이냐. 아니면 위험하니 달콤함마저 포기할 것이냐. 순간 그녀의 머릿속이 두 가지 생각으로 가득 찼다. 하지만 그가 더 환한 미소를 머금자, 보라는 자신을 향해 손짓하는 그에게 아무 망설임 없이 다가갔다.

아무렴 어떠랴. 지금 그가 나쁜 어른이라면 자신은 나쁜 꼬마가 되면 그만이었다.

아무래도 그가 했었던 '온통 시원해져서 눈물까지 나도록 만들어 줄 테니까.'라는 말은 이런 의미였던 모양이었다. 끝도 없이 이어지는 계단을 막막하게 쳐다보던 보라가 계단을 향해 이어져 있는 줄을 꽉 잡고는 시오를 돌아보았다.

"서, 설마 끝까지 계단은 아니겠죠?"

그는 보라를 빤히 쳐다보다가 대답 없이 계단을 내려갔다. 보라의 얼굴에 절망감이 스몄다.

"거짓말. 거짓말이죠, 선생님! 거짓말이라고 해주세요!"

보라의 걸음이 점점 느려져 속도가 나지 않자, 마침내 시오가 그녀를 향해 돌아섰다.

"괜찮아요?"

"아, 안 괜찮아요. 다리가 후들거려서……. 금방이라도 주저앉을 것 같다구요."

시오의 시선이 그녀의 얼굴에서 점점 아래로 내려갔다. 정말로 보라의 다리가 부들부들 떨리고 있었다. 그는 그녀에게로 다가가 줄을 잡고 있는 그녀의 손을 자신에게로 옮겨왔다.

"도중에 쉬면 더 힘들어지니까 이대로 쭉 내려갈 거예요. 알았죠?"

"네? 그치만……."

"걱정 마요. 주저앉으면 업고서라도 갈 테니까."

어쩐지 그의 말에 믿음이 간 보라는 여전히 다리를 후들거리면서도 고개를 끄덕였다.

"손 꼭 잡고 가는 거 보니 남자가 산을 잘 골랐네 그려. 허허."

"그럼, 그럼. 그런 게 또 등산의 재미지."

반대 방향으로 산을 타는 어르신 두 분이 껄껄대시며 그들을 스쳐 지나갔다.

'등산의 고수인가? 가파른 계단을 올라오면서 아무렇지 않게 농담을 던지시고.'

계단에만 집중하며 내려가던 보라의 눈동자가 의아함을 품고 시오에게 닿은 건 몇 초 지나지 않아서였다. 어쩐지 바로 보이는 그의 옆얼굴이 무언가를 들킨 사람처럼 굳어 있었다.

"선생님, 혹시……."

"……빨리 가죠."

"혹시 일부러 어려운 산 고르신 거예요?"

하지만 그는 산을 내려오는 내내 묵묵부답이었다. 손을 빼내려는 그녀의 손을 꽉 쥔 채로 성큼성큼 산을 내려가기만 할 뿐이었다.

마침내 목적지에 도착한 보라는 부들거리는 다리를 주체 못하고 자리에 주저앉고 말았다.

"어떻게 속일 수가 있어요?"

자기 잘못이 아니라는 듯 뻔뻔하게 앞서가던 시오는 마침내 멈춰서 그녀를 돌아보았다.

"누가 속여요?"

"초행이라는 거 알면서 힘든 산 고른 이유가 뭔데요?"

"마음이 확 뚫리고 싶다면서? 그래서 경치 좋고 확 트인 여기로 고른 거지."

"이……."

"빨리 와요. 차 있는 데까지 걸어가야 하니까."

"네? 거기까지 어떻게 걸어가요? 다리 아파서 한 발자국도 못 움직이겠다구요."

절망이 가득한 눈동자엔 이미 서러움의 눈물이 고여 있었다. 주저앉은 채 꼼짝도 안 하는 보라를 물끄러미 바라보던 시오는 터벅터벅 그녀의 앞으로 다가왔다.

그의 다리가 눈앞에 가득 차자, 보라는 불만스런 표정으로 그의 얼굴을 올려다봤다. 그녀를 내려다보며 피식, 심술궂게 웃던 그는 이내 쪼그려 앉아 눈높이를 맞췄다.

"많이 아파요?"

"그걸 말이라고 하세요?"

미소를 띤 채, 손을 들어 그녀의 이마에 맺혀 있는 땀방울을 닦아준 그는 이내 쪼그려 앉은 채로 등을 보였다.

"업혀요."

"내가 왜요? 싫어요."

"다리 아파서 못 움직이겠다며."

"……."

"버리고 가요? 내가 못 할 것 같아요?"

보라는 우물쭈물하다가 그가 내뱉은 마지막 말에 결국 그의 등에 업혔다. 정말이지 다리가 후들거려서 한 발자국도 움직일 수가 없었다. 이럴 줄 알았으면 평소에 운동 좀 열심히 할 걸.

"정말 차 있는 데까지 걸어가요?"

"거기까지 어떻게 걸어가? 택시 타고 가야지."

"왜 거짓말을 해요?"

"웃기려고."

"하나도 안 웃기거든요."

"그럼 다음에 웃겨줄게요."

"됐거든요."

보라는 바람에 살랑거리는 그의 머리칼을 바라보다가 바로 앞에 있는 넓은 어깨를 내려다봤다. 또다시 가슴이 두근거릴 채비를 하고 있었다.

"집에 가서 다리 풀어줘요. 안 그러면 내일 엄청 아플 테니까."

"……."

"귀찮다고 그냥 놔두면 알 이만한 거 박혀서 치마 못 입어요."

"진짜요?"

"진짜."

"큰일이네."

"지금 걸으면서 바로 풀어줘야 하는데 못 움직이겠다고 하니까."

"그럼 내려주시든지요."

"싫어. 진짜…… 처음 만날 때부터 어찌나 손이 많이 가는지."

반박을 하려던 보라는 처음 만난 날, 그에게 커피를 쏟았다는 걸 기억하고는 입을 다물었다.

"어쩌겠어. 먼저 반한 내가 죄지."

보라는 멈칫한 채, 그의 뒤통수를 멍하니 바라보았다.

"그거 진짜, 진심……이에요?"

"어찌나 기억력도 형편없으신지."

"뭐예요?"

시오는 피식 웃으며 터벅터벅 걸음을 옮겼다. 사실, 더 쉬운 산을 찾을 수도 있었지만 약간의 스킨십과 더 가까워지기 위한 그의 음흉한 속셈이 숨어 있었다. 그런데 아무래도 계산착오가 있었던 모양이다. 그녀의 체력을 고려 못하고 너무 어려운 코스를 택한 것이다. 그래도 그녀와 더 가까워진 것 같으니 반은 성공한 셈이었다. 그의 입가가 살며시 올라가려는데 문득 뒤에서 미안해하는 듯한 목소리가 들렸다.

"선생님."

"네."

"안 힘드세요?"

"안 힘들어요. 나 체력 좋은 남자니까. 이참에 확 잡아버려요."

"뭐래."

두런거리는 소리가 선선한 바람에 스쳐 점점 희미해질 무렵, 두 사람의 입가에 기분 좋은 설렘이 고이고 있었다.

5.
수상한 친구 사이
-친구이거나 친구가 아니거나-

"다리는 괜찮아요?"

벤치에 앉아 커피를 마시던 보라는 자신의 옆에 앉아 여유롭게 경치를 감상하고 있는 시오를 흘끔 바라봤다.

"계단 공포증 생겼어요."

"무슨 공포증?"

"계단 공포증이요. 산에 갔다 온 이후로 계단만 보면 다리가 후들거려요."

커피를 마시던 시오가 웃음을 참지 못하고 입 안에 있던 커피를 그대로 뿜어버렸다.

"푸읍!"

보라가 인상을 확 찡그리며 그를 째려봤다.

"재밌으세요?"

"아, 아니. 흠!"

"웃지 마세요. 나름대로 힘들었다구요."

종이컵을 빤히 내려다보던 보라는 투덜거리느라 쭈욱 내민 입술로 종이컵을 콕콕 찍었다. 다시금 떠오르는 그 아찔한 기억에 몸이 부르르 떨리기까지 했다.

시오는 자꾸 올라가는 입꼬리를 억지로 끌어내려야 했다. 계단 앞에서 울먹거리는 보라의 모습이 상상되어 자꾸만 웃음이 비집고 나오려 했다. 헛기침을 하며 애써 웃음을 참은 시오는 컵을 입에 대고는 살며시 그녀를 돌아봤다. 먹이를 쪼는 새처럼 여전히 입술로 종이컵을 콕콕 찍던 그녀는 계단 앞에서 부들부들 다리를 떨던 자신의 모습이 또다시 생각난 건지 인상을 한 번 찡그렸다가 커피를 단번에 마셔버렸다.

"큭큭."

결국 웃음소리를 입 밖으로 내버린 시오는 얼굴에서 웃음을 거두지 않고 그녀를 돌아봤다.

"이젠 괜찮아요?"

"네. 괜찮아졌어요."

"아! 저번 주에 나눠줬던 프린트에서 5페이지가 잘못됐다고 하던데 왜 다들 나한테 와서 항의를 하는지. 일주일 동안 시달렸어요, 나."

"억울하시면 담당교사 하지 마시든가요."

"그건 안 되지."

시오는 벤치에 기대 오늘따라 유난히 청아한 하늘을 올려다봤다. 느긋한 표정의 시오를 꽤 오랜 시간 엿보던 보라는 서둘러 정신을 차리고는 챙겨왔던 파일 가방을 열었다.

"저도 확인했어요. 그래서 제대로 된 5페이지를……."

가방 안에 있는 프린트를 뒤적거리던 보라의 말이 끊겼고 프린트를 넘겨보는 손동작이 급해졌다.

"왜요?"

"이상하다. 분명 챙겨왔는데."

"없어요?"

"큰일 났네. 오늘 그 부분 수업해야 하는데."

보라가 울상인 채로 한숨을 푸욱 내쉬자, 물끄러미 바라보던 시오는 대수롭지 않다는 듯 손을 내밀었다.

"줘요."

"뭘요?"

"USB에 저장해놨을 거 아냐. 내가 **뽑아다줄게요**."

"……."

"……."

잠시 동안 두 사람은 말이 없었다. 시오의 얼굴에 설마, 하는 의문이 떠오를 즈음 보라는 짝, 소리가 나도록 박수를 쳤다.

"아! 메일엔 저장돼 있을 텐데! 언니한테 프린트 해오라고 부탁한 적 있거든요."

보라를 지그시 바라보던 시오가 픽 웃고는 컵을 챙겨 자리에서 일어났다.

"가요."

"어딜요?"

"프린트해야 될 거 아니야."

수업을 하려면 5페이지를 새로 출력해야만 한다. 그리고 프린트를 하려면 컴퓨터가 필요한 게 당연하다. 그럼 컴퓨터가 있는 장소라면……

교무실 앞에서 실랑이를 벌이던 두 사람을 학생 한 명이 의아하게 보며 스쳐지나갔다.

"아이디랑 비밀번호 불러봐요."

"그건 싫어요."

"들어가기도 싫다, 메일 비밀번호도 가르쳐주기 싫다, 그럼 어쩌겠다는 건데?"

언성을 높이지는 못하니 이를 문 채, 읊조리기만 할 뿐이다. 하지만 화가 난 게 역력해 보이는 시오의 모습에 보라는 입술을 깨물다가 결심한 듯 눈동자를 올려 그의 얼굴을 바라봤다.

"들어갈게요. 들어간다구요."

여선생들과 다신 마주치고 싶지 않았지만, 그녀들의 홈그라운드인 교무실에 들어가는 게 영 찝찝했지만, 그래도 수업은 해야 했기에 용기를 내어 교무실에 발을 들였다. 그가 이끄는 대로 책상에 앉은 보라는 마우스를 움직여 메일을 열고 드디어 출력하기에 이르렀다.

"프린트는 내가 가져올게요. 앉아 있어요."

"네."

흐뭇한 얼굴로 대답을 한 보라의 눈에 좀 전만 해도 보이지 않았던 책상 위, 그의 물건들이 보이기 시작했다. 얼굴만큼이나 성격도 깔끔한 모양이었다. 가지런히 정리된 책들이 보였고, 연필꽂이에 꽂혀 있는 연필과 펜도 보였다. 책상 한쪽에 깔끔하게 개켜져 있는 자신이 덮었던 담요 역시 눈에 들어왔다.

자신이 아는 그의 물건. 보라의 입 끝에 이내 기분 좋은 미소가 걸렸다. 책꽂이를 둘러보던 그녀의 눈동자가 책꽂이 틀 위에 붙어 있는 포스트잇에서 잠시 멈췄다. 포스트잇 위에 깔끔하게 적혀 있는 글씨가 그녀의 마음을 살짝 두근거리게 만들고 있었다.

"글씨도 잘 쓰네."

"차 강사, 여기서 보네."

어디선가 들어본 적 있는 왠지 날이 서 있는 것 같은 목소리에 보라의 얼굴에서 웃음기가 그대로 사라졌다. 섬뜩한 기운이 느껴져 차마 고개를 돌리지 못하고 있던 그녀는 억지로 몸을 일으켜 소리가 난 쪽을 돌아봤다.

"안녕하세요. 또 뵙네요."

"어? 그 말은 또 보기 싫었다는 말이야, 차 강사?"

'이제 아주 본격적으로 괴롭히겠다는 건가?'

"오호호! 농담이야."

여선생의 전혀 농담같이 않은 농담을 들으며 보라는 어색하게 웃어보였다.

"그런데 웬일이야? 교무실까지 다 오고. 거기다가 김 선생 자리에······."

'네가 감히 김 선생 자리엔 왜 앉아 있는 것이냐?'라는 생략된 말이 보라의 귀에 고스란히 전해지는 듯했다. 점점 굳어지는 얼굴을 애써 풀며 방긋 웃어 보인 보라는 컴퓨터를 가리켜 보였다.

"프린트를 깜박 잊고 와서요. 다행히 메일에 남아 있었는데, 선생님이 도와준다고 하셔서 염치 불구하고 따라왔어요."

"아, 그래? 혹시 둘이 사귀어?"

여선생의 말이 끝남과 동시에 교무실 안은 순식간에 고요해졌다.

그리고 모든 이들의 얼굴이 보라에게로 향했고, 이리저리 둘러보던 보라의 얼굴에 결국 당혹감이 번지기 시작했다.

선생님들은 둘째 치고 검사를 맡기 위해서나, 상담을 하기 위해서 교무실을 찾은 학생들도 꽤 있었다. 그러던 보라의 눈에 비친 건, 꽤 멀리 떨어진 곳에서 자신을 노려보고 있는 임 선생이었다. 마치 보라가 자신의 것을 빼앗기라고 한 것처럼 그녀를 향해 눈초리를 올려 뜨고는 무시무시한 눈빛을 보내고 있었다.

'이게 뭐야.'

고요하던 교무실 안에 이윽고 소곤거리는 소리들이 하나둘씩 들려오기 시작했다. 거기에 더 당황한 보라가 서둘러 변명을 끄집어냈다.

"아니에요! 저희는 그냥, 친구예요."

친구. 친구? 친구라면, 프렌드? 나이가 비슷하거나 아래인 사람을 낮추거나 친근하게 이르는 말인 그 친구? 보라는 앞에 새까매지는 걸 느끼며 눈을 질끈 감았다.

'망했다. 하필, 나온 게 친구라니. 그나저나 그가 어디에 있지? 맞다! 프린트!'

시오가 있는 곳을 떠올리던 보라는 하얗게 질리는 얼굴을 감추지 못하고 천천히 고개를 돌렸다.

그녀가 오늘 수업해야 할 5페이지 프린트를 든 채, 멍한 얼굴로 그녀를 보고 있는 미술 선생이 바로 보였다. 자신이 무슨 얘기를 들은 건지 이해가 안 가는 얼굴로 서 있던 그는 딱 5초가 지나고 나서야 파악이 된 모양이었다. 그러지 않고선 저렇게 삐뚤어진 눈빛으로 자신을 무섭게 보고 있지는 않을 테니까.

보라가 미안한 듯한 표정을 지으며 그를 애절하게 바라봤다 마을을 알아달라는 듯. 하지만 안타깝게도 그는 그녀의 눈빛을 알아채지 못했다. '우린 친구 사이일 뿐이에요, 미안해요.'라고 해석했을 뿐. 이윽고, 걸음을 옮긴 그는 그녀에게 프린트를 내밀며 중얼거리듯 조용히 말했다.

"수업하러 가죠. ……친. 구."

"네?"

돌아서서 교무실 문으로 향한 그는 나가기 전, 한 번 더 그녀를 돌아봤다.

"친구. 이번엔 프린트 잘 챙겨 와요."

보라가 눈을 깜박거리는 사이, 시오는 그대로 교무실을 빠져나갔다. 기운이 하나도 남아 있지 않은 멍청한 얼굴을 하고선.

수업을 하는 보라의 시선이 뒷자리에 앉아 있는 시오에게로 계속해서 향하고 있었다. 정말로 화가 난 모양이었다. 아니면, 삐쳤거나. 턱을 괸 채 시선 한 번 마주치지 않는 그의 얼굴을 보던 보라는 애써 눈길을 거두며 작게 한숨을 내쉬었다.

계발 활동 1교시가 끝나고, 벤치로 향하던 시오의 걸음이 서서히 느려졌다.

"친구?"

아까 보라가 말한 친구, 라는 단어가 그의 머릿속에서 뒤엉켜 사라지지 않았다. 그녀는 자신을 여태껏 친구로 생각하고 있었던 모양이다.

"우리가 지금보다 더 가깝게 지내야 될 이유 있나요?"

"좋아하지 않는 사람들한테 잘해주고 싶지 않은 게 당연한 거 아

닌가요? 그게 이유예요."

"악연?"

보라가 했던 말들을 떠올린 그의 얼굴이 순식간에 굳었다. 그저 화가 나서 아무렇게나 던진 말이라고 생각했었는데, 그 말이 다 진심이었던 건가?

그는 한숨을 푸욱 내쉬며 손으로 뒷목을 주물렀다. 조금 전부터 피로가 급격히 쌓이고 있었다. 사실, 생각해보면 웃긴 일이다. 자신이 뭐라고 모든 이들이 자신을 좋아한단 말인가? 누구처럼 좋아하는 사람이 있으면, 당연히 아무 마음 없는 사람도 있겠지. 그래도 뒤통수를 맞은 기분이었다. 처음은 아닐지라도 그녀가 서서히 마음을 열고 있다고 생각했었다. 그래서 좀 더 가까워졌다고 느꼈는데.

그런데…….

"친구?"

이젠 웃음마저 나오고 있었다. 자신은 이제껏 뭘 했단 말인가?

헛웃음을 흘린 시오는 어느새 다다른 벤치에 앉아 힘없이 몸을 늘어뜨리며 시선을 떨어뜨렸다. 시간이 좀 지나고 나서야 그는 무언가 허전하다는 느낌을 받았다. 이곳에 올 때면 준비물처럼 어김없이 준비해오던 커피를 잊고 온 것이다. 아무래도 그 여자가 던진 한 마디로 적지 않은 충격을 받은 모양이었다.

"여기 계셨네요?"

문득 소리가 난 쪽으로 고개를 들자, 양 손에 종이컵을 들고 있는 보라가 보였다. 마음은 이미 반응하고 있었지만, 어쩐지 웃고 있는 얼굴이 얄미워 보여 그는 굳은 입매를 유지했다.

또르르르, 눈동자를 굴린 보라가 모락모락 김이 나는 종이컵을 든 채 꼼짝도 안 하는 시오를 엿보다 고개를 숙이며 한숨을 내쉬었다.

"저기……."

"내가 너무 성급하게 굴었던 거 미안해요."

"그게……."

"친구라……."

"그러니까……."

"그래도 혹시 마음 바뀐다면 말해줘요. 나는 아마 꽤 오랫동안 변하지 않을 것 같으니까."

"선생님, 저……."

"친구……."

"아니, 그건……."

"수업하러 갑시다."

결국 한 마디도 못했다. 보라는 울상을 지으며 벌써 저만치나 앞서 간 시오를 바라봤다. 어쩐지 말끔한 슈트의 뒤태가 살짝 비틀거리는 것도 같았다.

"친구……."

나지막하게 중얼거리는 그의 목소리가 바람결을 따라 들려왔다.

시오는 아직 김이 나는 커피를 내려다보다가 자신도 모르게 한숨을 흘렸다.

친구. 아무리 좋게 생각하려 해도 이건 최악의 상황이 아닌가? 이성이 아닌 그저 친구로 보고 있다면…….

자신이 그렇게 이성으로서 매력이 없는 걸까? 아니면 그동안 너무 편하게 대한 걸까? 어쩌면 그럴지도 몰랐다. 이것저것 재고 따지는 것 없이 해주고 싶은 건 다 해줬으니. 하지만 그러고 싶은 걸 어떡하란 말인가? 전부 마음에서 우러나왔던 걸. 시오는 눈을 지그시 감았다 뜨며 다시 한 번 한숨을 내뱉었다.

"5페이지 다시 나눠줄 거야. 그러니까……."

보라는 여전히 뒷자리에 앉아 삐쳤다는 티를 온몸으로 내고 있는 시오를 흘끗 바라보았다. 그는 교실로 오는 내내 굳게 다문 입으로 한 마디도 하지 않더니 여느 때처럼 뒷자리로 가서 안착을 했다. 그리고는 턱을 괸 채, 눈 한 번 마주치지 않고 시선을 내리 책상 위에만 두고 있었다. 그 표정이란, 무엇을 생각하고 있는지 도무지 감을 잡을 수가 없었다. 그래도 수업을 듣긴 들으니 다행이라고 생각해야 할까, 신경이 쓰여 수업에 집중할 수 없으니 불행이라고 여겨야 하는 걸까?

"단어의 조합은……."

보라는 들고 있던 프린트를 교탁 위에 내려놓고는 학생들에게 시선을 맞췄다. 눈치가 보이고 신경이 쓰여 도저히 이대로 수업을 할 수가 없었다.

"선생님이 뭐 하나 물어볼 게 있거든."

"뭔데요?"

"물어보세요!"

"쌤이 물어보신다면 기꺼이 대답해드리겠어요."

교탁 위를 짚은 채 학생들에게 살짝 몸을 숙인 보라는 조심스럽게 입을 열었다.

"너희가 A를 좋아하는데, B가 너희한테 먼저 A가 좋다고 말해버린 거야. 그런데 시간이 갈수록 A가 점점 더 좋아지는 거지, 그럼 너

흰 어떡할래?"

"저랑 B랑 어떤 사인데요? 거기에 따라 달라지죠."

"글쎄. B는 너희랑 아주 가까운 사이일 수도 있고. 별로 잘 알지 못하는 사이일 수도 있어. 또는 친하진 않지만 자주 봐야 하는 사이일 수도 있고."

여전히 시선을 책상 위에 두고 있었지만 시오의 귀는 보라를 향해 쫑긋 서 있었다. 하지만 적어도 겉으로는 아무런 반응을 보이지 않고 있었다. 그를 의식하던 보라는 다시 학생들에게로 시선을 돌렸다.

"애매한데요, 쌤."

"저는 B한테 말할 것 같아요. 나도 A 좋아한다고."

"전 그냥 말 안 할래요. 복잡해지는 건 싫어요. 어쨌거나 B도 저랑 엮인 사람이잖아요."

"그래서 네가 날 포기했구나. 어쩐지."

"미쳤냐? 앙?"

"선생님은요? 선생님은 어떻게 하실 건데요?"

보라는 팔짱을 끼며 학생들을 둘러봤다.

"나는 말이지. A한테 가서 이렇게 말할 거야."

"B가 아니고 A한테 바로요?"

"어떻게요?"

"나는……."

보라가 나지막하게 중얼거리자, 학생들의 눈동자가 초롱초롱해졌다. 이런 집중력으로 수업을 들으면 얼마나 좋을까. 그녀는 입맛을 다시며 다시 학생들에게 눈길을 주었다.

"당신 보면서 설레고 떨리고 두근거린 적이 없다고."

"……."

"단 한순간도."

학생들의 머리 위로 물음표가 하나둘씩 생겨나더니 마침내는 모두 눈동자를 올려 말뜻을 이해하려 애를 쓰고 있었다.

"그게 뭐예요, 쌤?"

"무슨 말인지 모르겠어요."

"어쩐지 좀 비겁한데요."

"쌤, 혹시 경험담?"

터져 나오는 비난들 속에서 이리저리 흔들리던 눈동자 하나가 곧 생각을 멈춘 듯 한곳을 똑바로 응시했다. 보라는 살짝 미소 띤 얼굴로 자신을 물끄러미 바라보는 시오와 눈을 마주쳤다. 그가 살짝 고개를 기울이자, 보라는 어깨를 으쓱해보였다. 그때, 그의 머릿속에 그녀가 했던 말이, 둘이 나누었던 대화가 어렴풋이 떠올랐다.

"고백도 안 할 거면서, 왜 다른 사람 마음은 가지도 못하게 막고 있대? 매순간 설레고 떨리고 두근거리면서. 힘들지도 않나?"

"차 선생님은 그런 적 없어요? 나 보면서…… 설레고 떨리고 두근거린 적, 없었어요?"

"어, 없어요."

"한순간도?"

"없어요, 나도. 한순간도."

그러면……. 그제야 그의 입가에 희미하게 미소가 고였다. 점점 굳어 딱딱해졌던 어느 곳의 감정이 다시 말랑말랑해져 그의 가슴을 따스하게 만들고 있었다. 턱을 괴고 씨익 웃는 그의 얼굴에 보라 역시 환한 얼굴로 프린트를 집어 들었다.

"자자. 수업하자."
"벌써요?"
"쌤. 얘기 더 해주셔요."
"듣고 싶사와요."
"안 돼. 오늘은 여기까지. 진도는 나가야지."
"쌤. 너무해요."
"사나이 가슴에 불을 지펴놓고."
"인마. 너 그 뜻 알고나 쓰는 거야?"

학생들과 티격태격하는 모습이 귀여워 그녀에게서 눈을 떼지 못하던 그는 이내 흐뭇하게 웃어보였다. 그러던 중, 옆에서 의아한 눈빛으로 자신을 빤히 바라보고 있는 남학생 한 명을 발견했다. 남학생은 시오를 빤히 바라보다가 고개를 돌려 보라를 보고는 다시 그에게로 의미심장한 눈빛을 보냈다. 뭔가 눈치챈 남학생의 제스처에 시오는 여전히 턱을 괸 채 덤덤한 얼굴로 남학생과 시선을 교환하다가 한쪽 눈을 찡긋했다.

"발설하면 혼난다."

시오의 미소 섞인 윙크에 남학생은 경악스러운 얼굴을 하며 얼른 보라를 돌아봤다.

❋ ❋ ❋

시오와 함께 퇴근을 하던 보라는 그가 조수석 문을 열어주자, 날름 차에 올라타며 보닛을 지나 운전석으로 향하는 남자를 지켜봤다. 다행이다. 그의 마음이 풀린 듯해서.

"저 서점에 가야 돼요."

"서점?"

"네. 바쁘시면 지하철역에 내려주셔도 돼요."

"그럴 수야 없지."

"……."

"친구 사이에."

보라는 획 고개를 돌려 그를 흘겨봤다. 분명 아까 수업시간에 자신이 한 말을 알아들었음에도 불구하고 그는 계속해서 말장난을 하고 있었다. 정식으로 교제를 하고 있는 건 아니더라도 가깝게 지내고 있는 건 사실이었다.

그나 그녀, 다른 누가 보더라도 절대 친구라고는 볼 수 없는 관계였다. 그런데 많은 사람들이 보는 앞에서, 더군다나 그의 직장 동료들과 제자들이 보는 앞에서 친구라고 단정 지은 건 분명 문제가 있었다고 생각되기에 기껏 용기내서 고백했건만 이 남자는 아직도 삐친 척을 하고 있었다. 척이라기보다는 어쩌면 즐기고 있는 거란 의심이 시간이 흐를수록 더 커지고 있는 중이다.

하지만 일단은 자신이 먼저 내뱉은 말이기에 애써 참으며 뚱한 표정으로 앞을 응시할 뿐이었다.

신간 코너 진열대에서 책을 펼쳐보던 보라는 자신과 같은 책을 집어 펼치고 있는 맞은편 남자에게 눈길을 던졌다. 깔끔한 슈트 재킷을 따라 올라가자, 자신을 향해 씨익 미소 짓고 있는 어느 학교의 미술 선생이 보였다. 그를 빤히 바라보다 헛웃음을 흘린 보라는 책을 내려놓고는 진짜 온 목적이 꽂혀 있는 장소로 이동했다. 그녀를 눈으로 좇던 시오는 방금 든 책에 흥미가 떨어졌는지 곧 책을 내려놓고는 천천히 걸음을 옮겼다.

"여기 있다."

신이 난 표정으로 작게 외친 그녀의 손에서 금방 집어든 책이 위로 쏙 올라가더니만 그대로 사라졌다. 텅 빈 두 손을 멍하게 바라보던 보라가 홱 뒤를 돌아봤다. 시오가 책을 빼앗아들고는 제목을 유심히 보고 있었다.

"나 이 책 있는데."

"진짜요?"

"좋아하는 작가예요. 누나도 읽고 싶다고 사라고 하도 성화를 부리기에 바로 샀죠."

"그럼 나 빌려줄 수 있어요? 다음 수업에 참고하려고 했거든요."

초롱초롱한 눈동자로 올려다보는 보라에게 흘낏 눈길을 준 시오는 책을 내려다보고는 흔쾌히 고개를 끄덕였다.

"알았어요."

"고마워요."

"고맙긴. 친구 사이에."

"선생님!"

"갑시다."

책을 제자리에 꽂아놓은 시오는 그녀를 뒤로 두고 돌아서며 살짝 미소를 지었다. 놀리는 재미가 생각보다 더 쏠쏠했다.

잠시 후, 잿빛 자동차가 그의 집 주차장에 깔끔하게 주차되었다.

"가죠."

시동을 끄며 안전벨트를 푸는 시오를 향해 보라의 눈이 끔벅였다.

"어딜요?"

"집에."

"가져다주시는 거 아니었어요?"

"이 여자 보게. 내가 심부름꾼이에요? 책도 네가 가서 가져오고, 집까지 데려다 달라는 건가?"

"아니, 그런 게 아니라. 책 주시면 저는 알아서 갈게요."

"됐어요. 안 들어가면 책 안 줘요."

"에? 그런 게 어딨어요?"

"여기 있지."

심술을 부리는 그를 빤히 바라보던 보라가 머뭇거리며 작게 중얼거렸다.

"선생님 혼자 사신다면서요? 남자 집엔 한 번도 안 들어가 봤고……."

시트에 머리를 기댄 채, 팔짱을 끼고 눈을 감고 있던 시오의 입 끝이 살며시 올라갔다.

"누가 어떻게 한대? 떡 줄 놈은 꿈도 안 꾸고 있으니까 김칫국 들이켜지 말아요."

"……."

"거기에다 우린……."

"……."

"친구잖아."

능글맞게 웃고 있는 시오를 휙 째려본 보라는 거친 손동작으로 문을 열어 차에서 빠져나왔다. 쾅, 소리를 내며 닫히는 조수석 문을 바라보던 시오는 웃음을 터트리며 차에서 내렸다.

"집이 어딘데요? 가요, 가!"

집도 모르면서 보라는 벌써 저만치나 앞장서 가고 있었다. 씩씩거리며 걷는 그녀의 뒷모습에 시오는 미소를 머금고는 절레절레 고개를 저었다. 사실, 집에 데리고 갈 생각은 없었다. 아직 가까워지고 있는 단계고, 서로의 마음은 확인했다 치더라도 조심스러운 게 사실이었다.

그리고 그녀가 남자 집에 한 번도 안 들어가 봤듯이 그 역시 가족을 뺀 여자를 집에 들이는 건 처음이었다. 욱하면 입술을 쭈욱 내미는 귀여운 모습을 보고 싶은 마음에 괜히 심술 한 번 부려본 것이다. 그런데 또 저렇게 기대를 저버리지 않고 반응해 주신다.

"거기 아니에요. 옆 건물이야."

A동 건물 입구로 들어가려던 그녀는 움찔 멈춰 서고는 홱 몸을 틀어 B동 입구로 발길을 돌렸다. 그 모습을 흐뭇하게 지켜보던 시오가 차키를 공중으로 던졌다 받으며 그녀의 뒤를 따랐다. 그의 발걸음이 사뭇 즐겁게 느껴졌다.

"커피 마실래요?"

"네."

조금 긴장한 표정으로 집에 들어선 보라는 신발을 벗자마자 신세계라도 온 듯 눈을 반짝이며 집안 곳곳을 탐방하고 다녔다.

"우와. 책이 진짜 많네요."

"심란하거나 심심할 때 읽으면 도움이 많이 되더라구요."

"헤. 좋은 습관이네."

"거기 두 번째 서랍에 책 있을 거야. 찾아봐요."

"네."

손가락을 올려 책 제목을 쭈욱 훑어보던 보라는 발견한 책을 꺼내 들고는 휘리릭 펼쳐보았다. 이 책을 저 남자가 갖고 있을 줄이야.

서점에 갈 때마다 매번 고민한 책이었다. 읽고 싶고 갖고 싶기는 한데, 항상 마지막에 다른 책에 정신이 홀려 미뤄두었던 책이었다. 책상에 기댄 보라가 책을 덮고는 그의 집을 요리조리 둘러보았다.

그에게 어울리는 집이다. 두 가지 이상의 컬러가 들어가지 않은 집은 단조로워 보이기는 했으나 세련되고 깔끔했다. 자신과 언니의 방과는 달리 정리정돈이 잘 되어 있었고, 옷 역시 여기저기 너부러져 있지 않았다. 그의 집엔 꼭 있어야 되는 물건들만 배치되어 있는 느낌이었다. 사실, 생각해보면 자신의 집에 있는 물건들이 이곳에도 있는 것뿐이다. 이곳에 있는 물건이 자신의 집에 역시 있었고. 그만큼 깔끔해서 그런 건가?

널따란 창 앞에 다가선 보라는 바깥 풍경을 내다보았다. 언니와 함께 살고 있는 그 집은 넓긴 했지만 이렇게 넓은 창이 아닌 게 언제나 아쉬웠다. 밖이 확연히 내려다보이는 창 앞에 서니 마음이 뻥 뚫려 시원해지는 것만 같았다. 그러고 보면 자신도 참 단순하다.

쿡, 웃음소리를 낸 보라가 여전히 창 앞에 서 있는데 어느새 다가온 그가 머그컵을 내밀었다.

"마셔요."

"선생님."

"네."

"선생님은 몇 살이세요?"

뜬금없는 질문에 커피를 내려다보던 시오의 고개가 돌아갔다. 이 여자는 언제나 이렇게 뜬금없다. 빨리 적응해야겠다고 생각하며 그는 창에 등을 기댄 채, 보라를 마주봤다.

"서른하나."

머그컵을 입에 가져다 대던 보라의 눈이 커다랗게 떠졌다. 생각했던 것보다 그의 나이가 많았다. 고작해야 자신보다 두세 살 정도 많을 거라 예상했는데 5년이나 먼저 태어났다니.

"어, 어려보이시네요."

"칭찬인가?"

"그럼요."

시오는 픽 웃으며 커피를 마셨고, 민망해진 보라는 두 손에 머그컵을 쥐고 주위를 두리번거렸다. 그러던 그녀에게 문득 궁금증이 일었다. 그는 왜 자신의 나이를 묻지 않을까? 궁금하지 않은 건가? 입을 삐쭉이던 보라가 이내 깨달음을 얻은 표정으로 고개를 끄덕였다. 그는 담당교사이니 자신의 이력서를 갖고 있을 터였다. 나이는 당연히 알고 있을 것이다. 그러면서 오만불손한 자신을 참아준 것인가? 살짝 눈동자를 굴려 뒤에 있는 그를 신경 쓰던 보라는 다시 주변을 둘러보기 시작했다.

그러던 와중, 눈길을 사로잡는 게 있었다. 단정하면서도 얼핏 보면 차갑게 느껴지는 모노톤의 벽지와는 다르게 한쪽 벽은 무언가로 꾸며져 있었다. 화려하진 않지만 깔끔하면서도 러블리한 분위기를 내고 있는 벽 앞으로 걸어간 보라는 고개를 갸웃했다.

요즘 흔히 이용하고 있는 벽에 붙이는 시트지였다. 벽에 있는 전등 스위치를 시작으로 시트지가 붙어져 있었다. 혼자 사는 남자가 저런 시트지를 일일이 사서 그것도 전등 스위치 주변에 붙이는 게 흔한 일이던가? 그가 세심한 성격이기는 해도 여성스럽다거나 아기자기한 성격이라고 느껴본 적은 없었다.

하지만 보라는 이내 고개를 가로저었다. 어쩌면 그건 편견일지도 모른다. 요즘이 어느 시대인가 남녀차별이라는 구시대적인 발상을 하고 있단 말인가?

"왜요?"

한곳에만 오랫동안 서 있는 그녀가 궁금했는지 시오가 몸을 일으켜 그녀에게 다가왔다.

"예뻐서요. 어디서 사셨어요? 이사해야 하는데 이사 가면 저도 하나 사서 붙여야겠어요."

보라가 가리킨 곳에 시선을 주던 시오가 피식 웃으며 그녀를 돌아봤다.

"만든 거예요."

"네?"

"조카 벽지 꾸며주다가 남는 거 있기에 버리기도 뭐하고 모아두자니 거치적거리고. 그래서 그냥 만들어서 붙였어요."

"와아."

보라의 얼굴에 부러움과 감탄이 동시에 떠올랐다. 미술 선생이라는 건 알고 있었지만 이렇게 실력이 좋을 줄이야. 어디 내다 팔아도 손색없을 작품이었다.

"진짜 실력 좋으시네요."

"이사 언제 하는데요? 만들어 줄까요?"

"정말요?"

보라는 너무 신난 나머지 머그컵을 쥐고 있는 그의 손에 자신의 손을 갖다 대었다.

"정말 해주시는 거예요?"

언니가 곧 다른 지역으로 발령이 나기 때문에 보라도 이사를 준비해야 했다. 원래 계획은 언니를 따라 다른 지역으로 함께 가는 것이었지만, 보라도 취직을 한 상태고 언니는 얼마 후면 신혼집을 꾸려야 할 것이다. 틈틈이 상견례 얘기가 들려오는 걸 봐서도 때가 임박했다는 걸 느낄 수 있었다. 언니가 결혼을 하면 언니 몫의 전세금을 돌려주어야 할 테고 이러나저러나 보라는 독립 겸 이사를 할 수밖에 없었다.

사실, 예정보다 조금 더 일찍 독립을 하는 것이었지만 서운하고 섭섭한 마음을 감추기가 힘들었다. 언니와 떨어지는 것도 서운하긴 했지만 무엇보다 혼자 살아가야 한다는 것이 벌써부터 막막하고 걱정이 되었다. 하나하나 작은 것부터 모두 자신 혼자 해야 한다고 생각하니 앞이 깜깜해질 지경이었다. 그런데 시오가 시트지를 만들어 준다니 작은 것이었지만 그것 하나에도 너무나도 들떠 저도 모르게 그의 손을 잡아버린 것이다.

손을 잡은 그녀와 손이 잡힌 그는 한참 동안 서로의 눈만 바라보고 있었다.

"흠!"

하지만 곧, 어색한 헛기침 소리를 시작으로 재빠르게 손을 거둔 두 사람은 제각기 딴 곳을 응시했다.

참으로, 어색했다.

"TV 볼래요?"

"네? 네. TV 봐요."

'TV는 무슨 TV. 이제 그만 가야 한다고 말했어야 했는데.'

얼떨결에 대답을 한 보라는 울상을 지었다. 간다고 말해야 하는데 지금 와서 얘기하면 더 어색해지는 건 아닐까, 무례한 건 아닐까. 열심히 고민하던 보라는 작게 한숨을 내쉬며 소파에 살짝 걸터앉았다. 타이밍을 놓쳤으니 다음 기회를 노려야 했다.

당황한 건 그도 마찬가지였다. 사실, 이쯤에서 나가야 했지만 어색함을 이기지 못하고 얼떨결에 그렇게 물어보고 만 것이다.

뻔뻔한 그와 대책 없는 그녀였지만 그만의 공간이라는 점과 통제되어 있는 곳이라는 점이 그들을 더욱더 어색하게 만들고 있었다.

두 사람은 어색하게 소파에 나란히 앉아 TV 화면을 뚫어질듯 주시했다.

"저 영화 봤어요?"

마침 케이블의 한 채널에서 재작년에 꽤 흥행했던 영화를 상영하고 있었다. 리모컨을 테이블에 내려놓은 시오가 보라를 향해 고개를 돌렸다.

"아니요. 보고 싶었는데, 못 봤어요. 그때 왜 못 봤더라?"

"그래요? 나도 못 봤는데 잘됐네."

둘은 어느새 어색했었다는 사실도 잊은 채 영화에 몰두했다. 커피가 식어 보라가 머그컵을 내려놓자, 그는 주방으로 들어가 따뜻한 유자차를 다시 내왔다. 얼마 전 감기에 걸려 열이 높이 올랐던 그녀를 향한 배려였다. 향긋한 냄새에 머그컵을 집어든 보라는 다시 느릿하게 눈을 깜박이며 영화에 집중하기 시작했다. 시오 역시 그녀의 옆에서 영화에 빠져들며 모니터를 응시했다.

한 시간 정도 지나자, 화면 속에선 두 사람이 생각지도 못했던 장면이 그려지고 있었다. 험한 말을 해가며 싸우던 남자 주인공이 여자 주인공을 홱 낚아채며 키스를 퍼붓기 시작한 것이다.

깊은 키스로 이어지는 그때, 화면 속과는 어울리지 않는 챙그랑, 마찰음이 들려왔다. 그 순간, 보라의 손과 몸이 순식간에 굳었다. 테이블에 머그컵을 올려놓으려 했건만, 딱 1센티가 부족해 거실 바닥에 내동댕이쳐진 것이다. 참으로 머그컵이 원망스러워지는 순간이었다.

시오의 눈동자가 화면에서 떨어져 곧 거실 바닥으로 떨어진 머그컵으로 향했다. 곁눈질을 하던 보라가 얼른 일어서며 사과했다.

"죄, 죄송해요. 제가 치울게요."

하지만 시오의 손에 손목이 잡혀 다시 소파에 앉아야 했다.

"괜찮아요."

"그래도……."

보라는 우물쭈물하며 아직도 그에게 잡혀 있는 자신의 손목을 힐끗 내려다봤다. 손목을 잡고 있는 그의 손이 뜨거워서인 건지, 아니면 그에게 닿아 있어서인 건지 잡힌 손목만이 유독 데일 것처럼 뜨거웠다.

화면 속의 커플은 이제 장소를 침실로 옮겨 더 격정적인 키스를 나누고 있었다. 저 영화가 19세 미만 관람 불가던가? 보라는 마른침을 삼키며 차마 화면에 눈길을 주지 못하고 이리저리 눈동자만 굴렸다.

하지만 그는 달랐다. 굉장히 느긋하고 차분한 태도로 키스신을 관람하고 있었다.

스피커에서 흘러나오는 끈적끈적한 신음소리와 여과 없이 흘러나오는 살이 부딪치는 소리에 보라는 더 이상 견디지 못하고 자리에서 일어설 준비를 했다. 우물쭈물하는 보라에게 그의 차분한 목소리가 들려온 건 그때였다.

"키스해 본 적 있어요?"

보라가 눈을 휘둥그레 뜨며 그를 돌아봤다. 그는 여전히 화면에 시선을 두고 있는 채였다.

"네?"

자신이 들은 소리를 믿을 수 없다는 듯 보라가 되묻자, 그는 고개를 돌려 그녀를 마주보았다. 올곧게 부딪쳐오는 눈동자에서 보라는 그의 의도를 파악하기 위해 무던히도 애를 썼다. 하지만 아무리 파악하려 해도 다른 건 찾을 수가 없었다. 그는 단지, 그걸 진심으로 궁금해 하는 눈치였다.

"다, 당연하죠. 제가 몇 살인데."

"저렇게 진한 딥키스도?"

딥키스? 딥키스라면, 깊은 키스? 진한……?

질문을 상기하던 보라는 퍼뜩 정신을 차리고는 그를 돌아봤다. 대체 이건 무슨 상황이란 말인가? 그는 마치, 제자의 불건전한 행동을 꾸짖기 위해 질문하는 것 같기도 했고 어서 말해보라는 듯 회유하듯이 달래고 있는 것 같기도 했다. 보라의 눈동자가 혼란스러운 듯 이리저리 굴러다녔다.

뭐하자는 걸까, 이 남자는.

'혹시, 선생님 놀이?'

"가르쳐 줄까요?"

낮은 목소리가 귓가에 스치자, 보라는 입을 다물지 못하고 그에게 눈으로 물었다. 네? 라고.

"친구로서."

이 남자가 끝까지 장난이다. 욱하는 마음에 그만하라고 대답을 하려는데 그의 얼굴은 바로 코앞에 다가와 있었다.

"뭐……."

순식간에 입이 막힌 보라는 눈을 최대한 크게 뜨며 바로 가까이에 있는 남자의 얼굴을 바라보았다. 이미 눈을 감은 채로 살짝 입술을 맞추고 있는 그의 모습에 보라는 질끈 눈을 감아버렸다. 떨리고 두근거려서 도무지 눈을 뜨고 그의 얼굴을 쳐다볼 자신이 없었다.

하지만 눈을 감아도 떨리는 건 마찬가지였다. 뒷머리를 감싼 커다란 손이 느껴지자, 보라는 심장이 더 세차게 뛰는 걸 느낄 수 있었다. 뜨거운 입술이 닿은 지 얼마 되지 않아 그가 고개를 들었다. 보라는 살짝 눈을 떠 아직 가까이에 있는 그의 얼굴을 올려다봤다. 남자의 진지한 얼굴이 이토록 섹시해 보일 수 있다는 건 오늘 처음 안 사실이었다.

올곧게 그녀를 내려다보고는 있지만 사실 그의 머릿속은 여간 복잡한 것이 아니었다. 그녀를 집으로 들어오게 한 까닭은 자신이 어느 정도 자제할 수 있다 확신했기 때문이었다.

하지만 저런 키스신 하나에 금방 이성을 잃고 본능에 충실히 따라가고 있다니, 자신이 생각해도 기가 막히고 어이없는 일이었다.

'너무 오랫동안 혼자였나?'

하지만 그런 것이라면 이유가 안 되었다. 그만한 일로 자제력을 잃었다면 여태껏 참아온 시간들이 말도 안 되는 것이었으니까. 진심이든 진심이 아니었든 그를 유혹하려는 여자들은 꽤 있는 편이었다. 하지만 그녀들에게 넘어간 적이 있었던가? 단 한 번도 없었다고 자신

있게 말할 수 있었다.

자신만을 비추고 있는 눈동자를 들여다보던 시오는 그녀 모르게 꽉 물고 있던 이에 점점 힘이 빠지는 걸 느꼈다. 그리고 그는 다시 그녀에게로 고개를 숙여 키스했다. 아까처럼 짧고 간단한 입맞춤이 아니었다. 좀 더 깊게 입술을 묻은 그는 살짝 벌어지는 그녀의 입술 사이를 가르고 조심스럽게 혀를 집어넣었다. 그의 혀가 그녀의 혀를 옭아매자 아직은 버거운 듯 그녀의 등이 굳어버렸다. 긴장했다는 걸 알아챈 그는 잡고 있는 어깨를 살짝 어루만지며 점점 더 깊이 키스했다.

화면 속에서 간간이 흘러나오는 소리와 화면 밖에서의 키스 소리가 서서히 거실 안을 채우고 있었다.

이윽고, 그의 입술이 떨어지자 보라는 숨을 몰아쉬며 촉촉한 눈망울로 그를 올려다봤다. 그 역시 내뱉고 있는 호흡이 거칠긴 마찬가지였다.

"이것도 친구로서 한 거예요?"

그녀의 눈동자엔 혼란스러움이 가득했고 일부엔 항의를 하는 듯한 억울함마저 섞여 있었다. 분명 그는 두 번 키스했다. 처음엔 친구로서 가르쳐주겠다는 얼토당토않은 이유로 사람을 놀라게 만들더니, 두 번째는 그야말로 아무 이유도 없이 키스한 것이다. 울먹이던 얼굴이 점점 뚱한 표정으로 변해갔다. 그런 보라의 얼굴을 지켜보던 시오는 예의 그 불량한 미소를 지으며 곧장 대답했다.

"아니."

6.
위험한 생일 선물

"여선생님들이 그렇게 무서워요?"
"누가요?"
"친구라며?"
보라는 뚱한 표정을 감추지 못하고 입술을 쭈욱 내밀었다.
"그건……. 사실 사귀는 것도 아니었잖아요."
운전을 하던 시오는 그녀를 힐끗 돌아보고는 살짝 입꼬리를 올렸다. 그건 맞는 말이다.
"그럼 이젠 사귀는 사이라고 말해도 되나?"
"안 돼요!"
바로 나온 외침 같은 대답에 시오는 시큰둥하게 대답했다.
"왜?"
"안 그래도 미움 받고 있는데 더 미움 받으라구요?"
"확실하게 안 밝히면 여기저기서 계속 찔러올 텐데? 나 의외로 인기 많아요."

 그건 이미 알고 있다. 보라는 어깨를 추욱 늘어뜨리며 생각에 잠겼다. 그건 싫은데, 라는 생각이 얼굴에 고스란히 드러나자, 시오의 입꼬리가 더 올라갔다.

"나도 나지만 선생님한테도 피해가 갈 수 있잖아요."

"무슨 피해?"

"콕 집어서 말할 순 없죠. 이렇게 갈 테니 대비해라, 선전포고하고 오는 것도 아니고."

"……"

 보라의 말이 틀린 건 아니었다. 직장 안에서의 연애가 그만큼의 위험 부담이 따른다는 것은 이미 소문이나 간접경험을 통해 알고 있었다.

"여기저기서 찔러도 꼼짝 안 하실 거죠?"

 진지하게 생각을 하던 그는 뜬금없이 끼어든 목소리에 고개를 돌렸다. 보라가 눈을 초롱초롱하게 뜬 채 간절한 눈빛으로 그를 보고 있었다. 빤히 바라보던 그는 결국 웃음을 터뜨렸다. 진짜 못 당하겠다.

 토요일 오전, 교실로 향하던 보라가 잠시 교무실 앞에서 멈춰 서 조심스럽게 안을 염탐했다. 시오의 책상 쪽으로 곧바로 향한 그녀의 눈동자가 몇 번 깜박였다. 휑하니 비어 있는 의자를 보던 보라는 미련 없이 발길을 돌렸다. 바쁘다더니 그 말이 사실인 모양이었다.

 담당교사인 그는 출석을 부르고 급히 교실을 빠져나갔다. 매번 참석하던 그가 수업에 빠지니 허전함이 밀려왔다. 아시만 그녀는 그를 보러 이곳에 오는 게 아니라 학생들을 위해 오는 것이었다. 깊게 숨을 내쉬며 마음을 다잡은 그녀는 곧바로 수업을 진행했다.

쉬는 시간, 벤치가 있는 곳으로 가려던 그녀는 발길을 돌려 다시 교실로 향했다. 그가 없으니 그가 즐겨마시던 커피라도 가져가야겠다는 생각에서였다. 지갑을 가지러 다시 교실로 들어선 보라의 귀에 소곤거리는 소리들이 들려왔다.

"야! 온다! 빨리!"

앞문으로 막 들어서려던 보라를 밀친 여학생들은 그대로 후다닥 뛰어나갔다. 벌써 저만치 멀어지는 학생들의 뒷모습을 멀뚱히 바라보던 그녀는 고개를 갸웃했다.

"뭐야?"

하지만 교탁 앞에 놓인 프린트를 본 순간, 그 이유를 대충 알 수 있었다. 여기저기 붙어 있는 메모지엔 험악한 경고성(?) 낙서들이 적혀 있었고, 수업을 해야 할 프린트 몇 장은 구겨진 채 바닥으로 떨어져 있었다.

xxx. xxxx. 미술 쌤한테서 떨어져!

메모지 하나를 집어든 보라는 그 안의 내용들을 물끄러미 쳐다보다가 아무 표정 없이 발길을 돌렸다. 하지만 나쁜 일은 연속으로 생기는 법. 벤치에 미처 도착하기도 전에 임 선생을 만나버렸다.

"안녕하세요."

썩 달갑진 않았지만 보라는 애써 입꼬리를 끌어당기며 인사를 했다. 반응 없는 임 선생의 모습에 보라는 체념한 듯 숨을 내뱉었다. 이런 반응, 어느 정도 예상을 했었다. 담담한 얼굴을 한 채로 보라가 여자를 지나칠 때였다.

"김 선생님 뒤에 숨어 있으니까 편한가 보죠?"

이건 또 무슨 소리야? 잠시 멈춰 선 보라가 허공을 응시하다가 몸을 돌려 임 선생에게 다가갔다.

"무슨 말씀이세요?"

"자세히 설명 안 해주면 못 알아듣는 스타일인가 보네요."

여선생들하고 있을 때는 착하고 참한 얼굴로 다소곳하게 있던 사람이 이렇게 삐딱한 포즈에 한쪽 입꼬리만을 올린 채 빈정거리고 있다니. 거의 변신 수준의 임 선생을 보던 보라는 작게 숨을 내뱉었다. 여선생들을 어떻게 구워삶았는지 알 만 했다.

"선생님."

"네. 차. 강. 사. 님."

보라의 미간이 살짝 구겨졌다. 노골적으로 빈정거리는 말투에 그녀 역시 참기보다는 대항하는 쪽으로 방법을 바꿨다.

"여선생님들 뒤에 숨어 있으면서 저한테 그런 식으로 말하는 건 비겁하지 않아요?"

"누가 숨어요?"

"누구긴요. 임 선생님이시죠."

"아! 그건 숨은 게 아니지. 난 가만히 있는데 선생님들이 나서주신 거지. 선생님들 보시기엔 김 선생님하고 내가 잘 어울리나 보죠."

"그럼 선생님은 그 남자한테 마음 없으신 거죠?"

"네?"

"그러니까 선생님들이 나서주시는데도 가만히 있으신 거잖아요."

"말 참 이상하게 하시네. 그게 그런 식으로밖에 해석이 안 돼요?"

"그럼 좋아하세요?"

"이봐요!"

"죄송한데 지금 선생님이랑 말싸움 할 정신이 아니라서요. 선생님이 김 선생님을 좋아하시든 아니시든 여선생님들 뒤에 숨어계셨던 건 어쨌든 비겁하다는 생각밖에 안 드네요."

"어머! 이게 무슨 소리야?"

뒤에서 들리는 소리에 보라의 얼굴에 난감함이 번졌다. 어쩐지 여우같은 이 여자가 얼굴을 누그러뜨린 채 아무 말도 없다 싶었더니 이런 불청객들이 타이밍 잘 맞춰 나타날 줄이야. 임 선생 곁으로 여선생들이 모이자, 보라는 눈을 질끈 감았다 떴다. 무슨 엄지 공주 지키는 독수리 오형제들도 아니고.

"차 강사, 무슨 말을 그렇게 해? 비겁하다니? 그리고 누가 누구 뒤에 숨어?"

"그게 아니……."

"선생님, 아니에요. 제가 잘못한 거예요. 그만하세요."

'얼씨구.'

임 선생은 거의 울 듯한 촉촉한 눈망울로 여선생들을 바라보며 손으로 입을 가린 채 울먹거렸다. 임 선생을 지켜보던 보라는 헛웃음을 내뱉었다. 저 여자는 아마도 선생보다는 연기자 쪽으로 더 재능이 있는 게 아닐까 싶었다.

여선생들에게 모진 소리를 듣고 난 후, 벤치를 찾은 보라는 거의 만신창이였다. 벤치에 기대 몸을 추욱 늘어뜨린 그녀는 피곤한 얼굴을 한 채 눈을 감았다.

"진짜 유치해서 못 봐주겠네."

학창 시절 때도 안 당하던 괴롭힘에 왕따를 지금에야 겪고 있다니.

지끈지끈해지는 머리에 보라는 손가락을 올려 관자놀이를 꾹욱 눌렀다.

"김시오 씨. 당신 때문이야."

그 남자는 이런 걸 알고나 있을까? 한숨을 쉬며 동시에 헛웃음을 뱉은 보라는 하늘을 올려다보았다. 유난히 청아한 하늘이 꼭 그 남자의 웃는 얼굴 같아 천천히 눈을 깜박였다.

보라와 함께 퇴근을 하던 시오는 운전을 하며 조심스럽게 그녀를 돌아봤다. 이젠 그녀와 같이 퇴근을 하는 게 꽤 자연스러워져 있었다. 하지만 아까부터 그녀의 표정이 마음에 걸렸다.

"왜 이렇게 풀이 죽었어요?"

"내가요?"

"무슨 일……."

"맞다! 책 안 가져왔는데. 그런 김에 며칠 더 빌려주면 안 돼요?"

어쩐지 서둘러 말을 끊는 느낌이었다. 끼어드는 차를 덤덤하게 바라보던 시오는 고개를 돌려 보라를 바라봤다.

"안…… 돼요?"

무슨 일이 있는 게 분명했지만 말하고 싶지 않아 하니 넘어가는 수밖에. 그는 고개를 천천히 가로저었다.

"돼요. 어차피 지금 읽는 거 아니니까. 천천히 줘도 되고, 집까지 갖다 주면 고맙고."

그의 마지막 말에 보라의 얼굴이 붉게 물들었다. 그의 집에서 나눴던 진했던 키스가 생각나 버린 것이다. 보드랍고 뜨거웠던 감촉이 다시 떠올라 보라는 아랫입술을 깨물었다. 그때, 낮은 목소리가 들려왔다.

"집에 갈래요?"

"왜, 왜요?"

갑자기 호들갑을 떠는 보라의 모습에 그가 의아하다는 듯이 돌아봤다.

"왜겠어요?"

"난 쉬운 여자 아니에요. 혼전순결을 지킬 거라고요!"

하마터면 도로 한복판에서 차를 세울 뻔했다. 당황한 시오가 눈을 커다랗게 뜬 채 보라를 급히 돌아봤다. 두 팔을 교차시켜 가슴 앞에서 엑스 자를 만들어 보이고 있는 그녀의 얼굴은 장난이라고 보기엔 너무도 진지했다.

다시 고개를 돌려 도로를 내다보는 시오의 얼굴은 여전히 당황함을 내뿜고 있었다. 천천히 눈을 깜박이며 묵묵히 운전을 하던 그의 입에서 웃음이 터진 건 얼마 지나지 않아서였다. 보라는 아직도 그 자세를 고수한 채 그를 노려봤다.

"왜 웃어요?"

"김칫국 마시지 말라고 하지 않았던가? 떡 줄 놈은 꿈도 안 꾼다고."

"네?"

"그쪽 집에 가겠냐고요. 우리 집이 아니라."

얼굴이 안 좋아 보여 식사는 생략한 채 데려다줄까 싶어 물어봤더니 웬 혼전순결 타령? 누가 보면 꽤나 밝히는 놈으로 알겠네. 시오는 당황스러워 헛웃음을 흘렸다.

보라의 얼굴은 아까 와는 다른 이유로 붉게 물들기 시작했다. 쥐구멍이라도 있으면 들어가서 숨고 싶은 심정이었다. 그의 소파 위에서 나눴던 키스 장면을 떠올린 게 화근이었다. 더불어 19금 딱지가 붙어야 마땅한 그 영화의 주요 장면까지도. 돌이켜보니 그와 참 아찔하고 야릇한 첫 키스를 나눴다.

'선생님이면서.'

반듯한 얼굴로 운전을 하고 있는 미술 선생을 흘겨본 보라는 다시 눈동자를 내렸다. 하긴, 선생님이라고 야릇한 키스하지 말라는 법은 없지.

"시트지는 언제 만들어주실 거예요?"

보라는 민망한지 볼을 긁적이며 화제를 돌렸다. 하지만 그는 여전히 피식 피식 웃고 있었다.

"언제 이사하는데?"

"곧이요."

"그럼 빨리 만들어야겠네."

보라는 조용히 고개를 끄덕거렸다.

"빨리 만들어야 되니까 이대로 우리 집에 갑시다."

"됐거든요!"

얼굴이 빨개진 보라가 소리를 지르자, 시오는 큭큭 웃으며 그녀의 동네로 차를 돌렸다.

동네에 다다를 무렵, 그의 슈트 재킷 안주머니에서 진동이 울렸다. 마침, 붉은 신호등에 의해 차를 세운 그는 주머니 안에서 핸드폰을 꺼내 받았다.

"네."

—아들. 수요일에 올 거지?

"수요일이요?"

―작년에도 그러더니 또 깜박한 거야? 아들 생일이잖아.

'아, 생일.'

잠시 생각을 하느라 시선을 내린 시오는 신호등을 올려다보고는 서둘러 대답을 했다.

"저 운전 중이에요. 제가 전화드릴게요."

핸드폰을 내려놓고 운전을 하는 그의 모습에 보라는 고개를 갸웃했다.

"누구예요?"

하지만 그는 생각에 빠져 있느라 보라의 질문에 대답을 해주지 못했다. 한참, 무표정으로 있던 그의 얼굴에 별안간 미소가 번졌다.

'생일이라 이거지.'

"선생님?"

"다음 주 수요일에 뭐 해요?"

"글쎄요. 왜요?"

"다음 주 수요일 내 생일이에요."

"수요일이요?"

"네."

"얼마 안 남았네."

"……"

"근데 원래 그렇게 일일이 말해주세요?"

왠지 그의 이미지와는 맞지 않아 보라는 의외라는 듯 질문을 던졌다. 아직도 입술은 뚱하니 내민 채로.

"말해야지. 말 안 하면 아나?"

"맞아. 그렇긴 하죠."

위험한 생일 선물 151

"말해야 그나마 한 번 더 만나줄 거 아냐."

생일 핑계로 데이트를 하려는 귀여운 속셈이었다.

보라는 살포시 웃음을 터뜨리며 입술을 삐쭉였다. 툭툭 내뱉는 투로 말하긴 했지만 보고 싶다는 말이라는 걸 알고 있다.

"뭐 갖고 싶은데요?"

"선물도 해주게?"

"생일이라면서요."

"글쎄……."

"선물 많이 받겠다. 인기 많다면서요? 학생들한테 선물 받으면 그게 다 몇 개야?"

"선생 생일이라고 전교생이 선물 주나? 그리고 학생이 무슨 선물? 용돈 받으면 알뜰히 써야지. 그냥 앞에 와서 선생님, 생일 축하해요, 라고 웃어주면 그게 선물이지."

시오는 작년 생일이라도 떠올리는 건지 흐뭇하게 입꼬리를 올리며 핸들을 돌렸다. 그런 그를 보던 보라가 무언가를 떠올리는 듯 눈동자를 살짝 올렸다. 교복을 입은 예쁘고 풋풋한 여고생들이 그의 앞에서 '선생님, 생신 축하드려요'라고 말하며 생긋 웃는 모습이 머리 위로 팟, 하고 떠올랐다.

'예쁘긴 예쁘지, 여고생들.'

부러움에 볼을 빵빵하던 부풀리던 보라가 문득 떠오르는 생각에 눈을 번쩍 빛냈다. 그에게 줄 선물이 생각났다.

✼ ✼ ✼

수요일 저녁, 지하철역 앞에 서 있던 시오가 손목을 올려 시계를 확인했다. 지하철역 앞에 서 있으라고 하도 닦달을 하는 바람에 자동차를 주차시키고 왔건만 그녀는 20분이 지나도록 코빼기도 안 보이고 있었다. 시간을 확인한 그는 바지 주머니에 손을 찔러 넣은 채 잠자코 그녀를 기다렸다.

"늦었죠? 미안해요."

짐짓 인상을 쓴 그가 바닥으로 향해 있던 고개를 들었다. 화가 나지는 않았지만 화를 내는 척이라도 하기 위해 미간을 구겼던 그의 눈동자에 놀라움이 스쳤다. 보라가 생긋 웃어보이자, 그의 눈동자가 천천히 아래로 향했다가 다시 위로 올라갔다.

"뭐예요?"

"선물."

"뭐?"

보라는 완벽히 교복 차림이었다. 매일 풀고 다녔던 머리카락까지 깔끔하게 하나로 묶여 있었다. 그는 지금 이 상황이 믿기지 않는 듯 다시 한 번 그녀를 훑어봤다.

"가요."

얼이 빠져 있는 듯한 시오의 팔을 보라가 잡아끌었다.

"배고파. 맛있는 거 먹으러 가요."

뭐가 그리 즐거운지 배시시 웃는 보라를 물끄러미 내려다보던 그는 마침내 짧게 웃음을 터뜨렸다.

"이게 생일 선물이에요?"

시오는 떡볶이 접시를 내려다보다가 불만스럽게 보라를 돌아봤다. 맛있는 거 먹으러 가자더니 기껏 끌고 온 데가 분식 포장마차였다.

"학생이 무슨 돈이 있어요?"

"하!"

"배 안 고파요? 안 먹으면 내가 다 먹어요?"

그는 여태껏 수업을 하고 온 입장이었다. 배가 안 고플 리가 없지 않은가? 떡볶이를 빤히 내려다보던 그는 마침내 이쑤시개로 떡볶이를 푸욱 찔렀다.

"어떻게 교복 입을 생각을 다 했어요?"

"여고생이 '선생님, 생일 축하해요' 라고 말하면 좋다면서요?"

"누가 여고생이라고 했나? 학생이라고 했지."

"그게 그거지."

"그렇게 입으니까 진짜 학생 같네. 이러다가 원조교제로 잡혀가는 거 아니야?"

시오는 학교에서 바로 오느라 언제나 그렇듯 슈트 차림이었다. 누가 봐도 영락없는 여고생으로 보일 그녀와 나란히 길을 걷고 있으려니 지레 뒤통수가 따가웠다.

"말도 안 돼. 입긴 입었는데 얼마나 어색한데요. 졸업한 지 몇 년이나 지났는지 생각도 안 나요. 아까 화장실에서도 입을까 말까 얼마나 고민했는데."

사실, 그녀는 지하철 역 화장실에서 수십 번도 더 고민을 했다. 그에게 서프라이즈한 선물을 하고는 싶은데 아무래도 용기가 나지 않았다. 그냥 입으면 되려니 생각했었는데 막상 입으려니 그게 또 아니었다.

"왜? 내가 볼 땐 학생들 틈에 끼워놓으면 아무도 몰라볼 것 같은데."

시오는 그녀가 멘 가방을 재밌다는 듯 바라보다가 손가락으로 푹 찔렀다.

"선생님. 안과 가셔야겠어요."

보라가 심각한 표정으로 조언하자, 그는 고개를 숙이며 살짝 미소 지었다. 보라는 그를 쭈욱 훑어보았다. 말끔한 슈트 차림에 두 손을 바지 주머니에 넣은 채 걷고 있는 그는 시선을 떼지 못할 만큼 멋스러웠다. 그리고 그게 보라의 생각만은 아닌 듯 이미 몇몇 여자들이 그를 흘끔거리고 있었다. 보라는 새침한 표정을 짓고는 그에게 폴짝 다가서며 팔짱을 꼈다.

"이러면 더 원조교제 같겠다."

그녀가 팔을 꼭 붙잡은 채 배시시 웃자, 순간 당황했던 시오의 얼굴에도 웃음이 고였다.

"혼자 잡혀가진 않을 거예요."

한참동안 거리를 걷다가 지하철역에 다다랐을 때, 보라가 그에게 무언가를 내밀었다.

"아, 그리고 선물이요."

상자를 내려다보던 그는 살짝 웃으며 받아들었다.

"선물이 또 있었어요?"

"그럼요. 사실 이게 진짜 선물이에요."

"왜? 난 그 선물도 꽤 괜찮은데."

시오가 눈짓으로 교복을 가리키자, 보라는 삐쭉 입을 내밀며 살짝 미소 지었다.

"그럼 들어가세요."

지하철역 쪽으로 몸을 트는 보라를 시오가 서둘러 잡았다.

"어디 가요?"

"집에 가야죠."

"데려다 줄게요. 차 가까운 데 있어요."

"선생님 피곤하시잖아요. 내일도 학교 가야 하고. 그래서 일부러 여기서 보자고 한 건데."

"괜찮아요. 그냥 보내는 게 정신적으로 더 피곤할 것 같아."

시오가 손을 내밀자, 보라는 새침한 표정을 짓다가 곧 커다란 손을 맞잡았다. 함께 주차장으로 향하는 두 사람의 뒷모습이 즐거워보였다.

운전을 하던 시오는 신호에 맞춰 차를 세우며 핸들을 톡톡 내리쳤다. 뭔가 망설이는 듯하던 그가 이윽고 입을 열었다.

"집에 케이크 있는데, 먹고 갈래요?"

사실 케이크는 핑계였다. 이대로 헤어지고 싶지 않은 게 이유였다. 보라는 커다랗게 떠진 눈으로 대답을 기다리고 있는 그의 옆모습을 바라봤다. 덤덤하던 다른 때와는 달리 어쩐지 초조해 보이는 모습에 보라는 살포시 미소를 지었다.

'헤어지고 싶지 않은 건가, 이 남자?'

"맛없으면 바로 갈 거예요."

보라를 돌아본 그가 피식 웃었다. 신호가 바뀌자 잿빛 자동차가 망설임 없이 도로를 달리기 시작했다.

현관으로 들어선 그녀는 뒤따라 들어오는 그에게 양해를 구했다.

"나 화장실 좀 쓸게요."

"그래요."

보라가 종이가방을 챙겨 들어가려고 하자, 뭔가를 눈치챈 시오가 그녀를 붙잡았다.

"왜요?"

"옷 갈아입을게요. 교복 치마도 불편하고."

"그냥 있으면 안 되나?"

서로를 빤히 바라보는 사이로 잠깐의 정적이 흘렀다. 갸우뚱해진 보라의 고개가 천천히 제자리로 돌아왔다.

"선생님, 이런 취향이셨어요?"

"아니, 그런 건 아니고."

그런 건 아니었다. 자신을 위해 교복을 입은 그녀의 모습을 좀 더 오랫동안 담아두고 싶을 뿐이었다. 전엔 아무 생각이 없었는데 이렇게 접하니 그녀의 학창시절을 못 본 것이 못내 아쉬웠다. 그리고 교복을 입은 그녀가 너무도 귀여웠다. 지금 그의 눈엔 보라는 정말 학생인 것만 같았다.

'이건 너무 위험한 생각인가?'

시오는 자조적으로 피식 웃었다. 이윽고 변명거리를 찾아낸 그는 덤덤하게 내뱉었다.

"아직 안 해 줬잖아요."

"뭘요?"

"멘트."

"응?"

"생일 축하 멘트."

보라의 머릿속에 그가 했던 말이 떠올랐다.

"그냥 앞에 와서 '선생님, 생일 축하해요'라고 웃어주면 그게 선물이지."

애당초 교복을 입은 이유가 그것이었다. 보라는 이제야 이유를 떠올린 자신을 탓하며 그를 올려다보았다. 그리고 새침하게 말했다. 방긋 웃는 것도 잊지 않고선.

"선생님, 생일 축하해요."

보라를 귀엽다는 듯이 내려다보던 그는 결국 팔을 끌어당겨 그녀를 덥석 안았다.

"어?"

"고마워."

등을 천천히 토닥이는 커다란 손길에 보라는 기분 좋은 미소를 내비쳤다. 그의 갑작스런 손길에 덜컥 내려앉았던 심장도 평소보다는 빠르지만 기분 좋게 두근거리고 있었다.

보라를 단단하게 안았던 팔을 푼 그는 그녀의 뺨을 조심스럽게 어루만졌다. 미소를 띠고 있는 그의 눈이 까만 눈동자를 마주보다가 천천히 아래로 향했다. 그녀의 입술에서 멈춘 시선은 오래도록 머물렀다. 길게 숨을 내쉰 그는 천천히 고개를 숙여 조심스럽게 입을 맞췄다.

떡 줄 놈은 꿈도 안 꾼다더니 매번 이런 식이다. 하지만 이젠 겁이 나지는 않았다. 싫은 내색을 보이면 억지로 할 사람이 아니라는 걸 느끼고 있었다. 짧다면 짧은 시간을 같이 보냈지만 어느 정도 그에 대해서 알 수 있었다. 매번 꾸밈없이 자신을 보여주려는 그 때문일 것이다. 역시 처음에 봤던 가식이 좀 섞여 있었던 매너 좋고 착했던 모습보다는 지금의 그가 훨씬 더 좋았다. 보라는 망설이던 손을 올려 그의 목을 끌어안았다. 그 역시 손을 뻗어 그녀의 허리를 살며시 감싸 안았다. 슈트를 완벽하게 차려입은 그와 교복 복장인 그녀가 키스하는 모습은 위험스럽기도 했고 그만큼 아찔하기도 했다.

"진짜 원조교제하는 기분이네."

입술을 떼어낸 그가 가까이에서 속삭이자, 보라는 눈초리를 살짝 접으며 웃음을 지었다.

"학생 아니라 다행이죠."

"앉아요. 케이크 줄게요."

슈트 재킷을 벗으며 넥타이를 살짝 푸는 커다란 손으로 보라의 시선이 집중됐다. 그의 모습이 섹시해보여 그녀를 다리를 가지런히 모으며 눈동자를 이리저리 굴렸다.

"케이크는 언제 받았어요?"

"어제 저녁에."

"누구한테요?"

"선생님들."

"진짜 인기 많네."

피식 웃은 그는 케이크 조각을 덜어낸 접시를 그녀의 앞에 내려놓았다. 포크로 케이크를 찍어먹던 보라는 달콤한 맛에 배시시 웃음을 흘렸다.

"맛있어요?"

"네."

크림이 입가에 묻어 있자, 픽 웃은 그는 엄지손가락으로 그녀의 입술을 쓱 훔쳤다. 그리고는 동그랗게 눈을 뜨는 보라에게 아무렇지도 않은 듯이 말을 던졌다.

"거실에서 먹을래요? TV 보면서?"

"TV는 왜요?"

보라가 의심스럽다는 눈빛으로 그를 흘기자, 시오는 그저 어깨를 으쓱였다.

"심심하잖아."

"그러다가 키스신 나오면 또 가르쳐준다고 하게?"

"뭐, 그럴 수도."

"뭐예요?"

큭, 웃은 그는 농담이라며 케이크가 담긴 접시를 옮겼다.

"안 피곤해요?"

"전혀."

"휴일이었으면 더 오래 같이 있는 건데."

"왜, 아쉬워요?"

"아쉽다는 티 팍팍 낸 게 누구였는데?"

보라가 퉁하게 말하자, 시오는 소파에 기대며 웃음을 터뜨렸다.

"나도 줘요. 혼자 먹지 말고."

케이크를 찍은 포크가 보라의 입 바로 앞에서 멈췄다. 보라는 입을 벌린 채로 그를 돌아봤다. 시오는 어깨를 으쓱하며 보라가 잡고 있는 포크로 눈짓을 해보였다.

"선생님이 직접 드시면 되잖아요."

"생일인데 그것도 못 해주나?"

보라는 시큰둥한 표정으로 포크를 그의 입 앞으로 가져갔다.

"자요."

피식 웃은 그는 케이크를 베어 물고는 팔을 뻗어 케이크를 먹여주기 위해 가까이 온 그녀를 끌어당겼다. 그 바람에 포크가 바닥으로 떨어졌지만 그는 아랑곳하지 않은 채 다시 고개를 숙여 그녀에게 입을 맞추려 했다. 보라가 손을 올려 그의 입을 막자, 그의 눈동자가 그녀에게 향했다.

"아까 했잖아요."

"하루에 한 번 하라는 법은 없잖아."

"케이크 먹는 중이잖아요."

"하고 먹으면 되지."

할 말이 없자, 보라는 눈동자를 이리저리 굴리며 변명할 거리를 찾았다. 하지만 이미 눈치챈 그는 보라의 손을 잡으며 그대로 입을 맞췄다. 서로의 입 안에 달콤한 크림 맛이 녹아들어갔고 그 때문에 거칠어진 키스에 보라는 그의 셔츠를 꽈악 움켜쥐었다.

띠리릭.

하지만 키스에 열중한 탓에 밖에서 나는 소리를 듣지 못한 게 화근이었다. 잠금장치가 해제되며 문이 열리는 소리가 들렸고 격한 키스 때문에 소파에 눕다시피 한 보라와 위에서 그녀를 가둔 그는 그대로 굳은 채 문 쪽을 돌아보았다. 두 사람의 눈에 비친 건 놀란 네 개의 눈동자였다.

"누나."

'누나?'

"매형."

'매형?'

보라의 눈이 커다랗게 떠지는 동시에 케이크 상자를 바닥에 투욱 떨어뜨린 지오는 바로 시오에게 달려들었다.

"미쳤어! 미쳤어! 네가 미친 거지!"

"아! 아! 하지 마! 하지 말라니까! 악! 아프다고!"

등짝을 퍽퍽 맞던 시오는 이제는 머리칼을 잡아 흔드는 자신의 누나에게 소리를 질렀다.

"지오야! 우선 진정하고."

멍하게 서 있던 유현이 서둘러 지오를 말렸지만, 지오는 여전히 손을 휘두르고 있었다.

"미쳤어! 네가 아무리 정신이 나가도 그렇지 학생한테 손을 대!"

이미 소파 밑으로 떨어진 시오는 매서운 손길을 피하며 소리를 지르고 있었고, 보라는 그의 누나라는 사람이 단단히 오해를 했다고 생각하며 서둘러 그들에게로 다가갔다.

"7살 많은 여자가 좋다더니 이젠 미성년자야? 어? 그래, 그땐 어렸다고 쳐! 지금은 뭐야! 네가 정신이 있어, 없어? 학생을 건드려? 그것도 너희 학교 학생을? 어? 왜 자꾸 그래? 왜 어려운 사랑만 골라서 해, 왜! 9년 동안 잠잠하더니 기껏 고른 게 미성년자야?"

하지만 지오의 말에 잠시 멈춰 선 보라는 시오를 돌아봤다.

'7살 많은 여자? 9년?'

"아악! 아니라니까!"

보라가 말릴 사이도 없이 시오가 먼저 반격을 했다. 버럭 소리를 지르는 그의 기세에 지오가 움찔하며 뒤로 물러났다. 그 틈을 타 유현이 지오가 꼼짝 못하도록 뒤에서 꽈악 안았다.

"괜찮아, 처남?"

"괜찮아 보이세요? 진작 좀 말리시지."

"나름 노력은 했어."

그는 빙글빙글 웃는 유현을 노려보며 자리에서 일어섰다. 셔츠를 툭툭 털어내던 시오는 매형에게 안겨 있는 자신의 누나를 노려봤다. 지오는 움찔 하면서도 삿대질을 해가며 다시 소리를 질렀다.

"뭐! 뭐! 그럼 네가 잘했어?"

"우리 학교 교복은 알고 있냐?"

"그걸 지금 왜 물어?"

"저게 우리 학교 교복이야?"

보라가 입고 있는 교복을 돌아본 지오는 이게 아니라는 듯 눈을 치켜뜨며 다시 시오에게 매섭게 눈초리를 보냈다.

"너희 학교 학생만 아니면 된다 이거야?"

"학생 아니거든! 우리 학교 계발활동 강사거든."

그의 말에 지오와 유현의 고개가 동시에 보라에게로 돌아갔다. 요즘 아무리 스쿨룩이 유행이라지만 아무리 봐도 그녀가 입고 있는 건 교복이 확실했다.

"근데 왜 교복을 입고 있어?"

"내 생일이라 특별히 입어줬다. 왜? 안 돼?"

"처남. 저런 취향이었어? 진즉에 말을 하지."

"장유현 씨!"

"그렇다는 거지, 내 말은."

보라는 아직도 씩씩거리는 오밀조밀 귀여운 외모의 여자와 빙글빙글 웃고 있는 꽤 잘생긴 남자를 바라보았다. 지오한테 쥐어뜯겨 머리는 산발을 한 채 씩씩거리며 서 있는 그와 가족이라는 이 사람들은 어쩐지 아주 잘 어울리는 듯했다.

7.
과거의 사람 -특별하거나 잊었거나-

"생일 축하합니다. 생일 축하합니다. 사랑하는 시오의 생일 축하합니다."

헝클어진 머리카락 바로 위에 우스꽝스러운 고깔모자를 쓴 시오는 자신의 코앞에 있는 케이크를 어이없게 내려다봤다.

"자! 이제 촛불 꺼야지. 아! 소원 빌고. 이왕 비는 거 이루고 싶었던 거 몽땅 빌어. 빨리, 빨리!"

왜 자신이 소원을 비는 건데 누나가 더 신나 하는 걸까? 그는 당최 이해되지 않는 자신의 누나를 빤히 바라보다가 기운이 빠져 천천히 눈을 감았다.

"그래. 자고로 소원은 눈 감고 빌어야지."

아무래도 오해를 해도 단단히 한 모양이었다. 시오는 작게 한숨을 흘리며 고개를 푸욱 숙였다. 화가 나긴 하는데 도무지 화를 못 내겠다. 상황도 상황이었지만 저렇게 해맑게 웃는 얼굴에 대고 무슨 말을 한단 말인가?

"어? 어? 촛농 떨어지잖아."

팔을 잡아 흔들어대는 지오 때문에 힘없이 흔들거리던 시오는 점점 흔들거리는 강도가 세지자 하는 수 없이 촛불을 불었다.

"까악! 생일 축하해!"

펑! 펑!

우스꽝스러운 고깔모자도 모자라 폭죽에서 터져 나온 형형색색의 기다란 색지들이 시오의 머리 위로 안착했다. 시오의 얼굴빛이 점점 어두워지는 걸 미처 보지 못한 지오와 유현이 들고 왔던 폭죽들을 신난 표정으로 터뜨리기 시작한 것이다.

"그만 가."

하지만 꺅꺅거리는 소리에 시오의 목소리는 사라져 버렸다. 여전히 폭죽 소리는 계속되었고 시오의 머리 위에 수북이 쌓인 색종이들을 가리키며 지오는 뭐가 그리 즐거운지 데굴데굴 바닥을 구르고 있었다. 지오가 웃는 게 좋아 빙글거리며 계속 폭죽을 터뜨리던 유현의 손동작이 멈춘 건 아주 잠시 후의 일이었다.

"빨리 안 가!"

순식간에 조용해진 거실 한가운데에서 지오가 바닥에 누운 채로 시오에게 눈길을 주었다. 유현 역시도 폭죽에 매달린 실을 당기려다가 멈춘 상태로 처남을 흘끔 바라보았다. 드디어 터졌다. 어쩐지 잠잠하게 하라는 대로 다 한다 했더니. 앞에 있는 테이블을 엎을 기세로 무시무시한 얼굴을 하고 있는 시오를 피해 지오는 슬금슬금 유현의 등 뒤로 숨어버렸다.

펑!

유현의 손에 들려 있던 마지막 폭죽이 우렁찬 소리를 남기며 시오의 고깔모자 위에서 용감하게 전사했다. 한숨을 쉬며 눈을 감았다 뜬 시오가 유현의 어깨 너머에 있는 어느 한곳을 끈질기게 응시했다. 남편의 등 뒤에 숨었는데도 어쩐지 서늘한 기운이 느껴져 지오는 움찔하며 유현의 옷깃을 꽈악 붙잡았다.

"처남 저녁 안 먹었을 것 같아서 이것저것 사왔는데."

"맞아! 혼자 외롭게 보낼 것 같아서 와줬더니. 이왕 온 김에 케이크는 자르고 가야지."

불쑥 튀어나온 지오의 머리통을 시오가 죽일 듯이 노려보자 그녀는 툴툴대며 유현의 옆에 자리를 잡았다.

정적에 휩싸인 거실 한구석에서 느닷없이 큭큭거리는 웃음소리가 들린 건 잠시 후였다. 이제까지 동그랗게 떠진 눈으로 그들을 지켜보고 있던 보라가 더 이상 참지 못하고 조그맣게 웃음을 터뜨린 것이었다.

참 재미있는 사람들이다. 저 남자는 알게 모르게 사랑을 많이 받는 타입인 게 분명했다. 자신이 원하던 원하지 않던. 하지만 그게 사랑을 받지 못하는 것보단 더 나은 게 아닐까?

지오와 유현, 그리고 시오의 눈동자가 그녀에게 닿자, 보라는 입을 가렸던 손을 내리며 정중하게 사과했다.

"죄송해요."

"강사님이라고 했죠?"

먼저 관심을 보인 건 역시나 지오였다.

"네."

"나야말로 미안해요. 어려보이는 데다가 교복까지 입고 있어서 학생인 줄 알았어요. 그리고 포즈가……. 흠! 강사님은 몇 살이세요?"

"스물여섯이요."

"그럼 시오랑…… 5살 차이네. 어머! 5살 차이는 궁합도 안 본다는데 너무 잘 어울린다."

"4살 아니던가?"

테이블 위로 사온 음식들을 주섬주섬 꺼내던 유현은 지오의 쨰림에 얼른 말을 수정했다.

"5살 같기도 하고."

시오의 어이없다는 눈동자가 유현에게 향했고, 보라는 다시 소리 죽여 웃었다. 괜히 부부가 아니었다.

몇 시간 후, 집을 나선 시오와 그녀는 나란히 거리를 걸었다.

"미안해요. 데려다 줘야 하는데."

안 마시겠다는 술을 억지로 먹이게 하려는 누나는 그렇다 쳐도 매형까지 합세할 줄은 몰랐다. 잔뜩 술을 마신 덕분에 시오는 보라를 차로 못 바래다주게 되었다. 지금쯤 거실 한가운데에서 나란히 잠들어 있을 악당 부부를 떠올리던 시오는 포기한 채로 절레절레 고개를 저었다.

슬쩍 고개를 돌린 그의 눈에 어두워 보이는 보라의 얼굴이 들어왔다. 시오는 점점 걸음을 느리게 하며 마침 앞에 보이는 벤치로 시선을 돌렸다.

"잠깐 앉았다 갈래요?"

보라는 흔쾌히 고개를 끄덕였고, 둘은 나란히 앉아 이미 어두워진 하늘을 올려다봤다.

"선생님, 물어볼 게 있는데요."

머뭇거리다가 말을 꺼낸 보라는 이미 자신을 보고 있던 그를 돌아봤다. 사실, 아까부터 궁금했다. 지오가 언급한 그 여자가 누구였는지. 하지만 과거를 묻는다는 것이 여간 껄끄러운 게 아니었다. 더군다나 그의 과거에 자신은 없었으니까.

"꼭 대답할 필요는 없는데. 중요한 건 아니고요. 그냥……."

"아마 병원 옥상에서였지."

보라는 이미 말을 꺼낸 시오를 물끄러미 바라보았다. 그는 여전히 앞을 바라보고 있는 채였다. 사실, 시오 역시 알고 있었다. 내내 밝은 표정으로 있어줬지만 누나가 온 이후로 보라의 표정이 전과는 달라졌다는 걸 어렴풋이 느끼고 있었다. 그녀가 그의 과거에 신경을 쓰고 있다는 걸 그도 알아챘다. 잠시 예전을 떠올리는 듯 허공을 빤히 응시하던 그는 이내 피식 웃고는 말을 이었다.

"대학교 갓 입학하고 친구들이랑 까불다가 다리뼈에 금이 간 적이 있었거든요. 한 며칠 입원해야 한다고 하는데 영 답답해서 말이지. 초저녁쯤이었나. 옥상에 올라가서 담배 하나 물고 벽에 기대고 있는데……."

그게 그 여자와의 첫 만남이었다. 어스름하게 저녁 빛이 내려앉았을 때. 옥상에 팔을 걸친 채, 전망을 내려다보고 있던 그 여자를 만났다. 귀찮았던 목발은 이미 버려둔 지 오래였고 벽에 기댄 등과 한 다리로만 오로지 버티며 자신도 모르게 그 여자의 옆모습을 한참이나 바라보았다. 점점 타들어가는 담배와 이따금씩 불어오는 바람, 그때 코끝에 희미하게 스쳤던 건 담배 냄새였는지, 바람 냄새였는지, 그도 아니면 그 여자의 살짝 흩날리던 머리카락에서 날아오던 향기였는지 아직까지도 분간할 수가 없다.

"분명 다른 여자들하고 똑같았는데, 그때 주위에서 보던 여자애들과 별다를 게 없었는데……."

정말 이상했다. 긴 생머리, 하얀 피부, 크지도 작지도 않은 키, 스키니 진이 잘 어울리던 적당히 마른 몸매. 평범하다고 말할 수는 없어도 주위에서 그런 여자애들은 곧잘 찾아볼 수 있었다.

"그런데 이상하지."

눈을 뗄 수가 없었다. 물고 있던 담배 재가 다 타들어갈 때까지도 눈을 떼지 못했다. 자신의 존재를 눈치채지 못한 여자는 미동도 하지 않은 채, 앞의 전망만을 바라보고 있었다. 그렇게 생각하고 있을 때, 여자의 입가가 미세하게 곡선을 그렸던 것도 같았다.

"아마 알고 있었을 거야. 내가 보고 있었다는 거. 그땐 그렇게 생각 못 했는데, 돌이켜보니 그래. 알고 있었어."

쭉 보고 있던 전망에 흥미가 떨어진 건지, 다른 이유가 생긴 건지 여자는 걸치고 있던 팔을 떼고 몸을 돌렸다. 그렇게 문 쪽으로 향해 가는 여자를 눈으로 좇다가 한쪽 다리가 고장 났다는 걸 까맣게 잊고 여자를 따라 움직였다.

"당연히 한 발자국도 못 가고 앞으로 꼬꾸라졌지."

바닥에 바로 떨어진 무릎은 그렇다 쳐도 깁스를 한 다리가 아파와 욕을 읊조리며 인상을 쓰고 있는데 앞으로 손 하나가 쑤욱 내밀어졌다. 고개를 드니, 아까 내내 훔쳐봤던 그 여자가 웃으며 내려다보고 있었다. 그런데 또 멍하게 그 여자를 바라보았나 보다.

"나 잡아먹을 거예요?"

"네?"

과거의 사람 ― 특별하거나 잊었거나 ―

"아니. 잡아먹을 것처럼 쳐다보기에."

여자의 말에 정신을 차리고 얼른 시선을 거두었지만 어느새 다시 눈동자를 들어 그 여자를 바라보았다. 그렇게 시작을 했었다.

"아니, 시작을 한 건 나뿐이었지."

7살 차이. 그 여자는 내내 어린 애일 뿐이라고 말했었다. 하지만 자신은 어린 애가 아니었다. 장난을 할 만큼 책임감이 없는 것도 아니었고, 감정을 착각할 만큼 멍청이도 아니었다. 하지만 그 여자는 끝까지 완고했다. 말없이 자취를 감추었을 만큼.

"꼬마. 더 크면 알게 될 거야."

그땐 그 말이 그렇게나 싫었는데.

"이젠 어느 정도 알 것 같아. 학생들이 선생님 좋아요, 좋아해요, 하며 쫓아다닐 때마다 문득 그런 생각이 들어요. 그 여자도 지금 내가 느끼는 이 감정이었겠구나, 내가 학생들을 보는 것처럼 그렇게 날 봤겠구나."

시오는 쓴 웃음을 지으며 시선을 내렸다.

"그럼 그 후로 아무도 안 만난 거예요?"

보라는 아까 지오가 한 말을 기억해내며 그에게 물었다. 9년이라고 했던가?

"아무도 안 만났다기보다 그냥 있었던 거지. 그게 그건가?"

"왜요?"

시오는 보라를 돌아봤다. 정말로 궁금한 듯한 눈동자에 그는 어깨를 으쓱해보였다.

"글쎄……. 그냥 그러고 싶지 않았으니까."

"그랬구나."

창밖을 멍하게 보던 보라는 지하철에서 들리는 안내 음에 서둘러 내릴 채비를 했다. 하지만 집으로 가는 발걸음은 무겁게만 느껴졌다. 옛사랑과 처음 만났던 장면을 지금까지 기억하고 있는 남자. 그 후로 아무도 만나지 않았다는 남자. 그저 과거일 뿐일 텐데도 묘한 기분이 가슴으로 부딪쳐왔다. 여선생이 연관되었다는 걸 알았을 때도 이런 기분이 아니었는데. 확실히 그때와는 다른 느낌이었다. 과거의 그 사람에겐 그의 마음이 움직였기 때문인 걸까?

"언니."

자신의 짐을 박스에 정리하던 연두가 그녀를 돌아봤다. 어쩐지 시무룩해져 있는 동생이 마음에 걸렸다. 보라가 저런 표정을 지을 때면 연두는 가슴이 철렁 내려앉곤 했다. 그러나 곧 표정을 숨기고는 베개를 끌어안고 있는 보라에게 다가갔다.

"왜?"

"남자들은 첫사랑이 중요하지?"

"첫사랑? 뭐, 처음으로 한 사랑이니 중요하겠지. 남자만 중요한가? 나도 첫사랑 못 잊고 있는데."

"아직까지?"

"응. 가끔 마음 아릴 때도 있고 문득 보고 싶고 그래."

"난 안 그런데."

"당연하지. 네가 제대로 사랑한 적이 있어? 일주일 만나다 헤어지고 이주일 만나다 그만두고."

"그런가? 그래서 난 그런 기분 이해 못하는 건가?"

이럴 줄 알았으면 제대로 사랑 좀 해 볼 걸 그랬다. 마음먹는다고 쉽게 되는 건 아닐 테지만. 보라는 베개에 얼굴을 묻었다.

"무슨 일 있어?"

연두의 물음에 보라는 베개에 더 깊게 얼굴을 묻었다. 아까 그 여자 이야기를 하던 남자의 얼굴이 떠올랐다. 어쩐지 씁쓸하기도 하면서 서운해 하던 것 같던 얼굴이.

"언니. 이사 가지 마. 나랑 같이 살자."

"얘가 갑자기 왜 이래?"

갑자기 달려들어 허리를 부둥켜안은 보라가 징징거리자, 연두는 안타까운 얼굴로 보라를 내려다봤다. 이번엔 전과 좀 다른 건가? 이 애가 매번 제대로 사랑을 하지 못했던 건 어쩌면 자신의 탓일 수도 있었다.

"가려면 나도 데리고 가!"

보라의 팔에 점점 힘이 들어가자, 연두는 콜록거리며 허리를 옭아맨 팔을 풀기 위해 노력했다.

"숨 막혀!"

* * *

어느 덧 보라도 이사를 해야 하는 날이 가까워져 오고 있었다.

"기간이 맞아야 하는데."

이사할 집을 알아보고 집으로 향하던 보라는 곰곰이 생각을 하며 걸음을 옮겼다. 오늘 마지막으로 봤던 집이 제일 마음에 들었다. 이사 날짜만 변경되지 않는다면 좋을 텐데. 메모된 수첩을 훑어보던 보라가 묘한 느낌에 천천히 고개를 올리자, 익숙한 얼굴이 보였다. 벤치에 걸터앉아 자신을 보며 웃고 있는 시오의 얼굴에 보라의 입이 서서히 벌어졌다.

"언제 왔어요?"

"좀 전에. 어디 갔다 와요?"

"집 알아보고 왔어요. 언니가 빨리 이사해야 돼서 나도 서둘러야 되거든요."

"같이 다녔으면 좋았을 텐데."

아쉬워하는 듯한 그의 표정에 보라는 싱긋 웃었다. 집 앞에서 누군가가 자신을 기다려주는 일. 오로지 자신을 위해 시간을 내고 자신만을 생각하며 기다리고 있는 일. 누군가가 생기면 해줬으면 하는 바람 중에 하나였다. 그게 생각보다 더 기분 좋은 일이라는 걸 새삼 실감하며 그녀는 더 활짝 웃어보였다. 하지만 시오는 학교 때문에 같이 다녀주지 못하는 게 못내 마음에 걸린 모양이었다.

"그래서 괜찮은 집은 찾았어요?"

보라는 동영상이 담긴 핸드폰을 그에게 내밀었다. 연두에게 보여주기 위해 마침 찍어두었던 동영상이 있었다. 집 안 구석구석 찍혀 있는 동영상을 꼼꼼히 살펴보던 시오가 천천히 말을 이었다.

"괜찮긴 한데 생각보다 좁네."

"어차피 혼자 살 거니까. 평수보다는 다른 걸 우선순위로 생각하려구요. 햇빛 잘 들어오는 밝은 집이 좋거든요."

"그렇지. 공간은 잘 활용하면 되니까."

핸드폰 화면을 보며 중얼거리던 시오가 다시 한 번 동영상을 유심히 보았다. 골똘히 생각에 잠긴 옆모습을 힐끗 돌아본 보라는 미소를 지우지 못한 채 살짝 불어오는 바람을 맞았다. 분명 마음이 무거웠는데 그의 느닷없는 등장에 순식간에 기분이 가벼워졌다. 그가 옆에 있는 것만으로도 이렇게 기분이 좋아질 수가 있다니. 둥둥 떠오를 것만 같은 기분에 보라는 입술을 꼬옥 깨물었다. 갈수록 그가 좋아졌다.

항상 해오던 대로라면 이제 서서히 마음이 멀어질 시기였다. 하지만 이상하게도 그에게 자꾸 집중이 된다. 그가 하는 말에 신경을 쓰게 되고 그의 표정 하나에도 마음이 쓰인다. 왜 이런 걸까?

"시트지는 어떤 디자인으로 해줄까요?"

"선생님 집에 있던 디자인도 예쁘던데."

"그럼 똑같이 만들어줘요?"

"네."

"그래요. 이쪽에 붙이는 게 좋을 것 같은데. 봐요."

시오는 동영상으로 보이는 벽면을 손가락으로 가리켜보였다. 하지만 보라의 눈엔 벽이 아닌 그의 손가락만이 들어올 뿐이었다. 역시, 이상했다.

"괜찮을 것 같아요?"

"네? 네."

보라가 화들짝 놀라며 고개를 들자, 의아하게 바라보던 시오가 핸드폰을 무릎에 내려놓았다.

"왜 그래요? 어디 아파요?"

"아니에요."

"아닌 게 아닌 것 같은데."

그는 보라의 이마를 손으로 짚었다. 눈만 깜박거리는 보라와는 달리, 시오의 얼굴은 미묘하게 구겨졌다.

"열이 있는 거 같기도 하고."

"아니에요. 늦었는데 이제 가요."

벌떡 일어난 보라는 잠시 아래를 내려다보다 우물쭈물 거렸다. 자신의 핸드폰이 그의 허벅지 위에 있었다.

'저걸 집어야 하나? 그냥 핸드폰 집는 것뿐이잖아. 이상한 게 아니야.'

하지만 생각만 많아질 뿐 보라는 이도저도 못하고 있는 상황이었다. 시오는 앞을 봤다가 자신의 무릎 위를 봤다가를 반복하는 보라를 이상하게 바라보다가 무릎 위에 핸드폰이 있다는 걸 발견하고는 피식 웃었다. 정말 여러 가지로 사람을 웃게 만든다. 그는 못 본 척 헛기침을 하고는 손으로 벤치를 짚으며 몸을 뒤로 기울였다. 그 때문에 그의 허벅지 위에 있는 핸드폰은 더 부각되어 보였다.

잠시 망설이던 보라는 얼른 손을 내려 무릎 위에 있는 핸드폰을 집었다. 하지만 손이 제자리로 돌아가지 못하고 계속해서 그의 무릎에 머물러 있었다. 시오가 그녀의 손등 위로 자신의 손을 겹쳐 누르고 있었다. 눈을 깜박거리던 보라가 서서히 시선을 내려 그의 무릎에 닿아 있는 자신의 손을 보고는 별안간 소리를 질렀다.

"뭐, 뭐예요?"

"이게 어렵나?"

"놔요!"

그에게 잡힌 손 때문에 숙인 허리를 펴지 못해 그의 얼굴이 꽤나 가까이에 있었다. 당황스러워 하는 보라의 얼굴에도 그는 불량스런 웃음만 내비칠 뿐 도통 손을 놓을 생각을 안 했다. 가슴이 뛰어 숨을 크게 들이마신 보라는 애써 시선을 피하며 중얼거렸다.

"노, 놓으라니까요."

그녀를 빤히 보던 그는 자꾸 피하려고만 하는 그녀가 마음에 안 들었던 건지 살짝 인상을 썼다. 잡히지 않은 팔을 살짝 당긴 그 때문에 보라의 얼굴이 좀 더 그에게 가까워졌다. 그리고 그녀가 다시 소리를 지르기 전, 그의 입술이 벌어졌던 그녀의 입술에 살짝 닿았다. 커다랗게 떠진 보라의 눈동자에 눈을 감고 있는 그의 얼굴이 비춰졌다.

이런 갑작스런 상황에서도 그가 좋다. 정말이지 너무 이상했다. 이윽고 입술을 뗀 그는 씨익 미소를 지으며 몸을 일으켰다.

"배고파. 밥 먹으러 가요."

그는 그녀의 손을 잡은 채로 걸음을 옮겼다.

"피곤……."

"안 피곤해. 걱정하는 거야, 아니면 빨리 보내려는 거야?"

"걱정하는 거죠."

피식 웃은 그는 아까의 상황을 떠올리며 그녀를 놀렸다.

"핸드폰 달라는 말이 어려워요? 왜 이렇게 우물쭈물 거려?"

"그게…… 순간 머릿속이 하얘져서 생각이 안 났어요. 그냥 핸드폰 달라고 하면 될 걸 왜 그게 생각이 안 났지?"

"나 너무 좋아하는 거 아니야?"

놀리는 그의 말에 보라는 입을 삐쭉였다. 하지만 짓궂은 말과는 달리 그의 손은 잡고 있는 보라의 손을 더 따스하고 부드럽게 감싸 쥐고 있었다.

설레고 떨리고 두근거리는 건 아주 잠깐일 뿐이었다. 이 남자를 만나기 바로 전까지는. 온전히 기댈 수 없다는 생각, 그리고 전부 내 것이 아니라는 생각이 어김없이 들 때면 시작을 하기 전, 새롭게 만나던 사람들과 이른 작별을 고해야 했다. 하지만 이 사람은 무언가 달랐다. 처음보다도 더 설레고 더 두근거린다. 그리고 예전엔 없었던 기분까지 떠오르고 있었다. 지금 자신의 손을 잡고 있는 그의 손처럼 따스하고 살랑거리는 느낌이. 전과는 다른 감정들에 혼란스러웠지만 결코 이런 기분이 나쁘지는 않았다.

"짐은 어떻게 옮기기로 했어요?"

"언니 포장이사 하는 곳에 맡기기로 했어요. 비용을 좀 아끼고자."

"짐은 많아요?"

"별로. 풀 옵션이라서 가져갈 건 없어요. 책하고 옷 정도?"

"그럼 가구는 아까 동영상에서 봤던 게 전부겠네?"

"그렇죠. ……근데 그건 왜 물어요?"

"그냥."

"그냥?"

"어. 그냥."

예전엔 의미 없다고 느꼈던 실없이 농담들이 이렇게 즐거운 걸 보면 확실히 전에 만났던 사람들과는 다른 게 분명하다. 이제야 온전히 기댈 수 있는 사람을 찾은 건가? 보라는 그에게 잡혀 있는 손을 물끄러미 내려다봤다. 그저 손을 잡은 채 나란히 걷고 있는 것뿐인데도 또다시 가슴이 설레어 왔다.

"좋아해요."

문득 걸음을 멈춘 시오가 보라를 돌아봤다. 그녀는 자신은 아무 말도 하지 않았다는 듯 시선을 외면하며 딴청을 부리고 있었다. 피식 웃은 그는 걸음을 계속하며 입을 열었다.

"나 이젠 확실하게 말할 수 있어요. 당신 보면 설레고 떨리고 두근거려. 이젠 자격 충분한 건가?"

"자격 없다고 하면 안 할 거예요?"

"그럴 리가."

"그러면서 왜 물어요?"

"혼잣말이었어."

"거짓말. 어미가 올라갔잖아."

"어미가 올라가면 혼잣말 아닌가?"

"아니에요."

"이 여자 보게. 그런 게 어딨나?"

"어쨌든 나 들으라고 한 말이었잖아요."

"아니야."

"맞아."

"사랑해요."

"맞다니……."

보라는 커다랗게 떠진 눈으로 그를 올려다봤다. 살짝 입꼬리를 올린 채 앞을 응시하고 있는 시오가 기분 좋은 웃음소리를 내며 중얼거렸다.

"늦기는."

8.
낯선 공간

 오늘도 어김없이 함께 퇴근을 하며 차로 향하던 도중, 시오가 갑자기 멈춰 섰다.
 "어?"
 "왜요?"
 시오는 곤란한 얼굴을 하며 학교 건물을 돌아보았다.
 "자료 놓고 왔네."
 "무슨 자료?"
 "숙제."
 "숙제가 있어요?"
 "그럼. 숙제만 있나. 선생들도 바빠요."
 그는 나지막하게 웃고 있는 보라에게 가방과 들고 있던 재킷을 맡기고는 다시 건물 쪽으로 걸어갔다.
 "누나가 전화한다고 했으니까 울리면 받아요."

잠시 돌아서서 씨익 웃는 시오의 모습에 보라는 재킷과 가방을 가지런히 들고는 고개를 끄덕였다.

다리가 길어서 그런지 얼마 안 걸은 것 같은데도 그는 벌써 저만치 떨어져 있었다. 휘적휘적 걷는 뒷모습을 바라보다가 보라는 살짝 웃음을 흘렸다. 하늘도 높고 바람도 시원하고 손엔 그의 체취가 묻은 재킷이 있고 눈앞엔 그가 보인다. 시오가 나오길 기다리던 보라는 이젠 익숙해진 잿빛 자동차에 몸을 기대고는 잠시 하늘을 올려다봤다.

드르륵.

재킷에서 울리는 진동음에 고개를 갸웃하던 보라는 아까 그가 했던 말이 생각나 재킷 안주머니에 손을 넣어 핸드폰을 꺼냈다. 하지만 전화가 아닌 문자 메시지인 모양이었다. 더 이상 울리지 않는 핸드폰을 확인하고 다시 주머니에 넣으려던 보라는 잠시 멈칫하다가 핸드폰을 쥔 손을 서서히 올렸다.

[오랜만이야. 잘 지내고 있지? 우리, 9년만인가? 어떻게 변했을지 기대된다. 처음 만났던 병원에서 기다릴게. 내일 봐.]

'병원? 9년?'

그 여자의 이름을 알지는 못하지만, 그가 사랑했던 여자의 핸드폰 번호 따윈 알 리가 없었지만 지금 이 문자의 주인공은 누구인지 알 것 같았다.

'그 여자.'

간혹 느꼈던 불안이 그저 생각만이 아니었던 것일까? 길게 숨을 내쉰 보라는 서둘러 핸드폰을 다시 재킷 안주머니에 넣었다. 차라리 보지 않았다면 더 나았을 것이다. 지금 같은 불안과 초조함과 걱정은 일어나지 않았을 텐데. 알 수 없는 불안이 자신을 잠식해버릴 것 같아 보라는 차라리 눈을 감았다.

"많이 기다렸죠?"

바로 앞에서 한쪽 눈을 찡그리고 숨을 몰아쉬는 그의 모습에 보라는 살짝 입꼬리를 올렸다. 하지만 심장의 울림은 아까와 같은 기분 좋은 두근거림이 아니었다. 불안에 휩싸여 걱정으로 내려앉고 있는 심장만이 있을 뿐이었다.

조수석에 앉은 보라는 시오를 향해 조심스럽게 말했다.

"문자 왔어요."

"그래요?"

시동을 걸던 그는 뒷좌석에 놓았던 재킷 안을 확인했다. 핸드폰을 보는 그의 모습에 보라는 초조해져 쓸데없는 말을 덧붙였다. 잘못을 한 게 아닌데도 죄책감이 일어 괜히 변명을 늘어놓고 있었다.

"전화인 줄 알고 받으려고 했는데 문자더라구요."

"음……."

무언가를 덧붙이려던 그의 입이 딱 멈추었다. 보라는 천천히 눈동자를 내렸다. 핸드폰 액정을 확인한 그의 표정이 어두워졌다는 건, 보지 않아도 알 수 있었다. 살짝 흔들리던 눈동자가 이윽고 제자리로 돌아왔고 그는 이내 별일 아니라는 듯 핸드폰을 내려놓고는 차를 몰았다.

하지만 보라는 불안한 마음을 숨길 수가 없었다. 왜 이리도 불안한 건지, 자신이 어떻게 해야 되는 건지 도무지 알 수가 없었다. 차라리 이런 경험이 많았다면, 대처를 더 쉽게 할 수 있었을까? 더 의연하게 이 상황을 받아들일 수 있었을까?

"시트지 다 만들었는데. 나 언제 가면 돼요?"

갑자기 들려온 그의 목소리에 보라는 깜짝 놀라 뒤늦게 대답을 했다.
"어딜요?"
"어디긴. 당신 집이지."
멀뚱하게 눈을 깜박이던 보라는 고개를 돌려 그를 바라봤다.
"그냥 주면 돼요. 제가 붙일게요."
"성의를 무시하네. 내가 만들었으니까 내가 붙일 거예요."
"……."
"설마 남자는 못 들어와요, 이런 말 할 건 아니지?"
"그럼 안 돼요?"
운전을 하던 그는 보라를 힐끗 돌아봤다.
"뭐, 괜찮은 생각이네. 앞으로도 그 생각은 변함없이 지켜요. 대신, 난 예외로 해주고."
"그런 게 어딨어요?"
"어디 있긴. 여기 있지."
이사는 이틀 전에 끝냈다. 그는 수업 때문에 도와주러 오지 못했고, 어차피 포장이사였기 때문에 그리 힘이 들진 않았다.
"언제 가면 되나? 이사하고 바로 가면 귀찮잖아. 정리할 것도 있을 거고."
"……."
"괜찮은 날 말해줘요. 그때 갈 테니까."
보라는 잠시 망설이다가 대답을 했다. 유치하고 치사해보이더라도 이렇게라도 그를 지키고 싶었다.
"27일이요."

말을 한 보라도, 그 말을 들은 시오도 잠시 동안 말이 없었다. 27일이라면 내일이었다. 그녀는 초조한 얼굴로 앞을 응시했다. 아까 문자 내용을 봤으니 그 여자를 만난다면 내일은 곤란할 것이다.

그가 거절을 한다면 어떡해야 할까? 아마 조금씩 돋아나는 불안감을 더 이상 막지 못할 것이다.

"그래요. 오늘 본가에 가서 자고 올 거니까 내일 아침에 집에 잠깐 들렀다가 갈게요. 주소는 내일 말해줘요."

그제야 보라의 얼굴에 묻어 있던 긴장감이 조금이나마 사라졌다.

"네."

다음날 아침 일찍부터, 보라는 간편한 차림으로 그의 집 앞에 서서 그를 기다렸다. 본가에서 9시에 출발했다고 하니 이제 슬슬 도착할 때가 됐는데 그의 모습은 아직 보이지 않았다. 사실, 약속대로라면 이사한 집에서 그를 얌전히 기다려야 했지만, 어차피 그는 집주소를 모르고 하니 이렇게 그의 집으로 미리 마중 나오는 것도 괜찮을 것이라 여겼다. 그래서 보라는 그 모르게 그를 기다리고 있는 중이었다. 얼마 전, 그가 자신의 집 앞에서 기다려주었던 것처럼 보라 역시도 그를 기다려주고 싶었다. 자신이 느낀 행복을 그도 느낀다면 아마 기쁨은 배가 될 것이다.

툭툭.

운동화로 땅을 몇 번 차던 보라는 입구로 나가보기 위해 벽에 기대어 있던 몸을 일으켰다. 하지만 입구로 향하던 보라의 걸음이 얼마 가지 않아 멈추었다. 고개를 돌린 그녀의 눈동자에 왼쪽 맨 끝에 주차되어 있는 잿빛 자동차가 보였다.

"어? 벌써 들어갔나?"

하지만 그는 본가에서 오고 있는 중이라고 했다. 그리고 자신은 바로 현관 앞에 있었으니 그가 왔다면 마주쳤을 것이다. 핸드폰을 꺼내던 그녀는 혹시나 싶어 자동차 번호판을 확인하기 위해 걸음을 옮겼다. 하지만 역시 그의 자동차가 맞았다.

"뭐지?"

고개를 갸웃하던 보라는 이내 핸드폰으로 그에게 전화를 걸었다. 그런데,

"그렇게 보고 싶어요? 왜 자꾸 전화를 하시나?"

수화기 너머 들려오는 그의 목소리가 굉장히 가까이에서 들리고 있었다. 잿빛 자동차에서 시선을 떼고 돌아보는 보라의 눈동자에 입구에 서 있는 시오가 보였다. 그리고 마침, 그의 옆에 정지되어 있던 차의 운전석 문이 열리고 있었다. 보라를 발견한 그가 놀란 표정을 짓다가 문이 열리고 있는 차 쪽으로 고개를 돌렸고, 차에서 내린 여자는 그를 향해 활짝 미소 지었다.

'그 여자다.'

핸드폰을 들고 있던 보라의 손이 힘없이 떨어졌다. 그리고 그와 그 옆에 있는 여자, 그리고 그가 들고 있던 쇼핑백과 봉투들로 천천히 시선이 향했다.

'쇼핑이라도 한 건가? 저 여자랑?'

27일. 문자의 내용들이 다시 떠올랐다. 결국 그 여자를 만났나? 화려해 보이는 옷차림의 여자를 멍하게 바라보던 보라는 천천히 걸음을 떼었다.

"차 선생님."

여자를 지나치고 그를 지나친 보라는 점점 가빠지는 숨을 고르며

걸음을 빨리했다.

"차 보라."

이윽고 그녀의 팔을 붙잡는 손길이 있었고 보라는 거칠게 손을 쳐냈다.

"놔요."

"언제……."

있는 힘껏 노려보는 눈초리에 시오는 여전히 당황한 얼굴로 그녀를 보고 있었다.

"언제 왔어요?"

하지만 보라에게서 대답이 없었다. 그저 울 듯한 눈동자로 노려보기만 하고 있을 뿐.

세게 뿌리치는 손길에 결국 팔을 잡고 있던 그의 손이 떨어졌다. 고개를 돌린 그녀의 눈에 마침 다가오고 있는 택시가 보였고, 보라는 얼른 택시를 잡아탔다. 그 모습을 속수무책으로 볼 수밖에 없던 그는 헛웃음을 흘리며 멀어지는 택시를 한참 동안 지켜볼 수밖에 없었다. 시오는 그저 순식간에 일어난 지금의 상황이 이해가 되지 않을 뿐이었다.

택시 안에서 숨을 고르던 보라는 감고 있던 눈을 천천히 떴다. 편하게 입었던 자신의 옷차림이 너무도 초라해보였다. 이럴 줄 알았으면 예쁘게 차려입고 갈 걸. 하지만 그래봤자 뭐가 달라졌을까? 그는 첫사랑이었던 그 여자를 만났고, 그 여자는 상상 이상으로 예뻤다. 주위에 있던 여느 여자들과 비슷하다고 했던 그의 말이 거짓인 모양이었다. 아니면, 그의 주위엔 엄청 예쁜 여자들만 있었거나. 예쁘고 아름다운 그 여자를 그렇게 표현한 걸 보면.

왜 그랬을까? 거짓말을 하면서까지 그 여자를 만나고 싶었던 걸까? 그 여자를 만나는 걸 자신은 이해 못할 거라고 생각했는지도 모른다. 그동안의 행동을 보면, 그는 놀라울 정도로 자신의 표정을 빨리 알아챘으니까.

그래서 결국 결말은 어떻게 되는 거지? 사랑했던 여자를 만난 그는 다시 행복하게 사랑을 했다? 그럼 자신은 그의 인생에 잠깐 출연했던 엑스트라 정도였을까? 아니, 사귀긴 했으니 조연? 보라는 쓴웃음을 지었다.

사실, 그동안 불안할 정도로 행복했다. 그리고 이상할 정도로 불안했다. 누군가를 만나오면서 이런 적은 처음이었기에 행복하면서도 마음 한구석은 언제나 힘들었다. 언제 끝날지 모른다는 두려움. 그리고 그의 마음보다 자신의 마음이 더 커지면 어찌하나, 하는 초조함. 그와 시작하고부터 매번 이런 마음을 가졌으니, 어쩌면 이런 결말이 당연한 것일지도 몰랐다.

"끝난 건가?"

마음이 후련하다. 아니, 생각대로라면 마음이 후련해야 했다. 언제나 끝을 맺을 때면 걱정 하나를 내려놓은 것처럼 후련했었으니까. 하지만 지금은 그렇지 않았다. 그가 원망스러웠고, 그 여자가 원망스러웠다. 그리고 누구보다도 도망치고 있는 자기 자신이 원망스러웠다.

* * *

"얘기 좀 해요."

보라가 8일 뒤에 만난 건, 화가 난 모습의 그였다.

"할 얘기 없어······."

"내가 있어. 여기서 해? 난 상관없으니까 여기서 하라면 하고."

복도에 서 있던 몇 명 학생들이 그들을 지켜보고 있었고, 이대로라면 교실에 있는 학생들까지도 몰려들 것이다. 보라는 순순히 그를 따라갔다.

곧, 빈 교실로 들어섰고 그는 여전히 화가 난 얼굴로 그녀를 바라봤다.

"뭐예요? 뭐하자는 건데, 지금?"

그는 화를 참으려는 듯 고개를 숙이며 천천히 숨을 뱉어냈다. 다시 눈을 뜬 시오는 그녀에게 시선을 두며 나지막하게 말을 이었다.

"전화도 안 받고, 이사한 집은 알 수도 없고. 일주일 동안 얼마나 걱정했는지 알아요?"

"······."

"도대체 왜 그러는 건데?"

"그날 본 사람, 그때 나한테 얘기해줬던 그 여자분 맞죠? 당신 첫사랑."

시오의 얼굴에 당황스러움이 내비춰졌다. 사실, 알아챘을 거라고 예상은 했었다. 하지만 예상한 대로 됐다고 해서 언제나 침착할 수는 없었다.

"분명 본가에서 오고 있는 중이라고 했어."

그날을 회상하는 듯 보라의 얼굴엔 괴로움이 묻어났다.

"그건······."

"사실대로 말하면 나 그날 문자 봤어요. 그래서 일부러 일요일 날 만나자고 했어. 그 여자 못 만나게 하려고. 그런데 거짓말했잖아. 당신은…… 그 여자 만났잖아. 그 여자랑 같이 있었잖아. 전날 본가에 갔던 게 맞아? 그 여자랑……."

"그만."

"……"

"그렇게 생각했어? 지난 8일 동안? 내 말은 들어보지도 않고 혼자서 내내, 날 그렇게밖에 생각 안 했어?"

기가 찬 듯 숨을 내뱉은 그가 그녀를 똑바로 응시했다. 화가 난 그의 얼굴에서 점점 힘이 빠지고 있었다. 어느새 서운함과 슬픔으로 바뀌고 있는 얼굴을 마주보고 있기가 힘들어진 보라는 고개를 돌려버렸다.

"그 여자한테 가고 싶으면 가도 돼요. 대충 예상은 했었어요. 얼마나 많이 사랑하고 그리워했으면 9년 동안 다른 사람도 만나지 않고 기다렸을까. 애틋한 게 내 눈에도 보였으니까, 어쩌면 나도 서서히 준비하고 있었는지도 모르지. 그러니까……"

"이보세요. 차 선생님."

화를 억누르고 있는 듯한 목소리에 보라가 서서히 고개를 돌려 눈을 마주쳤다. 이미 체념해버린 듯한 눈동자에 시오가 결국은 헛웃음을 내었다.

"당신이 내 마음을 그렇게 잘 알아? 애틋해? 누가, 내가? 그 여자를 그리워해? 그걸 당신이 어떻게 알아? 봤어? 내가 그렇게 얘기했던가? 왜 내 마음을 당신이 결정해?"

"그럼 불안하게 만들지 말았어야죠!"

"내가 그렇게 만들었다고 말하고 싶은 건가? 내내 불안해하고 초조해한 건 당신이었어. 본인이 그렇게 느끼는데 내가 어떻게 해야 돼? 다가서지도 그렇다고 물러서지도 못하고 옆에서 지켜보면서 기다리는 사람 마음은 편한 줄 알아? 내가 어떻게 했어도 당신은 똑같이 그랬을 거야. 내가 무슨 말을 해도 당신은 나 안 믿었어. 내가 틀려?"

"당신이야말로 궤변 아니야? 보지도 않았으면서 당신이 내 마음을 어떻게 알아?"

"그럼 말해봐. 내가 틀렸나? 내가 한 말 중에 틀린 게 있었어?"

보라의 눈동자가 천천히 흔들렸다.

'없어. 그래, 없네.'

그의 말이 맞았다. 아무리 태연한 척 애쓰려고 노력해 봐도 그의 말을 인정할 수밖에 없었다. 보라는 천천히 숨을 내쉬며 흥분을 가라앉혔다.

"그래요. 당신······."

"김 선생! 차 강사!"

그때 문이 벌컥 열리며 여선생이 들어왔다.

"뭐하는 거야? 수업 준비 안 해?"

시오의 시선이 벽에 걸린 시계로 향했다. 5분 전이었다.

"아직 시간 있으니까 저희가 알아서 하겠습니다."

"학교에서 이게 무슨 짓이야? 학생들도 보는데······."

여선생은 말을 다 잇지 못하고 입을 다물어야 했다. 무시무시한 얼굴로 문 앞까지 다가온 그는 여선생을 내려다보다가 아무 망설임 없이 문을 닫았다. 바로 앞에서 매몰차게 닫힌 문 때문에 여선생의 얼굴이 어벙하게 변했고 보라 역시도 놀란 얼굴로 그를 돌아봤다. 가끔 단호하게 거절을 하는 일은 있어도 저렇게 함부로 선생님들을 대했던 적은 없는 그였다.

"수업……."

"잘 들어요. 그때 봤던 사람, 내가 얘기했던 그 여자가 맞아. 근데 그 여자 만난 건 아니야. 본가에서 일찍 집에 돌아왔고 살 게 있어서 나간 거였어. 오고 있다고 거짓말한 건 내 잘못이지만, 당신이 오해 하는 일 같은 건 없었어. 그때……."

딩동 댕동.

수업을 시작하는 종소리에 번뜩 정신을 차린 보라는 자료를 챙겨 들고 교실을 빠져나갔다. 그가 한 말이 거짓말이 아님을 알고 있다. 하지만 머릿속은 혼란스러웠다.

작게 한숨을 쉰 시오는 출석부를 들고는 보라를 따라 교실로 향했다.

출석을 부르고 뒷자리로 향한 그에게 여전히 혼란스러운 얼굴을 한 채 수업을 시작하는 보라가 보였다. 젠장, 뭐가 이렇게 어려운지 모르겠다. 그날 일을 회상하던 시오는 점점 시끄러워지는 목소리에 정신을 차리고는 앞을 바라봤다.

"우리 반 학생이 아닌 것 같은데. 수업 시작했을 테니까 얼른 가 봐."

"오늘만 봐주세요. 얌전히 있다 갈게요."

"그건 안 되지. 네 담당 선생님이나 강사님이 곤란해지잖아. 빨리 반으로 가."

"오늘만 있을게요. 네?"

"안 돼. 빨리 가."

"아! 이번만 있는다니까요."

"빨리 안 갈래?"

"뭐야. 진짜 선생도 아닌 게."

투덜거리는 학생은 여전히 나갈 자세를 취하지 않았고, 보라는 기가 막힌 얼굴로 응시하다가 포기했는지 그냥 수업을 진행했다. 무언가 지시를 하려던 시오는 학생의 뒷모습을 뚫어질 듯 쳐다보다가 서서히 눈을 감았다.

수업이 끝나는 종소리가 울리는 동시에 시오는 아까부터 주시하던 학생을 불렀다.

"너. 네 번째 줄!"

학생이 고개를 돌리자, 그의 턱짓을 하며 말을 이었다.

"복도로 나와."

입을 삐쭉거리던 학생이 투덜대며 복도로 나가는 걸 지켜보던 시오는 몸을 일으켜 복도로 향했다.

"너 아까 뭐라고 했어?"

"뭘요?"

"아까 선생님한테 뭐라고 했냐고 물었어."

"그거야. 재수 없게 말하니까 그렇죠."

"누가? 차 선생님이?"

"……네."

헛웃음을 흘리며 잠시 창가를 내다보던 시오가 얼굴을 굳힌 채 나지막하게 말했다.

낯선 공간 191

"네 반으로 돌아가. 그리고 수업 끝나면 교무실로 내려와."

"……."

"네가 뭘 잘못했는지 내려와서 설명해."

"……."

"못 알아들어?"

"아뇨."

"네 눈엔 모든 게 우습게 보여? 아니면, 선생이 만만해?"

그의 목소리가 커지자, 학생은 잔뜩 주눅이 들어 고개를 숙였다.

"미술 쌤이 화내는 거 처음 봐."

"나도. 쌤도 화내긴 하는구나. 항상 타이르기만 하더니."

"무섭다. 표정 봐. 완전 굳었어."

"아까 국사 쌤한테도 막 대드는 거 같던데."

"진짜? 예의바르고 친절한 우리 미술 쌤이, 대체 왜?"

"왜? 난 지금이 더 섹시한데."

"네가 막상 혼나봐라, 섹시한가. 그러고 보면 요즘 싱긋싱긋 잘 안 웃던데."

복도를 내다보며 두런거리는 학생들의 목소리에 보라의 얼굴이 어두워졌다. 항상 바르고 올곧던 그의 평판이 조금씩 달라진다. 자신 때문에. 고작 자신 하나 때문에.

대체 뭘 하고 있는 걸까? 뭐가 뭔지 알 수가 없었다. 아니, 생각하기가 싫었다. 어디부터 잘못된 걸까?

수업을 마치고 복도로 내려가는 보라를 그가 잡았다.

"얘기 안 끝났잖아. 기다려요. 금방……,"

"우리 그만해요."

잠시 멈췄던 그는 한참 후에야 그녀에게 되물었다.

"뭐요?"

"그만하자구요."

그는 피곤한 얼굴을 한 채, 천천히 얼굴을 쓸어 내렸다.

"오해라고 했잖아. 그날은……."

"사실 나, 누구를 만나도 오래 간 적이 없어요. 보통은 이주일, 길어야 한 달 이 정도니까."

시오는 무슨 말인지 이해가 되지 않는다는 표정으로 그녀를 마주봤다. 그러나 이내 잔뜩 삐뚤어진 웃음을 내비쳤다.

"그래서 그 정도 만났으니 이젠 헤어지시겠다?"

"마음이 변하는 걸 막을 수는 없으니까. 슬슬 지루해지고, 지겨워지고, 다른 사람이 보여요. 마침 그 여자 분도 나타났고, 난 그 핑계 대면서 빠질 수 있으니까 생각보다 많이 미안해할 필요는 없는 것 같아서, 도리어 다행이라고 생각해요."

시오는 보라를 빤히 바라봤다. 무슨 말을 해야 하는 건지, 어떤 반응을 보여야 하는 건지 모르겠다. 모든 게 정지해버린 듯 아무런 생각도 들지 않았다. 분명, 화가 나고 있는데 그 때문에 손이 부들부들 떨리고 있는데도 아무런 행동도 취할 수 없었다. 일부러 헛웃음을 뱉어낸 그는 천천히 입을 열었다.

"그럼, 평생 그렇게 살 건가? 이주일, 한 달 그렇게 만나면서 적당히 마음 주고, 적당히 만나고, 그러다가 헤어지고. 언제까지 그렇게 살 거지? 그게 제대로 하는 거라고 생각하는 건가? 설마, 자신이 하는 게 맞다고 생각하는 건……."

"함부로 말하지 말아요. 내가 당신 마음 제대로 들여다보지 못했듯이 당신 또한 나에 대해서 제대로 알지 못하잖아."

아무 감정도 실리지 않았던 그의 눈동자에 서서히 슬픔이 차오르고 있었다. 하지만 그럼에도 불구하고 그의 목소리는 덤덤했다.

"제대로 알려주지 않으니 제대로 알지 못할 수밖에."

보라는 천천히 시선을 돌렸다. 자신 때문에 그가 주위 사람들에게 손가락질을 받는 게 싫다. 자신 때문에 그가 달라지는 게 싫었다. 하지만…… 그를 위해서 거짓말을 하고 있다고 자신을 위로하고 있지만 사실은 알고 있었다. 결국은 그가 아닌 자신을 위해 그를 상처주고 있다는 걸.

하지만 상처받기 싫다. 그의 마음보다 자신의 마음이 커지는 게 싫었다. 한 번도 겪어보지 못했던 그 마음이 두려워졌다. 어쩌면 이미 자신의 마음이 그의 마음보다 더 커졌는지도 모른다. 이대로 진행된다면 쉽게 놓았던, 놓고 나서 언제나 홀가분하던 전의 사람들과는 다를 것이다. 아마 상처를 받고 후회를 하게 되겠지. 그러니 이쯤에서 그만두는 편이 나았다.

"지겨워졌어요. 학창시절 때도 안 당하던 왕따에 괴롭힘도 힘들고요. 선생님 때문에 내내 미움만 받고 있잖아요. 잘못한 것도 없는데 적대적인 시선만 받고, 안 좋은 소리만 듣고 있고. 그래서 더 빨리 지쳤는지도 모르죠. 이제 그러기 싫어요. 선생님 하나만 보면서 다른 건 다 상관없다, 넘어가려고 했는데 역시 그건 안 되나봐. 다른 게 더 신경 쓰여. 다른 게 너무 신경 쓰여서 그만 선생님 놓고 싶어요."

잘한 거야, 잘한 거야. 속으로 내내 되뇌던 보라가 대답 없는 그를 돌아봤다. 지쳐 있는 듯한 얼굴이 그녀에게로 향해 있었다.

"그러니까……."

"알았어요. 잘 알아들었어요. 그래요, 그럼."

그는 천천히 몸을 돌렸다. 굳어 있는 그의 뒷모습이 점점 멀어지자, 보라는 작은 주먹을 꽈악 쥐었다.

※ ※ ※

어느새, 일주일이라는 시간이 흘렀다. 보라는 오늘도 학교로 향했다. 하지만 이젠 학교에 오는 게 더 이상 즐겁지 않았다. 그녀는 여전히 맑은 하늘을 올려다보다가 교실로 발걸음을 돌렸다. 1학기가 끝나려면 얼마나 기다려야 하는 걸까?

"차 강사."

"안녕하세요, 구 선생님."

"차 강사 수업 재밌다고 난리야. 역시 젊은 선생이라 그런가, 학생들이 좋아하는구먼."

"감사해요, 선생님."

구 선생의 격려에 보라는 진심으로 고마워하며 교실로 향했다.

"어? 차 강사님!"

언젠가 인사를 나누었던 체육 선생, 도건이었다.

"오랜만이네요."

"네."

"애들 가르치기 힘드시죠?"

"아니에요."

"근데 왜 이렇게 기운이 없어 보여요? 어디 아파요?"

"네? 그래요? 아닌데. 잠을 못자서 그런가?"

"아이구, 참. 왜 잠을 못자시나? 운동 같은 거 하면 잠 잘 오는데. 나중에 기회 되면 잠 잘 오는 운동 가르쳐 드릴게요. 아! 저는 교무실에서 호출이 있어서. 다음에 봬요."

"네."

보라는 작게 웃음을 짓고는 인사를 했다. 하지만 다시 교실로 향하는 얼굴엔 미소가 사그라지고 있었다. 그녀는 손을 들어 얼굴을 만져 보았다. 아파 보이나? 혼자 살게 된 지, 이주일 정도 되었다. 혼자 살게 되니 식사를 제때 챙겨먹지 않을 뿐더러 요즘 통 잠을 못 이루고 있었다.

"정신 차리자."

교실로 향하는 그녀의 뒤에서 누군가가 성큼성큼 앞서 나왔다. 자신을 향해 몸을 돌리는 사람을 확인한 보라는 걸음을 멈췄다. 그였다.

"왔어요?"

"……네."

괜찮다고 생각했는데 그렇지 않은 모양이었다. 이렇게 마음이 동요하는 걸 보면. 헤어졌어도 그는 여전히 자신이 맡은 반의 담당교사였다. 내키지 않아도 어쩔 수 없이 마주쳐야 하는 사이.

보라를 물끄러미 바라보던 그는 들고 있던 음료 병을 내밀었다. 이게 뭐냐고 묻는 듯한 눈동자에 그는 덤덤하게 대답을 했다.

"아프면 양호실에 가서 좀 쉬어요. 출석 부르면서 대충 설명할 테니까. 영 걸리면 약을 달라고 하던지. 마셔요. 약 먹으려면 빈속엔 안 되니까."

보라의 눈동자가 다시 그가 내밀고 있는 병에 닿았다. 쌀 음료였다. 보라가 빤히 바라보기만 하자, 그는 음료를 가져가서 래핑 비닐을 벗기지 않은 채 뚜껑을 열어 다시 보라에게 건넸다.

"받아요."

이렇게까지 해야만 그녀가 말을 들을 것 같았다. 시오는 걱정스러운 표정을 지우고 멍하게만 내려다보고 있는 그녀의 손에 병을 쥐어 주었다. 그리고 들고 있던 자료를 빼앗다시피 들고는 다시 교실로 향했다.

"양호실 가는 김에 두통 약 하나만 가져다줘요. 말하면 알 겁니다."

결국 양호실에 갈 수밖에 없게 되었다. 그에게 두통약을 가져다 줘야 하니. 보라는 천천히 양호실로 향했다. 그나저나 잠을 못자고 밥을 안 먹은 건데 무슨 약을 먹어야 하는 걸까? 아마도 그는 감기 내지는 체한 걸로 오해를 하고 있는 것 같았다. 예전에 그걸로 인해 그와 양호실에 왔었으니까.

"어? 차 강사님. 어디 아프세요?"

"아뇨. 두통약 좀 주실래요? 미술 선생님이 부탁하셔서요."

"그래요? 지가 오지, 왜 강사님 번거롭게 부탁을 했대?"

친밀하게 들리는 호칭에 보라가 그녀를 보자 양호 선생이 아차, 하는 얼굴로 그녀를 돌아봤다.

"사실, 사촌지간이거든요."

"아. 그랬구나."

"사귀죠?"

"네?"

"저 녀석 성격이야 빤히 알고 있는데 딴 선생님들한테는 착한 척하잖아요. 근데 보라 선생님한테는 안 그러기에 뭔가 있다고 생각했죠."

"헤어졌어요."

"네? 왜요? 저 녀석이 뭐 잘못했어요? 쟤가 좀 욱하는 거랑 성격 드러운 것만 빼면 괜찮은……. 아니 그러니까 가끔 버럭해도 단순해서 금방 풀리거든요. 아, 이게 아닌데. 어쨌든 괜찮은 남자예요, 쫴."

"알아요."

"근데 왜……."

정말 안타까워하는 얼굴에 보라는 살짝 미소를 지었다.

"제가 잘못해서요."

양호 선생은 말을 해야 하나, 말아야 하나 한참을 망설이다가 보라를 돌아봤다.

"사실, 쟤가 9년 동안 여자를 안 만났거든요."

"알아요."

"알아요?"

"네. 들었어요. 그 여자분, 처음 병원 옥상에서 만났던 것도."

"김시오한테? 직접?"

"네."

양호 선생은 두통약을 쥔 채로 보라에게 다가갔다. 어느 때보다도 심각한 표정에 보라 역시 마음이 무거워졌다.

"그거까지 말한 것 보면 보라 쌤 진짜 많이 좋아하는 것 같은데."

보라는 그게 무슨 말이냐는 듯 양호 선생을 바라봤다.

"사실 자세한 얘긴 저도 잘 몰라요. 워낙 필요한 말 빼고는 얘길 잘 안 하는 타입이니까. 병원 옥상에서 만났다는 것도 난 금시초문이거든요. 아마 지오 언니도 거기까진 못 들었을 걸요. 아! 형부라면 들었을 수도 있었겠다. 예전엔 형부 꽤 잘 따랐으니까. 근데 보라 쌤한테 그것까지 얘기했을 정도면…… 그 옛사랑은 비교조차 할 수 없을 만큼 보라 쌤 좋아한다는 거 아니겠어요? 그러니까 다 얘기했겠지, 그 성격에. 안 그러면 말도 못 꺼냈지."

그렇게 생각할 수도 있는 건가? 너무 자신의 처지만 생각하느라 미처 다른 입장에서의 생각 같은 건 하지도 못했다. 한걸음 물러서서 보면 그럴 수도 있겠다, 할 수 있는 것이 그땐 전혀 상상조차 되지 않았다. 이게 여유가 있고 없고의 차이인가?

보라는 뒤늦게 교실로 들어섰다. 그가 얘기를 잘한 건지 학생들은 조용히 자습을 하고 있었다. 그리고 항상 뒷자리에 앉아 있던 그는 보이지 않았다.

수업을 마친 보라는 몸에 힘이 빠지는 걸 느끼며 천천히 걸음을 늦췄다. 그러다가 그와 싸웠던 빈 교실을 들여다보고는 문을 열었다. 교실 안으로 드리워졌던 햇살이 조금씩 사그라지고 있었다. 뒷문에 기대앉은 보라는 천천히 눈을 감았다. 몸이 피곤해서 그런 건지 교실 안의 공기가 따스해서인지 조금씩 졸음이 밀려왔다.

"……려워."

보라는 누군가의 어깨에 기대고 있다는 걸 느끼며 천천히 눈을 떴다. 햇살이 남아 있던 뒷문 가엔 이젠 그늘이 져 있었다. 익숙한 체취, 그리고 익숙한 목소리. 기대어 있는 그가 누구인지는 보지 않아도 알 수 있었다.

"이번에도 시작한 건 나뿐이었나. 내가 그렇게 매력이 없나? 진짜…… 성격이 문젠가?"

중얼거리던 그는 결국 자조적으로 웃어버렸다. 보라는 그의 목소리를 들으며 다시 눈을 감았다. 그에게 닿아 있는 몸이 따스했다. 기분 좋은 두근거림이 다시 천천히 울려오고 있었다. 그러던 그녀에게 아까 들었던 양호 선생의 목소리가 다시 귓가에 머물렀다.

"이 학교로 발령오고 그 녀석 지켜보면서 꽤 많이 놀랐어요. 동시에 걱정도 많이 됐고. 사람 성격이 그렇게 쉽게 변하는 게 아닌데 학교에서는 마치 다른 사람 같았거든요. 아마 학교뿐만이 아닐 거예요. 다른 사람들 눈에는 착하고 예의 바르고 다정한 사람으로 비춰질지 모르겠지만 내 눈엔 꼭 어린 아이가 어른 흉내내는 것 같았어요. 일부러 나는 어른이야, 나는 어른이니까, 기를 쓰고 이를 악물고 그렇게 무던히도 애쓰고 있는 것 같았어요. 근데 난 그 모습 싫거든요. 차라리 욱하고 화내고 말 막 던지고 그게 더 나은 것 같아. 그게 뭐야. 온전히 자신의 모습도 아닌 것이, 그렇다고 그런 모습으로 가면 쓴듯 생활하는 게 편하지도 않을 거고. 그런데 보라 쌤한테는 가면 벗고 자기 모습 보여주잖아. 이제 돌아가는 건가, 생각했는데……."

"선생님!"

흔들어 깨우는 손길에 보라의 눈이 번쩍 떠졌다. 여학생 한 명이 그녀를 걱정스럽게 내려다보고 있었다.

"선생님. 많이 아프세요?"

"어?"

"힘도 하나도 없으시고. 괜찮으세요?"

보라는 거의 울 것 같은 여학생을 바라보며 살짝 웃어보였다.

"제가 집까지 바래다드릴까요?"

"아니, 괜찮아. 나 바래다주면 넌 어떻게 돌아가려고?"

"괜찮아요. 저 힘세거든요."

여학생은 급기야 씩씩하게 팔을 들어 올려 자신의 팔을 손가락으로 콕콕 찔렀다. 아무래도 알통을 보여주기 위해 한 행동 같았으나 알통은커녕 가냘프게 보이는 교복 속의 팔만 부각시킬 뿐이었다.

"괜찮아. 잠깐 피곤해서 졸은 거야."

"진짜요? 아까 미술 쌤은, 읍!"

여학생은 천기누설이라도 한 듯 재빨리 자신의 입을 틀어막았다. 아무래도 그가 여학생에게 자신을 깨워달라고 부탁한 모양이었다.

"고마워."

보라는 몸을 일으켜 교실을 빠져나가려 했다.

"선생님!"

"응?"

"저 이번에 공모전에 참여하려구요. 완결 내는 게 아니고 시놉이랑 대본 3편만 쓰는 거라 학업엔 지장 없어요. 선생님 덕분에 글 쓰는 것도 조금 늘었고, 이것저것 많이 알게 돼서 도움 많이 됐어요. 저, 내성적이고 말도 잘 못해서 표현은 잘 못하는데……. 감사해요, 선생님."

약간은 놀란 듯 조그만 학생을 내려다보던 보라는 살짝 미소 지으며 머리를 부드럽게 쓰다듬었다.

"고마워."

"네."

수줍은 대답에 그녀는 활짝 미소 지었다. 뿌듯해지는 마음에 기쁘면서도 마음 한구석이 자꾸만 아려왔다.

✳ ✳ ✳

"언니! 언니이!"

연두는 동생의 목소리에 고개를 갸웃하다가 잘못 들은 거라 판단하고는 계속해서 잠을 청했다. 연락도 하지 않고 무작정 찾아올 성격이 아니었다.

"언니!"

하지만 저 목소린 자신의 동생, 보라가 확실했다.

"뭐야? 너 여긴 어떻게 왔어?"

"어떻게 오긴. 내 발로 왔지."

"그게 아니라……."

"언니. 혼자 살기 싫다. 나 학교 그만두고 여기서 같이 살까? 언니 결혼하기 전까지 만이라도."

자신의 허리를 붙잡고 늘어지는 보라의 모습에 연두는 얼떨떨한 표정을 지우고는 단호하게 손을 떼어냈다.

"차보라."

"응?"

"이제 그만 좀 해."

"뭘?"

어리둥절한 보라는 갑자기 화를 내는 자신의 언니가 영 이해되지 않는다는 얼굴이었다.

"언제까지 그럴 거야?"

"그러니까 뭘?"

5년 동안 같이 살던 언니가 하루아침에 딴 곳으로 떠났다. 그리워하는 거야 당연한 것 아닌가? 물론, 연락도 없이 오긴 했지만 찾아온 게 그렇게 화를 낼만한 일인가 싶어 보라는 억울한 얼굴을 했다.

하지만 연두는 달랐다. 자신의 동생이 왜 그렇게 자신의 편에 집착을 하는지 언제나 쫓기듯 사랑을 끝내고야 마는지 그 이유를 잘 아는 탓에 동생이 안타깝고 안쓰러우면서도 한편으로 벅차기도 했다. 꼭 자신의 탓인 것만 같아 죄책감이 일었다. 하지만 언제까지 자신이 곁에 있을 수는 없는 노릇이다. 언제나 자신이 타이밍에 맞춰 위로를 해주고 어루만져줄 수 있는 게 아니었다. 그렇다면 지금이라도 일깨워주는 게 낫지 않을까? 언제가 되었든 한 번쯤은 대화하며 풀어가야 할 주제였다.

"네 편이 없다고 생각해? 아직도 그렇게 생각하고 있어?"

"무슨 소리야?"

"알면서 되묻지 마. 언제까지 그럴 거야? 언제까지 네 편에 집착할 거야? 왜 그렇게 조바심을 내?"

보라는 연두를 빤히 바라보다가 시니컬하게 말을 시작했다.

"그럼 내 편이 누군데? 내 편이 있긴 있어? 고작 5살이었어. 언니 학교 때문에 엄마, 아빠가 떼놓고 떠났을 때가 나 5살 때였다고. 항상 언니가 먼저였지. 그래, 언니가 먼저 태어났으니까, 큰 딸이니까 그럴 수 있다고 생각해. 근데 왜? 왜 내가 병원에 입원할 정도로 아플 때도 감기 들린 언니가 먼저여야 돼? 왜 내가 열이 펄펄 끓어 쓰러졌을 때도 언니 발표회가 먼저여야 해? 나 아플 때 한 번도 찾아온 적 없어. 언니 좋아하는 건 색깔까지 다 알고 있으면서 내가 좋아하는 건 하나도 알지 못했어. 그 사람들이 내 엄마, 아빠야? 아니. 언니 거잖아. 온전히 내 것이던 게 있었어? 내가 갖고 있다가도 언니가 탐내면 언제나 언니 것이었지. 보라야, 언니잖아. 언니잖니. 그럼 줄 수밖에 없어. 아무리 좋아하던 것이라도 줘야 해. 왜 그런지 알아? 안 주면 미움 받을 게 뻔하니까. 나보단 언제나 언니가 우선이니까."

"차보라!"

"온전히 내 편인 사람이 없었어. 온몸에 힘을 빼고 기대도 믿을 수 있겠다 싶은 사람 같은 건 나한텐 단 한순간도 없었어. 그런 사람 한 명 정도는 있어도 되잖아. 온전히 기댈 수 있는 사람 하나 정도는 괜찮잖아. 그래서 찾겠다는데 그게 잘못된 거야?"

자리에 주저앉아 눈물을 흘리면서 바락바락 소리를 지르는 동생이 안쓰러웠지만 연두는 이를 꽉 물고 다시 한 번 다그쳤다.

"잘 생각해봐. 그래서 그런 사람이 없었어? 널 위한 사람이 단 한 명도 없었어? 아니, 그런 사람들은 수두룩했어. 다만, 조바심 때문에 네가 시작도 전에 버린 거지. 그래, 그 사람들이 나중엔 변할 수도 있겠지. 하지만 시작조차 하지 않은 건 너였어. 온전히 기댈 수 있는 사람? 왜 그건 생각 못해? 상대방은 그럴 수 있더라도 네가 힘을 빼지 않은 채 온전히 기대지 않는 한, 네가 기댈 수 있는 사람이란 건 영원히 없어!"

"아니야! 다들 나보다 다른 게 우선이었어. 내가 아픈 것보다, 내가 힘든 것보다, 내가 슬픈 것보다, 그 사람들의 일이 우선이고, 친구가 우선이고, 생활이 우선이었지. 엄마, 아빠가 그랬던 것처럼! 나는 버려둬도 되는 것들 중 하나였겠지."

"보라야."

"그래, 그럴 수 있어. 이해해. 그땐 힘들었지만 이젠 다 이해한다고."

"당연히 그러겠지. 마음을 안 여니까, 애초부터 그 사람들한텐 마음을 안 열고 시작하니까. 그러니 당연히 상처받지 않겠지. 너는 마음 없이 사람을 만나. 그리고 상대가 실수하면 가차없이 끈을 놓아버려. 역시 이 사람도 온전히 내 편이 되지 않는구나 그렇게 생각하면서. 아니야? 계속 반복되고 있잖아."

"아니……."

"끝까지 들어. 상대의 100%를 네가 가질 순 없어. 너뿐만이 아니야. 나도 그렇고, 모든 사람이 그래. 상대방은 네가 아니잖아. 그 사람이 네가 될 순 없어. 그런데 어째서 전부를 다 갖겠다는 거야? 그러면서 넌 단 1%도 주지 않잖아. 그런 네가 상대방의 전부를 갖겠다는 건 너무 이기적인 거 아니야? 잘 생각해봐. 그 동안 네 곁에 있었던 사람들이 널 위하지 않았어? 아니, 널 우선순위로 생각하려던 사람들은 얼마든지 있었어. 그걸 쳐내버린 건 너지. 필요 없다고 선 긋고 조급하게 밀어낸 건 너였어. 작은 실수에도 넌 그냥 놓아버리잖아. 잘됐다는 얼굴로. 도리어 홀가분해하면서."

"그럼 어떡해! 언닌 내가 아니니까 그런 기분 모르잖아. 얼마나 비참하고 힘든지. 버려지는 느낌 같은 걸 언니가 알아? 내가 소중하지 않은 사람은 나도 필요 없어. 내가 힘들어 죽겠는데 어떻게 다른 사람을 생각해? 애초부터 그런 여유 따윈 있지도 않았어!"

보라는 연두의 앞에 살며시 주저앉았다.

"이러면 안 되는 거 나도 아는데 자꾸 그 기억만 떠올라. 문득 문득 떠오르는 그 순간 때문에, 그 감정에 다시 고스란히 잠식당해. 몸은 크는데, 마음은 크지 않는 것 같아. 나도 힘들어. 그래서 고쳐보려고도 했는데…… 안 돼. 그럴 때마다, 그런 상황이 닥칠 때마다 자꾸 그때의 나로 돌아가게 된단 말이야!"

"너만 그런 거 아니야. 너 태어났을 적에 나도 큰엄마 댁에서 지냈어. 넌 기억 못하겠지만. 나도 힘들었어."

처음 듣는 얘기였다. 보라는 우울한 얼굴로 얘길 시작하는 연두를 바라보았다.

"매번 술에 취해 고래고래 소리 지르는 큰아빠도 싫었고, 친절하게 대해주시면서도 눈치 주는 큰엄마도 미웠어. 너희 집으로 가라는 사촌들도 진절머리가 났고. 그래서 가출도 많이 했거든, 나는. 집도 나가고 엄마, 아빠한테 대들기도 하고. 이럴 거면 차라리 고아원에 버리라고 속도 많이 썩였지. 그래서일 거야. 내가 안쓰러워서 그렇게 나한테 잘해준 거야. 너는 착하니까, 말도 곧잘 들었고 나처럼 성격이 못되지도 않았으니까 우선은 삐뚤어진 나한테 신경을 더 써준 거지. 어렸을 적엔 그랬어. 네가 미워서 아프다는 너한테 간다는 엄마, 아빠 붙잡고 가지 말라고 나도 아프다고 고래고래 떼를 쓰며 운 적도 허다했어. 가기 싫어서 안 간 게 아니야. 내가 그렇게 만든 거지. 그땐 나름 보상받아야 된다고 생각했던 것 같아. 너 때문에 내가 그랬으니까 이번엔……."

연두는 천천히 고개를 숙였다.

"미안해. 매번 그렇게 힘들어하는 너 보면서 죄책감 많이 들었어. 나 때문인 것 같아서 항상 미안했어. 네 편이 없는 게 아니야. 부모님도 나도, 그리고 네 주위에 있는 사람들도 네가 인정하지 않으려 하는 것뿐이야. 그렇게 밀어내면 그 사람들이 실수해도 넌 상처받지 않을 테니까, 어차피 그 사람들은 네 편이 아니니까 괜찮다고 생각하는 거잖아. 그렇지만 그게 무슨 소용이야? 네 옆에 있을 수가 없잖아. 네 옆에서 챙겨주고 힘들 때마다 위로했던 게 진심이 아니라고 생각해? 보라야, 나는 네가 소중해. 하지만 그렇다고 해서 내 삶을 다 너한테 맞출 수는 없을 거야. 그건 나도 그렇고 부모님도 그래. 그리고 네가 만나게 될 사람도 아마 그럴 거야. 그렇지만 네가 온전히 힘을 빼고 기대도 난 널 피하거나, 두고 도망치는 짓 따윈 안 해. 네가 스스로 일어날 때까지 그 자리에서 널 기다려줄 거야. 그러니까 전부라는 것에 너무 연연하지 마. 응?"

보라는 자신의 앞에서 고개를 숙이고 있는 언니를 오래도록 바라보았다. 언니가 우는 모습은 처음이었다. 그 모습이 너무도 가슴 아파서 보라는 한참을 그대로 있어야 했다.

"그러니까, 그 녀석이 그랬단 말이야?"

보라는 맥주 캔을 입에 가져가며 고개를 끄덕였다. 연두는 오징어 다리를 입에 문 채, 이미 비어버린 캔을 들다가 옆에 있던 새것을 다시 땄다.

"그런데 뭘 망설여? 잡아!"

보라는 뚱한 얼굴로 한숨을 쉬며 연두를 응시했다.

"어떻게 잡아. 내가 끝내자고 해놓고."

"너 그게 더 잘못된 거다. 미안하니까 더 미안한 짓을 하겠다, 이거 아냐?"

"그게 뭐야?"

"밥통아. 그 사람은 기다리고 있는데 넌 미안하니까 먼저는 안 다가가겠다, 이거거든. 그럼 그 사람이 먼저 자존심 내팽개치고 용기내서 힘겹게 다가오라는 소린데. 그게 뭐냐?"

보라는 그런가, 라고 중얼거리며 다시 캔을 집어 들었다. 몇 년 전, 언니와 TV를 보며 농담 삼아 얘기를 한 적이 있었다.

"언니는 애인이 해줬으면 하는 로망이 뭐야?"

"로망? 음, 난 집하고 차하고 요트."

"그런 거 말고."

"야! 그런 게 장땡이지. 넌 뭔데?"

"내가 힘든 날, 우리 집 앞에서 나 기다리고 있는 거."

"그게 더 힘들겠다. 텔레파시 쏠 거냐? 걔가 네가 힘든지 어떻게 알아?"

"그런가? 그럼. 예전에 어디서 봤던 건데. 그거 멋지더라. 오렌지 주스 작은 병에 든 거 있지. 그걸 래핑 비닐 뜯지 않은 채로 뚜껑 따 주는 거."

"……"

"왜? 너무 어렵나? 힘이 많이 세야 하나?"

"야, 야! 그건 너무 소박한 거고. 넌 무슨 로망이 그렇게 시시하냐?"

하지만 그는 허황되고 시시한 로망을 모두 들어준 셈이었다.

"이상해. 그 사람은……. 언니 말대로라면 그 사람이 실수를 했으니까 이제 바이바이 하면서 홀가분해져야 하는데 그 사람한테는 그게 안 돼."

그 여자를 만난 게 아니라면 왜 그날 같이 있었던 걸까? 왜 자신에게 본가에서 오고 있는 중이라고 거짓말을 한 걸까? 왜 그 여자와 함께 있었던 걸까? 그는 자신에게 어떤 말을 하려고 한 걸까? 벽을 거둬내니 이제야 궁금증이 밀려왔다.

어쩌면 언니의 말이 다 맞는지도 모른다. 그리고 보면 그도 그때 비슷한 말을 했었다. 마음을 열지 않는다. 모든 것에 여유 있는 척, 괜찮은 척, 이해하는 척만 했을 뿐이다. 정작 가장 중요한 마음은 열지 않은 채로. 주위에서 위해 주고 있던 사람들이 있었지만 자신은 그들을 무시하고 굳이 좋지 않은 사건과 사람들만을 기억 내려 애쓰고 있었는지도 모른다. 오늘만 해도 그랬다. 구 선생님, 체육 선생님, 양호 선생님, 교실에서 자신을 깨웠던 여학생. 모두 자신을 걱정해주었지만 그들은 생각조차 않은 채 나쁜 기억으로 채우고 있었다. 그리고.

"선생님 하나만 보면서 다른 건 다 상관없다, 넘어가려고 했는데 역시 그건 안 되나봐. 다른 게 더 신경 쓰여. 다른 게 너무 신경 쓰여서 그만 선생님 놓고 싶어요."

자신이 했던 말이 이토록 후회가 될 줄 몰랐다. 오늘은 그 반대였으니까. 그가 신경 쓰여서 다른 건 생각조차 나지 않았다. 다른 건 아예 눈에 들어오지 않았다.

그녀는 문득 떠오른 생각에 주머니를 뒤졌다. 두통약 하나. 양호실에서 받아와 그에게 미처 전해주지 못했던 것이었다.

9.
수상한 두통약 하나

"뭐야? 언제 왔어?"

냉장고를 정리하는 건지 반찬을 훔쳐 먹고 있는 건지 도무지 분간이 되지 않는 누나를 발견한 시오는 피곤한 듯 숨을 내쉬며 소파에 기대앉았다.

"조금 전에. 엄마가 김치 가져갈 거면 너한테도 갖다 주라고 하잖아. 안 그러면 안 준다고."

"네가 좀 해먹어라."

"내가 하면 맛이 없으니까 그렇지."

"그래도 매형은 잘 먹잖아. 누나가 해주는 거."

"그렇긴 하지."

시금치가 든 통을 냉장고에 넣던 지오는 아무래도 그대로 넣기가 아쉬웠던 건지 다시 뚜껑을 열어 시금치를 집어 들었다.

"쯧."

거의 감긴 눈으로 그런 누나를 지켜보던 시오는 혀를 차며 아예 눈을 감아버렸다.

"그래도 맛있는 거 먹이는 게 더 좋으니까."

우물거리며 다가온 지오는 소파 밑에 주저앉아 손등 위에 얼굴을 올려놓고는 피곤한 듯 눈을 감고 있는 동생을 바라보았다.

"왜 이렇게 한가해?"

"뭐가 한가해. 실기시험 준비하느라 바빠 죽겠는데."

"그게 아니고."

무언가 궁금해 하는 목소리에 시오는 눈을 떠 지오를 봤다. 그러나 반짝거리는 눈동자가 부담스러워 곧바로 외면을 해버렸다.

"데이트 말이야. 오늘 같은 날 데이트를 해야지. 집에 그냥 와?"

시오에게서 대답이 없자, 지오는 고개를 갸웃하면서도 잠자코 그를 기다렸다.

"헤어졌어."

"……"

"……"

"뭐?"

뒤늦게 소리를 지르며 호들갑을 떠는 지오에 반해 시오는 대수롭지 않다는 얼굴이었다. 소파에 누운 그는 팔을 베고는 초점 없는 눈으로 천장을 올려다보았다.

"왜? 왜 헤어져? 그렇게 예뻤는데 왜? 그러게 성격 좀 고치라고 했지? 만날 욱하고 소리만 지르고……"

끝이 없이 이어지는 잔소리에 시오의 미간이 험악하게 구겨지기 시작했다.

"아! 좀!"

갑자기 지른 소리에 뒤로 나가떨어졌던 지오가 부러 엄한 표정을 지으며 그의 코앞에 얼굴을 들이밀었다.

"왜? 내 말이 틀려?"

"틀려."

"웃기시네. 네가……."

"지겹대. 지쳤고 힘들대. 힘들어서 내 옆에 못 있겠대."

"……."

"더 설명해?"

"……하지 마."

놀란 표정으로 시오를 응시하던 지오는 불퉁하게 말을 내뱉고는 바닥에 앉아 양반다리를 하고 턱을 괴었다. 무언가를 생각하는 듯하던 그녀는 다시 허리를 빳빳하게 세우고는 질문을 던졌다.

"진짜 그 여자가 그랬어?"

"……그래."

"그렇겐 안 보이던데."

시오는 코웃음을 치며 감은 눈 위로 팔을 올려놓았다.

"네가 그걸 어떻게 알아? 고작 한 번 봐놓고."

"그래도 느껴지는 게 있잖아."

"도사냐? 느껴지긴 뭐가 느껴져."

지오는 지쳐 보이는 시오를 안쓰럽게 바라보다가 그에게로 다가갔다.

"괜찮아. 세상에 여자는 많아. 소개팅 할래?"

"싫어."

"왜? 너 소개시켜 달라는 사람이 줄을 섰는데."
"싫어. 안 만나."
"……."
"아무도 안 만나."
그저 중얼거리는 듯한 낮은 목소리가 햇살이 사라지고 있는 거실 안을 가득 메우고 있었다.

몇 시간 후, 그의 시선이 구석에 놓여 있는 쇼핑백과 봉투에서 떨어질 줄을 몰랐다. 이윽고, 고개를 돌린 시오는 소파에서 일어나 베란다 쪽으로 걸어갔다. 제법 어두워진 하늘을 아무 감흥 없이 올려다보던 눈동자가 다시 구석 쪽으로 향해버리고 말았다.

"이건 뭐야? 쓰지도 않을 걸 왜 사? 다음에 왔을 때도 이대로 있으면 내가 가져갈 거야."

누나가 한 말을 떠올리던 그는 피식 웃어버렸다. 예전엔 눈치가 꽝이었는데 매형과 같이 살더니 제법 눈치가 늘었다.

보라를 주려고 산 물건이었지만 이젠 쓸모가 없어졌다. 하지만 그렇다고 다른 누구에게 주기도 싫었다.

한참 동안 눈길을 주던 시오는 외투를 챙겨 입고 망설임 없이 쇼핑백을 집어 들었다.

하지만 15분 후, 그는 아까와 변함없는 상태로 다시 건물 입구로 들어오고 있었다. 결국은 버리지 못했다. 쓰레기장 앞에서 한참을 멍하게 서 있던 그는 쇼핑백을 집은 그대로 발길을 돌린 것이다.

"뭐하는 거냐, 이게."

투덜거리는 목소리가 멈춘 건, 익숙한 그림자를 발견하고 나서였다.

"오랜만이야. 그땐 너무 심각해보여서 그냥 돌아갔는데. 오늘도 그렇게 보낼 건 아니지?"

정연의 시선이 그가 들고 있는 쇼핑백에 살짝 닿았다가 잔뜩 굳어 있는 그의 얼굴로 되돌아갔다. 지친 표정으로 잠깐 다른 곳에 눈길을 준 시오는 똑바로 정연을 응시했다. 정연을 보니 다시 그날 일이 떠올랐다.

보라가 본 건 사실이 아니었다. 사실, 그는 보라의 집들이 선물을 사기 위해 본가에서 좀 더 일찍 돌아와 마트로 향했다. 이사할 집이라며 핸드폰 동영상으로 집을 보여줬을 때부터 선물해주고픈 물건이 있었다. 놀라게 해주려 몰래 선물을 사서 돌아오는 길에 마침 보라에게 전화가 왔고 그는 흐뭇한 얼굴로 전화를 받았다. 하지만 잠시 뒤, 자신의 집 앞에 있는 보라를 발견하고 당황을 했다. 집에 있어야 할 보라가 왜 자신의 앞에 있는 건지 이유를 알 수 없었다. 그리고 몰래 선물을 사러 간 것이었기에 당황함이 배로 컸다. 거기에다 타이밍 좋게 정연이 그의 앞에 나타나기까지 했다. 그는 정연을 만나러 갈 생각이 전혀 없었다. 만나기는커녕 연락 한 번 하지 않았다. 갑자기 나타난 두 여자 때문에 상황이 이해가 되지 않았던 건 오히려 그였다. 하지만 보라는 오해를 해도 아주 단단히 한 모양이었다.

"무슨 일이야?"

"서운한데. 그렇게 대놓고 싫은 내색이라니."

"여긴 어떻게 알았어?"

"독립하면 꼭 여기서 살 거라고 입만 열면 그랬잖아, 너. 정말 여기서……."

"당신하곤 상관없는 일이야."

"뭐, 나도 그렇게 생각해. 나 때문에 네가 여기서 사는 건 아닐 거라고."

그는 여전히 무표정인 채로 그녀를 바라보았다. 여전했다. 어른이 어린 애를 대하듯 여유 넘치고 당당한 태도는. 하지만 그는 달랐다. 그런 그녀를 예전과는 달리 그저 무덤덤한 얼굴로 바라보고 있었다. 시오는 더 이상 할 말이 없다는 듯 정연을 지나쳐갔다.

"문자에 답이 없기에 안 나올 거라고 예상은 했었어. 혹시나 싶어 여기로 와본 거고."

"헛수고했군 그래. 안 나갈 거란 거 알았으면 그 이유도 모르진 않았을 텐데. 내가 너무 간단해진 거야? 아니면 당신이…… 미련스러워진 건가? ……변했군."

"이렇게 까칠하게 구는 거 보니까 대충 짐작은 가는데. 그때 본 그 여자하고 어떤 문제라도 있는 거야?"

그의 표정이 잠시 흔들렸다. 자신도 모르게 반응해 버린 것이다. 보라가 포함되어 있는 말에. 뒤돌아서 있었기에 다행히 들키진 않았지만 그것 하나에 반응해버렸다는 게 그를 갑갑하게 만들었다.

"시오야."

친밀하게 이름을 부르는 목소리에 가슴이 쿵하고 내려앉았다. 계단 쪽 벽에 붙어 있던 인영이 얼른 손을 들어 자신의 입을 막았.

하지만 정작 이름을 불린 당사자는 무덤덤한 표정으로 고개를 돌렸다.

"당신한테 설명해야 되는 이유 있어?"

"그래. 그럴 필요까진 없지."

"왜 왔어? 할 얘기라도 있는 거야?"

"맞아. 해줄 얘기도 있었고, 얼굴도 보고 싶었고. 더 멋있어졌네."

"그냥 가. 들은 걸로 칠 테니까."

"내가 무슨 얘길 할 줄 알고?"

"찾아올 거면 좀 더 일찍 오지 그랬어. 그랬다면 반갑게 맞아주는 척이라도 했을 텐데."

"변했네."

"그럼 예전하고 같을 줄 알았어? 아무 말 없이 사라진 사람치고는 꽤 뻔뻔하네."

"……."

"그만 가줬으면 좋겠는데. 당신한테 향했던 예전의 나까지 원망스러워지려고 하니까."

내내 여유 있던 정연의 얼굴이 굳자, 시오는 그대로 걸음을 옮겼다.

함부로 대하지 못했던 여자. 상처를 줄 수 없었던 게 아니다. 상처를 주지 않으려 노력했을 뿐이었다. 매번 싫은 소리를 들으면서도 웃으며 넘어갔던 건 그녀가 상처받지 않았으면 했으니까. 이런 모진 소리 같은 건 얼마든지 할 수 있었다. 그런데, 당신은 마지막까지 그런 식이었다. 어려서 잘 모른다고 했었던가, 아니. 몰랐던 건 당신이었겠지. 나에 대해 대체 뭘 알고 있었지? 이제 나타나서 뭘 어떻게 하자는 거야?

입구를 지나쳐 엘리베이터로 다가가던 시오의 걸음이 한 번 더 멈쳤다. 미처 계단으로 올라가지 못한 까닭에 몸을 숨기지 못한 보라가 커다랗게 떠진 눈으로 시오를 보고 있었다.

놀란 기색을 담고 있던 그의 눈동자가 천천히 어둡게 변했다. 정말 이 여자들이 쌍으로 뭐하는 건가 싶다.

"뭐해요?"

"아, 그게······."

우물쭈물하는 모습에 시오는 얼굴을 쓸어내리며 대충 대답을 했다. 피곤했다. 지금은······ 너무도······.

"또 기운 빠지게 만들러 온 거면 빨리 하고 가요. 피곤하니까."

보라는 시선을 내린 채 입술을 깨물었다. 그날의 상황은 아까 그들이 한 대화 때문에 대강 파악할 수 있었다. 그러니까 그날 둘은 만난 게 아니었다. 아파트 입구로 들어오던 그가, 기다리고 있었던 저 여자와 마주쳤던 것 뿐. 하필 타이밍 좋게 그 장면을 자신이 목격한 것이었다.

양호 선생이 했던 말이 맞았던 모양이었다.

"그 옛사랑은 비교조차 할 수 없을 만큼 보라 쌤 좋아한다는 거 아니겠어요? 그러니까 다 얘기했겠지, 그 성격에. 안 그러면 말도 못 꺼냈지."

양호 선생의 말이 틀렸다면 그가 저 여자한테 저렇게 함부로 말할 수는 없을 테니까. 거기에다 지친 기색이 역력한 모습이라니. 체념한 듯한 그의 얼굴을 보니, 여태껏 그가 느껴왔던 기분을 알 것 같았다.

'어쩌지? 미안하다고 말을 해야 하나?'

하지만 타이밍이 너무 안 좋았다. 왜 자신은 하필 지금 여기에 있는 걸까? 보라는 살짝 눈동자를 들어 그를 바라봤다. 그저 표정 없이 서 있었지만 화가 났다는 걸 확실하게 느낄 수 있었다. 이 상태라면 그가 자신의 말을 끝까지 들어줄지도 미지수였다. 우물쭈물하던 보라는 결국 준비해온 말을 단 한마디도 꺼내지 못했다.

하지만 지금 여기에 있는 이유를 그에게 설명해야 했다. 점점 인내심이 바닥나는 얼굴을 지켜보던 보라가 서둘러 주머니에 손을 넣었다 뺐다.

"이거 주러 왔어요."

뭐냐고 묻는 듯한 그에게 보라는 얼른 주먹 쥔 손을 내밀었다.

"자요."

꼬옥 쥐어져 있는 작은 손을 내려다보던 시오는 그 아래로 손바닥을 내밀었다. 그리고 잠시 후, 손바닥에 나타난 건 두통약 한 알. 그의 미간이 살짝 찡그려지며 고개가 살짝 기울어졌을 때쯤, 보라는 쌩하니 건물 밖으로 달려 나갔다.

"그럼 갈게요."

라는 말을 남기고선.

시오는 조금 전까지 그녀가 있었던 텅 빈 자리를 멍하니 바라보다가 다시 손바닥 위에 있는 두통약 하나를 내려다보았다.

지금, 그러니까 이 두통약 한 알을 주기 위해 여기까지 왔단 말이야? 살라치면 언제든지 살 수 있는, 이 동네 널리고 널린 약국에서 파는, 한 통도 아니고 고작 이거 한 알을 주려고?

아무리 생각해도 이해가 되지 않는 상황이었다. 시오는 도무지 알 수 없다는 표정으로 다시 한 번 두통약을 뚫어져라 내려다보았다. 그때였다. 정연의 웃음소리가 들려온 건.

"귀엽네, 저 여자애."

이 여잔 자기보단 어려보이면 무조건 애로 취급하는 걸까? 시오는 손바닥 위에 덩그러니 놓여 있었던 두통약을 조심스럽게 쥐고는 정연을 돌아보았다.

"하고 싶은 말이 뭐야?"

"역시 나 때문에 틀어진 거 맞지?"

"신경 쓰지 마. 당신하곤 상관없으니까."

"저렇게 온 마음을 보여주고 있는데 그냥 넘어갈 수가 있어야 말이지."

온 마음? 시오의 눈동자가 그녀에게 향했다.

"무슨 소리야?"

"변한 듯하면서 변하지 않았네."

"뭐?"

"예전처럼 봐주는 건 바라지도 않을 테니까 그 무서운 표정 좀 어떻게 해봐. 귀여운 얼굴이 안 예뻐 보이잖아."

"하!"

"정정할게. 멋진 얼굴."

신경질적인 얼굴로 돌아서는 시오를 정연이 다시 붙잡았다.

"미안해하고 있잖아, 저 여자. 미안하다고 온 마음을 쏟아 진심을 보여주고 있잖아."

"……"

"말해줘야만 아는 거야?"

"……"

"9년 전처럼?"

화가 난 그의 눈동자와 웃고 있는 듯한 정연의 눈동자가 똑바로 부딪혔다.

　터덜터덜 걸음을 옮기던 시오는 익숙한 간판을 발견하고는 그곳으로 향했다.
　"형. 나 시원한 거 아무거나 줘요."
　"처남! 잘 왔어. 마침 기다리고······."
　"에이프런 두르게 할 생각은 하지도 마요. 알바 대행할 기분 아니니까."
　유현은 아쉬운 듯이 입맛을 다시며 음료 한 잔을 시오 앞에 내려놓았다.
　"무슨 일이야?"
　"그냥······ 심란해서."
　"왜? 헤어진 예쁜 강사 때문에?"
　"하여간 입은 엄청 가볍지."
　테이블에 엎드려 눈을 감는 시오에게 작게 웃는 유현의 웃음소리가 들렸다. 시오는 한참을 테이블에 엎드려 있었고 유현은 오랫동안 그의 곁에 말없이 있어주었다. 살짝 올라간 입매의 사장님에게 직원 한 명이 다가오려 했지만 유현은 손가락을 입에 대며 조용히 고개를 저었다. 우울해하는 처남을 위한 배려였다. 기분이 풀어지면 이 멋진 남정네에게 에이프런을 두르게 해 서빙을 하게 하려는 불순한 의도가 좀 섞여 있었지만.
　"사람은 말이야. 때론 진심을 말하지 못하기도 하거든. 너무 고맙거나 너무 기쁘거나······ 또 너무 미안하거나."

"무슨 소리야?"

"난 보이던데. 저 여자가 미안해하는 거. 뭐, 동병상련인 건가? …… 오랜만에 만났으니 비밀 하나 말해줄게. 사실 나, 네가 찾아올 때면 참 기뻤어. 너무 힘들어서 다 포기해버리고 싶은 순간엔 어김없이 씩씩한 모습으로 나타나 주는 네가 너무 좋았어. 그땐 내색하지 말아야 했지만, 은연중엔 바랐는지도 몰라. 네가 눈치채주기를."

"무슨……"

"면목 없어서 제대로 드러내지 못하는 마음을 네가 알아주길 바랐었던 것 같기도 해. 한 번쯤은 너한테 확실하게 말해주고 싶었어. 나도 너 못지않게 네가 참 좋았다고. 좋아했었다고 고백하는 거야."

"……"

"아직까지도 네가 힘들어하고 있지는 않을까 걱정했었는데…… 다행이야. 너무 멋진 모습으로 잘 지내고 있는 것 같아서. 좀 샘나기는 하지만 그래도 이편이 더 낫지. 무슨 잘못을 했는지는 몰라도 그만 용서해줘, 저 예쁜 아가씨. 그리고 그때 인사하고 가지 못해서 미안했어. 안녕."

정연이 왜 다시 나타났는지 이제 그도 알 수 있었다. 아마도 다시 시작하고 싶었을 것이다. 이번엔 제대로. 하지만 그의 마음은 이미 변했고 더 단단해져 있었다. 그걸 알고 미련 없이 돌아선 거겠지. 이번엔 어떤 아쉬움도 남기지 않기 위해 마지막 인사를 남기고선. 어떤 면에선 멋진 여자였다.

정연이 했던 말이 떠올라 시오는 작게 한숨을 내쉬었다. 여전히 그의 주먹엔 두통약 한 알이 쥐어져 있었다.

"형."

"응?"

"나 알고 있었어요."

테이블에 볼을 댄 채 힘없이 중얼거리는 시오를 유현은 물끄러미 내려다봤다.

"이상했어. 연애를 하고 있는데도 불안했어. 너무 행복해서 꿈이 아닐까, 깨져버리는 건 아닐까, 연인들이 생각하는 그런 불안이 아니야. 조급하고 쫓기는 것 같은 그런 기분. 물론, 그게 나 때문이 아닌 상대방 때문이라는 것도 알고 있었어. 근데 내색 안 했어요. 내색하면 내가 또 상처받을 것 같았거든. 또 도망쳐버릴 것 같아. 그 여자처럼 아무 말 없이 사라져버릴 것 같아서…… 비겁하게 모르는 척 했어. 결국은 이렇게 또 버림받았지만. 처음이 생각보다 힘들었나 봐."

역시 자신은 어린애였던 걸까? 자신이 조금만 더 제대로 보려 했다면 지금 같은 일은 생기지 않았을 수도 있었다.

"지금도 힘들어 보이는데, 내 눈엔."

"형."

하지만, 역시 힘들었다.

"남자라고 상처 안 받는 거 아니잖아. 나이 많다고 해서 덜 아픈 거 아니잖아. 내가 남자라고 해서 내가 더 어른이라고 해서 안 아픈 거 아니잖아."

유현은 턱을 괸 채, 시오를 향해 나지막하게 속삭였다.

"그래. 맞아."

"어려워. 쉬운 게 하나도 없어."

멍하니 허공을 응시하던 그는 천천히 눈을 감았다. 이렇게 힘든 와중에도 불구하고 지금 감기약을 준 당사자가 너무도 걱정되고 있었다.

※ ※ ※

토요일 오후, 빈 교실에 있던 보라는 책상 위에 쌓인 시험지들을 내려다보며 한숨을 푸욱 내쉬었다. 간단한 단어 평가가 이렇게 무시무시한 결과로 이어질 줄은 전혀 예상하지 못했었다.

"이걸 언제 다 채점하나?"

거기에다 이걸 집에 들고 갈 수 있을지가 미지수였다.

"가방에 다 들어가지도 않겠고만."

시험 삼아 종이들을 들어보던 보라는 곧 끙끙대며 다시 책상 위로 내려놓았다.

"방법이 필요해."

출석을 부르기 위해 잠깐 얼굴을 내비쳤던 시오가 생각났지만 보라는 고개를 저었다. 아직 제대로 사과도 못했는데 필요할 때만 그를 찾을 수는 없었다.

"사과도 해야 하는데……."

"차 강사, 아직 안 갔네."

구 선생이었다.

"네. 채점 좀 하고 가려구요."

"시험 봤어?"

"네. 그냥 간단한 단어평가요."

"이거 일일이 채점해야 할 거 아냐?"
"네."
"힘들겠네."
"저, 선생님."
"왜?"
"서랍 하나만 빌려주실 수 있으세요?"
"서랍?"

구 선생의 머리 위로 물음표가 떠오르자, 보라는 조곤조곤 설명을 시작했다. 오늘 학교에 남아 전부 다 채점하진 못하더라도 속력을 내면 반 정도는 할 수 있을 것 같았다. 시험지의 반이라면 집에도 훨씬 수월하게 들고 갈 수 있을 것이다.

"그래, 그럼. 다 끝내면 돌려줘."
"감사합니다."

보라는 옷소매를 걷어붙이고는 결의를 다지며 펜을 집어 들었다.

"이것만 맞았으면 만점이었는데."

채점에 매진 중인 까닭에 뒷문이 열리며 누군가가 들어오는 걸 미처 보지 못한 보라가 자신의 앞으로 드리워지는 그림자에 화들짝 놀라며 고개를 돌렸다.

"왜 나 혼나게 만들어요?"
"네?"

뜬금없는 말에 보라가 눈을 커다랗게 떴다.

"강사님 채점하는데 담당교사는 빈둥빈둥 논다고 한소리 들었어요, 구 선생님한테."

"아뇨. 당연히 제가 해야 되는 일인데."

"알아요."

매정한 말투에 보라는 입을 꾹 다물었다. 당연한 일이겠지만 그는 아직 화가 안 풀린 모양이었다.

"정답지는?"

"네?"

"정답지."

보라는 잠시 멍하게 있다가 정답지를 얼른 그에게 내밀었다. 쓰 윽 훑어보던 시오는 재킷 주머니에서 펜을 빼내어 채점을 시작했다.

"많이도 틀렸네, 이 녀석."

속삭이는 듯한 낮은 목소리가 듣기 좋아 보라는 그에게 귀를 기울이며 펜을 들었다.

"많이 틀렸다고 너무 혼내지 말아요. 인터넷 용어에 익숙해져서 그렇지, 배우면 녀석들도 곧잘 하니까."

학생들을 두둔하는 선생님이라. 보라는 살짝 입꼬리를 올렸다.

"네."

살짝 미소를 지은 보라는 커튼이 살랑거리고 있는 창문 쪽을 돌아봤다. 햇살이 가득 채워진 사각형의 공간에 그와 단둘이 있는 게 가슴이 두근거려 헤어졌다는 건 생각지 못한 채, 조금 더 입꼬리를 올렸다.

"선생님."

보라는 채점을 하던 손을 멈추고는 천천히 그를 바라보았다. 지금이라면 그가 자신의 말을 제대로 들어줄 것 같았다. 여전히 화가 나 있는 것 같았지만, 지금은 제대로 말할 수 있을 것 같았다.

드르륵.

하지만 울려오는 진동음에 보라는 잠시 말을 멈췄다. 그의 핸드폰이었다.

"네."

―어디야?

"교실."

―이 자식이! 여기 교실이 한두 개야? 몇 학년 몇 반? 그리고 내가 네 마누라야, 뭐야? 왜 매번 찾게 만들어!

얼마나 소리를 크게 지르는 건지 맞은편에 앉은 보라한테까지 수화기 너머의 소리가 들려왔다. 목소리가 우렁찬 것이 꼭 체육 선생 같았다.

"그럼 찾지 말든지."

―이 자식이! 어디야?

"몇 반일 것 같냐?"

낮게 웃으며 채점을 계속하는 시오의 모습에 보라가 의외라는 표정을 지었다. 장난치는 건가?

―어, 네가 지금 해보자는 거지? 나 아직 너한테 맺힌 거 많거든! 기다려라. 찾으면 내 손으로 요절을 내줄 테니까.

"쯧, 단순한 놈."

시오는 전화를 끊으며 중얼거렸다. 하지만 저 멀리 복도에서부터 쿵쾅거리는 소리에 움찔하며 고개를 돌릴 수밖에 없었다.

"……못 찾을 것 같았지. 내가 숨바꼭질의 달인이다. 음하……어? 차 강사님도 계셨네."

드르륵 하는 소리와 함께 앞문이 환짝 열어젖혀졌고 보라는 거나

랗게 뜬 눈으로 막 들어선 체육 선생을 바라보았다. 정작, 문제의 주범인 그는 유유히 펜을 들어 채점을 하고 있을 뿐이었다.

"같이 가죠."
"아니에요. 저는 마저 채점하고 갈게요. 가 보세요."
회식 자리에 굳이 낄 필요는 없었다. 보라는 정중히 거절하며 손사래를 쳤다. 하지만 웬일인지 미술 선생 역시 자리에서 일어나고 있지 않았다. 보라와 도건의 눈동자가 그에게 향하자, 시오는 감흥 없는 목소리로 말을 했다.
"가요, 같이."
"저는 다음에……."
"언제? 다음에도 안 갈 거잖아."
"……."
"나도 안 가."
"엉? 그게 무슨 시답잖은 농담이냐?"
"농담 아닐걸."
"김 선생. 우리 곱게 한 대만 맞을까?"

잠시 후, 보라는 지글지글 구워지고 있는 삼겹살과 술병에서 이제 막 잔으로 쪼르르 떨어지고 있는 투명한 액체를 바라보았다. 왜 자신이 여기에 끼어 있는 건지, 도통 이해가 가지 않았다.
아까의 상황을 간략히 설명하자면…….
체육 선생에게 한 통의 전화가 걸려왔다. 내용인즉슨, 왜 안 오냐는 호통이 반이었고, 억울해진 체육 선생은 미술 선생의 행태를 고스란히 일러바쳤다. 그리하여 간단한 해결책으로 보라까지 데려오라는 엄명을 받고 미술 선생은 물론이고 보라까지 이곳으로 끌고 온 것이었다.

"차 강사. 수고 많아요."

"네."

"차 강사님. 미인이시네."

"감사합니다."

"차 강사. 내 잔도 받아요."

"아, 네."

"차 강사."

"……."

보라는 억지로 미소를 지어보이다가 들고 있던 잔을 물끄러미 내려다보았다. 이게 무슨 상황인 거지?

그녀를 지켜보던 시오는 옆에서 쉬지 않고 젓가락질을 하고 있는 도건을 팔꿈치로 툭 쳤다.

"왜?"

시오의 간단한 눈짓을 이해한 도건은 무거운 엉덩이를 일으켜 보라의 옆으로 다가갔다.

"이거 다 익었네. 왜 안 드세요? 어어? 차 강사님은 식사하신대. 그렇다고 술병을 거두면 쓰나. 여기도 잔이 있다네. 하하하!"

호탕하게 웃어재끼는 도건을 멍하게 바라보던 보라는 정신없이 받던 술잔을 그제야 내려놓고는 가까스로 숨을 돌렸다. 그나마 다행인 건 자신을 달갑지 않게 생각하는 여선생들과 다른 테이블에 앉아 있다는 것이었다. 아까 그와 함께 들어올 때 노려보던 눈초리들은 다시는 떠올리고 싶지 않았다.

벽에 걸린 시계를 확인하다가 고개를 돌린 보라의 눈동자에 그녀를 보고 있던 그가 비춰졌다. 잠깐 눈이 마주쳤고, 시오는 이내 무덤덤한 얼굴로 고개를 돌렸다.

'미안하다고 말할까? 지금이라도 말해볼까?'

속으로 수만 가지를 생각하던 보라의 눈동자에 앞에 놓여 있는 술잔이 들어왔다.

'확 취해버리고 솔직히 털어놔? 아니야. 그러다가 취해서 난동부리면 다음 주에 학교에 어떻게 나와.'

"저 왔어요! 어? 벌써 시작들 하신 거예요?"

고개를 젓던 보라는 쾌활하게 들려오는 목소리에 고개를 들었다. 양호실을 정리하느라 뒤늦게 온 양호 선생이었다.

"여어. 미술 맡고 있는 김 선생. 먼저 먹기냐?"

"너 이미 와서 먹고 있는 줄 알았다."

마침 비어 있었던 도건의 자리에 앉은 양호 선생은 시오에게 작은 목소리로 장난을 걸었고 그 역시 아무 거리낌 없이 받아주고 있었다. 빤히 바라보는 보라의 시선에 고개를 돌린 양호 선생이 반가운 내색을 하며 인사를 했다.

"보라 쌤도 와계셨네."

생각보다 어색하지 않은 자리였다. 체육 선생과 양호 선생의 배려 때문이기도 했지만 그를 계속해서 볼 수 있다는 게 무엇보다 그녀를 들뜨게 만들었다.

"그러고 보니 김 선생하고 차 선생 꽤 잘 어울리네."

"그죠? 구 선생님. 저도 볼 때마다 그 생각해요. 우리 학교 어디서도 볼 수 없는 선남선녀 커플!"

구 선생의 말에 양호 선생이 맞장구를 치자, 여기저기서 긍정과 찬성의 목소리들이 들려왔다.

"하긴 우리 김 선생한테 어울리는 여자가 그동안 우리 학교에 없긴 했지. 차 선생이 딱이네!"

옳은 말 잘하기로 소문난 수학 선생의 말에 애써 무시하고 있던 임 선생의 얼굴이 붉으락푸르락해지고 있었다. 여선생들은 임 선생을 위로하려고 했지만 그 후에도 옳은 소리는 계속되었다.

이윽고 구석에 있던 여선생들은 애꿎은 보라를 노려보기 시작했다.

"이참에 확 사귀어버려!"

체육 선생은 보라가 신경 쓰지 않게끔 몸으로 여선생들을 가리며 시원하게 소리쳤다. 그 외침에 보라는 뜨끔하여 시오를 돌아봤지만 그는 덤덤한 표정으로 물 잔만 만지작거리고 있었다.

"보라 쌤, 우리끼리 확 2차 갈까요?"

식당에서 나오며 양호 선생이 농담을 던지자, 보라는 말갛게 웃어 보였다. 약간 취한 듯도 보이는 그녀의 모습에 시오는 한시도 눈을 떼지 못하고 있었다.

"차 강사! 집이 어디라고 했지? 내 차로 가지. 가는 김에 내려줄게."

남 선생의 뜬금없는 호의에 양호 선생은 뺏기지 않겠다는 눈빛으로 보라의 팔을 끌어당겼다.

"이봐. 양호 선생님. 김 선생 집은 요 앞이잖아. 차 강사는 내가 바래다줄게."

"제가 바래다주겠습니다."

시오의 손길에 양호 선생은 그제야 눈에 독기를 풀고 팔을 내줬다.

"김 선생이? 술 마셨잖아. 대리 부를 거야?"

"컨디션이 안 좋아서 오늘은 안 마셨습니다. 취하신 거 같은데요, 선생님은."

"난 대리 불렀지."

"그럼 조심히 들어가세요. 가보겠습니다."

휙 잡아끄는 손길에 보라는 얼떨떨한 얼굴로 순순히 끌려갈 수밖에 없었다.

"그러려고 한 모금도 입에 안 댄 거냐?"

갑자기 들려오는 말소리에 보라가 고개를 들었다. 팔을 잡아 부축하고 있는 시오의 얼굴이 보였고 그의 옆에서 따라 걷는 도건이 보였다.

"집에 안 가냐?"

"가야지. 네 놈이 아무리 밉살맞게 굴어도 난 네 편이다."

"미친."

"내 우정을 얕보지 마라. 술 처먹고 본색 드러냈을 때부터 너 맘에 들었으니까."

"미안하지만 그런 취향 아니다."

"미친 놈."

도건은 그의 어깨를 툭 치고는 저만치 앞서 나갔다. 한숨을 내쉰 시오는 고개를 숙여 보라를 내려다보았다. 말똥하게 눈을 뜬 채 자신을 올려다보고 있는 눈동자에 그는 재빨리 시선을 돌리며 입을 열었다.

"취했어요?"

"……"

"차 타도 괜찮겠어요?"

"……."

"차 선생님."

"……."

말없이 올려다보기만 하는 눈동자에 그는 조수석 문을 열고는 그녀를 태웠다.

"속 안 좋으면 바로 말해요. 일치면 가만 안 둘 거니까."

민망한 건지 그는 운전하는 내내 혼잣말을 하고 있었다. 정작 상대방은 이미 잠에 빠진 뒤였음에도 불구하고.

익숙한 동네에 도착한 그는 잠이 든 보라를 돌아봤다.

"차 선생님. 차 선생!"

아무리 흔들어 깨워도 일어나질 않는다. 시오는 운전석에서 내려 조수석으로 다가갔다. 문을 여니 아직도 새근새근 잘 자고 있는 보라가 보였다. 갑갑하지 않도록 안전벨트를 풀던 시오는 다시 혼잣말을 시작하고 있었다.

"빨리 일어나요. 확 덮쳐버리기 전에."

잠든 얼굴을 들여다보던 그는 재빨리 차 안에서 나왔다.

"돌겠네, 진짜."

한숨을 내쉰 그가 무언가를 발견하고는 천천히 걸음을 내딛었다. 그의 모습이 멀어졌을 때쯤, 보라의 눈이 살며시 떠졌다.

"덮쳐도 되는데."

작게 중얼거리던 보라는 자신이 한 말을 상기하고는 짝, 소리가 나도록 손바닥으로 볼을 때렸다. 아직 술이 깨지 않은 모양이었다.

차에서 내리자, 저만치 걸어오던 시오가 그녀를 발견하고는 앞으로 다가왔다.

"일어났어요?"

"네."

그는 들고 있던 작은 병을 그녀에게 내밀었다. 꿀 음료였다.

"마셔요."

하지만 보라는 빤히 내려다보기만 할 뿐, 받아들지 않았다. 이상하게 느낀 시오가 그녀에게 물었다.

"왜요? 싫어해요?"

"아뇨. 그게 아니고. 선생님……."

"……."

"그거 따주시면 안돼요?"

뜬금없는 말에 시오가 그녀를 빤히 바라봤다.

'잘못 들었나?'

기대하는 듯한 얼굴을 보건대 잘못 들은 건 아닌 모양이었다. 멀뚱히 서 있던 그가 래핑 비닐을 벗기려 하자, 갑자기 보라가 제지했다.

"안 돼요!"

"뭐가요?"

"이거 뜯지 말고 따주세요. 그냥 이렇게 돌려서."

그의 얼굴에 당혹스러움이 묻어났다. 이 여자, 아직 술이 덜 깬 모양이다.

"해주시면 안 돼요?"

안하던 애교까지 부리는 걸 보면 술이 덜 깬 게 확실했다. 시오는 하는 수 없다는 듯 래핑 비닐 째로 뚜껑을 열었다.

"감사합니다."

병 입구에 입을 갖다 대다가 뜨거운지 후후, 부는 모습을 말없이 지켜보던 시오는 애써 시선을 돌리고는 차로 다가갔다.

"들어가요."

"네."

"……"

"근데요, 선생님."

시오가 돌아보자, 보라는 곤란한 듯 우물쭈물하다가 말을 이었다.

"이제 여기 저희 집 아닌데요."

뜬금없는 말에 시오는 그녀가 가리키는 집을 돌아봤다. 그리고 그의 머릿속에 그녀가 얼마 전 이사를 했다는 생각이 막 떠오르고 있었다. 그는 천천히 눈을 감았다.

'젠장.'

그리하여 보라는 다시 그의 자동차에 몸을 싣게 되었다.

"죄송해요. 번거롭게 만들어서."

"됐어요. 내가 실수한 거니까."

조용해진 차 안에서 꿀물을 꿀꺽꿀꺽 넘기는 소리만이 간간히 들려왔다. 무표정한 얼굴로 운전을 하던 그는 잠시 창가로 고개를 돌렸다. 그리고는 결국 참지 못하고 피식 웃음을 흘렸다.

"들어가요."

"네."

느릿하게 차에서 내린 보라는 망설임이 가득 담긴 손짓으로 무을 닫았다. 사과를 해야 하는데, 라는 생각만이 머릿속에 차 있었다.

한편, 앞 유리를 내다보던 시오의 고개가 살짝 기울어졌다. 분명 집으로 들어가는 그녀의 모습이 보여야 하는데 어찌된 일인지 머리카락 한 가닥도 보이지 않고 있었다.

"벌써 들어간 건가?"

똑똑.

창을 두드리는 소리에 그의 고개가 조수석으로 돌아갔다. 의아하게 생각한 그가 창문을 내리자, 보라의 얼굴이 불쑥 나타났다. 움찔 놀란 그에게 보라가 말갛게 웃으며 말했다.

"차라도 마시고 가실래요?"

당황한 듯 멈춘 그의 표정에 보라는 천천히 뒤로 물러섰다. 한참을 망설이다가 간신히 꺼낸 말이었다. 하지만 역시 반응은 싸했다. 애초부터 피곤한 사람 붙잡고 같이 가서 차 마시며 놀다가라는 게 말이 안 되는 얘기였다. 보라가 어색하게 웃자, 시오는 잠시 망설이는 듯하더니 곧 대답을 했다.

"괜찮아요. 들어가요, 피곤할 텐데."

보라는 아쉬움이 드러난 표정을 감추며 고개를 끄덕였다.

"조심해서 가세요."

"어렵다."

계단을 올라가던 보라는 힘없이 중얼거리며 아직 쥐고 있는 빈 병을 내려다봤다.

"앗!"

아직 술이 깨지 않은 모양이었다. 발을 헛디뎌 구를 뻔한 걸 간신히 면한 그녀는 가슴 앞에 손을 대고는 안도의 숨을 내쉬었다.

하지만 안도를 하고 있을 때가 아니었다. 어떻게 해야 하는 걸까? 시간이 지날수록 미안하다고 말하는 게 어려워진다. 아니, 이것 역시 핑계다.

'지금이라도 내려가서 말을 할까. 갔으려나? 솔직히 말하면 용서해줄까?'

문득 아까 선생님들이 농담 삼아 했던 말이 떠올랐다.

"우리 반 녀석들이 설문 조사를 했는데, 너그러운 선생님으로 누가 뽑혔는지 알아?"

"너그러운 선생?"

"잘못해도 마음 넓게 용서해주는 선생님이라 이거지."

"그게 누군데?"

"누구겠어. 인기 만점 미술 선생이지."

"제일 너그러운······."

말을 다 잇지 못한 보라가 누군가의 손길에 의해 돌려 세워졌다. 시오가 그녀의 팔을 잡은 채로 가쁜 숨을 내뱉고 있었다.

"난····· 밤에는 커피 안 마셔요."

여전히 헉헉거리고 있는 그를 멍하게 바라보던 보라는 배시시 웃어보였다.

그녀의 집으로 들어와 의자에 앉아 여기저기 둘러보던 시오는 한쪽 벽을 바라보며 가볍게 말했다.

"저쪽에 시트지 붙이면 되겠네. 다음 주에 학교에서 줄게요."

차를 끓이고 있던 보라의 얼굴이 살짝 굳어졌다. 주기는 하겠지만 붙여주지는 않겠다는 건가? 어쩌면 그게 당연했다. 주는 것만으로도 감사하게 생각해야 했지만 섭섭해지는 건 어쩔 수가 없었다.

"새로 나온 홍차래요. 단맛도 적당하고 향도 달콤해서 홍차 특유의 쓴맛을 적다고 하더라구요."

어색해지니 갑자기 말이 많아진다. 보라는 찻잔을 내밀며 이것저것 설명을 덧붙였다. 찻잔을 건네받으며 피식 웃던 그는 한 모금 맛을 보고는 다시 집 안을 둘러봤다.

"차 좋아해요?"

"네. 처음엔 쓰기도 하고 맛도 없고 별로였는데, 마실수록 좋더라구요."

"집에 많이 있는데 좀 줄까요?"

"네?"

"아! 난 혼자 잘 안 먹어서."

"근데 왜……?"

마시지도 않을 걸 왜 샀냐는 그녀의 생략된 질문에 그는 잔을 입에 가져다대며 간단히 설명했다.

"매형이 커피숍을 해요. 그래서 들르면 이것저것 잘 챙겨주거든."

"아. 그러면 텀블러도?"

"그건 누나 작품이고. 캐릭터 텀블러로 주려고 하는 걸 간신히 바꿔왔었지."

왠지 그 장면이 상상이 되어 보라는 살짝 웃었다.

"처음 봤을 때 좀 의외다 생각했거든요. 남자가 텀블러 쓰는 것도 처음 봤고. 이미지가 좀 달라서."

"그거 편견 아닌가?"

"맞아요, 편견."

서로를 보며 작게 웃던 그들은 곧, 정적에 휩싸여 어색하게 다른 곳에 시선을 둬야 했다.

"갈게요. 잘 마셨어요."

보라의 눈동자가 그가 내려놓은 찻잔으로 향했고 이내 현관으로 향하는 그를 좇았다.

하지만 그는 현관문 앞에서 멈춰 섰다. 이윽고 놀란 눈동자가 보라를 돌아봤다. 그를 마주보던 보라는 천천히 시선을 내렸다. 그의 재킷 자락을 자신이 잡고 있었다. 보라는 커다랗게 눈을 뜨며 황급히 재킷을 놓았다.

"아, 미안해요. 조심히 가세요."

"그래요."

어색하게 웃어 보인 시오는 작게 숨을 내쉬며 문고리에 손을 올렸다.

"저기……."

그는 행동을 멈추고 다시 한 번 그녀를 돌아봤다. 무슨 말을 하려는 듯 우물쭈물해하던 보라는 이내 고개를 젓고는 결국 싱겁게 웃었다.

"다음 주에 봬요."

망설임이 가득한 눈동자를 보며 피식 웃은 그는 고개를 끄덕이며 고개를 돌렸다.

"저……."

하지만 인내심은 딱 거기까지였다. 팔을 거칠게 잡아당긴 시오 때문에 보라는 어느새 현관문에 기대 그의 앞에 서 있었다. 코앞에 보이는 무심한 듯하면서 화가 난 얼굴을 보며 보라는 눈을 커다랗게 떴다. 눈을 마주보던 그의 시선이 천천히 아래로 내려갔고 얼굴이 점점 가까워져왔다. 보라는 결국 눈을 질끈 감아버렸다.

"하고 싶은 말 있으면 똑바로 말해요."

보라가 살짝 눈을 뜨자, 빤히 바라보고 있는 그가 보였다. 심장이 미친 듯이 뛰어대는 바람에 길게 숨을 내쉰 보라는 하얗게 되어버린 머릿속을 찬찬히 정리했다. 그러니까 하고 싶은 말이 뭐였더라?

"그러니까……."

"……."

바로 앞에 있는 얼굴을 보는 것만으로도 떨려 죽겠는데 똑바로 응시하고 있는 눈동자라니. 정신을 차릴 수가 없었다. 무슨 말을 하고 있는 건지 자신조차도 분간할 수 없었지만 보라는 횡설수설하면서도 말을 멈추지는 않았다.

"거짓말했어요."

"……."

"지쳤다고 한 거…… 지겹다고 했던 거, 그리고 다른 거에 신경 쓰인다고……. 모두 거짓말한 거예요. 상처받는 것도 싫고…… 이대로 가면 감정이 너무 커져버릴 것 같아서……."

"그래서?"

속삭이는 듯한 낮은 목소리가 무표정한 얼굴과는 달리 굉장히 다정하게 느껴졌다. 그래서 그녀는 그의 눈동자를 마주보며 천천히 대답했다.

"미안해요. 잘못했어요, 내가."

곧, 픽 웃는 소리가 들렸고 그는 얼굴을 더 가까이 했다. 그의 얼굴이 살짝 닿자 보라의 눈이 커다랗게 떠졌다.
 "눈 뜨고 할 건가?"
 몇 번 깜박거리던 눈동자가 곧 질끈 감겼고 다시 한 번 그의 웃음소리가 들려왔다. 그가 고개를 숙여 살짝 입을 맞추자, 보라는 손을 올려 그의 목을 힘껏 끌어안았다.

10.
솔직한 표정을 만나다

목을 끌어안은 보라는 떨어지지 않으려는 듯 거의 필사적으로 그에게 매달렸다. 다시는 놓고 싶지 않았다. 이렇게 후회를 하게 될 줄은, 남자 때문에 전전긍긍하게 될 줄은 자신도 몰랐다. 이젠 알았으니 절대로 물러서지는 않을 것이다.

살짝 눈을 떠본 시오는 눈을 꽉 감은 채, 자신에게 매달려 있는 보라를 확인하고는 입을 마주 댄 채 피식 웃어버렸다. 여전히 그에게만 몰두해 있느라 눈도 뜨지 못하는 그녀를 시오가 살짝 잡아 떨어뜨렸다.

왜냐고 묻는 듯한 눈망울에 그는 달래는 말투로 말했다.

"기쁘기는 한데, 숨은 쉬어야 할 거 아냐."

그제야 보라의 얼굴에 수긍의 빛이 보이더니 이내 얼굴을 붉게 물들였다. 아깐 죽어도 떨어지지 않을 것처럼 굴더니 이제야 창피해진 모양이었다.

피식 웃은 시오는 손을 올려 보라의 볼을 살짝 쓰다듬었다.

"미안하죠?"

"⋯⋯네."

"나도 미안해요."

낮은 목소리에 보라는 눈동자를 살며시 들어올렸다. 살짝 웃고 있는 그의 모습을 멍하니 바라보다가 얼른 눈동자를 내리니 낮은 목소리가 계속해서 들려왔다.

"근데 당신이 먼저 미안하다고 고백했으니까."

"⋯⋯."

"당분간은 내 마음대로 할 거야."

"어, 어떻게?"

"내가 하고 싶은 대로 할 거고. 내가 가고 싶은 곳 데리고 갈 거고. 그리고 이젠 헤어지잔 소린 씨도 안 먹힐 테니까 내뱉을 생각은 하지도 말고."

'하고 싶은 것? 가자는 데?'

보라의 머릿속에 어두운 길가에 홀로 서 있는 빨간 간판의 한 건물이 뭉게뭉게 피어오르고 있었다.

'혹시?'

하지만 그는 그럴 사람이 아니었다. 보라는 자신을 자책하며 살짝 고개를 저었다. 고개를 들자, 진한 갈색 눈동자가 한 치의 흔들림 없이 자신을 내려다보고 있었다. 부드럽게 보이던 그의 눈동자가 왜 이 순간엔 이렇게 위험해 보이는 건지 알 수가 없었다.

설마⋯⋯ 하지만 또 한 번 자신의 마음을 인정해버렸으니 이제부턴 누구도 부인할 수 없는 사귀는 사이였다.

성인 남녀가 연애를 한다. 데이트를 하고 손을 잡고 팔짱을 끼고 포옹을 하고 키스를 하고…… 그 다음엔? 결정적으로 그는 건장한 남자였다. 하지만 자신은 아직 준비가……. 아, 대체 무슨 생각을 하고 있는 걸까? 그는 그런 의도로 말을 한 게 아닐 수도 있었다. 이럴 때만 쓸데없이 상상력이 풍부한 게 문제라면 문제다.

보라는 생각을 들키지 않으려는 듯 부러 불퉁하게 말했다.

"그런 게 어딨어요?"

"여기에."

보라는 문에 기댄 채 볼을 빵빵하게 부풀렸다. 일종의 거부 의사였다.

"불만 있나?"

그녀의 바로 앞에 그가 있었으므로 보라는 완벽하게 문과 그 사이에 있는 상태였다. 바로 앞에서 내려다보는 시오의 모습이 너무도 위압적이어서 보라는 거의 울 듯한 얼굴로 변해 있었다.

"가장 너그러운 선생님으로 뽑혔다면서요?"

"누가 그래요?"

"아까 들었어요. 선생님들께서 말씀하시는 거."

"아아."

그도 얼핏 들은 이야기 중에 하나였다. 피식 웃은 그는 삐딱하게 자세를 바꾼 채 보라를 내려다봤다.

"학생들한테는 그렇지. 우리 학교 소속도 아니고 내 학생도 아니라고 말한 사람이 누구였더라?"

낮게 깔리는 목소리에 보라의 얼굴빛이 어둡게 변했다. 분명 자신이 그렇게 말했었다.

"뭔가 착각하시는 모양이네요. 전 선생님 학생도 아니고 이 학교 소속도 아니라서요."

그것도 불과 2개월 전이었다.

보라는 고개를 푸욱 숙여버렸다. 확 깼던 취기가 다시 올라오고 있는 것 같았다.

너무 가까이에 서 있어 그녀의 머리칼이 시오의 재킷에 살짝 닿았다. 거기에 마음이 조금 느슨해진 건지 시오는 길게 뻗어 있는 머리칼을 살짝 매만지며 덤덤하게 말했다.

"학생은 아니지만 가르칠 건 많은 것 같으니까."

"……."

"조금은 봐줄 수도 있고."

속삭이는 목소리에 보라가 고개를 들려 했다. 하지만 어느새 손을 뻗은 그가 그녀를 살짝 품에 안았다. 그의 가슴에 닿은 귓가로 기분 좋은 울림이 들려오고 있었다. 보라는 살짝 입꼬리를 올리며 눈을 감았다. 이대로 잠이 들면 분명 좋은 꿈을 꾸게 될 것이다.

"잘 자요."

하지만 이내 그의 작은 목소리가 들려왔다. 왠지 그 목소리에도 아쉬움이 묻어 있는 것 같아 보라는 그에게 안긴 채로 고개를 끄덕였다.

"재워주고 가고 싶지만."

그는 문 앞에 서서 나지막하게 말했다.

"그랬다간 누가 위험해질 것 같아서."

약간은 웃음기가 묻어 있는 목소리로.

보라는 커다랗게 눈을 뜨다가 곧 입을 꽉 다물었다. 그랬다. 자신이 그를 집으로 들인 것이다. 한밤중에, 거기다가 가지 말라고 그의 옷깃을 잡기까지 했었다.

"혼전순결 얘기만 안 들었어도 확 덮치는 건데."

시오는 쿡쿡 웃으며 어깨를 으쓱였다. 농담 식으로 말을 건넸지만 실은 진심 반 이상이 섞여 있었다.

보라는 그의 말에 눈을 동그랗게 떠보였다.

'혼전순결?'

그녀의 반응에 시오가 의아하다는 듯 그녀에게 되물었다.

"뭐야? 기억 안 나는 거야?"

보라는 눈을 몇 번 껌벅거렸다. 이 남자, 다른 여자하고 했던 대화를 자신이라고 착각하고 있는 건 아닐까? 막 입을 열려던 그때, 얼마 전, 차 안에서 그에게 했던 말이 기억이 났다.

"난 쉬운 여자 아니에요. 혼전순결을 지킬 거라고요!"

눈을 껌벅이던 보라는 천천히 입을 다물었다. 자신은 대체 이 남자한테 쓸데없는 말을 몇 가지나 더한 걸까?

"기억 안 나는 모양인데."

"아, 아니에요! 제가 그랬죠."

"흐음."

눈을 가늘게 떠 바라보는 눈동자엔 의심이 가득했다.

"기억 안 나면 나야 고맙지. 감사히……."

시오가 다시 구두를 벗고 들어오려고 하자, 보라가 황급히 손을 뻗어 제지했다. 그러자, 그는 처음부터 그럴 생각은 없었다는 듯 쿡쿡 웃으며 뒤로 물러났다.

"갈게요."

"저……."

"……."

"시트지는 직접 붙여줄 거죠?"

보라가 조심스럽게 묻자, 시오의 눈이 살짝 가늘어졌다.

"설마 그것 때문에 사과한 건 아니지?"

"설마요!"

말도 안 된다는 그녀의 외침에 시오는 고개를 끄덕였다.

"진짜 갈게. 이러다 날 새겠다."

"조심히 가요. 운전 조심하고."

시오는 손을 가볍게 흔들고는 문 밖으로 사라졌다.

보라는 닫힌 문을 멍하니 바라보다가 손을 올려 자신의 볼을 세게 꼬집었다. 아프다. 꿈이 아닌 모양이었다. 아무 표정 없이 눈만 깜박이던 얼굴에 그제야 미소가 퍼졌다.

* * *

며칠 후, 보라의 집을 다시 찾은 그는 시트지를 벽에 대고는 그녀를 돌아봤다.

"여기, 괜찮지?"

보라는 환히 미소를 지은 채 연방 고개를 끄덕여댔다. 저 표정으로 미루어보건대, 시트지를 밥통에다가 붙인다고 해도 좋다고 고개를 끄덕여댈 것 같았다. 시오는 아직까지 자신의 재킷을 무슨 보물단지라도 되는 듯 소중히 든 채 환하게 웃고 있는 보라를 빤히 내려다보았다.

"재킷 내려놔도 돼."

여전히 *끄덕끄덕*. 뭐가 그렇게 좋을까? 시오는 피식 웃으며 목표로 정한 벽에 시트지를 꼼꼼히 붙였다. 한걸음 물어나서 벽을 바라보던 그는 만족한 표정으로 뒤로 돌았다.

"오와."

보라는 천천히 눈을 깜박이다가 곧 입꼬리를 활짝 올렸다.

"예쁘다."

시트지가 붙어 있는 벽을 물끄러미 보던 보라는 들고 있던 그의 재킷을 더 꽈악 움켜쥐었다. 좋은 향기가 났다. 여느 남자들처럼 담배 냄새도 나지 않았고, 익숙한 듯 기분 좋은 향기가 옷을 놓고 싶지 않게 만들고 있었다.

바보처럼 히죽 웃어버린 그녀는 바로 옆에서 지그시 바라보고 있는 그를 발견하고선 움찔 뒤로 물러났다.

"뭐가 그렇게 좋을까?"

"뭐, 뭐가요?"

"솔직히 말해. 나한테만 이런 표정 안 보여줬던 거야? 아니면, 나한테만 이런 표정 보여주는 거야?"

표정? 보라의 얼굴에 물음표가 가득했다. 표정이 달라졌나? 그러고 보면, 언니한테 그런 말을 들은 적이 있긴 했었다.

"야! 넌 무슨 그렇게 무서운 얼굴을 하고 있냐? 다른 사람인 줄 알고 그냥 지나갈 뻔했어. 너 나랑 있을 때랑 너 혼자 있을 때랑 얼굴 표정이 완전 달라."

그땐 그저 대수롭지 않게 여기고 넘어갔었는데, 그럴 만한 말이 아닌 모양이었다.

보라가 심각한 얼굴을 하자, 뒤로 물러나 앉은 시오는 여전히 그녀의 얼굴을 지켜보았다.

"음! 둘 다 아니에요!"

시오를 돌아본 보라가 손가락을 처억 올리더니 단호하게 말했다. 아까 짓고 있었던 애교 있던 밝은 표정까지는 아니었지만 진지하게 말하고 있는 지금의 표정 역시 예전과는 다르게 귀여웠다. 시오는 바로 앞에 나타난 손가락에 살짝 당황했지만 곧 입 끝을 올리며 여유 있게 물었다.

"그럼 뭔데?"

"언니하고 있을 때만 그런 표정 했었던 것 같아요."

"언니?"

"네. 친언니. 언니는…… 뭐랄까. 나랑은 원수 같은 사이거든요."

가만히 듣고 있던 시오의 눈썹이 꿈틀 올라갔다. 원수? 원수 같은 사람한테 그런 표정을 보여줬다고? 그럼 자신한테는 왜…….

"그러면서도 가까운 사이예요. 어느 순간엔 원망도 했지만, 나에 대해 가장 잘 알고 있고, 어떤 모습을 보여줘도 마음은 편안한…… 그런 사이랄까?"

설명을 하던 보라의 표정이 미묘하게 변했다. 자신이 지금 앞에 있는 이 남자한테 그런 얼굴을 하고 있었나?

사실, 며칠 못 본 사이 그가 너무도 그리웠다. 문 앞을 서성거리며 그를 애타게 기다리기도 했었다. 연인들이라면 한 번쯤 하게 된다는 핸드폰을 뚫어지게 바라보다가 혹시나 고장난건 아닌지 버튼을 눌러보는 행동도 했었고, 잠을 자다가 쓸데없는 광고 문자 소리에 번쩍 눈을 뜨기도 여러 번이었다. 하지만 쓸데없이 둥둥 떠올라 있는 것 같은 이런 기분이 나쁘지는 않았다.

그런 보라를 말없이 지켜보던 시오는 편하게 자세를 고치며 그녀에게 물었다.

"그럼 왜 내 앞에서도 그런 표정하는데?"

보라는 움찔하더니 뚱하게 표정을 바꾸며 대답했다.

"왜 그러겠어요."

"왜 그러는데?"

"……좋아하니까."

작게 중얼거린 목소리였지만 그는 들은 모양이었다. 씨익 웃은 그는 보라의 머리를 살짝 쓰다듬고는 현관으로 향했다.

"솔직한 모습 보여줬으니까 선물 줄게요."

머리 위로 살짝 닿았다 떨어진 손길에 보라가 자신의 머리 위로 손을 올리다가 그를 향해 고개를 돌렸다. 쇼핑백을 언제 갖고 들어온 걸까? 그나저나 왜 자신이 저걸 못 봤던 건지 이해할 수가 없었다. 크기가 작은 것도 아닌데. 너무 그의 얼굴만 빤히 보고 있었나 보다.

보라는 쇼핑백을 유심히 살펴보았다. 그날, 그가 들고 있었던 쇼핑백의 로고와 같았다. 그리고 보니 크기도……. 그럼 자신을 주려고 사왔던 거였나? 그녀의 얼굴에 미안해하는 기색이 묻어났다.

보라는 몸을 일으키며 그에게 다가갔다.

"그게 뭐예요?"

"선반. 벽에 붙여줄게. 공간 활용 잘하라는 의미에서."

"신기하다. 카페에서 몇 번 본 적은 있는데."

보라는 신기한 듯 그가 들고 있는 선반을 물끄러미 바라보았다.

"여기에 붙이면 될 것 같은데. 이리와 봐."

그의 손길에 보라는 순순히 그의 앞으로 다가갔다.

"괜찮을 것 같아?"

보라가 연방 고개를 끄덕이자, 시오는 피식 웃으며 말을 이었다.

"나중에 후회하지 말고 제대로 말해."

"진짜 괜찮은데."

"작은 책장 같은 것도 있던데."

"……"

"나중에 필요하면 말하고."

무심하게 말하고 있지만 꽤 다정하게 들려오는 그의 목소리에 보라의 마음이 뭉클해졌다. 누군가가 자신을 챙겨준다는 것. 역시, 기분 좋은 일임이 틀림없다.

꽤 복잡해 보이는 설치과정을 지켜보던 보라는 유독 진지해 보이는 그의 뒷모습을 멍하게 바라보았다. 제법 빨리 뛰기 시작한 심장소리를 숨기려는 듯 그녀는 재빨리 몸을 돌려 재킷을 옷걸이에 걸어두고는 싱크대 앞으로 향했다.

"차, 차 줄까요?"

"물이면 될 것 같은데."

낮게 들려오는 목소리에 고개를 돌린 보라는 얼른 제자리로 고개를 돌렸다. 열심히 움직이고 있는 그의 뒷모습이 꽤나…… 섹시하게 보였다. 이런 느낌 전에도 한 번 들었던 것 같은데.

보라는 서둘러 고개를 저었다. 위험했다. 이대로라면 자신이 그를 덮칠 것 같았으므로.

"힘들죠?"

"아. 우리 집에도 안 다는 걸……."

시오가 엄살을 부리며 고개를 젖히자, 보라가 은근하게 말했다.

"선생님 집이야 넓으니까 달 필요가 없죠."

그는 눈을 떠 고개를 젖힌 상태로 보라를 바라봤다. 나른하니 졸음이 밀려올 것 같았다.

무심결에 고개를 든 보라의 눈에 그런 시오가 비춰졌다. 너무도 근사해 보이는 모습에 그녀는 서둘러 눈동자를 돌렸다.

보라가 기합을 잔뜩 준 상태로 굳어 있자, 그는 의아해하며 고개를 들었다.

"왜 그래요?"

"아니에요."

고개를 갸웃하던 그의 눈에 덩그러니 놓여 있는 침대 하나가 들어왔다. 쓸데없이 큰 자신의 침대에 비해 오밀조밀 아기자기해 보이는 침대였다.

"흠."

연보라색으로 뒤덮인 이불도 꽤 폭신폭신해 보이고, 보라색 베개에선 향긋한 향이 날 것만 같았다. 주의 깊게 바라보던 시오는 자신도 모르게 천천히 그곳으로 다가갔다.

"배 안 고파…… 응? 어디 갔지?"

TV 화면을 응시하던 보라가 고개를 돌리자, 그가 앉아 있었던 자리가 텅 비어 있었다. 고개를 갸웃한 그녀는 조금 더 고개를 틀었다. 그러자 매트리스가 얼마나 탄력이 좋은지 확인하는 건지 침대에 앉아 툭툭 건드리고 있는 그가 보였다.

"뭐, 뭐하는 거예요?"

"피곤해."

"근데요?"

"조금만 잘게."

"여기서 자면 안 되죠. 집에 가서 주무세요."

하지만 그는 벌써 침대에 누워 이불까지 주섬주섬 끌어올리고 있었다.

"선생님."

"……."

단정하게 감고 있던 눈이 스르르 떠지자, 보라는 여전히 뚱한 표정을 한 채로 입을 다물었다.

"실례인가?"

"네?"

"내가 여기에 눕는 거."

'그, 그렇게 직접적으로 물어보면…… 아니, 딱히 싫다는 건 아니지만…… 그게, 그런 무방비한 자세로 있으면 내가…… 혹여 미친 척하고 달려들기라도 하면…….'

"핫!"

여태껏 변화무쌍한 표정을 보여주다가 급기야 제 손으로 입까지 막아버린 보라를 시오는 얼떨떨한 표정으로 쳐다보았다.

'이 여자가 대체 지금 뭘 하는 걸까? 그렇게 싫나?'

후, 짧게 숨을 내쉰 시오가 벌떡 자리에서 일어났다. 거기에 움찔 놀란 보라는 그를 경계하듯 바라보았다.

"갈래."

"벌써요?"

"가서 자라며?"

시오는 침대에 걸터앉으며 재킷이 어디 있는지 둘러봤다. 보라는 풀이 죽은 얼굴로 머뭇거리기만 할 뿐이었다. 가서 자라고 한 사람은 자신이 맞았으니 할 말이 없었다. 그래도 그가 더 있어주기를 바랐다. 이건 대체 무슨 심보래?

하지만 시오 역시도 쉽사리 침대에서 일어나지 않고 있었다. 왜냐고 묻는다면, 좀 아쉬워서랄까? 역시 이대로 집에 가긴 싫었다. 그러던 와중, 그의 머릿속에 떠오른 사람이 한 명 있었다.

"꼬마 하나 소개시켜줄까?"

"꼬마요?"

"있어. 귀엽고 어이없는 꼬마 하나."

'꼬마 하나? 귀여운데 어이가 없다?'

보라의 얼굴이 또다시 변화무쌍해지자, 시오는 이젠 대놓고 구경하기 시작했다.

'경계심을 푼 저 여자의 표정은 저렇군.'

피식 웃은 그는 팔을 뻗어 보라의 손을 잡고는 자신 쪽으로 끌어당겼다. 앗, 할 새도 없이 그의 바로 앞에 선 보라는, 고개를 든 채 자신을 올려다보고 있는 남자를 빤히 내려다보았다. 곧 그의 입꼬리가 살짝 올라가며 낮은 목소리를 내었다.

"그 전에 할 건 하고."

"응……."

팔을 끌어당긴 힘 때문에 보라의 고개가 숙여지자, 그는 천천히 입술을 부딪쳤다. 허리를 숙인 탓에 자세가 영 불편해진 보라는 아쉽지만 입술을 떼려 했다. 하지만 그는 허리를 끌어당겨 자신의 무릎 위에 그녀를 앉혔다.

"음...... 바지...... 구겨......"

"상관없어."

그는 퇴근을 하고 바로 온 상태였기에 슈트를 입고 있었다. 그 탓에 간간히 입술을 떼며 말을 해줬지만 그는 상관이 없단다.

보라 역시도 그와 나누는 키스가 좋았기에 조용히 입 다물고 계속해서 그를 받아들였다.

보라를 차에 태운 시오는 운전석에 앉으며 조심스럽게 말을 꺼냈다.

"그렇게 놔두지는 않겠지만, 혹시 누가 노려보는 것 같다 싶으면 곧바로 말해."

"네? 누가 노려보는데요?"

시오는 뜨끔한 표정을 얼른 지우며 작게 헛기침을 했다. 하지만 핸들을 돌리는 그의 얼굴엔 왠지 초조한 기색이 묻어 있었다. 지오에게 보라의 험담 아닌 험담을 했던 게 영 마음에 걸렸다. 비록, 그러려던 의도는 아니었지만.

하지만 자신이 틀린 말을 한 것도 아니지 않은가? 그래도 아직 다시 만나는 건 모를 텐데....... 그냥 차를 돌릴까, 심각하게 고민하는 그였다.

시오가 커피숍으로 들어오자, 그를 발견한 유현이 반가운 목소리로 불렀다.

"어? 처남!"

"약속 있다더니 웬일이야? 어?"

보라를 발견한 지오의 눈이 동그랗게 떠졌다.

역시나……. 시오는 애써 웃으며 보라를 자신의 바로 옆에 세웠다.

"데이트하다가 생각나서 왔는데, 괜찮죠?"

"그럼. 당연하지. 역시 인기가 끊이질 않네. 그치? 지오야?"

하지만 지오는 뭐가 마음에 안 드는 건지 뚫어져라 보라를 쳐다보고 있었다.

"지오야, 물 좀 끓여줘."

"뭐해? 매형이 부르잖아."

주방으로 들어서려던 지오는 못 참겠는지 이내 시오의 팔을 잡아 끌었다. 주방으로 들어선 둘을 못 본 척한 유현이 찻장에서 컵을 꺼냈다.

"왜?"

"헤어졌다며."

"머리 나쁘냐? 같이 온 거 보면 모르겠어?"

"자존심도 없어? 그런 소리 듣고도 다시 만나?"

"미안하대. 거짓말이었대. 그리고 그거 나도 알고 있었어."

"뭐?"

"잘 좀 봐줘. 또 헤어지면 그땐 내가 네 오빠 한다."

"……."

지오의 머리를 살짝 누른 시오는 이윽고 멀뚱하게 앉아 있는 보라에게로 다가갔다.

둘을 지켜보다가 물을 끓이던 지오는 그제야 뭔가 이상하다는 걸 눈치채고는 그를 노려봤다.

"이 자식이! 동생 주제에 오빠를 해!"

솔직한 표정을 만나다

하지만 시오는 뭐가 그리 즐거운 건지 계속해서 입꼬리를 올리고 있는 채였다. 그리고 처음 만났을 때보다 보라의 표정이 훨씬 자연스러워진 것 같았다.

"뭐, 아무도 안 만나는 것보다야……."

그때였다. 문이 열리면서 반가운 이의 목소리가 들렸다.

"아빠! 치우 아저씨 또 화장실 청소 안 했어요."

"혜원이 너, 남자 화장실 들어가지 말랬잖아. 자꾸 아저씨들 놀래킬 거야?"

유현이 나무라는데도, 핑크색 책가방을 단정하게 맨 꼬마는 방실방실 웃으며 가게 안으로 들어오고 있었다.

"여, 꼬맹이 왔냐?"

"꼬맹이 아니라니까."

꼬마가 발끈하자, 시오는 턱을 괴며 더 여유로운 얼굴로 맞받아쳤다.

"근데 왜 이렇게 작아?"

"아니야. 나 이만큼이나 컸거든."

"키는 엄마 닮지 말고 아빠 닮으라고 했지."

"아빠만큼 크면 징그럽다고 했어."

"누가?"

"우리 엄마가!"

"그건 너희 엄마 생각이지."

"그럼 외삼촌도 우리 아빠만큼 큰 여자랑 결혼할 거야?"

꼬마의 일격에 시오의 얼굴이 순식간에 굳었다. 순간 상상까지 했다. 키가 185인 여자랑 결혼할 거냐니.

"그냥 엄마 닮아. 그래도 엄마보단 좀 더 커."

혀를 쏙 내민 꼬마는 그의 옆에 있는 보라를 유심히 바라보았다.

"인사 안 할 거야?"

"누군데?"

"외숙모."

"우와, 안녕하세요. 장혜원이에요."

"안녕."

보라는 앞머리가 귀여운 꼬마에게서 눈을 떼지 못하다가 살며시 미소를 지었다.

"외숙모."

"응?"

아무 거리낌 없이 자신을 부르는 말에 보라는 저도 모르게 대답을 해버렸다. 그보다도 너무 자연스러워 자신이 정말 이 꼬마의 외숙모가 된 듯한 기분이었다.

그걸 아는지 모르는지 낑낑대며 보라의 옆자리로 올라온 혜원이가 책가방에서 노트 하나를 꺼내 그녀에게 보여줬다.

"저 오늘 구구단 시험 봤는데 백점 맞았어요."

'자랑하는 건가?'

노트를 내려다보다가 시오를 힐끗 본 보라는 웃고 있는 그의 모습에 얼른 칭찬을 해주었다.

"와. 정말? 대단한데."

"헤헤. 제가 좀 그래요."

빙긋 웃어 보인 꼬마는 또 뭔가 생각난 건지 책가방을 뒤지고 있었다.

솔직한 표정을 만나다 257

물끄러미 지켜보던 시오는 픽 웃어버렸다. 누가 장유현이 아빠 아니랄까 봐, 붙임성이 수준급이다. 그녀가 혜원이와 잘 어울리는 것 같아 기분이 좋았다. 그리고 아직 내색은 안 하지만 매형은 물론이고 누나도 그녀를 마음에 들어 하는 것 같아 마음이 놓였다.

여기로 데리고 온 건 역시 잘한 건가?

11.
고백의 타이밍 -딱 맞거나 좀 늦거나-

"졸지 말고 열심히 수업 들어."

출석을 부른 시오는 보라를 향해 싱긋 웃어주고는 앞문으로 향했다. 보라의 시선이 교실을 나가는 그를 좇다가 다시 학생들을 바라봤다. 전에야 갈등이 있어서 그가 수업에 참여하지 않았다지만 오늘은 의외였다. 예전처럼 맨 뒷자리에 앉아 수업을 들을 거라 예상했지만 그 예상은 보기 좋게 빗나가버렸다. 보라는 조금 아쉬운 표정을 지으며 수업을 시작했다.

[벤치로 와요.]

1교시를 끝내고 문자를 확인한 보라는 살짝 올라가는 입꼬리를 미처 숨기지도 못한 채 가벼운 걸음걸이로 그가 있을 공간으로 향했다. 언제나처럼 맑은 하늘이 걷고 있는 그녀의 위에 있었다. 신기하게도 보라가 학교에 오는 날이면 하늘이 높고 날씨가 맑았다. 아니면, 그저 기분 탓일까?

서서히 벤치가 보이기 시작하고 벤치 위에 고개를 젖혀 머리를 기대고 있는 그의 모습도 선명해지고 있었다. 자세히 보이지는 않아 확신은 못하겠지만 그는 눈을 감고 있는 것 같았다. 보라는 걸음을 멈추고는 천천히 그의 모습을 훑어보았다. 단정하게 채워놓았던 재킷의 단추가 어쩐 일인지 풀어져 있었다. 하지만 여전히 단추로 채워져 있는 베스트 때문에 단정해 보이는 느낌은 그대로였다. 진지한 얼굴로 구경하는 보라에게 이번엔 그의 넥타이가 들어왔다. 넥타이를 조금 풀어놓은 것 같았다.

'갑갑한가?'

하긴 이렇게 좋은 날씨에 몸에 딱 맞는 슈트를 하루 종일 입고 있으면 갑갑하고 불편할 것 같기도 했다.

'이런 날씨엔 편안하게 차려입고 나들이를 가는 게……'

어느새 엉뚱한 생각으로 빠졌던 보라가 재빨리 고개를 젓고는 그의 위에 있는 하늘을 올려다보았다. 이상하게도 그의 머리 위에 있는 하늘이 유독 더 파랗고 맑아 보았다. 갑자기 그 하늘이 부러워진 보라는 그에게로 조심스럽게 다가갔다.

역시 예상대로였다. 그는 하늘을 향해 고개를 젖힌 채로 눈을 감고 있었다.

'자는 건가?'

쭈뼛쭈뼛하게 서 있던 보라는 마침내 손을 올려 그의 눈앞에서 몇 번 흔들었다. 하지만 그는 아무런 미동도 없었다.

보라가 눈을 몇 번 깜박였다. 호기심이 인 그녀는 이내 고개를 쭉 내밀고는 아주 가까이까지 얼굴을 갖다 대었다. 감긴 눈 사이로 길게 드리워진 속눈썹을 내려다보다가 천천히 시선은 내리며 이내 실쩍 밑어진 입술이 보였다.

'역시 잠든 건가?'

햇살이 이렇게 좋으니 그럴 수도 있다고 생각을 하던 그녀는 살짝 벌어진 입술을 꽤 오랫동안 내려다보다가 조심스럽게 침을 삼켰다.

'무, 무슨 생각을……'

보라는 웃는 것도 아니고 우는 것도 아닌 묘한 표정을 지으며 뒤로 물러서려 했다. 하지만 이내 생각을 고쳐먹고는 천천히 입을 벌려 아주 조그맣게 목소리를 내었다.

"선생님."

아무런 반응이 없었다. 한 번만 더 불러보고 이번과 같은 반응이라면 용감무쌍한 행동을 감행하리라 다짐했다.

보라가 막 입을 벌리려는 찰나, 감겨 있던 두 눈이 번쩍 떠졌다.

"어, 엄마야!"

다급히 뒤로 물러서는 바람에 그녀의 다리가 엉켰고 그대로 뒤로 넘어지려는 걸 시오가 재빨리 손을 뻗어 잡아당겼다. 그 탓에 보라는 앉아 있는 시오에게 거의 안겨버리는 자세가 되고 말았다.

"어…… 어……."

"괜찮아요?"

걱정하는 듯한 낮은 목소리가 귓가를 스쳐, 보라는 고개를 끄덕였다.

"뭘 그렇게 망설이나? 기다리다 지칠 사람도 생각해줘야지."

이내 웃음이 묻어나는 장난스러운 목소리가 들렸고 보라는 몸을 일으켜 그를 바라봤다. 진한 갈색 눈동자에도 웃음이 묻어나고 있었다.

고백의 타이밍-딱 맞거나 좀 늦거나

"잠든 거 아니었어요?"

"그림자가 그렇게 왔다 갔다 하는데 어떻게 잠이 들어?"

"그림자?"

무슨 얘기냐는 듯 되묻자, 시오는 그녀의 손을 잡아들었다. 그리고 아까 그녀가 했던 대로 자신의 눈앞에서 이리저리 흔들어보였다.

"아……."

그가 낮게 웃자, 고개를 끄덕이며 수긍하던 보라는 이내 뚱하게 그를 쳐다보았다. 입술을 살짝 벌리고 있기에 잠이 든 거라고 생각했건만, 이 남자 고단수다.

속으로 투덜대던 보라는 그의 무릎에 앉아 있다는 걸 깨닫고는 벌떡 일어났다. 그리고는 괜히 화제를 다른 데로 돌렸다.

"왜 수업 안 들어요?"

"아쉬워요?"

"그런 건 아니고. 전에는 꼬박꼬박 들었으니까."

"그게 아쉽다는 거지."

"그런가?"

보라는 생각을 하며 눈동자를 살짝 위로 굴렸다. 뭐, 그런 것도 같다. 하지만 얼마 후, 보라의 얼굴이 난데없이 어두워졌다.

'아아. 큰일이다. 저 남자 하는 말은 뭐든 다 맞는 것 같다. 이러다가 아이스크림이 짜다고 해도 그대로 믿어버리는 건 아닐까?'

쓸데없는 생각을 너무도 열심히 하던 보라는 빤히 바라보는 그의 시선을 느끼고는 아무 일 없었다는 듯 새침한 얼굴로 그의 옆자리에 앉았다.

"선반 위는 정리했어?"

바람결을 따라 다정하게 들려오는 목소리가 듣기 좋았다. 보라는 자신도 모르게 입꼬리를 올리며 고개를 끄덕였다.

"제일 중요한 물건들만 올려놨어요."

약간은 수줍은 듯한 음성에 이번엔 시오의 입가가 올라갔다.

"그래? 다음에 가서 확인해야겠네. 제일 중요한 게 뭔지."

그러자, 보라는 들키기라도 한 것처럼 화들짝 놀라며 이리저리 눈동자를 굴렸다. 빤히 지켜보던 시오는 작게 웃음을 터뜨렸다. 무언가 보여줘선 안 되는 물건이라도 있는 모양이었다.

그녀의 집들이 이후, 너무도 솔직하게 바뀐 그녀의 반응에 그는 한층 더 즐거워지고 있었다.

"들어가야겠다."

손목을 들어 시계를 확인한 그가 보라에게 말하며 몸을 일으켰다.

"선생님."

"왜?"

"넥타이."

보라가 조심스럽게 말하자, 그는 고개를 숙이며 자신의 넥타이를 만져보았다. 아까 살짝 풀어놓았는데 그걸 발견한 모양이었다. 나머지 한 손을 들어 넥타이를 매려던 그는 무언가가 떠오른 듯 잠시 행동을 멈추고는 이윽고 넥타이를 매지도 않고 두 손을 내렸다.

왜 그러냐는 듯한 보라의 눈동자에 그는 천천히 다가가 아직 벤치에 앉아 있는 보라에게로 살짝 몸을 구부렸다.

"매 줘."

"응?"

"넥타이."

장난기가 묻어나는 눈동자에 멀뚱하게 눈을 맞추던 보라는 천천히 시선을 내려 그의 넥타이를 빤히 바라보았다. 잠시 후, 그녀의 두 손이 스르르 올라갔다. 그저 넥타이를 매주려는 것뿐인데도 심장이 미친 듯이 뛰기 시작했다. 살짝 입을 벌려 작게 숨을 내쉰 보라는 마침내 그의 넥타이를 잡고는 눈동자를 들어 그를 보았다. 그의 입꼬리가 조금 더 올라갔다.

 보라는 자신이 잡고 있는 넥타이를 물끄러미 바라보았다. 단정하게 넥타이를 맨 그의 모습도 멋졌지만 한편으로는 넥타이를 풀어주고 싶은 마음도 있었다. 화창한 날씨에 어울리게 그에게도 여유를 주고 싶었다. 하지만 여긴 직장이었다. 다음엔 기필코 내 손으로 넥타이를 풀어 주리라, 마음속으로 굳게 다짐하는 그녀였다.

 보라는 의식을 행하는 것처럼 아주 조심스럽게 넥타이를 잡은 손에 힘을 주어 위로 끌어올렸다. 그런데 얼마만큼 조여야 하는 건지를 잘 모르겠다. 매본 적도 없고 누군가를 매준 적도 없으니 이게 참 애매했다. TV에서 넥타이를 매는 직장 남성들을 떠올리던 그녀는 눈에 힘을 주며 그의 넥타이를 주의 깊게 바라봤다. 고개를 갸웃한 그녀는 아직 부족하다고 생각을 하고는 조금 더 넥타이를 위로 올렸다.

 "조르진 말고."

 "아! 미안해요."

 보라가 당황스러운 얼굴을 하자, 그는 못 말리겠다는 듯 웃어보였다.

 "가자."

 그가 앞질러 걸었고, 보라는 그의 뒤를 열심히 따랐다. 얼마쯤 걸었을까. 보라의 귀에 낮은 목소리가 들려왔다.

"내내 생각해봤는데, 역시 말해줘야 할 것 같아서……."

"……."

"어쩌면 그 말이 맞는지도 몰라. 9년 동안 기다리고 있었는지도 모르지. 말없이 떠났으니까 어쩌면 또 그렇게 어처구니없고 이기적이게 다시 나타나진 않을까, 그런 생각했었는지도. 처음이었고, 이루어지지 않았고, 그럼에도 불구하고 나는 필사적이었으니까."

"……."

"처음엔 아마 기다린 게 맞을 거야. 그런데 어느 순간부턴 아니었어. 그게 당신을 만나고부터인지 아니면, 당신을 만나기 전부터인지는 모르겠어."

"……."

"나는…… 그 사람이 나타났는데도 차보라라는 여자 생각만 하고 있었거든. 그 사람이 들어올 틈은 단 한군데도 없었어. 아니, 한군데 정도는 들어왔을 수도 있겠다. 엄청 원망했거든, 그 사람. 그 사람 때문에 차보라라는 여자가 화가 난 거라고, 그렇게 원망했으니까. 다른 생각 같은 건 나지도 않았어. 9년 전? 병원 옥상? 첫사랑? 아니, 어느 순간 그런 건 없었어. 그저 차보라라는 여자만 내내 생각하고 있을 뿐이었지."

"……."

"그래서 알았어. 내가 생각보다 당신을 훨씬 더 많이 좋아하고 있다는 거."

"……."

"항상 뒤늦게 깨달아버리네."

보라는 고개를 들어 한 걸음 앞에 있는 그의 뒷모습을 바라보았다.

단정하게 정리되어 있는 머리칼과 여전히 단정하고 깨끗한 목덜미가 눈에 들어왔다. 처음에 밥을 사라며 끌고 갔을 때도 저 목덜미에 이상하게 두근거리는 심장을 달래야 했다. 그때와 달라진 게 있다면, 이젠 저 남자의 마음을 확실하게 안다는 것. 그래서 더 이상 불안하지 않다는 것.

보라는 몇 번 입술을 달싹거리다가 마침내 그를 향해 천천히 말했다.

"몇 번이나 사과하려고 했어요. 솔직하지 못해서 미안하다고. 사실, 진심이 아니었다고. 아마 머릿속으로는 스무 번도 넘게 사과했을 거야."

"알아."

"알면서 모른 척한 거예요?"

곧, 낮게 웃는 소리가 들렸고 그는 몸을 돌려 그녀를 마주보며 천천히 뒤로 걸었다.

"그럼. 미안하지? 나한테 미안하니까 어서 사과해! 그렇게 말해줬으면 좋았겠어?"

"하긴. 그것도 좀 그렇다."

"어쨌든 하긴 했잖아. 그때도 거의 반강제적이긴 했지만."

보라는 그가 말하고 있는 순간을 기억해내곤 살짝 시선을 피했다. 얼마나 그에게 매달렸으면 급기야 그가 자신을 잡고 떼었을까. 그 후에 한 말엔 가슴이 더 두근거렸지만.

"기쁘기는 한데 숨은 쉬어야 할 것 아냐."

얼굴이 화악 붉어지는 걸 느끼며 보라는 애꿎은 축구골대만 노려보다가 마침내 입을 열었다.

"그러지 않았어도 결국 얘기했을 거예요. 다른 누구를 만나도 선생님, 그러니까 당신처럼 좋아할 사람은 없었을 테니까."

당황하는 듯 잠깐 멈췄던 그의 얼굴에 미소가 번졌다.

"고백인가?"

"······고백이죠."

"고맙군."

"알아요."

그는 여전히 미소가 번진 얼굴로 천천히 뒤돌아섰다. 보라는 그의 뒷모습을 바라보며 천천히 올라가는 입 끝을 느꼈다. 지금은 그의 얼굴이 보이지 않았지만 어떤 표정을 짓고 있는지 알 것 같았다.

"차 쌤! 저번 시간에 시험본 거 안 나눠주세요?"

"야! 그걸 왜 말해?"

"그럼 말 안 하냐? 안 한다고 차 쌤이 평생 시험지 안 나눠주겠냐?"

남학생 둘이 투닥거리는 소리에 보라는 어두운 얼굴을 했다. 저번 주, 도건에게 회식 자리로 끌려가는 바람에 미처 채점을 다 하지 못했다. 더군다나 그의 서랍 속에 고이 모셔두었던 덕에 시험지는 싹 잊고 있었던 것이다. 안 그래도 아침 내내 걱정이 되었는데, 쉬는 시간에 그와 고백이니 감사니 하는 통에 다시 잊어버리고 말았다.

"아직······."

"다음 주에 나눠줄게."

"에? 미술 쌤도 채점하셨어요?"

"그래, 인마. 뭘 그렇게 많이 틀렸어?"

"제가요? 나름 열심히 한 건데."

"더 열심히 해."

남학생은 진짜 풀이 죽은 건지 아니면 장난을 치는 건지 어깨를 추욱 늘어뜨리며 교재를 펼쳤다. 보라는 뒷자리에 자리를 잡아 턱을 괴고 있는 그를 바라보며 살짝 미소 지었다.

글쓰기 실습을 시키고 책을 훑어보던 보라는 흥미로운 소재를 발견하고는 눈을 떼지 못하고 있었다. 하지만 시오는 보라를 줄곧 눈으로 좇으며 그녀의 관심을 요하고 있었다. 마치 자신이 5살짜리 꼬마가 된 듯한 기분이었다. 어이없다는 듯 픽 웃은 그는 노트를 펜 끝으로 탁탁 치다가 이내 한쪽 입꼬리를 올리며 불량스러운 웃음을 내비쳤다.

"차 선생님."

갑자기 들려오는 익숙한 목소리에 보라가 눈을 동그랗게 뜨며 책에서 시선을 뗐다.

"네?"

"이거 맞춤법 맞는지 봐주실래요?"

정중한 그의 목소리에 학생들은 여기저기서 오오, 하는 보라에 대한 동경의 목소리를 내었다.

보라는 살짝 고개를 갸웃하면서 그에게로 다가갔다. 그가 눈짓을 하는 노트를 내려다보던 보라의 눈이 동그랗게 떠졌다.

*저녁 뭐 먹을까?^^*

뭐하는 거냐는 보라의 눈동자에 그는 살짝 웃으며 어깨를 으쓱였다. 이렇게라도 그녀와 놀고 싶은 작은 투정이었다. 보라는 허탈하게 웃으며 그의 펜을 빼앗아 정갈한 글씨 밑에 곧 답 글을 적었다.

맛있는 거 --

간결한 답에 이번엔 그가 허무하게 웃었다. 보라는 살짝 눈을 흘기며 다시 앞으로 향했다. 하지만 그의 시선은 여전히 그녀에게서 떨어질 줄을 몰랐다.

※ ※ ※

수업이 끝나고 빈 교실에 남은 두 사람은 그의 책상 서랍에서 가져온 시험지를 암담하게 내려다보았다.

"얼마나 남았어요?"

"반 정도."

시험지를 훑어보던 시오는 일부러 피곤한 목소리를 내며 의자에 앉았다.

"배고프네. 빵도 먹고 싶고."

"그거 나 들으라고 한 말이에요?"

"횡단보도 앞 베이커리 빵이 그렇게 맛있는데. 그 옆집 커피가 또 그렇게 맛있다지."

능청맞게 중얼거리며 목을 주무르던 시오가 책상 위에 놓인 펜을 집어 들었다.

"채점해야지."

빤히 지켜보고 있던 보라는 헛웃음을 뱉으며 가방에서 지갑을 꺼냈다.

"놀지 말고 채점하세요."

"염려 마요."

보라는 엄한 표정을 지우며 피식 웃어보였고 그대로 돌아섰다. 빤히 바라보던 시오는 한참 뒤에야 시선을 거두고 채점에 돌입했다.

그와 같이 걸을 땐 얼마 안 되는 것 같더니 혼자 나오니 그렇게 멀 수가 없다. 횡단보도 앞에서 신호를 기다리던 보라는 그가 말했던 베이커리로 들어가선 경악할 수밖에 없었다. 맛있다던 그의 말을 입증시키기라도 하듯 계산대 앞에 줄이 길게 늘어서 있었다.

여러 종류의 빵을 쟁반에 담은 보라는 아직까지 줄어들지 않은 줄을 보다가 하는 수 없이 빈 의자에 걸터앉았다. 여기저기 둘러보다가 창밖으로 시선을 돌리니 다양한 사람들이 눈에 띄었다.

빠르게 걷고 있는 사람, 아예 뛰어가고 있는 사람, 여유를 만끽하듯 천천히 걷고 있는 사람, 누군가를 기다리는 사람, 누군가를 향해 손을 흔들며 다가가고 있는 사람.

그들을 구경하는데 문득 떠오르는 사람이 있었다.

'채점하고 있을까? 혹시 놀고 있는 건 아니겠지? 재킷 단추는 아까처럼 풀어놓았을까? 웃고 있을까?'

하염없이 그리워지는 바람에 하마터면 전화까지 걸 뻔했다.

보라는 자신을 부르는 소리에 급히 쟁반을 들고는 계산대 앞으로 다가갔다. 하지만 아직도 넘을 산이 있었다. 그 옆 커피숍에서도 한참을 기다린 그녀는 양손에 빵과 커피를 들고는 그가 있을 교실로 향했다.

"응?"

보라의 눈동자에 불만의 기색이 스쳤다. 누군 열심히 줄서서 커피랑 빵을 사왔는데 누군 책상에 엎어져서 자고 있다니. 보라는 뾰로통

한 얼굴로 책상 앞에 다가갔다. 그는 시험지에 볼을 대고 엎드린 채였다. 한참을 노려보고 있는데도 어째 반응이 없다. 보라는 이내 무릎을 구부리고는 빤히 그의 얼굴을 들여다보았다.

'또 자는 척하는 거 아냐?'

단정하게 감긴 눈 사이로 길게 뻗은 속눈썹은 아까와 같았지만 입술은 달랐다. 이번엔 살짝 벌어지기는커녕 굳게 다물어져 있었다. 보라는 호기심이 인 듯 검지를 올려 그의 아랫입술을 톡 쳤다. 말랑거리는 기분 좋은 감촉이 손가락에 전해지자, 그녀는 살짝 혓바닥을 내밀었다. 이번엔 검지로 조금 더 길게 그의 입술을 내리눌렀다. 손가락을 떼는 동시에 그의 미간이 살짝 구겨진다 싶었는데, 그는 이내 작게 숨을 내쉬었다. 그리고 침을 삼키는 건지 목젖이 그녀의 눈 바로 앞에서 오르내렸다. 남자의 목젖을 이렇게 가까이서 실제로 보기는 처음이었다. 처음 보는 생소한 광경에 보라는 눈을 깜박거리며 쪼그려 앉은 상태로 뒤로 한 걸음 물러났다.

"진짜 자나?"

보라는 단정하고 깔끔한 얼굴을 한참 동안 구경하다가 다시 그의 앞으로 다가갔다. 그리고는 살짝 고개를 기울여 그의 입술에 작게 키스했다. 촉, 하는 소리가 조용했던 교실 안에 울렸고, 보라는 얼굴을 붉히며 자리에서 벌떡 일어났다.

'무, 무슨 짓을.'

멋쩍은지 뒷목을 긁적이던 그녀는 그의 귓가에 대고 작게 속삭였다.

"선생님."

귓가를 간질이는 목소리에 그의 눈이 떠졌다. 벤치에서처럼 번쩍

고백의 타이밍-딱 맞거나 좀 늦거나 271

떠진 것이 아니라 스르르 떠진 눈에 그가 진짜 잠들었었다는 걸 깨닫고 보라는 안도의 숨을 내쉬었다.

"왔어요?"

아직 잠이 덜 깬 모습이 귀여워 보여 보라는 부러 불퉁한 목소리를 내었다.

"채점한다면서 자는 거예요? 기껏 힘들게……."

말이 끊긴 건 보라의 눈이 시험지에 닿은 순간이었다. 하나로 쌓여져 있는 시험지의 맨 위엔 점수가 체크되어 있었다.

"설마…… 다 한 거예요?"

"그래도 하던 사람이 손이 더 빠를 테니까."

"……."

"쪽지 시험은 나도 꽤 보거든."

그는 씨익 웃으며 뻐근해진 어깨를 주물렀다.

"그럼…… 이건 일부러 사오라고 한 거예요? 혼자 채점하려고?"

"이봐. 나 그렇게 착한 사람 아니거든. 그리고 그거 사러 갔다 오는 건 힘 안 드나?"

"안 들었어요, 힘. 하나도."

오히려 즐거웠다. 화창한, 그래서 절로 웃음이 나는 날씨에, 나를 위해주는 사람이 있고, 그 사람을 위해 무언가를 사서 그 사람에게로 돌아간다는 것. 그건 너무도 행복한 일이었다.

왠지 풀이 죽은 보라의 목소리에 시오는 의아해하며 그녀의 얼굴을 살폈다.

"왜 그래?"

"……고마워요."

그제야 걱정스러워하던 그의 입매가 풀어졌다.

"이따가는 더 고마울걸."

보라가 그를 보는 동시에, 시오는 손을 뻗어 그녀를 끌어당겼다. 갑작스런 힘에 보라는 어느새 그의 바로 앞까지 다가와 있었다. 그는 다른 손을 올려 보라의 뒷목을 감싸고는 천천히 자신에게로 내렸다.

고개를 젖혀 보라를 올려다보던 시오의 입꼬리가 살며시 올라갔다.

바로 앞에서 내려다보이는 그의 얼굴이 매혹적이어서 보라는 천천히 눈을 깜박였다.

"고마워요, 그게 다야?"

갑자기 들려오는 그의 장난스러운 목소리에 보라가 떠듬떠듬 답했다.

"그, 그럼요?"

"칭찬 같은 거 안 해주나?"

"……."

"그러려고 열심히 했는데."

"……자, 잘했어요."

잔뜩 주눅이 든 목소리에 결국은 그가 웃음을 터뜨렸다. 칭찬이 아니라 도리어 용서해달라고 잘못을 비는 듯한 목소리였다.

"알아."

이윽고 그의 눈이 감겼고, 뒷목을 감싼 손에 살며시 힘이 들어갔다. 그 때문에 보라의 고개가 점점 더 그를 향해 내려갔다.

"사, 사람들……."

"이 시간엔 아무도 안 와."

그는 여전히 눈을 감은 채로 대답했다. 물끄러미 바라보던 보라는 그가 살짝 눈을 떠 바라보자, 이내 눈을 질끈 감고는 그대로 고개를 숙였다. 살짝 맞닿은 입술이 몇 번 떨어졌다 닿기를 반복했고, 그는 못 참겠다는 듯 붉게 물든 입술을 그대로 삼켰다. 점점 깊어지는 키스에 보라가 그를 밀어내려 했지만 힘으론 역부족이었다. 한참 동안 놓지 않던 그는 이윽고 입술을 떼고 그대로 그녀의 허리를 끌어당겨 안았다.

"큰일이다."

작게 중얼거린 소리를 어렴풋이 들은 것도 같았다. 보라는 가쁜 숨을 몰아쉬며 끌어안은 채로 자신을 놓지 않는 그를 바라보았다. 손을 뻗어 부드러워 보이는 그의 머리카락을 살짝 만지던 그녀는 한층 더 두근거리며 심장을 느끼며 조용히 미소 지었다.

평소보다 좀 늦은 퇴근을 하게 된 시오는 자신의 차 뒷자리에 있던 상자를 집어 그녀에게 내밀었다.

"뭐예요?"

"초콜릿, 민트, 루이보스. 세 가지가 섞여 있는 차라던데."

보라는 상자를 열어 그 안을 동그랗게 떠진 눈으로 내려다봤다. 상자 안에는 셀 수도 없을 만큼 많은 종류의 허브 차들이 들어 있었다.

"샘플로 조금씩만 갖고 온 거니까, 괜찮은 것 있으면 말해. 더 갖다 줄게."

"이렇게 많이 가져와도 되는 거예요? 아무리 매형 가게라지만."

"공짜로 줄 사람들이 아니긴 하지."

"응?"

시오는 며칠 전 유현의 커피숍에서 에이프런을 두르고 5시간 동안 단 1분도 쉬지 않고 일을 한 걸 떠올리고는 생각도 하기 싫다는 듯 눈을 감아버렸다. 손님이 있으면 서빙, 손님이 없으면 설거지에 청소, 거기에다 평소에는 하지도 않는 유리창 청소까지 시켰었다. 그것뿐이면 말을 않지. 오늘은 혜원이 숙제 검사는 물론이고 알파벳 공부까지 시키고 왔다. 그는 머리가 아픈 듯 손가락으로 관자놀이를 꾹꾹 누르다가 무언가 생각이 난 듯 뒷좌석 쪽으로 몸을 틀었다.

"이거."

"이게 뭐예요?"

"혜원이가 미술 시간에 그렸대."

보라는 스케치북인 듯한 종이를 한 장 들고는 그 안에 그려진 머리카락이 긴(아마도 여자인 듯) 사람을 한참 동안 응시했다.

"당신이래."

"나요?"

"어."

"정말요? 잘 그렸다."

"잘 그렸어? 대체 어디가?"

시오가 말도 안 된다는 듯 말하자, 보라는 샐쭉 웃으며 대답했다.

"왜요. 잘 그렸잖아요."

"아니야. 실물이 훨씬 예뻐."

무덤덤한 목소리로 말한 시오가 시동을 켜자, 보라가 그를 흘끔 보며 더 환하게 미소 지었다.

"나를 그려주고, 영광인데요."

"말도 마. 고작 그런 거 그려줘 놓고 어찌나 뿌듯해하는 표정으로 쳐다보던지."

"귀여웠겠다. 한 번 봤는데 또 보고 싶어요."

"그 꼬마, 자주 보려면 방법이 있긴 하지."

보라가 뭐냐는 듯이 그를 바라봤다.

"나랑 사는 거."

시오는 보라를 바라보며 씨익 웃어보였다. 커다랗게 떠진 눈동자가 재빨리 다른 곳으로 떠나자, 그는 그럴 줄 알았다며 앞을 돌아보았다.

'하긴. 이런 식으로 청혼하는 남자, 별로지.'

"하나 더 있는데."

"무, 무, 무슨······."

"쯧. 그 얘기 아니고 선물 하나 더 있다고."

보라는 홱 고개를 돌려 그를 째려봤다.

"이 여자 봐라. 그게 선물 주는 사람한테 대하는 태도야?"

"난 원래 이래요."

"그래? 기억해둬야겠군."

"뭔데요?"

"앞에 상자 있지?"

보라는 고개를 돌려 앞을 바라보았다. 유리창 앞에 네모난 상자가 놓여져 있었다. 조심스럽게 집어든 보라는 상자를 열어 안을 확인했다. 텀블러였다.

"와!"

텀블러를 꺼내 유심히 살펴보던 보라는 다시 그를 바라보았다.

"누나가 갖다 주래. 잠깐 미워했어도 역시, 당신이 마음에 들었나봐."

"날 미워하셨어요?"

"흠!"

그는 괜히 헛기침을 하며 운전에 집중하는 척했다.

"왜요?"

하지만 보라는 끈질겼다.

"당신이 나 버렸었잖아."

"그걸 일러바쳤어요?"

"누가?"

"그럼 언니가 어떻게 알았어요?"

"도사라도 되나 보지."

"네?"

"어쨌든, 커플 컵이라니까 잃어버리지 마. 그거 잃어버리면 진짜 미움 받는다."

"안 잃어버려요. 잘 때도 안고 잘 거예요."

보라가 뚱하게 말하자, 그는 곧 헛웃음을 내뱉었다.

"나 참."

"왜요?"

"텀블러가 부럽기는 또 처음이라."

그를 흘겨보던 보라의 볼이 살며시 붉게 물들었다.

"내일 뭐 해?"

"별로. 채점도 끝냈고, 수업 준비도 조금은 해놨고, 집 정리도 끝냈고……."

그냥 할 일 없다고 하면 될 걸, 저렇게 열심히 돌려서도 말한다. 계속 듣다간 끝이 없어질 것 같아서 시오는 끝까지 듣는 걸 포기하고 말을 잘랐다.

"내일 나랑 놀아줄래?"

보라는 금세라도 올라갈 것 같은 입꼬리를 애써 내리며 천천히 대답했다.

"네."

하지만 목소리엔 즐거움이 가득 담겨 있었다.

보라는 서둘러 외출준비를 끝내고는 급히 계단을 내려갔다. 처음 하는 데이트도 아니었건만, 어젠 통 잠을 이루지 못했다. 눈을 감았다가 다시 뜨기만 몇 번, 결국 책을 반 정도 읽다가 간신히 잠이 들었다. 늦잠을 잔 탓에 늦은 것도 있었지만, 그에게 예쁘게 보이고 싶어 기껏 어제 미리 내놨던 옷들을 벗어던지고 다시 옷장을 뒤져 다른 옷을 찾아내기까지 했다.

보라는 잠시 건물 문 앞에 멈춰 자신의 차림새를 점검했다. 가벼운 티셔츠에 회색 플레어스커트를 입고 그 위에 곤색 재킷을 입은 모습이 그녀를 발랄하고 어려 보이게 만들었다. 보라는 살짝 입꼬리를 올려 웃는 연습을 하곤 재빨리 문을 열었다.

차에 기대어 선 시오가 보였다. 그 역시 다른 날과는 다른 모습이었다. 항상 보던 대로 슈트를 입은 모습도 아니었고, 첫 데이트 때처럼 등산복을 입은 모습도 아니었다. 회색 티셔츠에 청바지 차림이었고, 그 위에 가볍게 점퍼 하나를 걸친 모습이었다.

'그리고 또……'

무언가 더 달라져 있다는 생각이 들어 보라는 그에게로 더 가까이 다가섰다. 인기척을 들은 그가 고개를 돌렸고, 보라는 이내 그게 무엇인지를 알아차렸다.

"머리카락."

"좀 잘랐는데, 어때?"

"잘 어울려요."

마치 그를 처음 본 날 같았다. 비록, 그땐 그다지 좋은 마음이 아니었지만 그때도 내면 깊은 속에선 생각하고 있었는지도 모른다. 참, 잘생긴 사람이라고.

보라가 샐쭉 웃어보이자, 그도 환하게 웃었다.

영화관 건물 지하 주차장에 차를 세운 그는 유리창 앞쪽에서 지갑을 꺼냈다. 그리고는 청바지의 뒷주머니에 넣어야 하는지 점퍼 주머니에 넣어야 하는지 망설이는 듯했다. 아무래도 슈트만 입고 다니던 사람이라 어디에도 넣기가 어색한 모양이었다. 보라는 그에게 다가가 손을 내밀었다.

"가방에 넣어줄게요."

지갑을 빤히 내려다보던 그는 곧 그녀에게 내밀었다. 보라가 지갑을 가방에 넣고 있는 사이, 시오는 한발자국 물러나 팔짱을 끼고 그녀의 차림새를 다시 한 번 살펴보았다. 무언가가 영 마음에 걸렸다.

"근데……."

"응?"

"옷이 꼭……."

"……."

"기분 탓인가? 교복이 자꾸……."

"아! 좀 스쿨룩 같긴 하죠."

보라가 검지를 들어 올리며 히죽 웃어보였다. 다시 한 번 옷을 훑어보던 그는 천천히 눈을 감았다.

"부탁인데, 다신 그렇게 입지 마."

"왜요? 이상해요? 안 어울리나?"

"아니, 그런 건 아닌데. 자꾸 안 좋은 기억이 떠올라서."

시오는 무언가를 떠올리며 연방 투덜거렸다. 보라의 머릿속에 학생을 건드렸다며 그를 신나게 때리던 그의 누나가 떠올랐다. 보라는 웃음을 터뜨리며 이내 고개를 끄덕였다.

"알았어요."

"그래도 뭐, 예쁘네."

그는 무심하게 중얼거리며 걸음을 옮겼다. 뒤따라가던 보라는 그가 내미는 손을 발견하고는 샐쭉 웃으며 손을 잡았다. 곧 커다란 손이 하얀 손을 살며시 감싸 쥐었고, 보라는 그에게로 더 가까이 붙어 걷기 시작했다. 보폭이 컸던 하얀 운동화가 또각또각 소리를 내는 검정 구두의 걸음 속도에 이내 맞춰지고 있었다.

12.
애인과 취객의 사이

 갑작스레 걸려온 전화에 보라는 곤혹스러웠다. 발신자는 다름 아닌 연두였다. 도대체 술을 얼마나 마신 건지 혀가 꼬여 있었다. 이른 저녁, 전화를 걸어 연방 보고 싶다고 말하는 연두에게 결국 보라는 꽥 소리를 지르고 말았다.
 "갑자기 왜 이래?"
 ─동생이야말로 왜 이래? 보고 싶어 죽겠다니까. 갈 거야. 나 간다! 간다니까!
 "그래, 그래. 나도 엄청 보고 싶어. 그러니까 얼른 주무시기나 하셔."
 연두와의 통화를 끝낸 보라는 아까 짧게 울렸던 알림음을 기억해 내고는 핸드폰을 확인했다.
 [전화 안 받네. 오늘 회식이 있어서 약속 미뤄야겠다. 내일 연락할게. 잘 자.]

시오의 문자를 물끄러미 바라보던 보라는 침대 위로 풀썩 엎어졌다. 아쉬웠지만 회식에 빠지고 오라고 할 수도 없는 노릇이기에 그에게 온 문자를 계속해서 보며 마음을 달래야 했다.

"그래. 이왕 이렇게 된 김에 일찍 자자."

침대에 누워있던 보라는 혹시 내일 그를 만날지도 모른다는 생각에 냉장고에 고이 모셔두었던 팩을 꺼내 얼굴에 붙였다. 그리고는 화면 속에 보이는 그가 보낸 문자를 바라보며 흐뭇한 얼굴로 눈을 감았다.

딩동.

초인종이 울리는 소리에 보라의 눈이 번쩍 떠졌다. 아직 잠이 덜 깬 눈을 비비며 고개를 돌린 그녀는 문 쪽을 빤히 바라보았다.

'잘못 들었나?'

하긴 이 시간에 올 사람이 없다. 보라는 자신의 생각에 수긍하는 듯 고개를 끄덕이고는 얼굴에 붙어 있는 팩을 점검했다.

딩동.

잘못 들은 게 아니었다. 그녀는 벌떡 일어나 서둘러 문 쪽으로 향했다. 그러는 도중 아까 언니와 했던 통화가 기억이 났다.

"뭐야? 온다고 하더니 정말이었어?"

잔뜩 술이 취해서 보고 싶다고 난리를 치더니 정말로 온 모양이었다. 아무래도 오늘 술꾼 하나에게 시달리다가 자야 할 것 같은 불길한 예감이 들었다. 보라는 어두워진 얼굴로 한숨을 내쉬었다.

"누구세요?"

"나."

짐작한 대답은 맞지만 예상한 목소리는 아니었다.

"누구요?"

"……나."

어렴풋이 한숨을 내쉬는 소리가 문 너머에서 들려왔다. 보라는 잔뜩 심각한 표정을 짓다가 슬그머니 문을 열었다.

하지만 보이는 건 그저 하얀 벽뿐이었다. 깜빡깜빡 동그란 눈이 몇 번 깜박이더니 이내 험악하게 변했다.

"누가 장난질이야?"

"장난 아니야."

"힉!"

순간적으로 팔을 들어 방어 자세를 취한 보라는 빠끔히 머리를 내밀고 옆을 돌아봤다. 어느 학교의 아주 잘 아는 근사한 얼굴의 미술 선생이 살짝 눈을 감은 채로 문 옆에 기대어 있었다.

"여기서 뭐해요?"

"……서."

"네?"

취해서 그러는 건지 혼잣말인 건지 안 그래도 낮은 목소리가 잘 들리지 않았다. 보라는 귀를 기울이다가 슬리퍼에 발을 넣기 시작했다.

"보고 싶어서."

하지만 남아 있는 슬리퍼 하나를 미처 신지 못하고 멈춰야 했다. 그리고 시선을 올려 그를 바라보았다.

천천히 눈을 뜬 그와 보라의 눈동자가 마주쳤다.

"취했어요?"

"안 취했다고 하면 믿을 건가?"

픽 웃는 소리가 듣기 좋아 보라는 화가 났던 아까는 깡그리 잊은 채 살짝 입을 벌렸다. 시오가 물끄러미 바라보기만 하자, 민망해진 그녀는 얼른 눈동자를 돌려버렸다.

"오늘은 커피 마시라고 안 해?"

"밤엔 커피 안 마신다면서요?"

"예외인 날도 있어야지."

빤히 바라보던 보라는 피식 웃으며 들어오라는 듯 현관으로 들어섰다. 그러다가 문득 스치는 생각에 그를 향해 휙 뒤돌았다. 그 탓에 따라 들어가려던 시오는 제자리에 멈춰서 빤하게 그녀를 바라봐야 했다.

"취했죠?"

"……응?"

"혹시…… 그러니까 내일 부분적으로 기억을 못한다거나 뭐, 그럴 건 아니죠?"

그녀의 말이 이해하기 어렵다는 듯 진지한 표정을 짓던 시오는 이내 헛웃음을 흘렸다.

"정신은 말짱하거든."

"진짜?"

"왜? 확 덮쳐줄까?"

"네?"

시오는 피식 웃으며 보라를 지나쳐 집 안으로 들어섰다. 뚱한 표정을 짓던 그녀는 그의 까만 머리칼을 살짝 흘겨보며 걸음을 옮겼다.

"커피 줘요?"

"아니, 홍차."

"거짓말쟁이."

"커피나 차나."

무덤덤한 목소리를 들으며 툴툴대던 보라는 물을 끓였다.

"술은 어디서 마셨어요?"

"술집."

보라가 그를 돌아보며 눈썹을 치켜떴다.

'이 남자, 지금 말장난하는 건가?'

뚱한 보라의 얼굴을 바라보던 그가 이윽고 큭큭거리기 시작했다. 딴에 장난이라고 친 건가 본데 보라는 어이가 없을 따름이었다.

"그 말이 아니잖아요."

"어? 바가지 긁는 건가?"

싱크대에 기대선 보라는 식탁에 턱을 괴고 앉아 있는 시오를 유심히 바라보았다. 어딘가 모르게 다른 날과 달라보였다. 원래부터 마냥 무뚝뚝한 사람은 아니었지만 지금은 얼굴에 장난기가 가득했고 입가도 내내 올라가 있었다. 툭툭 내던지는 말투에도 역시 장난기가 묻어나 있었다.

"취했죠?"

"세 번째."

"네?"

"한 번만 더 대답해주고 그 다음엔 그냥 안 넘어간다."

"무슨……"

"취했어. 약간 알딸딸하고 기분 좋은 정도? 그러다 보니까 당신이 더 보고 싶었고. 참을까 했는데 결국은 못 참고 차 돌려서 왔고. 하지만 아직 본능보다는 이성이 더 위에 있으니까 걱정할 필요는 없고."

차근차근 설명하는 그의 얘기를 듣던 보라의 볼이 살며시 붉어졌다. 이상하게도 그의 말에 기분이 좋아지고 있었다. 보라는 입꼬리를 살며시 올리다가 그의 시선을 눈치채고는 억지로 끌어내렸다.

"근데 그 팩은 언제까지 붙이고 있을 건가?"

보라의 눈이 한순간에 커졌다. 잊고 있었다. 팩을 붙이고 있었다는 사실을. 이 남자의 영향력은 대체 얼마 만큼이기에 팩을 붙이고 있다는 사실도 새까맣게 잊고 있었던 걸까? 보라는 재빨리 손을 올려 황급히 팩을 떼어냈다.

"그럼 맨얼굴인 건가?"

그가 씨익 웃자, 보라는 민망해져 욕실로 다다다 걸어가다가 그를 무섭게 째렸다.

"왜요? 화장발이라 실망했어요?"

"난 아무 말 안 했는데."

순간 멍해지는 시오의 표정에 보라는 몇 번 눈을 깜박이고는 서둘러 욕실로 향했다.

"뭐야, 귀엽잖아."

그녀는 거울에 비친 자신을 빤히 바라보다가 이내 눈을 가늘게 뜨고는 물을 틀었다.

'대체 무슨 생각을 하는 거야?'

차가운 물로 손을 씻은 그녀는 거울에 좀 더 가까이 붙어 얼굴을 찬찬히 훑어봤다.

"비비크림이라도 갖고 올 걸 그랬나? 여기에 샘플 하나를 놔둔 것 같기도 하고……."

욕실 안에서 보라가 고심하고 있는 사이, 시오는 언젠가 그녀가 내어줬던 찻잔에 차를 따라 한 모금 마시고는 천천히 걸음을 옮겼다. 그러다가 침대 밑에 놓여 있는 책을 발견하고는 앞으로 다가가 찻잔을 내려놓고 책을 펼쳤다.

기회가 되면 읽어야지, 하며 내내 벼르고 있던 책이었다.

"좋네."

나직하게 중얼거린 그는 침대 밑에 걸터앉아 첫 페이지를 찬찬히 읽어내려 갔다.

그 사이, 허술하게 변신을 마친 보라가 욕실 문을 살그머니 열고 고개를 내밀었다. 그런데 그의 모습이 보이지 않았다.

"어? 갔나?"

말도 없이? 보라는 의아한 얼굴을 하고는 집 안 여기저기를 둘러봤다. 그러다가 마침내 그를 발견한 곳은 자신의 침대 바로 옆 바닥에서였다.

쌔근쌔근 고른 숨소리가 들려오자, 보라의 얼굴이 미묘하게 변했다.

'기가 막혀.'

다음 순간, 그녀의 얼굴에 난감함이 떠올랐다.

"여기서 자면 어쩌라는 거야."

보라의 시선이 그의 가슴 위에 올려져 있는 책으로 향했다. 사건의 원흉은 아마도 저것인 듯 했다. 그의 머리맡에 있는 따뜻한 차 역시 한몫 거든 것 같고 말이다.

보라는 천천히 다가가 곁에 쪼그려 앉아 그를 흔들었다.

"선생님."

"……."

"선생님."

"……."

"김시오 씨."

"……."

"미술 선생, 이봐요."

"……."

묵묵부답인 그를 빤히 바라보던 보라는 작게 숨을 내쉬고는 좀 더 세게 흔들기 위해 다시 한 번 손을 올렸다.

"으앗!"

하지만 그가 손을 뻗어 허리를 감싸 안는 바람에 그의 위로 엎어지고 말았다.

"졸려."

"밤인데 술까지 마셨으니 당연히 졸립죠."

"잠깐만 이러고 있을게."

"……언제까지?"

"잠깐만."

귓가로 울려오는 두근거림이 듣기 좋았다. 그래서 그녀는 그의 말을 잠깐만 따르기로 했다. 그의 품에 얌전히 안겨 있는 보라의 동그란 눈동자가 토닥토닥 등을 두드리는 상냥한 손길에 천천히 감기기 시작했다.

이내 그녀의 눈꺼풀이 완전히 닫혔고, 등을 두드리던 손길도 곧 멈추었다. 고요한 방 안엔 고른 숨소리만이 들려오고 있었다.

벽에 걸린 하트 모양의 시계 바늘이 숫자 3을 가리킬 무렵, 얌전히 감겨 있던 눈동자가 난데없이 번쩍 떠졌다. 그리고 까만 눈동자엔 당황스러움이 가득 고였다. 보라는 아직도 들려오는 울림과 익숙한 향기가 꿈이기를 바라며 천천히 몸을 일으켰다. 하지만 바닥에 얌전히 누워있는 건 자신이 알고 있는 미술 선생이 맞았다.

"못 살아."

어느새 잠이 들어버린 걸까? 잠깐만, 이라는 그의 목소리를 거역할 수 없어 별 반항을 하지 않았고 그리고…… 등을 토닥이던 그의 손길이 기억났다.

팔을 벌린 채 자고 있는 그를 내려다보던 보라는 피식 웃음을 흘리며 자리에서 일어났다. 결국 이렇게 잠이 들어버렸으니 방법이 없었다. 거기에다 다시 깨워서 집에 보내기에도 애매한 시간이었다.

'옷을 벗겨야 하나?'

슈트 재킷을 벗기려 낑낑대던 보라는 이내 포기하고 말았다. 이대로라면 벗기다가 옷을 더 구길 것만 같았다. 할 수 없이 넥타이와 셔츠 단추 두어 개를 풀어주는 걸로 대신할 수밖에 없었다.

침대에서 조심스레 이불을 끌어내린 보라는 그에게 이불을 덮어주고는 침대 위로 올라갔다. 그리고 무릎을 안은 채로 침대 맡에 기대 이따금씩 그를 내려다봤다. 곤히 잠이 든 모습이 생각했던 것 이상으로 예뻤다. 히죽 웃던 보라는 다시 한 번 그를 내려다봤다. 정말 생각하고 또 해도, 보고 또 봐도 그가 참 좋았다. 그도 자신과 같은 생각일까? 문득 궁금해진다. 그도 이런 생각을 할까?

불편한지 뒤척이던 그가 살짝 눈을 떴다가 이내 감았다. 하지만 몇 초 지나지 않아 그의 눈이 다시 번쩍 떠지고 말았다. 벌떡 몸을 일으키다가 아파오는 허리를 살짝 어루만진 그는 자신이 집이 아니라는 걸 깨닫고는 황급히 고개를 돌렸다. 그러다가 침대 밑에 기대 앉은 채 무릎 위에 얼굴을 올려놓고 잠이 든 보라를 발견했다. 그제야 어젯밤의 일들이 떠올랐다.

그는 손으로 얼굴을 감싸며 길게 숨을 내쉬고는 잠이 든 그녀를 빤히 바라보았다. 잠든 모습이 예뻤다. 자신도 모르게 서서히 그녀에게로 다가가던 시오의 눈동자에 침대 밑에 있는 탁상시계가 어렴풋이 비춰졌다. 무심결에 시계로 시선을 돌린 그의 눈이 한순간에 커졌다.

일곱 시.

'늦었다.'

벌떡 일어난 그의 얼굴에 난감함이 떠올랐다. 그는 이내 자신이 입고 있는 슈트를 내려다보았다. 어제와 같은 옷. 작게 숨을 내쉰 시오는 바닥에 있는 이불을 발견하고는 다시 고개를 들어 보라를 보았다. 아무래도 자신에게 이불을 양보한 모양이었다. 이불을 들어 올린 그는 보라에게 살며시 덮어주었다. 하지만 이내 한 가지 더 떠오른 것이 있었으니.

"토요일이잖아."

그는 고개를 들어 달력을 발견하고는 날짜를 따져보았다. 계발활동은 금요일과 그 다음 주인 토요일을 반복으로 수업이 짜여 있었다. 저번 주는 금요일에 수업을 했으니 이번엔 토요일이 계발활동 수업이 있는 주였다. 오늘은 그녀도 출근을 하는 날이었던 것이다.

"이런."

다시 이불을 끌어내린 그는 보라를 흔들어 깨웠다.

"늦었어. 일어나요."
"……응?"
"학교 가야지. 늦었어, 우리."

놀랄 새도 없이 보라의 눈이 커다랗게 떠졌고 이내 자리에서 벌떡 일어나 황급히 욕실로 들어갔다.

"나 머리카락 좀 봐봐. 안 이상해?"

보라는 칫솔을 문 채로 고개를 가로저었다. 하지만 곧 고심하는 표정을 짓다가 그에게 가까이 오라는 듯 손짓을 했다. 마찬가지로 칫솔을 문 시오가 그녀의 키에 맞춰 고개를 숙이자, 보라는 손을 뻗어 헝클어진 머리칼을 만져줬다. 시계를 힐끗 본 보라가 욕실로 뛰어 들어가자, 시오는 싱크대 앞으로 다가가 물을 틀었다.

정신없이 준비를 마치고 나란히 신발을 신던 와중에 보라가 갑자기 소리를 질렀다.

"어?"
"왜?"
"수업 자료!"
"갖고 와. 문 열어놓을게."

보라는 신던 신발을 벗고는 서둘러 안으로 들어갔다. 파일을 챙겨 갖고 나오던 보라는 현관에서 기다리고 있는 그를 보고는 잠깐 멈칫했다.

이러고 있으니 꼭…… 그와 부부가 된 느낌이었다.

하지만 곧 정신을 차리고는 얼른 현관으로 달려가 신발을 신었다.

"저 앞에서 내려줘요."

"왜?"

"학교에 소문낼 일 있어요? 안 그래도 누구 때문에 사방이 적인데."

마음에 들지는 않았지만 그녀의 말이 일리는 있었다. 아무리 사귀는 사이라고 할지라도 아직은 결혼 전이었다. 시오는 보라의 말대로 학교에 진입하기 전, 건널목에서 차를 세웠다.

"조심해서 와."

"네."

"아! 파일."

파일을 건네주던 시오가 아쉬운 듯 바라보자 보라는 으름장을 놓았다.

"안 그래도 우리 늦었거든요."

"그래. 우리 늦었어."

'우리'에 힘주어 말한 그는 씨익 웃고는 이내 차를 출발시켰다. 살짝 미소를 지은 보라는 시계를 확인하고는 서둘러 걸음을 옮겼다.

"저번 시간에 나눠준 프린트 가져왔지? 이번 시간은 그거 이어서 할 거야."

"보라 쌤! 어디 아프세요?"

"왜?"

"눈 밑이 까매요. 다크서클이 너무 진하신데. 아프시면 쉬세요. 자습할게요."

"아니야. 잠을 좀 못 자서 그래."

"불면증 있으세요? 그거 허브향이 효과 죽인다던데."

"불면증이 아니라 취객이 난입을 하는 바람에."

"네? 취객?"

보라의 말에 뜨끔한 시오는 열심히 필기하는 척 메모지에 애꿎은 낙서만 하고 있었다. 그를 살짝 흘겨보던 보라는 이내 수업을 시작했다.

하지만 후유증이 없을 리가 없었다. 학생들 몰래 하품을 하던 보라가 목 뒤를 살며시 주무르며 시선을 들다가 빤히 지켜보고 있던 시오와 눈이 딱 마주쳤다. 보라가 살짝 흘겨보자, 그는 두 손을 맞대고 머리 위로 올려 사죄의 뜻을 표했다.

"커피 사줄까요?"

쉬는 시간, 교탁 앞에서 프린트를 정리하고 있는 보라 앞으로 시오가 다가왔다.

"커피만?"

보라가 일부러 눈을 치켜뜨자, 시오는 픽 웃으며 고개를 저었다.

"아니. 또 뭐 먹고 싶은데?"

화기애애한 분위기로 두 사람이 교실을 나섰고, 교실 안에 남아 있던 학생들은 살며시 고개를 내밀고 두 사람의 뒷모습을 지켜봤다.

"둘이 잘 어울리지?"

"맞아. 선남선녀."

"곧 청첩장 날라 오지 않을까?"

"누가 너한테도 보내준대?"

"네가 보내냐?"

두 사람의 뒷모습을 하염없이 바라보는 학생들의 얼굴엔 뿌듯함과 부러움이 동시에 번지고 있었다.

"아직도 졸려?"

"그럼요. 잠을 자야 안 졸리지."

"좀 잘래?"

"여기서 어떻게 자요?"

시오는 보라를 멀뚱히 보다가 곧 자신의 무릎을 툭 쳤다.

"뭐 하라고요?"

"누워."

"됐거든요."

보라가 툴툴대자, 벤치 위에 커피를 내려놓은 시오는 보라의 손에 있는 커피까지 뺏어 벤치에 내려놓았다.

"나 아직 다 안 마셨어요."

"알아."

그리고는 손을 뻗어 보라의 머리를 자신의 무릎 쪽으로 밀었다.

"어어?"

"좀 자."

"됐어요. 이 자세로 어떻게 자?"

"어젠 잘만 잤으면서."

"뭐예요? 그게 누구……."

"쉿! 자자."

커다란 손에 입이 턱 막혀버린 보라는 눈을 끔뻑이며 그를 올려다 봤다. 씨익 웃은 그는 이내 벤치에 등을 편안하게 기대며 보라의 어깨를 토닥여주었다.

곧 그를 담고 있던 보라의 눈이 감겼고 그도 눈을 감았다.

"이대로 넘어간다고 생각하면 오산이에요."

잠이 오는 듯 목소리가 나긋해지자, 시오는 눈을 떠 보라를 내려다봤다. 감겨 있는 눈꺼풀마저도 사랑스럽다면 그건 증세가 심각한 걸까? 곧 그의 입꼬리가 예쁘게 올라갔다.

"어떻게 하면 풀어줄 건데?"

"음……."

잠이 들고 있는 건지, 생각을 하는 건지 분간이 되지 않아 시오는 가만히 보라를 지켜보았다.

"……."

"……."

"오늘…… 줘요."

"응? 뭐라고?"

"다음 주 수업 준비하는 거 도와줘요. ……오늘."

나직이 속삭이던 입술이 얌전히 닫히자, 그가 소리죽여 웃음을 터뜨렸다. 그런 부탁이라면

얼마든지 들어줄 수 있다. 같이 있을 수만 있다면야.

"그래."

보라는 그의 목소리를 들으며 눈을 감은 채로 배시시 웃었다. 사실, 마음은 이미 오래 전에 풀어졌다. 아니, 애초부터 화가 나지 않았을 것이다. 다만, 그와 같이 있고 싶어 그런 부탁을 만들어 낸 것이었다.

몽롱해지는 기분을 느끼며 보라는 크게 숨을 들이마셨다.

한참 동안 그녀를 내려다보던 시오는 고개를 젖혀 하늘을 올려다보고는 기분 좋은 미소를 머금었다. 날씨가 참, 좋았다.

"자?"

"……."

"보라야."

손을 올려 보드라운 얼굴을 살며시 쓰다듬던 그는 천천히 고개를 숙였다. 기분 좋은 감촉이 입술에 느껴지자, 그는 살며시 눈을 감았다. 조심스레 입맞춤을 하는 그에게 살짝 벌어지는 입술이 느껴졌다. 낮게 웃은 그는 좀 더 깊게 키스를 하기 시작했다.

퇴근 후, 보라의 집으로 자리를 옮긴 두 사람은 테이블에 앉아 프린트를 살펴보았다.

"이걸로 다음 수업하게?"

"왜요? 이상해요? 다른 걸로 할까?"

"아니. 단순하게 물어본 거야. 이상한 게 아니라."

"그래요?"

"가끔 보면 자신감이 너무 없더라."

"누가요?"

"누구긴. 앞에 있는 차보라 쌤이지."

보라가 뭔가를 생각하는 듯 심각한 표정을 하자, 그는 살짝 웃음을 띤 얼굴로 지그시 바라보았다.

"맞아."

"뭐가?"

"자신감도 없고, 겁도 많고. 거짓말도 했고, 나 생각보다 너 문제가 많은 여자일 수도 있어요. 그래도 내가 좋아요?"

조심스러워진 눈동자가 그를 향했다. 빤히 바라보던 그는 꽤 진지한 얼굴로 그녀를 대했다.

"싫다고 하면, 이대로 끝낼 건가?"

"누가 놔준대요?"

"나도 놓고 싶은 마음 전혀 없거든."

"……."

"참, 알수록 모르겠어. 근데, 그래서 더 좋아."

"……."

"문제가 많다고 했나? 내가 문제가 더 많으면 어떻게 할 건데? 버릴 거야?"

"……아니."

보라가 시무룩하게 대답을 했다. 곧, 그의 얼굴에 웃음이 번졌고 커다란 손이 탁자를 톡톡 내리쳤다.

"쓸데없는 걱정 그만하시고, 수업 준비하시죠, 보라 쌤."

보라는 피식 웃으며 프린트를 훑어보았다. 한참을 이것저것 적어 내려가던 그녀는 느껴지는 시선에 고개를 들었다. 언제부터인지는 모르겠지만 그가 턱을 괸 채 물끄러미 바라보고 있었다. 괜히 가슴이 두근거려 시선을 피한 보라가 프린트를 만지작거렸다.

"뭐예요? 여기 온 목적 잊지 말아요."

"그러고 보니까 나 하루 종일 이 집에 있네."

"그러네. 정확히 말하면 어젯밤부터 있었죠."

"하루 종일 같이 있으니까…… 느낌이 새롭네."

"……."

"꼭 부부 같아."

"무, 무슨……."

나름대로 반박을 하고 있었지만 다시금 빨갛게 달아오르는 두 뺨 탓에 그다지 효과는 없었다. 그런 보라의 모습이 귀여운 건지 한시도 눈을 떼지 못하던 그는 탁자 앞으로 가까이 몸을 기울이며 작게 속삭였다.

"다른 놈 앞에선 그러지마."

"뭘요?"

"여기 빨갛게 물들이는 거."

시오가 자신의 볼 앞에 두 손을 대고는 씨익 웃었다. 멍하게 바라보던 보라는 또 효과 전혀 없는 반박을 하기 시작했다.

"누가요?"

"또, 또!"

"나 안 그랬거든요."

"그래?"

"네!"

"빨개지면 어떡할래?"

"뭘 꼭 해야 돼요?"

"사람이 말을 했으면 거기에 대한 책임을 져야지."

"빨리 이거나 도와줘요. 오늘은 집에 들어가서야죠."

"내일은 출근 안 하는데."

그가 장난스럽게 웃자, 보라는 프린트를 내밀었다. 프린트를 받지는 않고 가만히 내려다보던 그는 시선을 올려 눈을 마주쳤다. 그리고는 천천히 입을 열었다.

"보라야."

"……."

"저것 봐. 또 빨개졌지?"

"……."

"거울 볼래? 줄까?"

"……."

그녀를 놀리는 데 재미 들린 남자와 여전히 그 남자의 장난에 말려든 여자의 하루가 그렇게 저물어가고 있을 무렵이었다.

딩동.

갑작스레 들려온 초인종 소리에 두 사람의 고개가 동시에 문 쪽으로 향했다.

13.
로망 속 오렌지 주스

"왜 이렇게 늦게 나와? 속도 안 좋고 머리……."

안에 있는 누군가를 발견한 듯 연두의 말이 끊겼다. 이윽고 자신을 돌아보는 새까만 눈동자에 보라는 울상이 된 얼굴로 미소를 지으려고 노력을 했다.

"누구?"

"아! 담당 선생님. 수업 준비 도와주려고 잠깐 오셨어."

'잠깐'에 힘주어 말한 보라는 앉으라고 재촉을 하며 먼저 자리에 앉았다. 연두의 눈이 담당 선생이라는 남자에게로 돌아갔고 그녀는 팔짱을 끼고는 여유 있게 남자를 쭉 훑어보았다.

"흐음."

"언니!"

"담당 선생님? 아! 오렌지 주스!"

갑작스레 터져 나온 외침에 보라는 쿨럭, 기침을 해댔고, 시오는 얼떨떨한 얼굴로 보라를 돌아봤다.

'오렌지 주스? 웬 오렌지 주스?'

이윽고 시오의 얼굴이 의구심으로 가득 찼다. 그녀와 주스를 마신 기억은 없었다. 그가 생각을 정리하기도 전에 보라의 반박이 시작되었다.

"오렌지 주스 아니었거든!"

"그게 그거지 뭘 또. 안녕하세요. 보라 언니예요."

"처음 뵙겠습니다. 김시오입니다."

연두는 의미 모를 미소를 지으며 고개를 끄덕였다.

"생각보다 많이 잘생기셨네요."

"네?"

도대체 자신의 얘기를 어떻게 한 걸까? 시오는 픽 웃으며 보라를 돌아봤다. 어쩐지 그녀는 아까부터 계속 안절부절못하고 있는 듯 보였다.

"저 학교 다닐 땐 외모가 출중하신 선생님이 없었거든요. 일종의 편견이죠 뭐. 선생님 아니고 모델 하셔도 되겠네."

"감사합니다. 차 선생님이랑 많이 닮으셨어요."

"그거 칭찬으로 들어도 되는 거죠?"

"그럼요. 칭찬으로 드린 말씀인데요."

생각보다 자연스럽게 이어지는 대화에 보라는 비로소 안도의 숨을 내쉬었다. 하지만 아직은 안도를 할 때가 아니었는지도 몰랐다.

"근데 넌 얼굴이 왜 이리 빨개?"

"내가 뭐, 뭘!"

"말은 또 왜 더듬어?"

"무, 무슨."

보라의 어설픈 연기력에 시오는 천천히 눈을 감았다 떴다. 연기 시키면 안 되겠다, 생각을 하며.

"뭘 하고 있었기에 얼굴이 빨개졌을까나?"

연두가 편하게 고쳐 앉으며 시오를 흘낏 바라봤다. 하지만 그는 미소 지으며 여유롭게 맞받아쳤다.

"집이 좀 덥죠? 봄이 많이 짧아졌어요."

그의 여유로움에 연두는 시큰둥한 얼굴을 하며 보라를 돌아봤다. 역시 보라만큼 반응이 좋은 사람은 아직까지 본 적이 없다.

"마실 것 좀 줘."

"차 줄까?"

"아니, 시원한 거. 오렌지 주스 없어?"

연두가 '오렌지 주스'에 힘주어 말하자, 보라는 인상을 구겼다. 하지만 연두는 동생의 그런 반응이 오히려 재미있었다.

"없어. 그냥 우유 마셔."

"손님 대접을 이렇게 할 거야? 소주 마시고 싶다 할 때 소주 사주고 맥주 마시고 싶다 할 때 맥주 사주고 막걸리 마시고……."

"알았어. 사 올 테니까 그만 좀 할래?"

"제가 갖다 올게요."

시오가 일어나려 하자, 두 자매가 합동을 하며 만류했다.

"괜찮아요."

"보라가 갈 거예요."

보라는 의심쩍은 눈빛으로 연두를 바라보았다. 좀 불안하긴 했지만 시오에게 심부름을 시키기도 싫었다.

"금방 갔다올게."

"아! 래핑 비닐 있는 오렌지 주스로 사와."

신발을 신던 보라가 연두의 말에 움찔하며 재빨리 문을 열었다. 시간을 지체하지 않고 빨리 갔다오는 게 최선의 방법이었다.

"설마 쓸데없는 말 하는 건 아니겠지?"

곧 연두가 있는 집에 시오를 남겨둔 게 후회스러워졌지만 어쩔 수 없는 노릇이었다. 그녀는 지갑을 들고 동네에 있는 편의점을 향해 부리나케 달리기 시작했다.

한편, 여전히 시오를 훑어보던 연두는 테이블 위에 있는 프린트들을 발견하고는 그에게 질문을 던졌다.

"수업 준비 자료인가 봐요?"

"네. 워낙 준비를 잘해 오셔서 학생들도 좋아하고 선생님들도 칭찬 많이 하세요."

프린트를 내려다보던 시오의 입가에 뿌듯한 미소가 걸렸다. 무심코 고개를 들다가 시오를 발견한 연두는 황당한 표정을 지었다. 꼭 자기 사람 칭찬하는 팔불출 같다. 정작, 가족은 자신인데 말이다.

"어디가 그렇게 좋아요?"

당황한 얼굴로 연두를 보던 시오는 살짝 미소를 지었다. 연두가 알고 있을 거란 생각이 어렴풋이 들긴 했었다.

"글쎄요."

글쎄요? 연두의 눈썹이 치켜 올라갔다. 빤히 바라보는 시선에 그는 무안한지 웃음을 터뜨렸다.

"다 좋죠, 뭐. 연기 못하는 것도 좋고. 엉뚱한 것도. 알게 될수록 새로운 모습 하나하나 보여주는 것도 좋고. 웃는 것도, 가끔 볼을 붉게 물들이는 것도, 툴툴거리는 것도. 사실 안 예쁜 게 없잖아요?"

도리어 물어보는 그의 모습에 연두는 헛웃음을 뱉었다. 사실, 그렇긴 하다. 자신의 동생이지만 안 예쁜 게 없었다. 그리고, 자신만큼 동생에 대해 잘 파악하고 있다는 건, 아마도 보라가 그를 경계하지 않고 자신의 진짜 모습들을 보여줬거나 그가 동생에게 관심을 갖고 지켜봤기 때문일 것이다. 둘 다, 나쁘지 않은 이유였다. 어쩌면 두 가지 예상이 다 맞기에 그가 보라에 대해 잘 파악하고 있는 것일지도 몰랐다.

"만약, 보라가 선생님이 생각하고 있던 사람이 아니라면요? 그런 건 나중에 알게 될 수도 있는 거고. 또 모르죠, 내일이라도 알게 될지."

"똑같은 질문을 하시네요."

"보라가 그런 말을 했어요?"

"오시기 바로 전에요."

"그래서 뭐라고 대답하셨는데요?"

그는 미소를 지으며 연두를 마주봤다.

"놔 줄 생각 없어요."

"……."

"이젠 절대 안 놔요."

그저 중얼거리는 소리가 자신에게 하는 다짐 같기도 했다.

"그거 좀…… 무서운 발언 같은데."

연두가 조심스러우면서도 단호하게 말하자, 그는 피식 웃었다.

"진심으로 싫다고 하는 건 안 할 테니까, 걱정하지 마세요."

"나 뭐 물어봐도 돼요?"

"네."

얼마든지, 라는 그의 표정에 연두는 눈을 가늘게 떴다.

"나 안 불편해요?"

"네?"

"아니. 보통 처음 만나는 애인의 언니랑 단둘이 있으면 불편해 하는 기색이라도 있을 텐데, 전혀 안 그래 보여서요."

"직업상 많이 단련이 돼서요."

"직업상?"

"사실 많이 떨리는데 그런 거 내색하면 안 되는 자리가 꽤 있거든요. 가령, 첫 수업할 때 학생들 앞에서라든지, 선생님들과 학부모님 앞에서 시범 수업할 때도 마찬가지고요. 학교에 있으니까 그런 자리가 많이 있더라구요."

"흐음."

"사실, 엄청 떨리는데 안 그런 척하고 있는 거죠."

그는 여전히 덤덤하게 말하고 있었지만, 어쩐지 연두는 만족스러운 듯 고개를 끄덕였다. 그 순간, 현관문이 벌컥 열렸다.

"헉헉."

오렌지 주스 병을 품에 안은 채로 보라가 헉헉거리자, 시오는 참지 못하고 웃음을 터뜨리며 그녀에게 다가갔다.

"진짜 못 말리겠네."

"헉헉. 뭐, 헉. 가게요?"

"앉아요. 내가 내갈게."

보라는 피곤한 얼굴로 오렌지 주스를 연거푸 마시는 연두를 홀로 남겨두고 그를 배웅하러 밖으로 나왔다.

이대로 가기 아쉬웠던 그는 차에 타기 전, 산책을 제안했다. 보내기 싫었던 보라 역시도 그의 말에 순순히 수긍했다. 손을 꼭 잡은 채로 나란히 걷던 보라가 그에게 조심스럽게 질문을 던졌다.

"언니랑 무슨 얘기했어요?"

"그냥 이것저것."

"이것저것 뭐요?"

"수업 잘 하냐, 학생들은 말 잘 듣냐, 뭐 그런 얘기지."

"다른 얘긴 안 했고?"

"왜? 내가 들으면 안 되는 얘기라도 있어?"

"아니, 뭐. 그런 건 아니고."

보라가 뒷말을 흐리며 고개를 숙이자, 그는 피식 웃음을 흘렸다.

"근데 오렌지 주스는 뭐야?"

"응?"

"아까 나보고 오렌지 주스라고 하셨잖아. 그리고 그 말 나올 때마다 뜨끔하고."

"누가요?"

"또, 또."

"아니거든요."

"가서 직접 물어본다. 내가 못 할 거 같지?"

그의 진지한 얼굴에 보라는 한숨을 내쉬었다. 아직 자신의 집에 있는 연두의 깔깔거리는 웃음소리가 들려오는 것 같았다.

"기억나요?"

"뭐가?"

"우리 싸웠을 때, 학교에서 나한테 쌀 음료 줬었잖아요. 아파보인다고 양호실 가라고 하면서, 약 먹기 전에 마셔두라고."

"아."

"그때 래핑 비닐 안 벗기고 뚜껑 따서 나한테 줬었거든요."

"그래서?"

그는 여전히 궁금해 하는 얼굴로 그녀를 내려다봤다.

"그게 내 로망이었거든요."

"뭐가?"

"래핑 비닐 안 벗긴 채로 뚜껑 따서 주는 거."

"응?"

"제 로망이 좀 소소하죠?"

시오는 아직 이해가 안 된 상태였다.

'로망? 래핑 비닐? 오렌지 주스?'

"예전에 언니랑 로망에 대해서 얘기할 때 남자가 오렌지 주스 래핑 비닐을 안 벗긴 채로 뚜껑 따서 주는 거라고 얘기했었거든요. 근데 선생님이 딱 그런 거지. 비록 오렌지 주스는 아니었지만, 요지는 오렌지 주스가 아니라 래핑 비닐이었으니까. 싸워서 헤어지자 그런 말까지 했는데 그런 모습을 보여준 거죠. 그러니 내가 얼마나 마음이 흔들렸겠어."

그제야 이해가 되었다. 술에 취했을 때, 꿀 음료를 내밀었을 때도 래핑 비닐을 벗기지 말고 뚜껑을 열어달라고 했었다. 그는 허탈한 웃음을 내뱉으며 걸음을 멈췄다.

"그러니까 급한 마음에 래핑 비닐 벗기지도 않고 뚜껑 따 주었던 게, 날 잡은 결정적인 이유였단 말이지?"

"에? 그런 거였어요?"

"그래. 빨리 안 따주면 안 마신다고 도망갈까 봐 그랬었어."

"아, 그랬구나."

"어쩐지 꿀 음료 줄 때도 이상하다 했어."

"한 번 더 보고 싶어서."

"뭐가? 내가? 아니면 래핑 비닐 안 벗기고 뚜껑 따주는 남자가?"

보라는 힐끗 눈동자를 들어 그의 눈치를 보았다.

"삐쳤어요?"

"내가 왜?"

"그거 때문에 잡은 거 아니에요."

"됐어."

시오는 보라의 손을 놓고는 원래 자신의 걸음 속도로 걷기 시작했다. 벌써 저만치 멀어진 그를 멍하니 바라보던 보라가 서둘러 그에게로 뛰어갔다.

"아니래도. 그거 때문에 잡은 거 아니에요. 뭐, 어느 정도 영향을 미치긴 했지만 꼭 그것 때문에 잡은 건······."

"그럼 내가 그렇게 안 했어도 나 잡았어?"

"······당연하죠."

"왜 뜸을 들여?"

대답하기 전, 저 텀은 뭐란 말인가? 그가 인상을 쓰자, 보라는 재빨리 그의 팔을 꽈악 잡았다.

"삐쳤어."

"안 삐쳤어."

보라는 눈을 가늘게 뜨고는 그를 올려다봤다. 아무리 봐도 삐쳤다.

삐친 게 분명했지만 시오는 자신의 팔을 꼬옥 잡고 있은 채 뽀로통하게 올려다보고 있는 보라를 뿌리치진 못했다.

"언제까지 잡고 있을 거야?"

"평생."

보라가 뚱하게 말하자, 무표정하게 바라보던 그는 결국 웃어버렸다.

"왜 그런 걸로 삐치고 그래요?"

"내가 평소 하던 게 아니라 얼떨결에 한 행동 때문에 잡았다고 하니까 그렇지."

"그것 때문에 잡은 게 아니라니까."

"어쨌거나, 로망이었다며."

"그게 더 좋은 거지."

"어째서 그게 더 좋은 거야?"

"해야지, 하고 마음먹은 게 아니라 어느 순간 자신도 모르게 그렇게 한 거잖아요. 그게 더 극적이고 멋있는 거예요."

그는 픽 웃으며 자동차 운전석 문을 열었다.

"들어가."

"진짜 삐친 거 아니죠?"

"아니야. 들어가서 언니랑 재밌게 놀아."

"조심해서 가요."

보라가 뚱한 얼굴로 손을 흔들자, 그가 가까이 오라는 듯 손짓을 했다.

"왜요?"

말을 삐딱하게 하면서도 보라는 순순히 다가갔다. 바로 앞까지 다

로망 속 오렌지 주스

가가자, 그는 살짝 고개를 숙여 입을 맞췄다.

"들어가."

"……네."

"연락할게."

그가 운전석에 오르자, 보라는 멍한 얼굴로 그를 지켜봤다. 하지만 그 역시, 그녀가 들어갈 때까지 돌아갈 생각이 없는 듯 보였다. 보라는 어쩔 수 없이 한 번 더 손을 흔들고는 건물을 향해 발길을 돌렸다.

"더 떨리는 것 같아."

여전히 얼굴을 붉게 물들이며.

* * *

다음 날, 보라와 함께 쇼핑을 나온 시오는 문득 떠오른 생각에 그녀를 돌아봤다.

"언니는 갔어?"

"네. 형부가 와서 바로 데려갔죠."

"형부?"

"응. 예비형부. 형부랑 싸워서 그렇게 술 마시고 전화한 거였어."

"응. 예비형부……."

그가 나직이 형부를 중얼거렸다. 보라는 의아한 듯 그를 바라보다가 이내 익숙한 건물을 발견하고는 그를 끌어당겼다.

"여기예요."

보라가 잔뜩 신이 난 표정으로 말했다. 그는 흐뭇하게 그녀를 내려다보며 건물 안으로 들어섰다. 어제 보라에게 연락을 받은 후로 내내 궁금했었다.

"이거야?"

"네."

그곳엔 그릇을 정리할 수 있는 선반들이 가득 진열되어 있었다. 뭘 보고 그렇게 흥분했나 싶었는데, 겨우 이거다. 로망도 그렇고 정말 소소한 것에 즐거워하는 사람이다. 하지만 그게 좋았다. 그리고 무엇보다 기분이 좋았던 건, 그런 소소한 일로 자신에게 연락을 해 주었다는 것.

"나 그거 너무 사고 싶은데. 같이 가서 골라줄 수 있어요?"

"어떤 게 마음에 들었는데?"

"음....... 이거랑, 이거랑 두 개 다 마음에 들어서 좀 고민이에요."

시오는 고민하는 그녀가 귀여워서 한시도 눈을 떼지 못하다가 천천히 속삭였다.

"두 개 다 살래?"

"싫어. 쓸데없이 왜 두 개를 사."

"다 마음에 든다며?"

"그래도 하나만 살 거예요."

그는 웃으며 이내 고개를 끄덕였다.

"그래."

고민 끝에 하나를 사고 흐뭇한 미소를 짓던 보라는 그가 들고 있는 쇼핑백이 신경이 쓰여 계속해서 그의 손을 내려다봤다.

"왜?"

"심부름꾼으로 부른 건 아닌데. 무겁죠?"

"심부름꾼으로 부려도 돼."

갑자기 들려오는 벨소리에 시오가 재킷 안주머니에 손을 넣고는 핸드폰을 꺼내들었다.

"왜?"

수화기 너머에 집중하던 그가 보라를 돌아봤다.

"알았어."

보라가 무슨 일이냐는 듯 바라보자, 그가 곤란하다는 듯 말을 꺼냈다.

"혜원이가 보고 싶다고 조른다는데, 갈래?"

귀여운 꼬마가 생각나 보라는 잠시 망설였다.

"가요!"

그녀의 활기찬 대답에 그는 미소를 지으며 그녀의 손을 잡아 이끌었다.

"대신 있다가 그거 설치해주고 가야 돼요."

"당연하지. 가라고 해도 설치해주고 갈 거야."

유현의 커피숍에 도착하자, 오래 전부터 기다리고 있었던 것 같은 혜원이가 목청껏 보라를 불렀다.

"외숙모!"

다다다 달려와 다리를 꼬옥 붙잡는 혜원이를 벙하게 내려다보던 보라가 이내 웃음을 머금었다.

"잘 지냈어?"

"응! 나 외숙모 또 그렸어요."

시오는 스케치북을 찾으러 가는 꼬마를 바라보다가 절레절레 고개를 저었다. 또 그 말도 안 되는 그림을 가리키며 보라고 우기겠지.

'저 꼬마를 어쩐담?'

미술 학원에 보내야 할까, 심각하게 고민하는 미술 선생, 시오였다.

"어떤 차가 제일 맛있었어요?"

지오의 질문에 보라는 시오가 가져다준 차를 생각해냈다.

"다 맛있었는데, 음…… 얼그레이 크림이 제일 좋더라구요. 향도 달콤하고."

"나도 그거 좋아하는데."

보라와 지오가 다정하게 대화를 나누고 있는 사이, 시오와 혜원은 여전히 티격태격 거리고 있었다.

"외숙모라니까!"

"이렇게 안 생겼어."

"아냐! 외숙모야!"

"아니야."

"외숙모야, 외숙모야!"

"아니라니까."

스케치북을 가리키며 바락바락 대드는 혜원이와 턱을 괸 채로 감흥 없이 아니라고 말하는 시오를 돌아본 보라와 지오는 애써 웃음을 지으며 다시 찻잔을 들었다.

"어머! 저 둘 또 싸우네."

"귀여워."

로망 속 오렌지 주스

손님들 사이에서도 유명한 걸 보니 저런 유치한 짓을 한 게 한 두 번이 아닌 듯했다.

"설마 쟤 학교에서도 저러는 건 아니죠?"

"안 그래요. 좋은 선생님으로 정평 나 있어요."

"진짜? 왠지 매치가 안 돼."

"지오야! 장 서방!"

두 사람이 큭큭거리는 가운데, 입구 쪽에서 불쑥 목소리가 들려왔다.

"엄마!"

"장모님 오셨어요?"

지오가 일어나고 커피를 만들던 유현까지 가세하자, 보라의 눈이 동그랗게 떠졌다. 지오에게 엄마라면 시오에게도……

"시오 너도 여기 와 있었어?"

보라는 벌떡 일어나 우물쭈물하다가 조심스럽게 뒤돌아섰다.

"우리 엄마예요."

"안녕하세요."

시오가 보라에게로 다가가 자신의 모친을 소개시켰고 보라는 쑥스러운 듯이 인사를 했다. 누구냐는 모친의 눈빛에 지오가 끼어들었다.

"엄마, 차 선생님이셔."

"아! 아유, 예쁘다고 하더니 정말 예쁘게 생겼네."

"감사합니다."

모친이 보라의 손을 덥석 잡고 칭찬을 하자, 시오의 의아한 시선이 지오에게로 꽂혔다. 지오는 흐뭇한 듯 미소를 지으며 유현이 일하고 있는 곳으로 피해버렸다.

"누나한테 얘기 들었으면서 왜 모른 척하셨어요?"

"무슨 모른 척을 해? 그냥 말 안 한 거지."

"그게 그거죠."

시오는 불만이 가득한 음성으로 대답했다. 하지만 모친은 아랑곳하지 않은 채, 흐뭇한 시선으로 보라에게만 눈길을 주고 있는 상태였다.

"이번 명절에 데리고 올 거지?"

보라가 눈을 동그랗게 뜨자, 그는 약간 망설이는 듯했다.

"그게…… 아버지랑 엄마만 괜찮다면, 이 사람 집에 먼저 갔으면 하는데."

"왜?"

"매형도 우리 집 먼저 왔잖아."

"그건 네 매형 사정이고."

"난 매형 좋아 보였는데. 장모님한테 사랑도 듬뿍 받고."

"아들 키워봤자 소용없다더니."

"가서 점수 많이 받아놓고 집에 데려올게요."

시오는 흘겨보는 모친에게 생긋생긋 웃어 보이며 평소에 하지도 않던 애교를 부렸다.

"매형한테 그런 것만 배웠지."

"그래서 싫어?"

모친이 탐탁지 않는 눈길을 주는데도 그는 애교 있게 씨익 웃어보였다. 그런 아들을 흘겨보다가 며느리가 될 보라를 바라보던 그녀의 눈동자에 다시 흐뭇함이 고였다. 지오를 일찌감치 결혼시켰는데도 시오는 이렇다 할 사람을 데려오지 않았다. 결혼은커녕 누군가를 만난

로망 속 오렌지 주스 315

다는 말을 들어본 적도 없었다. 혹여 자신의 아들이 보통 사람과 다른 건 아닌지 걱정도 많이 했었지만 여자는 물론이고 사람에게 아예 관심이 없어 보여 그런 걱정을 끊은 지도 꽤 오래 전이었다. 그러다가 얼마 전, 지오에게 듣게 된 소식은 무척이나 반가운 것이었다.

서른하나.

누군가를 책임지고 평생 함께 할 사람을 만나는 것. 지금이라면 괜찮지 않을까?

그녀의 눈동자가 촉촉해지자, 보라는 걱정스러움을 담고 조심스럽게 바라보았다.

"참, 예쁘네."

처갓집부터 다녀오겠다니, 정말 아끼고 소중하게 생각하는 사람을 만난 것 같아 모친은 서운하면서도 내심 마음이 놓였다.

며칠 후, 수업 자료 때문에 서점에 들른 보라는 안을 쭉 돌아보다가 한 코너 앞에서 멈춰 섰다. 어떤 책 하나가 유독 그녀의 시선을 잡아끌었다.

내 남자에게 요리해주는 법.

그러고 보니 그에게 요리를 해준 적이 없었다. 기껏해야 차를 끓여준 게 다였다. 오래도록 책을 내려다보던 그녀는 시오에게 전화를 걸었다. 문득 그가 보고 싶어졌다.

―네.

"나예요. 집이에요?"

―아니. 회의가 있어서. 아직 학교야.

"그래요? 어쩔 수 없네."

―왜?

"서점 왔거든요. 집이면 잠깐 들르려고 했는데."

―금방 들어갈 거야. 먼저 가 있을래?

"집에?"

―어. 비밀번호 알려줄게.

간단히 통화를 끝낸 보라는 서둘러 발길을 돌렸다. 마트에 들러 이 것저것 고르다 보니 시간이 좀 지체되었다. 보라는 흐뭇하게 봉투를 내려다보며 서둘러 그의 집으로 향했다.

조심스럽게 비밀번호를 누르자, 곧 잠금장치가 해제되는 소리가 들렸다. 히죽 웃은 그녀는 식탁에 봉투를 내려놓고는 아픈 팔을 쓱쓱 문질렀다.

"어?"

그러다가 발견한 건 소파에 기대 잠이 든 시오였다.

"언제 왔지?"

천천히 다가가 감은 눈 위로 손바닥을 흔들었지만, 잠이 깊게 든 모양이었다. 어떻게 할까, 고민하던 그녀는 깨우기로 마음먹고는 그의 팔을 잡았다. 하지만 무언가를 발견하고는 잠시 멈칫했다.

꿀꺽, 침을 삼키는 소리가 조심스럽게 들렸고 보라는 천천히 손을 움직여 넥타이를 만졌다.

"목 조르려는 건 아니지?"

"엄마야!"

보라가 깜짝 놀라 뒤로 물러서려는 동시에 시오는 팔을 뻗어 그녀를 끌어당겼다. 이윽고 그의 바로 앞에 그녀가 서게 되었고 그는 고개를 들어 보라를 올려다보았다.

로망 속 오렌지 주스

"뭐하려고?"

"네, 넥타이 풀어주려고요. 갑갑해보여서."

"그래?"

그게 다야, 라는 눈빛에 보라는 순순히 진심을 털어놓았다. 오늘따라 유독 피곤해 보이는 얼굴이 그녀의 마음을 짠하게 만들었다. 그래서인지 목소리가 점점 작아지고 있었다.

"해보고 싶던 일이기도 했고. 무, 물론, 저번에 한 번 해보기도 했지만 뭐. 또 하고 싶달까."

보라가 눈동자를 굴리며 더듬거리자, 그는 웃음을 터뜨리며 보라의 손을 잡아 자신의 넥타이로 올렸다.

"해 줘."

"진짜?"

"그래."

보라는 굉장히 즐거운 얼굴을 하며 그의 넥타이를 잡았다.

"근데 굉장히 위험한 상황이라는 건 알고 있나?"

"위험해요?"

"그럼 안 위험할까."

"네, 넥타이만 풀어주는 거잖아요."

그는 한 팔을 올려 소파등받이에 얹은 뒤, 아무 말 없이 보라를 바라보았다. 눈빛이 하도 진지해보여 보라는 다시 질문 아닌 질문을 해야만 했다.

"서, 선생님이시잖아요."

"선생은 사랑 안 하나?"

그건 그렇다. 보라는 그를 내려다보다가 조금 더 시선을 내려 자신이 잡고 있는 넥타이를 바라보았다.

"저번에…… 커피숍에서 어머님 만날 때부터 물어보고 싶었는데요."

"뭔데?"

"나랑…… 결혼할 거예요?"

"그럼 나랑 결혼 안 하려고 했나?"

보라는 그를 물끄러미 내려다보다가 이내 결심한 듯 천천히 손을 움직여 넥타이를 풀었다. 그의 입술 끝이 천천히 곡선을 그렸고 낮은 목소리가 흘러나왔다.

"이리 와."

그의 말에 보라는 자신의 다리와 맞닿아 있는 그의 무릎을 내려다보았다. 이렇게 딱 붙어 있는데 어떻게 더 오란 말인가. 보라가 우물쭈물하자 그는 할 수 없다는 듯 보라의 팔을 끌어당겨 자신의 무릎에 앉게 했다. 그리고는 그녀의 머리에 손을 대고 자신에게로 가까이 오게 했다. 바로 얼굴 가까이에서 멈춘 그는 낮게 속삭였다.

"저번에도 이렇게 한 것 같은데. 이건 얼마나 더 가르쳐줘야 하나?"

"이런 건 안 가르쳐줘도 되거든요."

"싫은데."

그는 피식 웃으며 조금 더 끌어당겨 그녀의 입술에 입을 맞추었다.

14.
사소한(?) 문제 -참거나 덮치거나-

보라는 잠시 뒤척이다가 반듯하게 누워있는 남자를 발견하고는 벌떡 몸을 일으켰다.

'아, 맞다. 여기서 잤지.'

쉽사리 잠이 오지 않는지 밤새 뒤척이던 그의 모습이 떠올랐다.

"자고 가."

그의 말에 솔직히 보라는 적잖이 당황했었다. 하지만 그는 엉겁결에 혼전순결이라고 외친 말을 기억하고 있었는지 안기는커녕 손끝 하나 대지 않았다. 하지만 그게 힘든 일이라는 건 보라도 어느 정도는 알고 있었다. 그걸 증명이라도 해주듯 그는 쉽사리 잠을 이루지 못하고 계속해서 뒤척였다. 잠이 든 척하는 것도 힘든 일이었지만 옆으로 누웠다가 바로 누웠다가 베개를 베었다가 베개를 빼었다가 잠시도 가만있지 못하던 그보다는 덜 힘들었을 것이다. 그럼에도 불구하고 자고 가라고 했던 건 아마도 자신과 같은 마음이기 때문이 아니었을까?

조금이라도 더 같이 있고 싶었기 때문에.

보라는 살짝 허리를 숙여 그의 얼굴을 물끄러미 관찰했다.

"그래도 용케 잠들었네."

어젯밤, 짧게 숨을 내쉬는 소리가 시간이 지날수록 긴 한숨이 되어 나오고 있었다. 점점 거칠어지는 그의 호흡에 무사하지는 못하겠구나, 염려했는데 괜한 걱정이었나 보다. 이렇게 얌전히 새근새근 자고 있는 걸 보면.

보라는 밤새 뒤척여서인지 많이 헝클어진 그의 머리카락을 바라보다가 감긴 눈으로 시선을 내렸다. 나란히 누워 같이 잠을 잔 건 처음이지만 그가 자는 건 꽤 여러 번 봐왔었다. 하지만 잠이 든 그의 매력적인 얼굴은 좀처럼 익숙해지지가 않았다.

보라는 그가 어젯밤 했던 것처럼 길게 숨을 내쉬었다. 이대로라면 자신이 그를 덮칠지도 모르겠다고 생각하며.

조심스럽게 일어나 주방으로 향하려던 그녀는 다시 한 번 시오를 돌아봤다.

"잘생겼다."

나지막하게 중얼거린 보라는 큭 웃으며 어제 마트에서 사왔던 재료들이 올려져 있는 식탁으로 향했다.

도대체 뭘 만들고 있는 건지 한참을 낑낑대고 있는 보라의 뒤로 누군가가 슬그머니 다가왔다.

"뭐 해?"

꽤 가까운 곳에서 들리는 목소리에 보라가 흠칫 놀라며 뒤돌아섰다. 부스스한 머리를 한 채로 어떤 잘생긴 남자가 씨익 웃고 있었다.

"놀랐잖아요."

보라가 불평하자, 그는 픽 웃으며 어깨를 으쓱였다.

"잘 잤어요?"

"아니."

그는 여전히 졸린 눈을 감으며 고개를 절레절레 저었다. 정말 피곤한 듯한 그의 얼굴에 보라는 미안한 마음이 들어 여기저기 뻗친 머리카락을 만져주었다. 부드러운 손길에 살짝 눈을 뜬 그는 조금 더 다가가 손을 뻗어 그녀의 허리를 끌어안았다.

"후우. 죽을 것 같아."

보라는 자신의 어깨 위에 얼굴을 묻고 불만스러운 목소리를 내는 시오 때문에 작게 웃음을 터뜨렸다.

그로부터 몇 주 후, 거울 앞에 서서 머리를 만지던 보라는 벽에 걸려 있는 시계를 보고는 분주하게 움직였다. 오늘은 시오가 그녀의 집에 인사를 가기로 한 날이었다.

"늦었다."

서둘러 준비를 마친 그녀는 그가 기다리고 있을 집 밖으로 향했다. 시오는 그녀가 예상했던 것보다 훨씬 더 멋진 모습으로 그녀를 기다리고 있었다.

"와아. 진짜 예쁘다."

"예뻐?"

"네. 어? 이건 처음 보는 슈트 같은데."

"이건 중요한 날에만 입는 거라고 할 수 있지."

그의 낮은 목소리에 보라는 새침하게 눈을 흘겼다.

"그럼 나랑 만나는 건 중요한 게 아니었네."

"그거랑은 다르죠. 당신 만나는 날, 만날 같은 옷만 입고 갈 순 없잖아."

"그래도. 난 한 번도 못 본 옷이니까 그렇지."

"알았어. 그럼 차보라 만나는 날은 이 옷만 입고 가야겠네."

"됐거든요."

"타. 늦겠다."

그는 나지막하게 웃음을 터트리며 잿빛 자동차의 조수석 문을 열었다.

운전을 하는 동안 긴장을 한 건지 그는 평소보다 말이 없었다. 보라는 그런 그에게 언니가 자신에게 했던 만행들을 장난스럽게 얘기해 주었다. 그럴 때마다 낮게 웃는 그의 웃음소리가 듣기 좋아 보라는 연신 입을 움직여댔다.

그러는 동안 벌써 그녀의 본가에 다다르고 있었다.

집에 도착하니 괜히 정원에서 서성거리고 있는 아버지가 보였다. 긴장을 하신 모양이었다. 그 모습을 보니 그녀도 덩달아 긴장이 되었다.

"안녕하세요. 김시오입니다."

시오는 자신보다 더 긴장한 듯한 보라의 모습에 살짝 미소를 지으며 집안으로 들어섰다. 그러자, 탁자 위로 보이는 종류를 셀 수 없는 음식들이 보이기 시작했다.

탁자 위를 보던 보라의 표정이 묘하게 변했다. 죄다 자신이 좋아하는 음식들이었다. 자신이 좋아하는 음식을 엄마가 알고 있었나? 아니 어쩌면 연두가 귀띔해 준 것일지도 몰랐다. 하지만 이젠 아무래도 상관없었다. 그녀를 위해 혹은 그녀와 함께 있는 그를 위해 정성껏 음식을 마련해준 엄마가 고마웠다.

"뭘 이렇게……."

"플래카드 안 걸은 걸 다행으로 여겨."

연두가 하품을 하며 자신의 방에서 나오자, 그녀의 모친은 연두의 팔을 툭 치며 얼른 옆으로 끌었다.

"플래…… 뭐?"

"아부지 바짓가랑이 잡고 노력한 나에게 고마워하란 말이지."

연두가 뿌듯하게 웃자, 부친은 흠흠 헛기침을 하며 앉으라고 손짓을 했다. 보라는 아빠를 바라보다가 시오의 팔을 끌었다. 내색은 안 하셨지만 딸이 왜 아무도 언급하지 않는지 꽤 걱정하고 있으셨나 보다.

그녀의 아버지는 보라를 바라보다가 흐뭇한 얼굴로 시오를 바라봤다. 번듯한 얼굴과 헌칠한 키는 상상했던 것 이상이었다. 씨익 미소 짓는 시오의 얼굴에 그는 뿌듯한 얼굴로 막내딸을 돌아보았다.

집에 오면 연두는 조잘조잘 말을 많이 하는 반면에 둘째 보라는 말이 없었다. 그저 저녁 식사를 하고 자신의 방으로 들어가는 게 다였다. 그리고 보면 막내딸과는 길게 대화를 나눈 기억이 없었다. 그런 그녀를 보며 그의 표정은 무척이나 어두워지곤 했었다. 어렸을 적에는 꽤나 애교가 많았던 걸로 기억하는데 어느 순간부턴가 말수가 적어졌다. 아니 말수가 적어진 게 아니라 집에서는 필요 이상의 말을 꺼내지 않는 건지도 몰랐다. 그게 무척이나 서운했지만 어린 시절의 딸에게 미안함이 남아 있어 쉽사리 말을 꺼내지도 못했다.

하지만 일주일 전, 갑작스레 전화를 건 보라는 꽤 신난 듯 자신이 만나고 있는 미술 선생이라는 남자에 대해 종알종알 얘기해 주었다.

한참 동안이나 자랑을 하던 그녀는 주말에 그를 데리고 집에 올 거라는 말을 남겼다. 더불어 맛있는 음식을 많이 해달라는 말까지 했다. 보라에게서 그런 말을 듣기는커녕 맛있는 걸 해준다면 언제나 거절부터 하는 그녀였기에 그녀의 엄마는 무척이나 기뻤었다. 그때부터 그녀의 부모님은 꽤나 설레는 마음으로 그와 그녀를 기다리고 있었다.

"학교 선생님이라고?"

"네. 미술을 맡고 있습니다."

"그림은 잘 그리겠구만."

대화가 이어졌고 잔뜩 긴장을 하던 보라의 어깨도 점점 풀어지고 있었다.

"자고 갈 거지?"

"예?"

예상하지 못했던 말에 그가 살짝 당황을 했고, 보라 역시도 사과를 베어 물다가 그를 돌아봤다.

"아……."

"그럼요."

보라가 말을 하기 전, 시오가 재빨리 미소를 지으며 대답했다. '괜찮아요?'라고 묻는 듯한 보라의 눈빛에 그는 살짝 미소를 띠며 포크로 사과를 찍었다.

아깐 긴장한 듯 잔뜩 굳어 있더니 여유만만이다. 보라는 내심 그가 얄미워 살짝 흘겨보았다. 하지만 그녀의 입가에도 미소가 고이고 있었다.

보라는 과일을 먹으며 이런저런 대화를 하고 있는 아빠와 시오를 지켜보았다. 그러던 중 방에 들어갔던 연두가 무엇인가를 들고 나오는 것이 포착되었다. 뭔가 수상쩍었지만 시오에게 우선적으로 집중이 되는 터라 보라는 곧 연두에게서 시선을 거뒀다. 하지만 그게 실수였다. 말렸어야 했다.

잠시 후, 시오의 앞에서 펼쳐지는 사진첩에 보라는 경악을 금치 못했다.

"이게 왜 여기 있어?"

분명 쓰레기통에 버린 사진첩이었다. 연두의 음흉한 표정을 보건대, 그녀가 쓰레기통에서 찾아낸 모양이었다.

"보라 귀엽죠? 이게 6살 때예요."

"안 돼!"

창피한 마음에 막으려 했지만 보라는 이미 시오와 연두에게 각각 한 팔씩 잡힌 뒤였다. 씩씩거리는 보라에게 이내 낯선 사진들이 보이기 시작했다.

"어?"

원래 보라의 사진첩에 끼워져 있던 사진들이 아니었다. 갓난아기였을 때부터 시작해서 3~4살 정도였을 때의 사진들인 것 같았다. 사진 속 보라의 옆엔 모두 부모님이 활짝 웃는 얼굴로 함께 있었다. 사진 속의 자신은 꽤나 행복해 보이는 모습이었다. 하지만 연두의 모습은 보이지 않았다. 보라의 시선이 연두에게로 향하자, 그녀는 장난스럽게 눈을 흘기며 씨익 웃었다. 아마도 연두가 찾아내어 넣어둔 모양이었다. 이제 보라의 사진첩은 독사진만이 아닌 가족과 같이 찍은 사진들로 채워져 있었다. 어쩌면 언니 말대로 자신이 주위 사람들을 받아들이지 않으려 했는지도 모른다. 일부러 고개를 돌리지 않고 자신이 고집한 앞만 바라보고 있었는지도 몰랐다 언니의 배려에 미음이 뭉클해졌다. 어렴풋하게나마 어린 시절 부모님과 함께 보냈던 기억이 나기도 했다. 보라는 눈물이 고인 눈동자로 언니에게 살짝 미소 지었다. 어렸을 땐 어땠을지 몰라도 지금은 이렇게나 자신을 챙겨주는 언니가 너무도 고마웠다.

"귀엽네요."

곧이어 이어지는 시오의 목소리엔 사랑스럽다는 감정이 가득 묻어나 있었다. 흐뭇한 표정으로 사진을 보던 시오의 눈에 비키니 수영복을 입고 있는 꼬마 보라가 보였다.

"아악! 이게 뭐야?"

보라가 손바닥으로 가리려하자, 시오는 재빨리 그녀를 막으며 뛰어난(?) 몸매를 자랑하고 있는 어린 시절의 그녀를 꽤 음흉한 눈빛으로 관찰했다.

"언니!"

이런 사진까지 넣어놨을 줄이야. 보라의 기억으론 이 수영복을 입었던 건 딱 한 번뿐이었다. 도대체 이 사진은 어떻게 찾아냈단 말인가? 보라의 불만스런 외침에도 불구하고 연두는 깔깔대며 계속해서 사진첩을 넘기고 있었다. 그들을 지켜보던 부모님의 얼굴에도 서서히 웃음이 번지기 시작했다.

저녁식사를 한 후 곧이어 술자리가 이어졌다. 남자는 자고로 술버릇을 봐야 한다는 아버지의 지론에 따라 시작된 것이었다. 하지만 문제가 있었으니 시오의 주량이 꽤 세다는 게 문제라면 문제였다. 결국 그가 취하기 전, 아버지가 먼저 취해버리는 사태가 발생하고 말았다.

시오가 따르는 술을 받던 아버지는 흐뭇한 미소를 띠며 그에게 말했다.

"우리 보라 예쁘지?"

"네. 그럼요."

"우리 딸이 제일 예쁘지."

"아빠. 어떤 딸?"

연두가 중간에 끼어들자, 그는 허허거리며 보라를 돌아봤다. 삐쭉거리던 연두는 흥, 소리를 내며 커다란 전을 한입에 집어넣었다. 픽 웃던 보라는 자신을 지그시 바라보고 있는 아버지에게로 눈길을 돌렸다. 보라를 한참동안 바라보던 아버지는 힘겹게 말을 꺼냈다.

"우리 보라한테는 미안한 게 참 많은데. 아빠가 갑자기 사업이 그렇게 돼서, 우리 막내딸만 떼어놓고. 그래도 우리 보라 때문에 아빤 열심히 일했어. 보라한테 미안해서, 우리 예쁜 딸 빨리 데려오려고. 그래서 이젠 이렇게 평생 살 집도 갖게 됐고. 근데 그러는 동안에 우리 딸이 상처를 많이 받은 것 같아서 아빠는 너무 미안해."

눈시울이 붉어진 아버지는 이내 고개를 숙여버렸다. 내내 대화를 듣던 시오의 얼굴에 당황함이 떠올랐다. 처음 듣는 얘기였다. 물론 그녀에 대해서 다 알고 있는 것은 아니었지만 그녀가 힘들었던 그때를 몰랐다는 사실이 왠지 그를 속상하게 만들었다. 시오는 아려오는 마음에 천천히 눈을 내리깔며 이를 지그시 깨물었다.

눈에 이미 눈물이 그렁그렁해진 보라는 아무 말도 못한 채 고개만 숙이고 있었다.

"그래도 우리 딸 덕분에 힘내서 열심히 일했고 그 덕에 지금은 이렇게 좋은 집에 살게 돼서 아빠는 너무 고마워. 이렇게 멋진 남자도 데려오고."

주방에 홀로 서서 대화를 듣던 그녀의 엄마 눈에도 어느새 눈물이

고여 있었다. 쉽게 꺼내지 못했던 얘기였다. 하지만 언젠가 보라에게 해주고 싶던 말이기도 했다. 언제나 겉돌던 막내딸이 안쓰러웠다. 많이 챙겨주지 못해서 그리고 그런 사실을 보라가 알고 있는 것 같아서 언제나 미안하고 후회스러웠다. 조용히 눈물을 훔치는 그녀에게 연두가 다가왔다.

"보라도 이젠 다 알거야."

나지막하게 속삭이는 연두의 목소리가 그녀의 마음에 따스하게 전해져왔다.

"우리 딸들, 이제 다 컸네."

울음이 가득 섞인 흐뭇한 목소리에 연두는 살짝 미소 지으며 아직 대화가 끝나지 않은 거실을 바라봤다.

보라는 아직도 고개를 들지 못하는 아버지를 보며 입술을 깨물었다. 괜찮다고, 이젠 괜찮다고 말씀드려야 하는데 워낙 표현력이 없는 그녀이기에 아무런 말도, 아무런 행동도 하지 못했다. 눈물 고인 눈동자로 오래도록 바라보기만 하는 그녀가 안타까워 시오는 조심스럽게 그녀의 손을 잡았다. 따스한 감촉이 전해지자, 보라는 시오를 돌아봤다. 살짝 웃어 보인 그는 잡고 있는 손을 들어 그녀의 아버지 손 위에 살포시 감싸게 했다. 울음 때문에 아버지의 손이 조금씩 떨리고 있었다. 아버지의 떨리는 손과 따스하게 웃어주는 시오를 번갈아 보던 보라는 더 이상 울음을 참지 못하고 아버지를 덥석 끌어안았다.

"아니야. 괜찮아. 내가 미안해, 아빠. 우리 때문에 그랬던 건데, 우리한테 좋은 거 해주려고 그랬던 건데. 아빠 맘 알아주지 못해서…… 괜히 투정만 부리고 나만 힘들었다고 생각해서…… 엄마, 아빠한테 잘해드린 게 하나도 없어서…… 너무 미안해. 너무 죄송해요."

흐뭇한 미소를 지은 아버지는 엉엉 울고 있는 보라의 등을 부드럽게 토닥여주었다. 그 모습을 말없이 지켜보던 시오는 문득 어머님과 연두가 없다는 생각에 주방 쪽을 돌아보았다. 그러자, 그와 같은 표정으로 거실을 바라보고 있는 두 여인이 보였다. 시오를 발견한 연두는 곧 손을 들어 올려 엄지손가락을 치켜세웠다. 피식 웃은 그는 고개를 살짝 숙여 감사의 인사를 전했다.

잠시 후, 가족 모임의 하이라이트는 윷놀이라며 연두는 어디서 찾아냈는지 모를 윷을 들고 왔다. 대체 언제 가족 모임의 하이라이트가 윷놀이가 된 걸까, 곰곰이 생각하던 보라는 퉁퉁 부은 눈으로 자신의 언니를 바라봤다.

얼떨결에 예비 장모님과 한편이 된 시오는 어느새 연두의 장단에 맞춰 윷을 던지고 있었다. 어찌나 진행을 잘하는지 툴툴대던 보라 역시도 윷놀이에 빠져 윷이네, 모네, 하며 외쳐댔다. 엄마의 활약으로 결국 시오 팀이 승을 거두었고 연두는 상품이라며 한사코 거절하는 그의 품에 주방 세제 세트를 안겼다. 윷놀이를 하는 내내 웃음이 끊이지 않았던 집안은 어느새 훈훈한 공기로 가득 채워져 있었다.

"그래, 애는 몇 명이나 낳을 건가?"

뜬금없는 아버지의 질문에 보라는 눈을 휘둥그레 떴고 잠시 당황하던 그는 이내 웃으며 대답했다.

"아직 상의는 안 해봤는데 두 명 정도가 괜찮을 것 같아요."

"그래? 나는 자네 닮은 아들 둘, 보라 닮은 딸 둘이면 좋겠는데."

합이 넷? 보라는 붉어진 얼굴을 들어 올리며 눈을 더 커다랗게 떴다. 그는 뭐가 좋은지 실실거리며 곧바로 대답을 했다.

"노력해보겠습니다."

곧 연두가 큭큭대기 시작했고 그녀의 엄마와 아버지도 함박웃음을 지었다. 덩달아 시오까지 배시시 웃음을 흘렸다. 보라는 그들 넷을 번갈아보며 깊은 한숨을 내쉬어야 했다. 하지만 이내 그녀의 얼굴에도 행복한 미소가 번지기 시작했다.

새벽 1시, 가족 모임을 끝마치고 잠자리에 든 보라가 멀뚱히 천장을 올려다보다가 입을 열었다.

"언니."

"음. 우우어우웅."

"자?"

"……."

자나 보다. 몸을 일으켜 연두의 눈치를 보던 보라는 다시 자리에 누웠다. 잠이 오지 않는다.

'자고 있을까?'

시오에게 자신의 방을 내어주고 연두와 같이 잠자리에 들었지만 도무지 잠을 이룰 수가 없었다. 다시 한 번 벌떡 일어난 보라는 조심스럽게 침대를 빠져나왔다.

자신의 방인데도 왜 문을 쉽사리 열지 못하겠는 걸까? 문고리를 돌리려던 보라는 도둑고양이 마냥 주위를 살펴보고는 조심스럽게 방문을 열었다. 살짝 머리를 내밀어 방 안을 탐색하던 눈동자엔 내내 생각하고 있던 무언가가 보이지 않았다.

"어디 갔어?"

"뭐 해?"

"으, 읍!"

바로 귓가에서 들려온 목소리에 보라가 소리를 지르려 하자, 그는 반사적으로 그녀의 입을 막았다. 그가 어깨를 잡고 조심스럽게 돌려세웠고 그녀는 자신이 아는 얼굴을 확인하고 나서야 안심을 했다.

"놀랐잖아요."

"왜 만날 놀라고 그래?"

"갑자기 나타나니까 그렇죠."

"갑자기 나타난 게 누군데. 왜 여기에 있어?"

"그거야……."

"그거야?"

"……잘 자나 보려고."

시오가 어이가 없다는 듯 웃자, 보라는 뚱한 얼굴을 하며 이리저리 눈동자를 굴렸다. 그는 피식 웃으며 그녀의 뺨을 어루만졌다.

"어디 갔다 와요?"

"화장실 갔다 와요."

보라의 얼굴이 더 뚱해졌다. 이제 그가 자신에게 존댓말을 하는 건 장난을 칠 때뿐이라는 걸 알았기 때문이었다.

"잠이 안 와?"

하지만 낮게 울리는 목소리에 심통이 났던 보라의 얼굴이 서서히 풀어졌다. 이윽고 보라가 고개를 끄덕였다.

"잠깐 바람 좀 쐴까?"

그가 하는 말을 거절하기란 이젠 그녀에게 참 힘든 일이었다. 더군다나 지금같이 살짝 미소 띤 얼굴에 낮은 목소리로 제안을 한다면 더욱더 말이다.

"응."

부모님과 무엇보다도 눈치가 빠른 연두가 깨지 않게끔 살짝 문을 연 보라는 시오에게 따라 나오라는 듯 손짓을 했다. 자기 집 나가는 거면서 꼭 무언가를 훔쳐서 나가는 사람인 양 행동하는 게 웃기고 귀여워 그는 살짝 미소를 띠웠다.

"시원하네."

테라스에 서 있던 시오는 바로 보이는 달을 바라보다가 슬며시 웃었다. 그러다가 바로 뒤에 있는 전면 유리를 힐끔 보고는 질질 끌고 나온 운동화에 발을 넣고 있는 보라를 보았다.

"그런데."

"응? 왜요?"

"여기로 나왔으면 더 편하지 않았을까?"

그제야 보라의 얼굴에 깨달음이 스쳤다. 창문으로 나왔다면 소리가 나는 걸 염려하지 않고 더 수월하게 나올 수 있었을 것이다. 멀뚱히 전면 창을 바라보는 눈동자가 귀여워 그는 웃음을 터뜨렸다.

"그, 그래도 나올 땐 문으로 나와야죠."

그는 푸읍, 웃음을 터뜨리다가 흘겨보는 그녀를 발견하고는 애써 표정을 감추며 진지하게 고개를 끄덕였다.

"그래, 맞아. 문으로 나와야지."

뽀로통해진 보라가 테라스에 서서 달을 올려다봤다. 조금 시선을 내려 길을 바라보던 그녀의 얼굴에 심통은 사라지고 살짝 미소가 지어졌다.

잠시 후, 시오의 손을 잡아 끌어당기는 보라의 얼굴이 조금 흥분한 듯 상기되어 있었다. 그런 그녀를 바라보다가 잡힌 자신의 손을 내려다보는 그의 눈동자에 따뜻함이 고였다.

사소한(?) 문제 – 참거나 덮치거나 –

"산책해요."

달빛이 가득 내려앉은 고요한 길 위에서 자신의 연인에게 손이 잡힌 채로 천천히 걸음을 내딛던 시오가 참을 수 없는 두근거림으로 천천히 숨을 내쉬었다. 다른 때보다도 자신의 손을 꽈악 잡고 있는 그녀가 사랑스러워서 어쩔 줄을 모르겠다.

"가끔 혼자 여기 걷곤 했는데."

"밤에?"

"아니, 낮에. 밤엔 혼자 걷기 무서워서 엄두도 못 냈고."

"……."

"좀…… 느낌이 다르다."

보라는 입가에 웃음을 잔뜩 머금고서 이따금씩 자신이 내딛었던 거리를 둘러보았다. 이윽고 그녀의 귀에 천천히 말하는 낮은 목소리가 들려왔다.

"어떻게 다른데?"

"응?"

"말해봐. 어떻게 다른지."

"누가 선생님 아니랄까 봐."

"그러니까 제대로 말하세요, 차보라 학생."

보라가 웃음을 터뜨리며 주위를 둘러봤다.

"음. 뭐랄까, 좀 더 평화롭고……."

"그리고?"

"즐겁달까."

"좋아. 마음에 들어."

"뭐야."

"마음에 들었으니까."

시오는 잡고 있던 손을 당겨 앞서 걷는 보라를 멈춰 세웠다. 돌아보는 그녀의 눈동자엔 왜냐는 듯한 물음이 담겨 있었다. 반대로 그의 눈동자엔 아까 그녀가 말했던 평화로움과 즐거움이 고여 있었다.

"해 줘."

"……"

"……"

"뭐, 뭘?"

"뭐겠어? 눈치 없는 차보라 선생님."

그는 느긋하게 말하며 살짝 눈을 감았다. 멀뚱하게 보고 있던 그녀는 뒤늦게 화들짝 놀라며 몸을 돌려 걸음을 옮겼다. 아니, 옮기려고 했다. 그녀의 행동을 예상하기라도 한 건지 그는 보라의 손을 잡고 있는 채였다. 당연히 앞으로 나아가지 못한 그녀는 한숨을 흘리며 뒤돌아 아직도 눈을 감고 있는 그를 보았다.

"사, 사람들……."

"아무도 안 온다, 에 십 만원 걸지."

"진짜요?"

"시간 끌지 마."

"내, 내가 아주 오랫동안 해서 사람이 오면?"

더듬거리는 목소리에 눈을 감고 있던 그의 입 끝이 살짝 올라갔다.

"그러면 나야 고맙지."

무슨 말을 하겠어. 보라는 그에게 잡혀 절대 빼지 못할 것 같은 손을 내려다보다가 툴툴대며 그에게 다가갔다.

하지만 다가갈수록 그녀의 얼굴이 진지해졌다. 꽤 가까운 거리에서 멈춰 선 그녀는 그의 옷자락을 살짝 쥐며 발꿈치를 올렸다. 바람이 묻어나던 그의 입술에 이윽고 따뜻한 입김이 내려앉았다. 부드러우면서 간지러운 느낌에 금세 그의 입가가 올라갔다.

그녀가 금방 떨어질 거라 예상한 그는 도망가지 못하게끔 그녀의 등 뒤로 둥글게 팔을 뻗었다. 하지만 얼마 지나지 않아 그의 눈이 번쩍 떠졌다. 전혀 예상하지 못한 일인 듯 눈을 몇 번 껌벅거리던 그는 살며시 시선을 내렸다. 어색해하면서도 키스에 열중하고 있는 보라의 얼굴이 살짝 비춰졌다.

그녀의 패턴으로 봤을 땐, 살짝 입술만 대는 척하다가 뗄 게 뻔했다. 그걸 예상하고 대비하고 있었는데 떨어지기는커녕, 아랫입술을 살짝 깨물어오며 좀 더 깊게 입을 맞추고 있었으니 놀라지 않는 게 더 이상했다.

곧 쪼옥 하는 소리까지 들렸고 그녀는 그에게 더욱더 밀착하며 시작할 때부터 잡고 있었던 옷자락을 꽈악 잡았다. 웃음이 가득 고인 눈이 이윽고 감겼고 그는 둥글게 뻗고 있었던 팔로 그녀의 허리를 조심스럽게 감쌌다.

평화롭고 즐거운 밤이었다.

※ ※ ※

보라의 집에 다녀온 이후, 둘 사이는 전보다 더 가까워져 있었다. 그가 예비 장모님과 장인어른께 때때로 안부 전화를 했고 그가 하는 만큼 그녀도 그의 부모님에게 살갑게 대했다. 그리고 유현의 카페에도 자주 들러 혜원이와는 둘도 없는 친구가 되어 있었다. 그렇게 1개월이라는 시간이 흘렀다.

"왜?"

그는 의아하다는 얼굴로 보라를 돌아봤다.

"그러니까……."

"그러니까 왜 학교엔 비밀로 하자는 건데?"

예비 처갓집에 인사까지 하고 왔겠다, 연인 사이라도 밝히면 안 되는 이유는 대체 뭘까? 이해할 수 없다는 시오의 눈동자에 보라는 동그랗게 눈을 뜨고는 손을 뻗어 그의 팔을 꼬옥 붙잡았다. 그의 취약점이었다. 이젠 그런 것까지 눈치채고 여우 짓을 하는 보라가 얄미웠지만 그래도 어찌하리. 너무 예쁘고 사랑스러운 것을. 이런 보라의 행동에 그는 도무지 당해낼 재간이 없었다.

"알았어. 말해봐."

"전에도 특정 선생님들하고 학생들한테 미움 받았고. 뭐, 지금도 크게 달라진 건 없지만. 결혼할 거라는 것까지 알려졌다간 더 미움 받을지도 모르잖아요."

"……."

"나는요. 한 번도 오랫동안 직장에 다녀본 적이 없어요. 길어야 세 달? 알고 있겠지만 연애도 그랬고……. 근데 이번엔 이 학교 꼭 끝까지 다니고 싶어요. 맡은 데까지는. 당신과 관련된 곳이기도 하고. 그래야 다음에 어디에 취직하든지 또 그럴 수 있을 것 같아. 이번엔 기필코 그러고 싶어. 나 그만둘 때 내가 말하면 되잖아."

그녀의 말을 듣는 그의 눈동자는 한결같이 진지했다. 침묵을 지키던 그가 마침내 입을 열었다.

"일종의 졸업 같은 건가?"

"응, 맞아. 그런 거예요."

그는 길게 한숨을 내쉬었다. 학교에 아니, 학교뿐만이 아닌 다른 곳에도 하루빨리 알리고 싶었던 게 사실이었다. 하지만 그래야 하는 이유를 차근히 설명하며 이렇게 부탁을 하니 안 들어줄 수도 없는 노릇이었다. 익숙한 학교 교정을 둘러보던 그가 어쩔 수 없이 고개를 끄덕였다.

"대신, 내 부탁도 들어줘야 돼."

"부탁?"

"그래."

보라는 그를 물끄러미 바라보다가 이내 고개를 끄덕였다.

"들어가. 수업 늦겠다."

시오는 보라를 보낸 후, 뒷모습을 꽤 오랫동안 지켜보았다.

"미술 쌤! 또, 또, 또, 애인님한테서 눈을 떼지를 못하시네."

"니들 수업 안 들어가?"

"에이, 들어가요. 근데 갈비탕은 언제 먹을 수 있어요?"

"갈비탕?"

"야, 야! 요즘은 뷔페지. 갈비탕은 무슨."

시오는 그제야 장난이 가득한 학생들의 대화를 알아듣고는 머리를 쥐어박았다.

"아야! 왜 때려요! 사실이잖아요오오!"

"조용히 안 해!"

"너무해요오오오!"

"수업 들어가. 빨리!"

"들어가요오오."

학생들이 뛸 태세를 취하자, 살짝 웃던 시오는 다시 한 번 학생들을 붙잡았다.
"왜 이러세요? 저희 수업 들어가야 돼요."
"차 선생님한테는 말하지 마."
"뭘요?"
"나한테 했던 말들. 언제 결혼하냐, 사귀냐, 뭐 그런 얘기."
"왜요?"
"……게임 중이거든."
"에에? 하여튼 엉뚱하셔."
"말하지 마."
"알겠어요."
시오는 학생들을 단단히 단속시키고는 회의가 있을 교무실로 향했다. 아무래도 학교 안 사람들이라면 모두가 다 알고 있는 것 같았지만 그녀가 숨기고 싶다면야, 뭐. 그는 피식 웃으며 걸음을 옮겼다.

함께 퇴근을 하던 도중, 보라는 무언가 생각났는지 배시시 웃음을 흘렸다.
"봐 봐요."
운전을 하던 시오는 잔뜩 흥분한 얼굴로 가방을 뒤지는 보라를 흘끔 바라보았다.
"그게 뭔데?"
"편지. 나 학생들한테 편지도 받는 선생님이에요."
"그래. 좋겠다."
"부럽지? 부럽죠?"

"그래. 엄청 부럽다."

편지를 단숨에 읽어 내려가던 보라는 뿌듯한 얼굴을 숨기지 못하고 히죽 웃었다.

"뭐라고 썼기에 그렇게 좋아해?"

"감사하고 사랑한대요."

"뭘 그런 걸 편지에 쓰나. 직접 말하면 되지."

"직접 말 못할 때도 있는 법이에요."

"아아. 그러시겠지."

보라는 다시 한 번 편지를 읽으며 히죽 웃었다. 보고 또 봐도 좋은 모양이었다. 헛웃음을 흘리며 핸들을 돌리던 그는 이내 떠오른 생각에 인상을 구겼다.

"이름이 뭐야?"

"네?"

"편지 쓴 학생 이름이 뭐야?"

"왜요?"

"말해."

"신…… 왜 말하라는 건데요?"

"말하는 게 좋을 텐데."

"왜?"

"말 안 할래?"

"안 할래요."

보라는 그가 수상쩍다는 듯 서둘러 편지를 접었다. 시오가 편지를 향해 손을 뻗었지만 한발 늦었다. 편지는 벌써 보라의 가방 속에 들어가 있었다.

"알았어. 그럼 질문을 바꾸지."

"……"

"남……."

"응?"

그는 앞의 차를 내다보며 작게 한숨을 쉬었고 보라는 물끄러미 그를 응시했다.

"남자야, 여자야?"

한껏 긴장하고 있었던 보라의 얼굴이 풀어졌다.

"그것 땜에 그런 거예요?"

"……그래."

"남자면 어떡하게?"

그의 미간에 주름이 잡혔고 그는 다시 한 번 손을 뻗었다. 보라의 가방에 닿긴 했지만 그녀 역시도 지지 않고 가방을 잡은 손에 힘을 주는 바람에 투닥거리고만 있을 뿐이었다. 운전을 하느라 제대로 힘을 주지 못하던 시오가 답답한 듯 낮게 중얼거렸다.

"젠장."

보라는 두 손에 힘을 주며 가방을 뺏기지 않으려고 애를 썼다. 가방을 한 번 놓쳤다 다시 잡으려 손을 뻗었던 시오가 멈칫했다. 보라 역시, 그 상태로 굳어버렸다. 앞의 차를 바라보느라 옆을 돌아보지 못하고 손을 뻗는 바람에 조준이 잘못 되었던 것이다. 그는 재빨리 손을 가져와 핸들을 잡았다. 하지만 손에 어렴풋이 느껴졌던 부드럽고 말캉하던 곡선의 느낌이 지워지지가 않았다.

"흠!"

무안한 듯 그가 헛기침을 했고, 두 손으로 가방을 잡은 상태 그대로 굳어 있었던 보라가 헛기침 소리에 정신을 차리고는 천천히 손을 내렸다. 이윽고 보라가 고개를 돌려 그를 흘겨보았다.

"벼, 변태!"

"누가?"

"누구긴 누구예요? 선생님이지!"

"이 여자가 사람 잡네. 그러게 곱게 편지, 아니지. 말하라고 했을 때 말했으면 이런 일 없잖아."

"말하기 싫은 걸 어떡해? 선생님은 다 말해요?"

"그래. 다 말한다."

"거짓말!"

"아니거든. 다 말 하거든요."

있는 힘껏 째려보던 보라가 마침내 무언가가 떠오른 듯 기고만장한 얼굴로 그를 바라봤다.

"그럼 이것도 솔직히 말할 수 있겠네."

"그럼."

"그래서 지금 기분이 어떤데?"

"뭐?"

"지금…… 그, 그러니까…… 어쨌든 마, 만졌잖아. 그래서…… 기분이 어……."

마지막 말은 거의 기어들어가 들리지가 않았다. 하지만 그의 얼굴이 돌연 굳었고, 보라 역시도 질문을 잘못 선택했다며 곧 자신을 자책했다. 이기려고 급한 마음에 무리수를 둔 게 실수였다.

"……싶다면?"

보라는 움찔하다가 잘못 들었을 거라고 애써 우기며 그를 비려봤다.

"네?"

"안고 싶다면 어떻게 할 건데?"

보라가 입을 꽉 다문 채 굳어 있자, 그가 고개를 돌려 그녀를 마주 봤다. 화가 난 것 같은, 정확히 말하자면 짜증이 난 것 같은 눈동자가 계속해서 그녀를 바라보고 있었다.

"미……."

"그래. 안고 싶다. 하고 싶어. 내가 잘못된 건가? 애써 참고 있는데 그런 식으로 비난하는 의도가 뭔데? 놀려? 그래? 너 보면 안고 싶어 미치겠는 거 몰라서 묻는 건가? 너 웃을 때, 졸 때, 먹을 때, 만나는 순간, 보는 순간순간마다 진짜 돌아버리겠어. 듣고 싶은 게 이거야? 됐나?"

"미안해요. 잘못 말했어. 아! 편지 준 학생……."

"됐어."

정말 화가 난 듯 말을 끊는 그의 모습에 보라는 풀이 죽어 어깨를 늘어뜨렸다. 만날 때마다, 둘이 있을 때마다 힘들어하는 거 뻔히 알면서 그런 질문을 하다니 자신이 많이 잘못했다.

"들어가."

그녀의 집 앞에서 차를 멈춘 그는 간단하게 인사했다.

"조심히 가요."

결국, 그의 화를 풀어주지 못하고 인사를 한 보라는 한숨을 쉬며 어두운 얼굴로 현관으로 들어섰다.

'짧아야 6개월. 길면…….'

벽에 걸린 달력을 바라보던 시오는 짜증이 난 듯 얼굴을 찡그리며 침대에 드러누웠다. 아직 옷을 갈아입지 않은 채였다.

그녀가 원한다면 기다려 줄 수 있다고 생각했다. 아끼고 소중히 다루는 게 그런 의미라면 얼마든지 해줄 수 있다, 생각했었다. 그런데 고작 이런 일로 화를 내버리다니. 자신이 생각해도 어이없고 한심하다. 자신이 이렇게 형편없는 사람일 줄이야.

재킷 안주머니에서 핸드폰을 꺼내 든 그는 머뭇거리다가 이내 침대 위로 가볍게 핸드폰을 던졌다. 아무 것도 생각하고 싶지 않았다.

딩동.

언제 잠이 들어버린 걸까? 하긴, 요새 통 잠을 이루지 못했다. 이유야 뻔했다. 요즘 그를 들었다 놨다 하는 건 그녀 밖에 없었으니까. 그는 자조적인 미소를 띠며 자리에서 일어났다. 하지만, 그가 침대에서 내려오기 전에 잠금장치가 해제되며 현관문이 열렸다.

그의 시선이 현관으로 향했고, 이윽고 눈앞에 나타난 건 그가 아주 잘 아는 얼굴이었다.

15.
수상한 로맨스 속으로 당신을 초대합니다

"어떻게……."

말을 끝마치기도 전에 갑작스레 달려드는 누군가로 인해 그는 그대로 침대 위로 쓰러졌다. 휘둥그레 뜬 눈동자엔 약간 화가 난 듯한 얼굴이 비춰졌다. 시오는 무슨 일이냐, 는 눈빛으로 보라를 올려다보았다.

"당신만 힘들었는지 알아? 나도 힘들었어."

"뭐?"

"그렇게 가 버리면 다야? 진짜…… 이……."

보라는 아직 그가 옷을 갈아입지 않았다는 걸 눈치채고는 말을 멈추고 시선을 올려 그의 눈동자를 마주보았다. 그녀의 눈에 당황스러워하면서도 아직까지도 화가 묻은 그의 눈빛이 보였다. 보라의 눈동자가 다시 고집스럽게 변했다.

"나도 당신 만지고 싶다고. 나도 너 덮치고 싶다고. 너 자는 모습

보면서 그런 생각, 나는 뭐 안 한 줄 알아?"

"……너?"

"그래! 나도 이제 막 나갈 거야!"

"……."

화가 난 건지 흥분을 한 건지, 아니면 둘 다인 건지 보라는 이글거리는 눈빛으로 그를 노려보았다.

"잘 들어."

"……뭐, 뭘?"

"내가 너 덮치는 거야."

"……뭐?"

"지금 내가, 너 덮칠 거라고."

꿈인가? 그의 고개가 살짝 갸우뚱해졌다. 와일드한 차보라라……. 이런 상상을 한 적이 있던가? 생각해 보면, 이런 상상을 한 적이 있는 것도 같았다. 침대에 거의 눕다시피 한 자세로 보라를 올려다보던 그는 여전히 고개를 갸우뚱거리며 그녀를 보다가 이리저리 눈동자를 굴리기를 반복하고 있었다. 이런 꿈까지 꾸다니 확실히 미칠 단계까지 이른 게 틀림없었다.

한편, 이런 중대한 순간에 딴 생각을 하고 있는 듯한 그를 내려다보던 보라의 미간이 점점 구겨지고 있었다.

'이 남자가!'

화를 풀어주지 못한 게 내내 마음에 걸렸었다. 그렇게 몇 시간동안 미안해하던 그녀가 억울한 마음이 든 건 꽤 오랜 시간이 지나서였다. 참고 있었던 건 그만이 아니었다. 근사한 모습의 그를 볼 때마다 그녀 또한 그에게 안기고 싶은 마음이 한 두 번 든 게 아니었다. 물론,

그보단 덜 힘들었겠지만 그녀 또한 참을 수 없이 그가 좋았다. 결국 몇 시간 만에 결론을 내린 보라는 잔뜩 열을 내며 그의 집으로 쳐들어오고야 말았다.

인상을 쓰던 보라는 그의 넥타이를 끌어당겨 바로 입을 맞추었다. 생각을 하느라 흐려졌던 그의 눈동자가 다시 한 번 크게 떠졌다.

감촉이 뭐랄까…… 굉장히 사실적이었다.

'꿈이…… 아니야?'

잠깐 동안 멈춰 있었던 그는 팔을 잡아 그녀를 떼어냈다. 따뜻하고 말랑거리는 팔을 만져보니 확실히 알겠다. 지금 자신의 앞에 있는, 그러니까 그를 덮치고 있는 거친 차보라는 꿈이 아니었다.

"뭐하는 거야?"

"꿈 꿨어요? 내 말 못 들었어?"

꿈이라면……. 꾸진 않았어도 꿈이라고 생각을……. 잠시 멍해졌던 그가 다시 정신을 차리고는 그녀를 빤히 바라보았다.

"왜 이래?"

어느 때보다도 침착한 그의 목소리에 보라는 헛웃음을 흘렸다. 그리고는 여전히 고집스러운 얼굴로 그의 넥타이를 내려다보았다.

이참에 해보고 싶었던 건 다 해볼 생각이었다. 아예 작정을 하고 온 듯한 얼굴을 올려다보던 그는 보라가 이윽고 자신의 넥타이를 붙잡자, 그녀의 뒷머리를 감싸 자신에게로 끌어당겼다. 갑작스런 그의 행동에 보라는 눈을 꽈악 감았다.

"킁킁."

'응?'

입술에 익숙한 감촉은 닿지 않고, 꼭 냄새를 맡는 듯한 소리가 들려왔다. 이상하게 여긴 보라가 눈을 뜨자, 예상대로 자신의 머리카락과 옷자락을 코에 대고 킁킁 냄새를 맡고 있는 시오가 보였다.

"뭐하는 거예요?"

"술 마셨지?"

"하!"

보라가 화가 나서 그를 밀자, 시오는 반항 한 번 못하고 다시 침대 위로 쓰러졌다. 지금의 자세가 그에겐 굉장히 불리했다. 팔꿈치를 침대에 대고 상체만 살짝 일으켜 보라를 보고 있던 그의 자세에 비해, 그녀는 그의 위에서 거의 덮친다 해도 믿을 만한 자세로 그를 내려다보고 있었다.

"이러지 마."

얼굴을 옆으로 돌리며 무기력하게 흘린 말에 보라의 눈썹이 다시 꿈틀거렸다. 무슨 수청들러온 춘향이도 아니고, 이러지 말긴 뭘 이러지 마!

"내내 생각해봤는데 너무 억울해서 말이야. 김시오 씨만 참고 있었던 거 아니거든요. 나도 김시오 씨 사랑하고 그러니까 나도…… 나도……. 물론 당신이 더 힘들었을 거란 거 알아. 그래도 나도…… 나름대로 고역이었어요. 당신하고 해보고 싶었던 것도 많고, 나도…… 이씨. 진짜……."

그녀의 불만스런 목소리를 듣던 그가 그제야 얼굴을 돌려 그녀를 마주보았다.

"나랑 뭘 해보고 싶었는데?"

"그런 걸 뭘 묻고 그래요?"

"몰라서 그래. 말해줘."

보라는 침대에 얌전히 누워 청순한 얼굴로 자신을 올려다보고 있는 시오를 가만히 내려다보다가 결국은 꿀꺽 침을 삼켰다. 물끄러미 바라보던 그가 큭큭대기 시작한 건 그때부터였다.

"왜, 왜 웃어요?"

"아…… 진짜. 너 때문에 못 살겠다, 진짜."

보라는 의욕을 상실한 듯 그의 배 위에 털썩 주저앉았다.

"왜 안 해?"

"뭘요?"

"덮치겠다며?"

"그러려고 왔지. 가서 확 덮쳐줘야지, 이 생각하면서 왔어요."

"근데?"

"이러지 말라며?"

"……이래도 돼."

"됐거든요."

보라는 툴툴거리며 장난치듯 그의 넥타이를 만지작거렸다. 힐끔 바라보던 그는 천천히 숨을 내쉬며 눈을 감았다.

"넥타이 좀 풀어줘. 갑갑하다."

"그러게, 왜 아직 옷도 안 갈아입었어요?"

"누가 계속 신경 쓰여서 말이지."

"잔뜩 심통 난 얼굴로 가버린 사람이 누군데."

"그래서 잔뜩 심통 난 얼굴로 가버린 사람 풀어주려고 온 건가?"

여전히 눈을 감은 채, 나직한 목소리를 내고 있는 시오를 퉁하게 내려다보던 보라는 넥타이를 풀어내 바닥에 집어던지고는 마지막까지 채워져 있는 드레스셔츠 단추를 내려다보았다.

'갑갑하지 않을까?'

이윽고 결론을 내린 그녀는 올라탄 자세로 겁도 없이 그의 셔츠 단추를 하나씩 풀기 시작했다. 사실, 세 개 정도만 풀어주려고 했으나 점점 드러나는 탄탄한 근육에 호기심이 발동하고야 말았다. 한편, 가슴께에 닿아오는 손길을 느끼던 그는 이를 꽉 깨물며 숨을 내쉬었다.

"그만."

낮지만 꽤 단호하게 들리는 목소리에 보라는 지레 놀라 두 손을 올려 만세 자세를 취했다. 그만하겠다는 의사표현이었지만 마침 눈을 뜬 시오에겐 꽤 야릇하게 보이는 게 문제였다. 이젠, 한계였다.

"으악!"

순식간에 역전이 된 자세에 보라는 눈을 끔벅이며 그를 올려다봤다.

"왜, 왜, 왜 이래요."

"말해."

아까와는 확연히 달라진 눈빛에 보라는 주춤하며 되물었다.

"……뭘요?"

"안기고 싶다고."

"네?"

"……"

"무, 무슨…… 읍!"

입을 맞춘 그가 천천히 몸을 밀착시켜왔다. 꿈틀거리던 보라는 꽈악 허리를 안아오는 뜨거운 손길에 숨을 내뱉었다. 몸에 닿는 뜨거운 체온과 빠르게 뛰고 있는 심장의 느낌이 고스란히 그녀에게 전해져왔다. 그녀 역시도 그를 따라 점점 호흡이 가빠지고 있었다.

아찔한 느낌에 그는 여전히 눈을 감은 채로 그녀에게 키스했다. 이윽고 커다란 손이 보라의 옷을 끌어올렸고 그녀는 눈을 질끈 감았다.

"그만 두려면 지금 말해."

"……싫어."

"뭐가 싫다는 거야?"

가쁘게 숨을 내쉬던 보라는 그의 셔츠를 끌어당겨 다시 입을 맞추었다. 피식, 웃던 그의 눈이 곧 가늘어졌다. 보라의 옷을 잡고 허리가 드러나도록 올린 그는 잠시 망설이는 듯 했다. 이래도 되는 건지, 아직은 망설임이 가득한 까닭에 옷을 잡고 있는 손에 힘만 들어가고 있을 뿐이었다.

"오, 옷 찢을 거야?"

정신이 없는 듯한 보라의 목소리에 피식 웃은 그는 다시 고개를 숙여 그녀의 목에 살며시 입을 맞추었다.

"으……."

도저히 멈출 수가 없었다. 시오는 옷의 목 부분을 끌어내리며 계속해서 입을 맞추었다. 그의 입술이 쇄골에 닿았고 점점 끌어내려지는 옷과 함께 가슴 부위로 내려가고 있었다.

"아…… 차라리 벗겨. 옷…… 늘어나잖아."

그녀의 말이 끝나기도 전에 그는 이미 옷을 끌어올려 벗겨 내었다. 흐릿해진 눈으로 한참을 내려다보는 그 때문에 보라는 볼멘소리를 뱉어냈다.

"빨리 안 하면 가, 갈 거야."

"그건 안 되지."

그는 가슴께로 입술을 내리며 그녀의 바지와 속옷을 마저 벗겨내었다. 그리고 자신의 셔츠를 벗으며 그녀에게로 몸을 내렸다.

"아, 안 들어가."
"힘 빼."
"힘…… 안 줬어."
"너 힘 엄청 주고 있거든. 이대로라면 평생 가도 못 넣으니까 힘 빼."
"아…… 하아."
보라는 뜨거워서 데일 것 같은 손 아래에서 계속해서 가쁜 호흡을 뱉어냈다.
"나 봐."
다른 때와는 달리 여유가 없는 목소리에 보라는 고개를 돌려 그를 바라보았다.
"숨 크게 들이쉬고."
"하아."
"내뱉고."
"후우. ……큭큭."
"왜 웃어?"
"꼭 그거 같다. 산모들 애기 낳을 때."

계속해서 보라가 큭큭거리자, 기가 차 한숨을 내뱉던 시오도 결국은 웃어버렸다. 하지만 다가온 기회를 놓칠 수는 없는 법. 그는 조심스럽게 자세를 고치고는 웃느라 힘을 빼고 있는 그녀의 안으로 단번에 밀고 들어갔다.

"아!"

"하아."

"아……아파. 아파. 너무 아파. 빼. 아파. 아……."

"보라야."

귓가에서 들리는 낮은 목소리에 보라는 울먹거리며 그를 올려다보았다. 사랑스럽다는 듯 바라보는 그의 눈빛이 느껴져 보라는 아무 말도 못한 채 입술을 꼬옥 물었다. 곧, 그가 고개를 숙여 깊게 키스했다.

이불에 감싼 채로 그에게 안겨 있던 보라는 살며시 눈을 떠 옷가지가 여기저기 흩어져 있는 바닥을 내려다보았다. 옷이 아닌 이불에 감싸여 있어 낯선 느낌에 꿈틀거리다가 어깨를 잡아 돌리는 그의 손길에 순식간에 다시 그에게 안기었다. 그의 맨 가슴을 바라보던 보라는 문득 조금 전의 기억이 되살아나 눈을 질끈 감았다. 아프면서도 뜨겁고, 뜨거우면서도 아득하고, 아득하면서도 아찔한 느낌이 온몸을 휘감아와 정신을 차릴 수가 없었다.

"깼어?"

눈동자를 올리자, 나른한 표정으로 내려다보고 있는 그가 보였다. 살짝 잠이 들었다가 자신 때문에 깬 모양이었다.

"응. 더 자요."

감싸 안은 허리를 더욱 세게 끌어안은 그는 이불에 감싸인 그녀의 가슴 위로 살짝 입을 맞추었다. 그 순간 심장이 심하게 쿵쾅거리기 시작했다. 길게 숨을 내쉰 보라는 살짝 눈을 감았다.

"한 번 더 안는다고 하면 무리겠지?"

"나 집에 갈래."

그는 큭큭거리며 그녀를 더욱 세게 끌어안았다. 그의 가슴에 얼굴을 묻은 보라는 뜨거운 체온을 느끼며 천천히 눈을 감았다.

다음 날 아침, 잠결에 들려오는 소리에 보라는 눈을 비비며 몸을 일으켰다. 그는 이미 옷을 다 차려입고는 넥타이를 매고 있었다.

"어디 가요?"

"결혼식에."

"누구 결혼식?"

"전에 계시던 수학 선생님. 데려가고 싶은데 학교엔 비밀로 하자며."

"……."

"그리고…… 힘들어 보이는 것 같기도 하고."

보라는 여전히 졸린 눈으로 넥타이를 매고 있는 그를 응시했다. 언제 씻기까지 하고 준비를 한 걸까? 그녀를 흘끔 본 그는 천천히 침대 앞으로 다가왔다.

"넥타이 좀 매줄래?"

그는 보라가 잡기 편하게끔 살짝 허리를 구부렸다. 보라는 아직 이불에 감긴 채였다. 추위를 꽤 많이 타는 그녀를 위한 그의 배려였다.

"음."

넥타이를 잡은 손은 열심히 움직이고 있었지만 이상하게도 진도는 나가지 않았다. 생각보다 잘 되지 않는지 인상을 쓰던 보라는 고개를 갸웃거렸다.

"왜? 잘 안 돼?"

"아니에요. 할 수 있어요."

그는 흐뭇한 얼굴로 그녀를 바라보다가 그녀의 몸에 감겨 있는 이불로 시선을 내렸다. 아직 이불 속의 몸은 아무 것도 입지 않은 상태일 것이다. 화악 열이 올라 그는 시선을 애써 다른 곳으로 돌렸다.

"선생님."

"응?"

"다 됐어요."

그는 넥타이를 내려다보다가 다시 시선을 들어 무방비상태인 보라를 빤히 바라보았다. 어깨를 감싸 안으며 입을 맞추는 갑작스런 그의 행동으로 인해 보라는 그대로 침대 위로 쓰러졌다.

"으…… 읍."

키스를 하며 이불을 끌어내리려는 그와 이불을 지키려는 보라의 실랑이가 계속되었다.

"불공평해."

"뭐가?"

"당신은 옷 다 입고 있잖아."

"아. 그게 문제야? 그럼 벗으면 되겠네."

"그러라는 게 아니잖아요. 정말이지……."

"정말이지, 뭐?"

"……됐어요."

"왜, 또 너라고 불러보시지?"

"시끄러워요."

보라가 무안한지 붉어진 얼굴로 고개를 돌리자, 그는 큭 웃으며 그녀의 몸에 감긴 이불 위로 입을 맞추었다. 가슴이 심하게 두근거리는 탓에 보라가 잠시 느슨해진 사이, 그는 음흉하게 입꼬리를 올리며 재빨리 이불을 끌어내렸다. 드러난 알몸에 보라가 발버둥 쳤지만 곧 그에게 발목이 잡혀 저항 한 번 해보지 못하고 그를 올려다봐야 했다.

"치사해."

"맞아."

순순히 인정하는 그가 얄미워 보라는 눈을 부릅떴지만 곧 가슴 위로 입술을 내리는 그 때문에 다시 눈을 감아야 했다.

※ ※ ※

요 며칠 사이, 그에게 잔뜩 시달려 피곤한 얼굴로 복도를 걷던 그녀의 눈에 수상한 움직임이 포착되었다.

"뭐 해요?"

가까이 다가가 귓가에 속삭이자, 그는 재빨리 손을 등 뒤로 숨기며 어색하게 입 끝을 올렸다.

"커피 마실래?"

"마시긴 할 건데. 그것부터 보여줘."

"……뭘?"

늦다, 반응이. 보라는 의심스러운 눈빛으로 그를 바라보다가 얼른 그의 등 뒤로 걸음을 옮겼다. 하지만 그의 손이 너 빨랐다. 뺏으려는 보라와 뺏기지 않으려는 그의 실랑이 끝에 결국 승리를 거둔 건 기습 입맞춤을 해 그를 무기력하게 만든 보라였다.

"진즉에 줄 것이지."

"변했어."

"어차피 학생들도 다 집에 갔잖아."

"그래? 그럼 한 번 더."

"됐거든요."

시오는 투덜거리면서도 보라에게 뺏긴 종이가 신경 쓰여 계속해서 눈치를 보고 있었다. 하지만 결국 보라는 그가 숨기고 싶어 했던 무언가를 보고야 말았다.

"……"

차마 입에 담긴 힘든 욕설이 가득 적힌 쪽지에 보라는 애써 아무렇지 않은 척하며 잿빛 자동차 앞으로 다가갔다.

"처음 숨긴 거 아니죠?"

차에 탄 그는 시동을 걸며 한숨을 내쉬었다.

"몇 번이나 숨긴 거예요?"

"……세, 세 번."

거짓말하시긴. 긴 텀이나 더듬거리는 걸로 봤을 때, 이런 일이 훨씬 많았다는 걸 그녀는 직감할 수 있었다. 그동안 자신보다 먼저 찾아내 숨겨왔던 건가? 그녀는 말없이 창밖을 내다보았다. 살짝 눈길을 주던 그는 이윽고 입을 열었다.

"학생들이 그냥 장난치는 거야."

"장난치고는 험악하네요."

"찾아내서 혼내줄까?"

"됐어요. 숨어서 이런 짓하는 학생, 찾아내서 뭐해."
"미안해."
보라는 쪽지를 접으며 그를 돌아봤다.
"뭐가 미안해요?"
"어쨌든 나 때문에 이런 일 당하는 거니까."
"인기 많은 남자 가진 죄지."
그는 픽 웃으며 여유 있게 핸들을 돌렸다.
"그래서 나 속상해할까 봐, 매번 이렇게 숨긴 거예요?"
"또 안 한다, 못 한다, 그런 소리 들을까 봐 무서워서."
"이젠 안 그래."
보라는 중얼거리며 창문을 내리고는 밖을 내다봤다. 제법 따스해진 바람이 그녀의 머릿결을 흩날리게 만들었다. 물끄러미 보던 그의 눈빛이 점점 흐려져 갔다.
"집으로 간다."
"응? 왜?"
"글쎄……."
글쎄는 무슨……. 또 무슨 짓을 하려고? 보라가 경악스러운 표정으로 그를 바라봤지만 그의 입꼬리는 이미 올라간 지 오래였다.

수업을 하는 내내 교실 안에는 무거운 공기가 흘렀다. 그도 그럴 것이 오늘은 그녀의 마지막 수업이 있는 날이었다.
"5개월 동안 함께하면서 참 고마웠어요. 배운 것도 많고. 그동안 즐거웠어. 그리고…… 해줄 얘기가 있는데, 미술 선생님하고 내……."

보라가 뜸을 들이는데도 학생들은 끝까지 기다려주었다. 쥐 죽은 듯이 조용하던 교실 안에 잠시 후, 보라의 목소리가 울렸다.

"결혼식에 와줄래?"

맨 뒷자리에 앉아 있던 시오의 입매가 곡선을 그렸고, 학생들은 환호성을 질렀다.

"축하드려요!"

"쌤! 완전 부러워요."

"미차반 땜에 속상하셨다면서요? 저희 수가 훨씬 더 많았는데."

"미차반?"

"미술 쌤과 차 쌤의 결혼을 반대하는 애들이요. 차 쌤 속상해하신다는 얘기 듣고 저희도 얼마나 속상했는데요. 모른 척하고 있으라고 당부하셔서 말도 못하고 그동안 힘들어한 거 생각하면……. 흑. 그래도 저희 미차옹이 있잖아요."

"미차……옹? 그건 뭐니?"

"미술 쌤과 차 쌤의 결혼을 옹호하는 모임이요."

"너희들…… 알고 있었어?"

"그럼요. 미술 쌤 눈빛에서 아주 사랑스럽다는 레이저가 쏟아져 나오는데 저희가 어떻게 모를 수가 있어요?"

"맞아. 두 분 옆에만 가면 아주 고소한 냄새가……."

"미술 쌤이 쌤한테 말하지 말라고 해서 저희 입 꾹 다물고 있었어요. 축하해요, 선생님!"

어느새 학생들에게 둘러싸여 꽃다발이며 편지를 받아든 보라가 시선을 옮겨 시오를 바라보았다. 그는 살짝 웃으며 어깨를 으쓱해보였다.

"고마워."

들고 가기 힘들만큼 편지를 받아 결국 쇼핑백을 빌릴 수밖에 없었다. 쇼핑백과 꽃다발을 든 보라가 운동장으로 나오자, 그는 잿빛 자동차 앞에 기대서 그녀를 기다리고 있었다. 방긋 웃은 그녀가 천천히 그에게로 다가갔다. 가까워지자, 그가 들고 있는 꽃다발이 눈에 들어왔다.

"나 주는 거예요?"

"졸업 축하해."

자신이 했던 말을 기억하고 있던 모양이었다. 배시시 웃으며 향기가 가득한 꽃다발을 내려다보던 보라가 그를 살짝 흘겨봤다.

"알고 있었죠?"

"뭘?"

"학생들이 우리 사이 알고 있었다는 거."

"말하지 말라며."

"진짜……."

보라가 꽃다발을 받아들자, 그는 조수석 문을 열며 그 안에 있던 네모난 상자를 꺼내들었다.

"그리고, 입학도 축하해."

"입학?"

"졸업을 하면 입학을 해야지."

"그래서 내가 어디에 입학을 했는데?"

"몰라?"

보라는 일부러 놀란 척하는 그를 물끄러미 바라보았다.

"그 유명한 학교를 모른단 말야?"

한껏 과장된 말투로 말하는 걸 보니 여간 수상쩍은 게 아니다. 보라는 그를 빤히 바라보았다.

"김시오 학교라고."

"그게 뭐야."

"교장도 나고, 교감도 나야."

"그럼 학생은?"

"차보라 밖에 안 받아. 지금은……."

"지금은?"

"나중엔 생길 거잖아. 차보라 똑 닮은 학생들이. 남자 둘, 여자 둘."

보라는 그제야 그의 말을 알아듣고는 살짝 흘겨보았다. 그는 그녀를 차에 태우고는 운전석으로 돌아갔다.

"그럼 교칙도 선생님 마음인가요?"

"당연하지. 말 안 듣는 학생한텐 꽤 엄하다고."

"어떻게?"

"글쎄. 어떻게 해줄까?"

그는 슬쩍 웃으며 보라의 셔츠를 살짝 내려 쇄골을 쓰다듬었다.

"변태."

"마음대로 불러. 기대에 부응해줄 테니까."

보라가 기가 막힌 듯 웃자, 그는 살짝 입가를 올렸다. 곧, 따스함이 고인 눈동자가 그녀를 향했고 보라 역시도 방긋 웃으며 그를 마주봤다. 햇살이 내려앉은 거리에 반짝임이 가득한 잿빛 자동차가 여유롭게 접어들고 있었다.

수상한 로맨스 속으로 당신을 초대합니다

그리고 3개월 뒤, 유화 고등학교 교무실로 편지 하나가 날아왔다.

201*년 *월 *일
김시오 군과 차보라 양의 결혼식에 당신을 초대합니다.

에필로그

"옆에. 좀 더 옆에! 아니, 거기가 아니라!"

등 뒤에 있어 점점 깊어지는 미간의 주름을 발견하지 못한 보라는 계속해서 외쳐댔다.

"좀 더 옆에!"

"너무 부려먹으시는 거 아냐?"

"내가 언제요?"

"지금요."

시오는 자신이 정해놓은 자리에 서랍을 붙이고는 개운한 표정으로 뒤돌아섰다.

"앗!"

그가 마음대로 서랍을 붙여버리자, 보라는 울상이 된 얼굴로 마주 봤다. 하지만 시오는 따뜻한 시선으로 그녀를 내려다보고 있었다.

"어차피 며칠 있으면 우리 집으로 들어올 건데. 꼭 이렇게 집을 꾸며야겠냐?"

"그럼요. 혼자 살 때 여유를 만끽해야지. 해놓고 싶었던 것도 다 해보고."

보라가 신난 듯 대답하자, 그는 눈을 가늘게 뜨며 빈정대듯 말했다.

"아아, 그러세요?"

살짝 눈동자를 올려 그의 표정을 확인한 보라는 히죽 웃으며 그의 팔에 매달렸다.

"삐쳤어요?"

"아니거든요."

그는 부러 불퉁하게 말하며 침대에 털썩 누웠다.

"저건 또 언제……."

천장에 붙여져 있는 어린 왕자와 별 모양의 스티커를 발견한 시오는 헛웃음을 흘렸다. 정말 자신의 집으로 들어오기 전, 하고 싶었던 건 다 해볼 작정인가 보다.

'하나, 둘, 셋…….'

속으로 별을 세던 시오가 별안간 고개를 돌려 수업 자료를 뒤적이는 보라를 보았다. 생각해보니 화난다.

"하고 싶었던 거, 우리 집으로 들어와서 해도 되잖아."

"아까 말했잖아요. 혼자 살 때 해보고 싶다고."

"왜 혼자 살 때 해야 되는데?"

"그냥. 그래야 할 것 같아서?"

"서운해."

나지막한 목소리에 보라는 프린트를 보는 걸 멈추고 그를 돌아봤다. 그는 이제 눈을 감고 있는 상태였다.

"왜 그래? 응?"

보라는 애교 섞인 목소리로 그의 마음을 풀려고 했다. 하지만 그는 계속 눈을 감은 채로 누워있을 뿐이었다.

"혼자 있을 때 해보고 싶은 게 뭐가 이렇게 많았대? 꼭 나한테 팔려오는 사람같이."

"에이. 내가 미술 쌤을 돈 주고 사야지. 그리고 결혼하는 게 왜 팔려가는 거야?"

달래는 듯한 말투에 그가 피식 웃음을 터뜨렸다. 그제야 눈을 뜬 시오는 살짝 입가를 올린 채로 그녀를 지그시 바라보았다. 그 시선에 보라는 움찔하며 얼른 들고 있는 프린트로 시선을 내렸다. 가슴이…… 두근거려서 제대로 보질 못하겠다.

'적응 좀 되라, 쫌!'

보라는 자기 자신에게 투정을 부리며 프린트에 집중하려고 애를 썼다. 그러다가 문득 스친 생각에 그를 돌아봤다. 그는 다시 눈을 감고 있는 채였다.

'잠든 건가?'

팔을 벤 채, 누워있는 그를 바라보던 보라의 눈빛이 점점 멍해져갔다. 여전히 하얀 얼굴에 이젠 제법 길어진 머리카락, 감긴 눈 위로 드리워진 속눈썹과 따뜻해 보이는 입술에서 시선을 떼지 못하던 보라는 번뜩 정신을 차리고는 다시 한 번 자신을 꾸짖었다.

그가 모르게 심호흡까지 한 보라는 그제야 여유로운 척 그에게 질문을 던졌다.

"집에 들렀다가 왔지?"

자고 있었던 게 아닌 듯 그가 천천히 눈을 떴다.

"응."

알고 있는 걸 왜 묻느냐는 듯한 눈동자에 서서히 다정함이 고였다.

"근데 왜 슈트 차림이야?"

그의 입매가 올라가는 걸 미처 발견하지 못한 보라가 그 전의 기억까지 더듬으며 다시 물었다.

"그러고 보니 저번부터 슈트 차림으로 오네. 편하게 입지."

몇 달 전, 보라는 학원 강사로 취직을 하게 되었다. 학교에서 계발활동 강사로 학생들을 가르쳤던 게 큰 도움이 되었다. 그리하여 보라의 퇴근 시간이 시오의 퇴근 시간보다 늦어진 것이다. 보라가 피곤할까 봐, 평일이면 언제나 자신의 집에 들렀다가 보라의 집으로 오는 그였다.

'근데 왜 슈트 차림인 거지?'

보라는 여전히 의아하다는 눈동자로 그를 바라봤다. 아무 말도 없이 바라보던 그의 입꼬리가 슬쩍 올라갔다. 언젠가 본 적이 있는 불량스러운 웃음에 보라는 잔뜩 경계를 하며 눈을 가늘게 떴다.

"누가 넥타이 갖고 노는 걸 좋아해서 말이지."

툭 내던지는 말투에 보라의 볼이 붉게 물들었다.

"누, 누가?"

"기억 안 나?"

"뭘?"

"기억이 안 난단 말이지."

"……."

"너라며."

그녀의 머리 위로 몇 개월 전, 그에게 덮치겠다며 난리를 부리던 게 떠올랐다.

"나도 당신 만지고 싶다고. 나도 너 덮치고 싶다고. 너 자는 모습 보면서 그런 생각. 나는 뭐 안 한 줄 알아?"

"……너?"

"그래! 나도 이제 막 나갈 거야!"

"……."

"잘 들어."

"……뭐, 뭘?"

"내가 너 덮치는 거야."

"……뭐?"

"지금 내가, 너 덮칠 거라고."

보라는 기억나지 않는 척, 못 들은 척하며 프린트를 뒤적거렸다.

"넥타이 좀 풀어주시죠, 차보라 씨."

"손 있으시잖아요."

그녀는 아예 그가 보이지 않게 뒤돌아 앉아 테이블에 있는 프린트를 열심히 정독했다. 물끄러미 지켜보던 시오는 천천히 몸을 일으켜 조심스럽게 다가갔다. 프린트를 보고는 있지만 신경은 온통 등 뒤로 쏠린 보라가 이리저리 눈동자를 굴리고 있을 때, 그녀의 등 뒤에서 팔 하나가 쑤욱 나왔다.

"힉!"

그는 보라의 바로 뒤에 옆으로 길게 누워 그녀의 허리를 안고 있었다. 그녀를 안은 시오가 덤덤하게 말했다.

"일만 할 거야?"

"내일 수업 자료 보충해야 돼요."

"……"

그는 뚱한 표정을 짓다가 이윽고 슬그머니 입꼬리를 올렸다.

"이거…… 해야 한다니까."

"해."

허리를 감싸고 있던 손이 어느새 그녀의 옷 속으로 들어와 있었다. 맨 살을 쓰다듬는 뜨거운 손길에 보라는 움찔대다가 고개를 돌려 그를 노려봤다. 하지만 그는 무표정으로 그녀를 올려다보기만 할 뿐이었다.

"진짜 이럴 거예요?"

"나 신경 쓰지 말고 일하라니까."

"이……"

보라가 반응을 하자, 그제야 그의 입가에 불량스러운 미소가 내비쳤다. 그를 내려다보던 그녀는 질 수 없다는 듯 다시 고개를 돌려 프린트에 집중하려 애를 썼다. 하지만 납작한 배를 쓰다듬기만 하던 커다란 손이 브래지어 안으로 파고들자, 그녀는 호흡을 뱉어내며 그에게 기대었다.

"앗!"

보라가 침대에 누운 채로 어느새 자신의 위에 있는 그를 올려다봤다. 씨익 웃는 모습이 참, 인상적이다.

"진짜……"

"볼수록 멋있지?"

씨익 웃는 모습에 보라는 결국 웃어버렸다. 깊게 키스를 한 그는 천천히 몸을 일으켜 그녀를 내려다보았다.

보라는 나른해진 표정으로 그를 올려다봤다. 언제나 느끼는 거지만 슈트 차림의 그는 무척이나 매력적이었다. 그리고 보라는 그런 그의 모습에 무척이나 약했다.

'그럼 그것 때문에 옷을 안 갈아입고 온 거였나?'

보라는 헛웃음을 흘리며 그를 살짝 흘겨보았다.

'약았어.'

보라가 입 끝을 올리자, 그는 마주 웃어주며 두 손으로 침대 위를 짚고는 그녀를 내려다보았다. 따뜻한 눈빛이 무엇보다도 좋아 한참 그를 올려다보던 보라는 천천히 손을 올려 그의 넥타이를 풀었다. 곧, 넥타이가 침대 아래로 떨어졌고 보라의 두 손이 조심스럽게 그의 셔츠 단추를 하나씩 풀어갔다. 수줍은 얼굴로 무척이나 대담한 행동을 하고 있는 그녀를 다정하게 내려다보던 그의 눈동자가 흥분으로 점점 흐릿해져갔다.

마지막 단추를 푼 보라가 살짝 눈동자를 들어 그를 바라봤다. 시오는 미소를 머금은 채로 고개를 살짝 까닥였다. 무슨 뜻인지 몰라 멍하니 바라보던 보라의 눈이 한순간에 커졌다.

"바, 바지도?"

그가 아무 말도 없이 웃자, 잠시 눈동자를 굴리며 망설이던 보라의 눈이 슬며시 그의 바지 쪽으로 향했다. 하지만 1초도 머물지 못하고 다시 허공으로 돌아갔다.

벌써부터 빨갛게 달아오른 뺨으로 우물쭈물하는 모습이 귀여워 그는 조금 더 지켜보기로 마음먹었다. 하지만 슬슬 한계점에 도달하고 있었다. 그녀의 허리를 쓰다듬을 때부터, 아니 그녀의 체취가 닿아 있는 침대에 누울 때부터 안고 싶은 마음이 가득했다. 이만큼 기다린 것도 어쩌면 대단한 일인지도 모른다.

그가 참지 못하고 고개를 숙이려 할 때, 머뭇거리던 보라의 손이 천천히 버클로 향했다. 잠시 지켜보던 그가 결국은 웃음을 터뜨렸다. 벌써 자신에게 몇 번 안기었음에도 불구하고 뭐가 그렇게 겁이 나는 건지 버클을 잡은 손이 덜덜 떨리고 있었다.

그가 웃자, 보라는 뽀로통해진 얼굴로 그를 노려봤다.

"비켜. 일할 거야."

"그건 안 되지."

버클을 잡고 있는 보라의 손에 자신의 손을 겹친 시오는 그대로 고개를 숙여 입을 맞췄다.

불편한지 자꾸 뒤척이던 보라는 목까지 끌어올려져 있는 이불을 끌어내렸다. 하지만 등 뒤에서 보라를 이불 째 안고 있는 시오 때문에 이불이 수월하게 끌어내려지지 않았다. 체온이 낮은 편인데도 불구하고 그가 이렇게 안고 있으면 온몸이 뜨거워졌다. 한여름에도 이불이 필요한 보라였지만 얼마나 체온이 높은 건지 그가 안고 있는 것만으로도 이불은 필요 없을 것 같았다.

"생긴 건 차갑게 생겨가지고, 뜨거워 죽겠네."

숨을 길게 내뱉은 보라는 자는 와중에도 자신을 안은 채 놔주지 않는 커다란 손을 잡고 낑낑거리기 시작했다. 그러다가 낯설면서도 익숙한 느낌에 고개를 숙여 그의 손가락을 내려다봤다. 자신의 네 번째 손가락에 끼워진 반지와 똑같은 디자인의 반지였다.

그의 학교에서 무사히 계발 활동 강사의 임무를 마쳤을 때, 그가 입학을 축하한다며 준 선물이었다.

그녀의 얼굴에 흐뭇한 미소가 지어졌다.

드르르륵.

에헤라디야. 전화를 어서 받아라. 에헤라디야. 전화를 빨리 받아라. 에헤라디야아아아아.

갑작스럽게 울리는 벨소리에 보라의 눈이 커다랗게 떠졌다.

'저 우스꽝스런 벨소리는······.'

"으음."

잠시 뒤척이던 그는 보라의 뒤에서 손을 뻗어 침대 맡에 있는 핸드폰을 잡았다. 불쑥 튀어나오는 그의 팔에 보라는 무심결에 눈을 질끈 감았다.

"여보세요."

그의 전화였다. 원래는 자신의 벨소리였지만 언젠가 그녀의 벨소리를 들으며 빵 터졌던 그는 자신도 해달라며 그녀를 조르고, 조르고 또 졸랐다.

그날, 진동으로 벨소리를 전환해 놓지 않았던 것이 그렇게 후회될 줄은 몰랐다. 그날을 떠올리면 보라는 창피함으로 얼굴이 온통 빨개지곤 했다.

물론 학교에서야 진동으로 해놓은 그였기에 자신처럼 창피를 당하진 않을까 걱정은 되지 않았지만(창피는커녕 학생들에게 유행이 되지 않을까, 라는 생각이 들기도 한) 자신과 같은 우스꽝스런 그의 벨소리는 아직 적응하기 힘든 것이었다.

같은 타령 벨소리였지만 구분하는 방법이 있었다. 처음부터 타령이 울려 퍼지는 자신의 것과 달리 그의 전화는 진동으로 시작해 우스꽝스런 타령을 목 터져라 불러대는 것이 다른 것이라면 다른 것이었다.

"……왜."

잠에서 깬 지 얼마 되지 않아 그의 목소리는 낮게 잠긴 채였다. 낮은 목소리가 바로 뒤에서 들리자, 보라는 움찔대며 침을 꿀꺽 삼켰다. 눈을 감고 있어 그의 목소리가 더욱 선명하게 들려왔다.

"알았어. 생각해볼게."

보라의 눈이 스르르 떠졌다. 누구기에 이런 밤중에 전화를 한 걸까?

'근데, 몇 시지?'

벽에 걸린 시계를 보려 애를 쓰던 보라는 허리를 꽈악 안는 그의 손길에 다시 숨을 멈추었다. 그는 보라의 목에 얼굴을 묻고 숨을 들이마셨다.

"좋은 냄새 나."

그의 속삭임에 얼굴을 붉게 물들인 보라는 목에 그의 입술이 닿았을 때부터 요동치던 심장을 진정시키려 무던히도 애를 썼다. 하지만 이불 째 안고 있던 그의 손이 서서히 이불 속 그녀의 맨살에 닿자, 노력은 무산되고 말았다.

"자, 잠깐."

보라의 목소리에 그는 당황한 기색도 없이 픽 웃었다. 의아하게 여긴 보라가 고개를 돌려 그를 보았다.

"알았어?"

"정말 연기시키면 안 되겠다. 형편없어."

"뭐?"

그는 씨익 입꼬리를 올리며 보라의 어깨를 잡아 자신을 향하게끔 그녀를 돌려 안았다. 맨 가슴에 보라의 산결이 닿지, 그는 크게 숨을 내쉬었다. 보라 역시도 그의 뜨거운 체온에 잠시 움찔했다.

"뜨거워."

"너도 뜨거워."

"……."

"넌 딱 세 군데만 뜨겁잖아."

보라는 고개를 들어 그를 바라봤다. 물음이 가득한 표정에 그는 입꼬리를 올렸다.

곧, 그가 쪽, 소리를 내며 짧게 입을 맞추었다.

"여기랑……."

그의 커다란 손이 보라의 빨갛게 물든 입술을 만졌고 이윽고 그녀의 가슴 부위로 내려갔다.

"여기."

"아……."

보라가 한쪽 눈을 감으며 가슴에 닿은 그의 손에 자신의 손을 겹쳤다. 그렇게 불만을 토로했음에도 그는 멈추지 않았다.

"그리고……."

곧, 그의 손가락이 배를 쭉 타고 아래로 내려가 그녀의 여성을 살짝 건드렸다. 갑작스런 공격에 보라가 어깨를 움츠렸고, 그는 고개를 숙여 그녀의 귓가에 나지막하게 속삭였다.

"여기."

예상치 못한 손길에 보라가 가쁜 숨을 몰아쉬며 흐릿해진 눈으로 바라보자, 장난기가 가득했던 그의 얼굴에서 서서히 웃음기가 사라지기 시작했다. 흥분한 표정을 숨기지 못하고 보라의 위로 올라오던 그는 눈을 질끈 감고는 조용히 중얼거렸다.

"아, 이러면 안 돼."

보라는 재빨리 가슴 위로 이불을 끌어올리며 뚱하게 말했다.

"하루에 두 번은 안 되지."

하지만 그는 욕실로 향하며 코웃음을 쳤다.

"하루에 다섯 번도 할 수 있거든. 지금은 그림 못 그리는 꼬맹이 때문에 안 돼."

'꼬맹이? 그림을 못 그려?'

보라는 임시방편으로 이불을 몸에 싸매고 욕실 쪽으로 걸어갔다.

"그게 뭐야?"

"꼬맹이 보모 노릇하러 가야 돼."

"응?"

"같이 가자."

그는 씨익 웃으며 손을 내밀었다.

시오의 차에 오른 보라는 아직까지 얼떨떨한 얼굴을 하고는 그에게 물었다.

"그럼 지오 언니네로 가는 거야?"

"아니. 혜원이 데리고 우리 집으로 온대."

"두 분 어디 가시는데?"

"결혼기념 여행이라나 뭐라나."

시오는 운전을 하며 투덜대기 시작했다.

"아침에 가든지 하지. 뜬금없이…… 하여간 누나랑 매형, 그 둘 알아줘야 돼. 혜원이는 왜 떼놓고 가는 거야? 무슨 짓을 하려고."

보라는 툴툴대는 시오를 돌아봤다. 여기저기 헝클어진 미리로 애처럼 투덜대는 걸 보자니 여간 웃음이 나는 게 아니었다.

"선생님."

"응?"

"아니야."

보라가 쿡 웃으며 창밖으로 시선을 돌리자, 그가 인상을 쓰며 그녀를 돌아봤다.

"뭔데?"

"아니야."

"……흐음."

그는 수상쩍다는 신호를 보내며 보라를 살펴보려 했지만 지금은 운전에 집중을 해야 하니 어쩔 수 없었다.

두 사람이 그의 집에 도착하자마자, 혜원이의 손을 잡은 유현과 지오가 쏟아져 들어왔다.

"갑자기 웬 난리야?"

"그렇게 정해졌어."

"가려면 아침에 가지."

"우리도 그러고 싶었는데 일정이 뒤죽박죽이 돼서. 빨리 와서 너 결혼식 준비도 도와야 하고."

"혜원이는 어쩌려고……."

"혜원이한테 허락받았으니까 오늘 밤만 같이 자줘. 어? 보라 씨도 왔네. 뭐야, 둘이 같이 있던 거야? 이 시간에?"

지오가 눈을 가늘게 뜨며 시오의 바로 앞에 얼굴을 디밀었다. 시오가 움찔하자, 지오는 더 수상하다는 눈빛을 보냈다. 곧 유현이 빙글

빙글 웃으며 지오를 떼어냈다.

"선생님이 수업자료 도와주셨어요."

보라가 변명을 했지만 모두들 믿는 눈치가 아니었다.

"그나저나 보라 씨는 언제까지 시오한테 선생님이라고 할 거야?"

지오가 은근슬쩍 묻자 보라는 당황해서 '글쎄요'라고 중얼거렸다. 하지만 유현은 기가 찬 듯 지오를 돌아보았다.

"연애 내내 사장님이라고 부르던 사람이 할 소리는 아닌…… 읍!"

지오는 재빨리 유현의 입을 막으며 시오와 보라에게 서둘러 인사를 했다.

"우리 갔다 올게. 고마워. 보라 씨도 고마워요. 혜원이 잘 자."

"네. 다녀오세요."

"잘 가."

곧 유현과 지오는 시오 손에 혜원의 작은 손을 쥐어주고는 사라졌다.

"꼬맹이. 얼른 가서 자."

시오의 다그침에 혜원은 입을 뚱하게 내밀며 보라의 뒤로 숨었다.

"자야지 착한 어린이지."

방법을 바꾼 그가 방긋 웃으며 쪼그려 앉아 혜원이를 불렀다.

"외숙모랑 잘래."

"야! 너 혼자 잘 수 있잖아. 나이가 몇인데?"

"싫—어."

간신히 화를 억누른 그가 억지로 웃으며 다시 한 번 혜원이를 달랬다.

"자, 저 방에 가서 자자. 곰돌이도 같이 왔네. 곰돌이랑 가서 자자."

"곰돌이 아니라 고양이거든."

"뭐?"

시오는 귀를 잡고 있던 인형을 바로 앞까지 올려 이리저리 살펴보았다.

"……고양이? 뭐. 그래, 그럼 고양이랑 가서 자자."

혜원이는 애써 상냥한 표정을 지으며 입꼬리를 올리는 시오를 퉁하게 바라보다가 결국 보라의 손을 끌고 그의 침실로 사라져버렸다. 곰돌이 같은 고양이를 시오에게 맡긴 채.

"젠장."

결국 보라와 자신의 침실을 꼬맹이에게 모두 뺏긴 그는 고양이 인형의 한쪽 귀를 잡은 채로 쓸쓸히 자신의 드레스 룸으로 향했다.

보라는 이불을 차버리고 자는 혜원이를 바라보다가 피식 웃음을 지었다. 피곤했는지 눕자마자 잠이 들어버린 꼬마 숙녀는 웅얼웅얼 잠꼬대를 하면서 히죽히죽 웃기까지 했다.

"귀여워."

이불을 끌어올려 덮어주고는 조심스럽게 자리에서 일어났다. 거실로 나온 보라는 창 앞에 서 있는 누군가로 인해 잠깐 숨을 멈췄다.

"아, 놀래라."

시오였다.

"뭐해요, 여기서? 안 자고."

"잠이 와야 말이지. 손 뻗으면 닿을 거리에 있는데."

"과장은. 어떻게 저 방하고 이 방이 손 뻗으면 닿을 거리야?"

"그게 그거지."

"근데 뭐하는……."

장난스럽게 흘겨보며 시선을 돌리던 보라의 눈에 전면 창이 비춰졌다. 마침내 그녀의 눈에 놀라운 기색이 스쳤고 입이 살짝 벌어졌다.

"와아. 이게…… 이거 한 거예요?"

"마무리."

전면 창 한쪽 윗면에 어린 왕자와 여우, 그리고 별이 반짝이고 있었다. 아깐 커튼이 쳐져 있어 발견하지 못한 모양이었다. 자신의 방 천장에 붙여놓은 어린 왕자와는 조금 다른 모습이었지만 여기 있는 어린 왕자와 별 역시도, 너무나 아름다웠다.

"인테리어 데코스티커, 맞죠? 이것도 직접 만든 거야?"

자신은 사서 붙인 거지만 그는 산 게 아닐 것이다. 창에서 눈을 떼지 못하던 보라가 그를 돌아봤다.

"혜원이 어린 왕자 책 빌려와서 밤 좀 새웠지."

"통했네, 우리."

보라는 어린 왕자를 돌아보며 말했다. 그는 피식 웃으며 고개를 끄덕였다. 사실, 보라의 집에서 어린 왕자와 별을 봤을 때, 그도 내심 놀랐었다. 같은 생각을 하고 있었을 줄이야.

"그때 너희 본가에 갔을 때 말이야. 하늘을 올려다봤는데 별이 잔뜩 떠 있더라구. 아, 차보라는 이렇게 별보고 자랐구나, 그때 그런 생각 들어서 선물로 해주고 싶었어. 우리 집에서도 별 잔뜩 볼 수 있게."

"……."

"덤으로 서로를 길들이자는 의미에서 어린 왕자랑 여우도."

"……고마워."

보라는 팔을 올려 시오의 목을 끌어안았다. 커다란 손으로 등을 토

닦여주던 그는 이내 피식 웃으며 창에 있는 어린 왕자를 바라보았다.

"나도 선물 하나 줄까?"

보라가 그에게서 떨어지며 새침하게 말했다.

"뭔데?"

촉, 소리와 함께 그의 입술에 그녀의 입술이 닿았다 떨어졌다. 순식간에 벌어진 일이었다. 멍하던 시오의 얼굴에 곧 미소가 번졌다.

"다야?"

"그럼?"

거기서 만족할 그가 아니었다. 그는 보라의 허리를 감싸 안으며 아까보다 더 진하게 입을 맞추었다. 그의 힘에 밀려 뒷걸음질 친 보라의 등이 결국은 창에 닿았다.

"잠깐! 혜원이…… 혜……."

보라에게서 띄엄띄엄 새어나오는 말에 시오는 커튼을 쳐버렸다. 창과 커튼 사이에서 보라는 눈을 동그랗게 뜬 채 그를 올려다봤다. 그는 다시 고개를 숙여 키스했다. 허리를 안고 있던 그의 손이 옷 속으로 들어가 부드러운 살결에 닿을 찰나였다.

"외숙모."

잔뜩 잠에 취한 목소리가 들려오자, 보라는 자신도 모르게 시오를 밀어냈다.

"엇!"

커튼 속에서 불쑥 튀어 나온 외삼촌의 모습에 혜원이는 눈을 동그랗게 떴다.

"외삼촌 거기서 뭐 해?"

"……숨바꼭질."

에필로그 379

"숨바꼭질?"

"외삼촌이 막 외숙모를 찾아냈거든."

시오가 커튼을 젖히자, 보라가 모습을 드러냈다. 붉게 물든 보라의 얼굴을 보던 혜원이는 의심스럽다는 듯 고개를 갸웃거렸다.

"자, 늦었으니까 숨바꼭질은 내일 하고 그만 자자."

시오가 한숨을 쉬며 드레스 룸으로 향하자, 보라와 혜원이는 불쌍한 얼굴로 그의 뒷모습을 바라봤다. 어깨가 추욱 쳐진 뒷모습이 너무 안쓰러워 혜원이는 조용히 그를 불렀다.

"외삼촌."

"왜?"

"같이 잘래?"

"뭐?"

"저 방은 외삼촌 옷 때문에 좁잖아. 침대도 없고. 셋이 같이 자자."

"그럴까?"

씨익 웃는 그 때문에 혜원이는 아주 잠시 후회를 해버렸다. 하지만 잠시 후, 그녀는 아주 편한 얼굴로 잠이 들어 있었다. 시오와 보라의 중간에서.

"이게 뭐야."

그는 불만이 가득한 얼굴로 가운데에서 잠이 든 꼬맹이를 바라보다가 한숨을 흘렸다. 혜원이를 끝에서 재울 생각이었지만 요 조그만 꼬맹이가 가운데서 자겠다고 난리를 치는 통에 결국 둘 사이에 금이 생겨버렸다.

보라를 안고 싶어도, 만지고 싶어도 지금 그에겐 그림의 떡일 뿐이었다. 하지만 그런 상황이 그를 더 안달하게 만들고 있었다.

"자요, 빨리."

보라가 눈을 감으며 말했다. 고개를 돌려 보라를 물끄러미 바라보던 그는 손을 뻗어 보라의 입술을 살짝 만졌다. 그가 몸을 일으켜 천천히 보라에게 숙이려는데, 별안간 웅얼거리는 목소리가 들려왔다.

"우웅. 나 술래 아니야."

화들짝 놀란 그가 다시 제자리에 누워 눈을 감았다. 큭큭거리는 보라의 웃음소리에 그는 이를 꽉 물고는 길고 긴 한숨을 흘렸다.

아무래도 오늘 밤은 이대로 자야 될 운명인가 보다.

"근데 가운데 혜원이 있으니까, 기분이 좀 묘하다."

"뭐가?"

"다음에 우리 꼬맹이도 이렇게 가운데서 잔다고 떼쓸까?"

'우리…… 꼬맹이.'

뚱하던 그의 입꼬리가 마침내 올라갔다.

"그러겠지."

'우리 꼬맹이라……'

생각만으로도 벌써부터 마음이 따뜻해진다.

잠시 후, 나란히 잠이 든 세 사람의 표정은 너무나 평화로웠다.

언젠가 함께 할 꼬마를 그리며 시오와 보라의 얼굴엔 미소가 번지기 시작했다.

―The end

작가 후기

학교 안 로맨스를 꼭 한 번 써보고 있었기에 굉장히 설레는 마음으로 시작을 했습니다. 하지만 너무 욕심이 많았던 탓에 캐릭터가 제일 많이 바뀌기도 한 글입니다. 여주의 직업은 물론, 교사였던 남주가 맡았던 과목, 그리고 남주의 성격 역시 원래 정해놨던 캐릭터는 아니었습니다.

하지만 지금의 보라와 시오가 가장 마음에 듭니다. 특히 미술 선생님이라는 점이.^^

처음부터 기합이 많이 들어간 통에 지우고 수정해야 하는 부분이 많았지만 〈수상한 로맨스〉로 인해 꽤 즐겁게 몇 달을 보낼 수 있었습니다.

감사드려야 할 분들이 많습니다.

우선, 아빠, 엄마 언제나 감사해요. 12월 13일 (음력 11월 19일) 노력해보겠습니다!

스칼렛 로맨스 관계자 분들, 고생하셨어요. 너무 너무 감사드립니다.

로망띠끄 이성희 대표님, 항상 챙겨주셔서 감사드려요.

스칼렛 로맨스 손수화 팀장님, 고생하셨습니다. 꼼꼼하게 챙겨주시고 많은 도움 주셔서 너무 감사해요. 모자랐던 부분 채워주시고 더 괜찮은 글 쓸 수 있게 도와주신 뿔미디어 편집부 이경순 주임님, 감사드려요. 표지 시안 때문에 고생하셨던 디자이너님들, 표지…… 마음에 듭니다. 깔끔하고 예뻐요. 감사드립니다.

항상 잊지 않고 챙겨주시고 신경써주시는 주은영 작가님, 감사해요. 언니 덕분에 좋은 분들 많이 만날 수 있게 돼서 너무 너무 좋고 또 좋았어요. 그리고, 이제부턴 음흉해지지 않을게요.^^

카스티엘 작가님, 힘들 때 토닥여주시고 표지 시안 정할 때도 도움 주셔서 너무 감사했어요. 친해지고 싶은 마음, 아직도 변함없다는.^^

계발 활동, 외부 강사, 생소한 단어 알려주고 필요한 부분 물어볼 때마다 꼼꼼히 설명해준 희영 언니, 너무 고마워. 언니 덕분에 마지막까지 수월하게 쓸 수 있었어. 선생님, 만세!

본가 갈 때마다 기사 노릇 해줬던 희형, 고마워. 사업 대박 날 거야. 그리고 여자는 많아. 파이팅!^^

해결사 유리, 내가 많이 고마워하는 거 알지? 고마워.

부를 때면 언제나 달려오는, 만나면 기분 좋아지는 친구들, 너무 너무 고마워. 연말 파티를 위해!

힘들 때 위로해주셨던 정서영 작가님, 어둠 속 양초 작가님, 꽃새 작가님, 단효 작가님, 강안나 작가님, 이연우 작가님, 감사드려요. 누,

눈물이. 크윽.

완결까지 쓸 수 있도록 힘 주셨던 로망띠끄 독자님들, 너무 감사드려요. 곧 찾아뵐게요.

그리고 말이 필요 없는 그대들, 고맙다.

마지막으로 이따금씩 떠오르는 그대, ……고마워.

더 따스하고 발전된 글로 찾아뵙겠습니다.

행복하세요.

— 2011년 9월 19일, 희윤 드림

Scarlet
스칼렛

Scarlet
스칼렛